NINFEIAS
NEGRAS

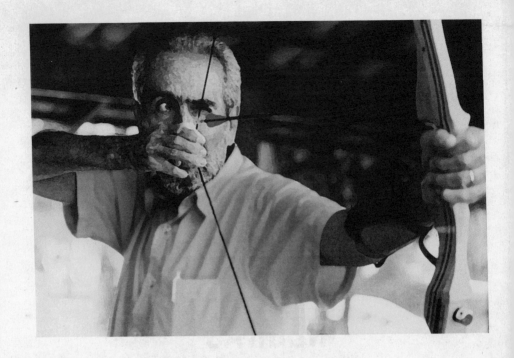

O Arqueiro

GERALDO JORDÃO PEREIRA (1938-2008) começou sua carreira aos 17 anos, quando foi trabalhar com seu pai, o célebre editor José Olympio, publicando obras marcantes como *O menino do dedo verde*, de Maurice Druon, e *Minha vida*, de Charles Chaplin.

Em 1976, fundou a Editora Salamandra com o propósito de formar uma nova geração de leitores e acabou criando um dos catálogos infantis mais premiados do Brasil. Em 1992, fugindo de sua linha editorial, lançou *Muitas vidas, muitos mestres*, de Brian Weiss, livro que deu origem à Editora Sextante.

Fã de histórias de suspense, Geraldo descobriu *O Código Da Vinci* antes mesmo de ele ser lançado nos Estados Unidos. A aposta em ficção, que não era o foco da Sextante, foi certeira: o título se transformou em um dos maiores fenômenos editoriais de todos os tempos.

Mas não foi só aos livros que se dedicou. Com seu desejo de ajudar o próximo, Geraldo desenvolveu diversos projetos sociais que se tornaram sua grande paixão.

Com a missão de publicar histórias empolgantes, tornar os livros cada vez mais acessíveis e despertar o amor pela leitura, a Editora Arqueiro é uma homenagem a esta figura extraordinária, capaz de enxergar mais além, mirar nas coisas verdadeiramente importantes e não perder o idealismo e a esperança diante dos desafios e contratempos da vida.

MICHEL BUSSI

NINFEIAS NEGRAS

Título original: *Nymphéas Noirs*

Copyright © 2011 por Presses de la Cité, divisão da Place des Editeurs
Copyright da tradução © 2017 por Editora Arqueiro Ltda.

Todos os direitos reservados. Nenhuma parte deste livro pode ser utilizada ou reproduzida sob quaisquer meios existentes sem autorização por escrito dos editores.

Publicado originalmente em francês por Presses de la Cité

tradução: Fernanda Abreu

preparo de originais: Juliana Romeiro

revisão: Flávia Midori e Luis Américo Costa

diagramação: Abreu's System

capa: Mark Swan

adaptação de capa: Miriam Lerner

imagens de capa: água © Fancy/ Image Source; flor © RF Company/ F349/ Alamy/ Latinstock

impressão e acabamento: Associação Religiosa Imprensa da Fé

CIP-BRASIL. CATALOGAÇÃO NA PUBLICAÇÃO
SINDICATO NACIONAL DOS EDITORES DE LIVROS, RJ

B986n   Bussi, Michel
           Ninfeias negras/ Michel Bussi; tradução de Fernanda Abreu.
São Paulo: Arqueiro, 2017.
           352 p.; 16 x 23 cm.

           Tradução de: Nymphéas noirs
           ISBN 978-85-8041-632-9

           1. Ficção francesa. I. Abreu, Fernanda. II. Título.

16-37438   CDD: 843
                                           CDU: 821.133.1-3

Todos os direitos reservados, no Brasil, por
Editora Arqueiro Ltda.
Rua Funchal, 538 – conjuntos 52 e 54 – Vila Olímpia
04551-060 – São Paulo – SP
Tel.: (11) 3868-4492 – Fax: (11) 3862-5818
E-mail: atendimento@editoraarqueiro.com.br
www.editoraarqueiro.com.br

À memória de Jacky Lucas

"Com Monet não vemos o mundo real,
mas sim apreendemos suas aparências."
F. Robert-Kempf, *L'Aurore*, 1908

"Não! Não! Nada de preto para Monet, ora!
Preto não é cor!"
Georges Clemenceau, junto ao caixão de
Claude Monet (Michel de Decker, *Claude Monet*, 2009)

Nas páginas a seguir, as descrições de Giverny tentam manter a maior precisão possível. Os lugares existem, quer se trate do Hotel Baudy, do córrego Ru, braço do rio Epte, do moinho de Chennevières, da escola primária de Giverny, da igreja de Sainte-Radegonde e seu cemitério, da Rue Claude-Monet, do Chemin du Roy, da ilha das Urtigas e, naturalmente, da casa rosa de Monet e seu laguinho de ninfeias. O mesmo vale para lugares vizinhos, como o Museu de Vernon, o Museu de Belas-Artes de Rouen e o povoado de Cocherel.

As informações sobre Claude Monet são autênticas, quer digam respeito a sua vida, sua obra ou seus herdeiros. O mesmo vale para as que evocam outros pintores impressionistas, em especial Theodore Robinson e Eugène Murer.

Os roubos de obras de arte mencionados são ocorrências reais.

Todo o restante eu inventei.

Num vilarejo, viviam três mulheres.

A primeira era má; a segunda, mentirosa; a terceira, egoísta.

O vilarejo tinha um belo nome de jardim. Giverny.

A primeira morava num grande moinho à beira de um regato, na estrada chamada Chemin du Roy, o "caminho do rei"; a segunda ocupava um apartamento sobre a escola primária, na Rue Blanche-Hoschedé-Monet; a terceira vivia com a mãe numa casinha de paredes descascadas, na Rue du Château-d'Eau.

As três tampouco tinham a mesma idade. De modo algum. A primeira tinha mais de 80 anos e era viúva. Ou quase. A segunda tinha 36 e nunca havia traído o marido. Ainda. A terceira estava prestes a completar 11 anos e todos os meninos de sua escola queriam ser seu namorado. A primeira só usava preto, a segunda se maquiava para o amante, a terceira enfeitava os cabelos para que voassem ao vento.

Vocês já entenderam. As três eram bem diferentes. Tinham, porém, um ponto em comum, um segredo, de certa forma: todas elas sonhavam em ir embora. Sim, ir embora de Giverny, esse vilarejo tão famoso que provoca em tantas pessoas a vontade de atravessar o mundo inteiro só para ali passear por algumas horas.

Vocês bem sabem por quê. Por causa dos pintores impressionistas.

A primeira, a mais velha, era dona de um belo quadro, a segunda se interessava muito por artistas, e a terceira, a mais jovenzinha, pintava bem. Muito bem, aliás.

Estranho querer ir embora de Giverny, vocês não acham? Todas as três consideravam o vilarejo uma prisão, um grande e belo jardim, mas cercado por grades. Como a área externa de um asilo. Uma ilusão de ótica. Um quadro no qual seria impossível ultrapassar os limites da moldura. A bem da verdade, a terceira, a mais jovem, procurava um pai. Em outro lugar. A segunda buscava o amor. A primeira, a mais velha, sabia coisas sobre as outras duas.

* * *

Uma vez, no entanto, por treze dias apenas, as grades do jardim se abriram. Muito precisamente, de 13 a 25 de maio de 2010. As grades de Giverny se abriram para elas! Para elas apenas, como acreditavam. Mas a regra era cruel: somente uma poderia escapar. As outras duas precisavam morrer. Era assim que tinha de ser.

Esses treze dias transcorreram em suas vidas qual um parêntese. Muito breve. E também impiedoso. Esse parêntese começou com um assassinato, no primeiro dia, e terminou com outro, no último. Estranhamente, os policiais só se interessaram pela segunda mulher, a mais bela; a terceira, a mais inocente, teve de investigar sozinha. A primeira, a mais discreta, pôde observar todo mundo com tranquilidade. E até matar!

Isso durou treze dias. O tempo de uma fuga.

Três mulheres vivendo num vilarejo.

A terceira era a mais talentosa; a segunda, a mais esperta; a primeira, a mais determinada.

Na sua opinião, qual delas conseguiu escapar?

A terceira, a mais novinha, chamava-se Fanette Morelle; a segunda era Stéphanie Dupain; a primeira, a mais velha, era eu.

QUADRO UM
Impressões

PRIMEIRO DIA
13 de maio de 2010, Giverny

Tropel

1

A ÁGUA CLARA DO rio se tinge de rosa em pequenos filetes, como a efêmera cor pastel de um jato d'água no qual se limpa um pincel.

– Netuno, não!

Ao longo da correnteza, a cor vai se diluindo, se agarrando ao verde das plantas que pendem das margens, ao ocre das raízes dos choupos, dos chorões. Um sutil dégradé lavado.

Gosto bastante.

Só que o vermelho não provém de uma paleta que um pintor houvesse lavado no rio, mas sim do crânio esmagado de Jérôme Morval. Gravemente esmagado, aliás. O sangue escorre de um talho profundo no alto da cabeça, nítido e limpo, lavado pelo Ru, onde a cabeça se encontra mergulhada.

Meu pastor-alemão se aproxima, fareja. Torno a gritar, dessa vez com mais ênfase:

– Netuno, não! Para trás!

Imagino que não vão demorar a encontrar o cadáver. Mesmo sendo apenas seis da manhã, alguém com certeza vai passar por aqui; um pintor, alguém praticando corrida, um catador de escargots... um passante que vai dar de cara com o corpo.

Tomo cuidado para não avançar mais. Apoio-me na bengala. A terra à minha frente está enlameada; choveu muito nos últimos dias, as margens do curso d'água estão instáveis. Aos 84 anos, não tenho mais idade para bancar a náiade, ainda que seja em um regato de nada, com menos de 1 metro de largura, do qual metade do volume d'água é desviado para alimentar o lago dos jardins de Monet. Aliás, parece que não é mais o caso, que hoje existe uma fonte subterrânea para abastecer o laguinho de ninfeias.

– Vamos, Netuno. Em frente.

Ergo a bengala na direção do cão como que para impedi-lo de encostar o nariz no buraco escancarado do paletó cinza de Jérôme Morval. A segunda ferida. Em cheio no coração.

– Saia daí! Não vamos ficar aqui.

Olho pela última vez o lavadouro logo em frente e continuo a seguir o caminho. Não resta dúvida de que ele está conservado com perfeição. As árvores mais invasivas foram serradas na base. As margens estão livres de ervas. É preciso dizer que alguns milhares de turistas frequentam diariamente esse caminho. Dá para passar um carrinho de bebê, uma cadeira de rodas, uma velha de bengala. Eu!

– Vamos, Netuno, venha.

Viro um pouco mais adiante, no ponto em que o Ru se divide em dois braços fechados por uma barragem e por uma cascata. Do outro lado é possível antever os jardins de Monet, as ninfeias, a ponte japonesa, as estufas... Estranho: nasci aqui em 1926, ano em que Claude Monet faleceu. Por anos depois de sua morte, quase cinquenta, os jardins ficaram fechados, esquecidos, abandonados. Hoje a situação mudou e, todo ano, dezenas de milhares de japoneses, americanos, russos e australianos atravessam o planeta só para flanar por Giverny. Os jardins de Monet viraram um templo sagrado, uma Meca, uma catedral... Aliás, esses milhares de peregrinos não vão demorar a aparecer.

Consulto o relógio de pulso: 6h02. Algumas horas de tranquilidade ainda.

Prossigo.

Entre os choupos e as *Petasites* imensas, a estátua de Claude Monet me encara com um olhar perverso de vizinho zangado, o queixo devorado pela barba, o crânio oculto por um chapéu que lembra vagamente um chapéu de palha. O pedestal de marfim informa que o busto foi inaugurado em 2007. A placa de madeira fincada ao lado informa que o mestre está observando "a pradaria". A sua pradaria! Os campos, do Ru até o rio Epte, do Epte até o Sena, as fileiras de choupos, os aclives arborizados a ondular feito um mar manso. Os lugares mágicos que ele pintou. Invioláveis. Envernizados, expostos por toda a eternidade!

É verdade: às seis da manhã, o lugar ainda permite uma ilusão. Observo à minha frente um horizonte virgem de trigais, milharais e campos de papoulas. Mas não vou mentir para vocês. Na realidade, durante quase todo o dia, a pradaria de Monet é um estacionamento. Quatro estacionamentos, para ser mais exata, que se espalham ao redor de uma faixa de calçamento como um nenúfar de asfalto. Na minha idade, posso me permitir dizer isso. Já vi a paisagem se transformar muito, ano após ano. A zona rural de Monet é hoje um cenário de hipermercado!

Netuno me segue por alguns metros, então começa a correr. Corre na minha frente, atravessa o estacionamento, faz xixi num cavalete de madeira, continua pela campina em direção à confluência do Epte com o Sena, esse pedaço de campina imprensado entre dois rios e curiosamente batizado de ilha das Urtigas.

Dou um suspiro e prossigo pelo caminho. Na minha idade, não vou correr atrás do cão. Observo-o afastar-se e voltar depressa, como se quisesse zombar de mim. Hesito em chamar seu nome. Está cedo. Ele torna a sumir no meio do trigo. Netuno agora vive fazendo isso. Vive correndo 100 metros na minha frente! Todos os moradores de Giverny conhecem esse cachorro, mas poucos, acredito eu, sabem que ele é meu.

Margeio o estacionamento e sigo na direção do moinho de Chennevières. É lá que eu moro. Prefiro entrar antes da multidão. O moinho de Chennevières é de longe a mais bela construção próxima aos jardins de Monet, a única erguida às margens do Ru, mas, desde que a pradaria foi transformada em campo de chapas metálicas e pneus, lá me sinto como uma espécie enjaulada e em vias de extinção que os curiosos vêm observar, espionar, fotografar. Só existem quatro pontes sobre o Ru ligando o estacionamento ao vilarejo; uma delas atravessa o regato bem em frente à minha casa. Fico praticamente sitiada até as seis da tarde. Depois disso, o vilarejo torna a se apagar, a pradaria é devolvida aos choupos e Claude Monet pode reabrir os olhos de bronze sem ficar tossindo por causa do cheiro de gás carbônico dos escapamentos.

Na minha frente, o vento agita uma floresta de pendões verde-água salpicada pelo vermelho das papoulas esparsas. Se alguém contemplasse a cena do outro lado do Epte, com certeza ela evocaria um quadro impressionista. A harmonia das cores alaranjadas sob o sol nascente com apenas um leve toque de luto ao fundo, um pontinho preto diminuto.

Uma velha de roupas escuras. Eu!

A nota sutil de melancolia.

Torno a gritar:

– Netuno!

Demoro-me ali saboreando a calma efêmera, não sei quanto tempo, vários minutos no mínimo, até que chega um corredor. Ele passa por mim com o MP3 enfiado nos ouvidos. Camiseta de malha. Tênis. Surgiu na pradaria feito um anacronismo. É o primeiro do dia a estragar o quadro; os outros ainda estão por chegar. Faço-lhe um leve movimento de cabeça, ele me retribui e se afasta em meio a um chiado de cigarras eletrônicas que sai de seus fones de ouvido. Vejo-o virar na direção do busto de Monet, da pequena cascata, da barreira. Imagino-o a voltar margeando o regato, tomando cuidado ele também para evitar a lama à beira do caminho.

Sento-me em um banco. Aguardo a continuação. Inelutável.

Ainda não há nenhum ônibus no estacionamento da pradaria quando a van da polícia para atabalhoadamente no acostamento do Chemin du Roy, entre o lavadouro e o meu moinho. A vinte passos do corpo afogado de Jérôme Morval.

Levanto-me.

Hesito em chamar Netuno mais uma vez. Suspiro. Afinal de contas, ele conhece o caminho. O moinho de Chennevières fica logo ao lado. Lanço um último olhar na direção dos policiais que descem da van e me afasto. Volto para casa. Da torre do moinho, no quarto andar, por trás da janela, pode-se observar bem melhor tudo o que acontece em volta.

E de maneira bem mais discreta.

2

O INSPETOR LAURENÇ SÉRÉNAC começou por delimitar um perímetro de alguns metros em volta do cadáver, prendendo uma larga fita de plástico cor de laranja nos galhos das árvores sobre o regato.

A cena do crime permite prever uma investigação complicada. Sérénac se tranquiliza, pensando que teve o reflexo certo quando o telefone da delegacia de Vernon tocou: vir acompanhado por três outros colegas. No presente momento, a principal missão do primeiro, o agente Louvel, é manter afastados os curiosos que começam a se aglomerar ao longo do regato. Chega a ser inacreditável. A van da polícia atravessou um vilarejo deserto e, em poucos minutos, é como se todos os moradores estivessem convergindo para o local do assassinato. Pois é disso que se trata: um assassinato. Não é preciso ter feito três anos de academia de polícia em Toulouse para confirmar. Sérénac observa outra vez a ferida aberta no coração, o alto do crânio rachado e a cabeça mergulhada na água. O agente Maury, ao que parece, o melhor especialista em criminalística da delegacia de Vernon, está ocupado identificando com cuidado os vestígios de passos na terra, bem em frente ao cadáver, e tirando o molde das impressões digitais com um gesso de secagem rápida. Foi Sérénac quem lhe deu a ordem de imortalizar o solo lamacento antes mesmo de avançar para examinar o corpo. O sujeito está morto; não vai se salvar nem ressuscitar. De forma alguma se deve pisotear a cena do crime antes de ter registrado tudo em fotos e posto em sacos plásticos.

O inspetor Sylvio Bénavides aparece na ponte. Recupera o fôlego. Alguns moradores de Giverny se afastam para deixá-lo passar. Sérénac lhe pediu para correr até o vilarejo logo ali adiante com uma foto da vítima na mão, de modo a colher as primeiras informações, quem sabe até identificar o homem assassinado. Não faz muito tempo que o inspetor Sérénac trabalha em Vernon, mas entendeu rapidamente que Sylvio Bénavides é muito bom em obedecer a ordens, o que faz com zelo; em organizar as coisas; e em arquivar com minúcia. De certa forma, o assistente ideal. Bénavides talvez padeça de uma leve falta de iniciativa... Mesmo assim, Sérénac tem a intuição de que se trata mais de excesso de timidez do que de falta de competência. Um sujeito dedicado! Enfim, dedicado... dedicado ao seu trabalho de policial. Pois, na realidade, Bénavides deve considerar seu superior hierárquico recém-saído da academia de polícia de Toulouse uma espécie de objeto policial não identificado. Apesar de Sérénac ter sido alçado a chefe da delegacia de Vernon quatro meses antes, sem ter sequer a patente de delegado, é possível levar a sério ao norte do Sena um policial que ainda não completou 30 anos, que se dirige aos bandidos com um sotaque provençal, como se fossem colegas, e que já supervisiona cenas de crime com um cinismo desiludido?

Sérénac acha que talvez não. As pessoas ali são tão estressadas... e não só na polícia. Por toda parte! É pior ainda ali em Vernon, aquele subúrbio parisiense distante disfarçado de Normandia. Ele conhece o mapa de sua circunscrição: a fronteira com a Île-de-France passa por Giverny, a poucas centenas de metros dali, do outro lado do curso principal do rio. Mas o povo ali é normando, não parisiense. E não abre mão disso. Uma espécie de esnobismo. Um cara lhe disse seriamente que, ao longo da história, a fronteira entre a França e o reino anglo-normando marcada pelo Epte, aquele pequeno regato ridículo, já matou mais gente do que o Meuse ou o Reno.

Que idiotas!

– Inspetor...

– Me chame de Laurenç, porra... Já falei.

Sylvio Bénavides hesita. O inspetor Sérénac disse isso na frente dos agentes Louvel e Maury, de uns quinze curiosos e do cadáver mergulhado no próprio sangue. Como se fosse hora de discutir formas de tratamento.

– Ahn. Certo. Bom, chefe... acho que vai ser preciso muito tato. Não tive dificuldade para identificar a vítima. Pelo visto, é um cara importante. Todo mundo o conhece por aqui. Jérôme Morval. Um cirurgião oftalmologista famoso. Tem consultório na Avenue Prudhon, em Paris, no *arrondissement* XVI. Mora em uma das casas mais bonitas do vilarejo, no número 71 da Rue Claude-Monet.

– Morava – corrige Sérénac.

Sylvio não reage. Tem a cara de quem acabou de ser convocado para lutar na frente russa. De um funcionário público lotado na região mais remota do país. De um policial enviado para trabalhar na Normandia. A imagem faz Sérénac sorrir. Quem deveria estar de cara feia é ele, não seu assistente.

– OK, Sylvio – diz ele. – Bom trabalho. Por enquanto não é preciso se preocupar. Mais tarde vamos examinar os detalhes do currículo.

Sérénac solta a fita laranja.

– Ludo, as impressões estão prontas? Podemos chegar perto sem colocar os protetores de sapato?

Ludovic Maury confirma. O agente se afasta levando vários moldes de gesso, enquanto o inspetor crava os pés na lama da margem do regato. Segura-se com uma das mãos no galho de freixo mais próximo e, com a outra, aponta para o corpo inerte.

– Chegue mais perto, Sylvio. Olhe. Não acha curioso o *modus operandi* deste crime?

Bénavides se adianta. Louvel e Maury também se viram, como se estivessem assistindo à prova de admissão de seu superior hierárquico.

– Rapazes, observem o ferimento que atravessa o paletó. Morval visivelmente foi morto com uma arma branca. Uma faca, algo assim. Em pleno coração. Sangue seco. Mesmo sem o parecer dos legistas, dá para lançar a hipótese de que a causa da morte é essa. Quando examinamos os vestígios na lama, porém, percebemos que o corpo foi arrastado por alguns metros até a beira do regato. Por que fazer isso? Por que mudar um cadáver de lugar? O assassino então pegou uma pedra, ou algum outro objeto pesado de tamanho semelhante, e se deu ao trabalho de esmagar o alto do crânio e a têmpora. Mais uma vez, por quê?

Louvel levanta a mão, quase timidamente.

– Morval talvez ainda não estivesse morto?

– Bem... – diz Sérénac com voz melodiosa. – Pelo tamanho da ferida no coração, não acredito muito nisso. E, se ele ainda estivesse vivo, por que não dar uma segunda facada ali mesmo? Por que arrastar a vítima para depois esmagar o crânio?

Sylvio Bénavides não diz nada. Ludovic Maury observa o local. Na margem do regato, uma pedra do tamanho de uma bola de futebol está coberta de sangue. Ele já coletou na sua superfície todas as amostras possíveis. Tenta dar uma resposta:

– Porque havia uma pedra por perto. Ele pegou a arma que estava ao seu alcance.

Os olhos de Sérénac brilham.

– Não concordo com você, Ludo. Olhem bem para esta cena, rapazes. Tem uma coisa ainda mais estranha. Olhem para o regato, numa extensão de uns 20 metros. O que estão vendo?

O inspetor Bénavides e os dois agentes acompanham as margens com os olhos, sem entender aonde Sérénac quer chegar.

– Não há nenhuma outra pedra! – exclama o chefe da delegacia, triunfal. – Não existe pedra nenhuma em toda a extensão do rio. E, se observarmos esta aqui um pouco de perto, não resta dúvida de que também foi transportada. Não tem terra seca grudada, a grama amassada debaixo dela está fresca... Então o que esta pedra providencial está fazendo aqui? O assassino a trouxe também, é óbvio.

O agente Louvel tenta fazer os moradores de Giverny recuarem até a margem direita do regato, em frente à ponte, no lado do vilarejo. O público não parece incomodar Sérénac. O inspetor continua:

– Rapazes, para resumir, estamos diante da seguinte situação: Jérôme Morval é esfaqueado aqui no caminho, um golpe provavelmente mortal. Em seguida, o assassino o arrasta até o rio. A 6 metros de distância. Depois disso, como se trata de um perfeccionista, vai buscar uma pedra por perto, um troço que deve pesar quase 20 quilos, e volta para esmagar a cabeça de Morval. E ainda não acabou... Observem a posição do corpo no regato: a cabeça está quase totalmente submersa. Esta posição lhes parece natural?

– O senhor acaba de dizer, chefe – responde Maury, quase irritado. – O assassino acerta Morval com a pedra, na beira da água. Depois a vítima escorrega para dentro do regato.

– Que coincidência – ironiza o inspetor Sérénac. – Uma pedrada e a cabeça de Morval vai parar debaixo d'água... Não, gente, estou disposto a apostar com vocês. Peguem a pedra e esmaguem o cérebro de Morval. Ali, na margem do regato. Nem por um decreto a cabeça do cadáver vai parar debaixo d'água, impecavelmente submersa a 10 centímetros de profundidade. Senhores, acho que a solução é bem mais simples. Estamos, por assim dizer, diante de um triplo assassinato na mesma pessoa. Primeiro eu o mato. Depois esmago sua cabeça. Por fim, o afogo.

Um esgar surge em seus lábios.

– Estamos diante de alguém motivado. Obstinado. Alguém muito, muito bravo com Jérôme Morval.

Laurenç Sérénac se vira sorrindo para Sylvio Bénavides.

– Querer matá-lo três vezes não é muito legal em relação ao nosso oftalmologista, mas pelo menos é melhor do que matar três pessoas diferentes, não?

Ele pisca para um inspetor Bénavides cada vez mais incomodado.

– Não gostaria de semear o pânico no vilarejo, mas nada nesta cena de crime me parece se dever ao acaso – continua. – Não sei por quê, é quase como se isto aqui fosse uma composição, um quadro montado. Como se cada detalhe houvesse sido planejado. Este lugar específico, Giverny. A sequência dos acontecimentos. A faca, a pedra, o afogamento...

– Uma vingança? – sugere Bénavides. – Uma espécie de ritual? É isso que o senhor acha?

– Não sei – responde Sérénac. – Veremos. Por enquanto não parece fazer o menor sentido, mas com certeza faz para o assassino.

Louvel afasta os curiosos na ponte sem muita energia. Sylvio Bénavides se mantém calado, concentrado, como se tentasse discernir, na enxurrada de palavras de Sérénac, entre o bom senso e a provocação.

De repente, uma sombra escura surge do pequeno bosque de choupos da pradaria, passa debaixo da fita laranja e pisoteia a lama das margens. O agente Maury tenta contê-la, sem sucesso.

Um pastor-alemão!

Animado, o cachorro se esfrega na calça jeans de Sérénac.

– Vejam só – diz o inspetor. – Nossa primeira testemunha espontânea.

Ele se vira para os moradores de Giverny na ponte.

– Alguém conhece este cachorro?

– Sim – responde, sem hesitação, um sujeito de certa idade vestido de pintor, com calça de veludo e paletó de tweed. – É Netuno. O cachorro de Giverny. Todo mundo aqui cruza com ele. Persegue as crianças do vilarejo. Os turistas. Faz parte da paisagem, por assim dizer.

– Venha cá, grandão – diz Sérénac, agachando-se para ficar da mesma altura do cão. – Quer dizer que é a nossa primeira testemunha? Me diga uma coisa: você viu o assassino? Sabe quem é? Depois quero seu depoimento. Agora ainda temos um pouco de trabalho aqui.

O inspetor parte um galho de chorão e o atira alguns metros mais adiante. Netuno reage. Vai buscar o galho, volta. Sylvio Bénavides observa com espanto a brincadeira do superior.

Por fim, Sérénac se levanta. Demora-se algum tempo examinando o entorno: o lavadouro de tijolo de adobe bem em frente ao regato, a ponte e, logo atrás, aquela estranha e extravagante construção de enxaimel, dominada por uma espécie de torre de quatro andares, cujo nome se pode ler gravado na parede: MOINHO DE CHENNEVIÈRES. Não podemos ignorar nada, anota num canto da mente, precisamos falar com todas as testemunhas em potencial, mesmo que o assassinato tenha sido cometido por volta das seis da manhã.

– Michel, mande o público se afastar. Ludo, me passe as luvas. Vamos ver o que o nosso oftalmologista tem no bolso, ainda que tenhamos de molhar os pés para não mudar o corpo de lugar.

Sérénac tira os tênis e as meias, arregaça o jeans até o meio das canelas, calça as luvas estendidas pelo agente Maury e entra descalço no regato.

Com a mão esquerda, mantém o equilíbrio do corpo de Morval, enquanto a outra vasculha seu paletó. Pega uma carteira de couro, que estende para Bénavides. Seu assistente abre e confere os documentos de identidade.

Não resta dúvida, é de fato Jérôme Morval.

A mão continua a explorar os bolsos do cadáver. Lenços de papel. Chaves de carro. Tudo vai passando de mão enluvada em mão enluvada até parar dentro de sacos transparentes.

– Cacete. Mas que porra...

Os dedos de Sérénac extraem do bolso exterior do paletó do cadáver uma cartolina amassada. O inspetor baixa os olhos. Trata-se de um simples cartão-postal. A imagem é um *Ninfeias* de Monet, um estudo em azul, uma daquelas reproduções vendidas aos milhões mundo afora. Sérénac vira o postal.

O texto é curto, escrito em letras datilografadas. ONZE ANOS. FELIZ ANIVERSÁRIO.

Logo abaixo dessas quatro palavras, há uma fina faixa de papel que foi cortada e depois colada no postal. Dessa vez são nove palavras: *O crime de sonhar eu consinto que seja instaurado.*

Porra...

Como duas algemas de aço, a água do regato congela de repente os tornozelos do inspetor. Sérénac grita para os curiosos parados ali em frente, aglomerados em volta do lavadouro como se esperassem o ônibus:

– Morval tinha filhos? Um filho de 11 anos, digamos?

O pintor vestido de veludo e tweed é novamente o mais rápido na resposta:

– Não, senhor delegado. Com certeza não!

Porra...

O cartão de aniversário é transferido para as mãos do inspetor Bénavides. Sérénac ergue a cabeça, observa. O lavadouro. A ponte. O moinho. O vilarejo de Giverny que vai despertando. Os jardins de Monet, um pouco mais adiante. A pradaria e os choupos.

As nuvens que se prendem às colinas arborizadas.

Aquelas nove palavras que se prendem ao seu pensamento.

O crime de sonhar eu consinto que seja instaurado.

De repente, ele tem certeza de que alguma coisa não está no devido lugar naquela paisagem de cartão-postal impressionista.

3

DE CIMA DA TORRE do moinho de Chennevières, observo a polícia. O de calça jeans, o chefe, ainda está dentro d'água; os outros três estão na margem, rodeados por aquela multidão idiota, umas trinta pessoas agora, que não perdem nada da cena, como no teatro, num teatro de rua. Num teatro de rio, aliás, para ser mais precisa.

Sorrio para mim mesma. Que idiotice fazer jogos de palavras sem ninguém para testemunhá-los, não acham? E por acaso sou menos idiota do que aqueles curiosos pelo fato de estar na sacada? É o melhor lugar de todos, acreditem. Ver sem ser vista.

Hesito. Rio também porque hesito. Um riso nervoso.

O que devo fazer?

Os policiais estão tirando um grande saco plástico da van branca, sem dúvida para colocar o cadáver. A pergunta continua a martelar em minha cabeça. O que devo fazer? Devo ir à polícia? Contar tudo o que sei aos policiais da delegacia de Vernon?

Será que vão acreditar nos delírios de uma velha louca? A melhor solução não seria me calar e esperar? Esperar alguns dias, só alguns dias. Observar, como se fosse um ratinho, para ver como os acontecimentos evoluem. Além disso, também vou ter de falar com Patricia, a viúva de Jérôme Morval; sim, isso devo fazer, claro.

Mas quanto a falar com a polícia...

Lá embaixo, perto do regato, os três agentes se abaixaram e estão arrastando o cadáver de Jérôme Morval até o saco, como se fosse um grande naco de carne descongelada do qual escorrem água e sangue. Estão penando, coitados. A impressão que tenho é de que são pescadores inexperientes que acabam de pegar um peixe grande demais. O quarto policial, ainda dentro d'água, os observa. De onde estou, é quase como se estivesse rindo. É, pelo que posso ver, está no mínimo sorrindo.

No fim das contas, talvez eu esteja me torturando a troco de nada: se for falar com Patricia Morval, todo mundo corre o risco de ficar sabendo, isso é certo. Principalmente a polícia. A viúva é uma fofoqueira... Já eu ainda não sou viúva, não de todo.

Fecho os olhos, talvez por um minuto. Quase isso.

Tomei minha decisão.

Não, não vou falar com a polícia! Vou me transformar num ratinho preto, invisível. Pelo menos por uns dias. Afinal de contas, se a polícia quiser me encontrar, na minha idade, isso é possível, não corro muito depressa. É só seguir Netuno... Abro os olhos e fito meu cachorro. Deitado a algumas dezenas de metros dos policiais, no meio das samambaias, ele também não perde nada da cena do crime.

Sim, está decidido: vou esperar uns dias, pelo menos o tempo de ficar viúva. É essa a regra, não? Um mínimo de decência. Depois disso, sempre vai haver tempo para improvisar, para agir no momento certo. De acordo com as circunstâncias. Li faz tempo um romance policial totalmente inacreditável. A trama era ambientada numa chácara inglesa, algo assim. Toda a intriga era explicada pelos olhos de um gato. Sim, isso mesmo, de um gato! O gato era testemunha de tudo, e é claro que ninguém lhe dava a menor atenção. À sua maneira, era ele quem conduzia a investigação! Escutava, observava, examinava. O romance era inclusive suficientemente bem construído para se poder pensar que, no fim das contas, o assassino era o gato. Bem, não vou estragar seu prazer contando o final, vocês vão ler o livro se tiverem oportunidade. Era só para explicar o que pretendo fazer: me transformar numa testemunha tão acima de qualquer suspeita desse caso quanto o gato da chácara inglesa.

Torno a virar a cabeça na direção do rio.

O cadáver de Morval quase desapareceu, engolido pelo saco plástico, que mais parece uma anaconda que acabou de se alimentar. Apenas um pedaço da cabeça ultrapassa agora os dois maxilares dentados de um zíper ainda um pouco aberto. Os três policiais na margem parecem ofegar. Do alto, é como se estivessem esperando apenas um gesto do chefe para sacar um cigarro.

SEGUNDO DIA
14 de maio de 2010, Moinho de Chennevières

Pronome de tratamento

4

No HOSPITAL, ELES ENCHEM meu saco com toda essa papelada. Amontoo como posso sobre a mesa da sala os papéis impressos em diferentes cores. Receitas médicas, atestados de plano de saúde, certidão de casamento, comprovante de residência, exames. Guardo tudo dentro de envelopes de papel pardo. Alguns são para o hospital. Não todos. Vou pesar e despachar tudo no correio de Vernon. Guardo os papéis sem serventia dentro de uma pasta branca. Não preenchi todos eles, não entendi tudo, vou perguntar às enfermeiras. Elas já me conhecem. Passei a tarde e boa parte da noite de ontem lá.

Quarto 126. Bancando a quase viúva preocupada com o marido que vai partir; escutando as palavras tranquilizadoras dos médicos, das enfermeiras. Suas mentiras.

Meu marido está fodido! Tenho consciência disso. Se eles soubessem como estou cagando!

Tomara que acabe logo! É só o que peço.

Antes de sair, avanço até o espelho com a moldura folheada a ouro descascada, à esquerda da porta de entrada. Olho meu rosto ressecado, enrugado, frio. Morto. Enrolo um grande lenço negro em volta dos cabelos presos. Quase um xador. As velhas daqui são condenadas a usar véu, ninguém quer vê-las. É assim que as coisas são. Até em Giverny. Principalmente em Giverny, o vilarejo da luz e das cores. As velhas são condenadas às sombras, à escuridão, à noite. Inúteis. Invisíveis. Elas passam. E são esquecidas.

Para mim é melhor assim.

Viro-me uma última vez antes de descer a escadaria da minha torre de menagem. É assim que as pessoas se referem com mais frequência à torre do moinho de Chennevières, em Giverny. Torre de menagem. Num gesto automático, verifico que nada ficou fora do lugar e, no mesmo pensamento, maldigo minha estupidez. Ninguém mais entra aqui. Ninguém mais vai aparecer, nunca; ainda assim, qualquer mínimo objeto fora do lugar me deixa atormentada. Uma espécie de distúrbio obsessivo do comportamento, como se diz nos artigos de jornal. Um transtorno obsessivo-compulsivo, que não incomoda ninguém além de mim.

No canto mais escuro, um detalhe me irrita. Tenho a impressão de que o quadro está um pouco torto em relação à pilastra. Atravesso a sala devagar. Empurro o canto direito inferior da moldura para fazê-la subir um pouquinho.

As minhas *Ninfeias*.

Negras.

Pendurei o quadro no lugar exato em que não se pode vê-lo de nenhuma janela, se é que alguém poderia ver pela janela do quarto andar de uma torreta normanda construída no meio de um moinho.

Meu antro...

O quadro está pendurado no trecho menos iluminado, em um canto morto, mais exatamente. A escuridão torna ainda mais sinistras as manchas escuras a deslizar sobre a água cinzenta.

As flores do luto.

As mais tristes que alguém já pintou.

Desço a escada com dificuldade. Saio. Netuno está me esperando no pátio do moinho. Afasto-o da minha bengala antes de ele pular no meu vestido: esse cachorro não consegue entender que controlo cada vez menos meu equilíbrio. Levo vários minutos para trancar as três pesadas fechaduras, colocar o molho de chaves na bolsa e verificar uma última vez se todas as fechaduras estão bem trancadas.

Por fim, viro-me. No pátio do moinho, a grande cerejeira está perdendo as últimas flores. Uma cerejeira centenária, ao que parece. Dizem que teria conhecido Monet! As cerejeiras agradam muito em Giverny. Plantaram toda uma fileira delas ao redor do estacionamento do museu de arte americana, que um ano atrás virou o museu dos impressionistas. Cerejeiras japonesas, pelo que ouvi dizer. São menores, como árvores anãs. Acho isso estranho, essas novas árvores exóticas, como se já não existissem árvores em quantidade suficiente no vilarejo. Mas enfim, é assim que as coisas são. Parece que os turistas americanos adoram o rosa das flores de cerejeira na primavera. Se alguém pedisse a minha opinião, diria que a terra do estacionamento e os carros cobertos de pétalas cor-de-rosa me parecem ter, digamos, um quê de Barbie. Mas ninguém quer saber a minha opinião.

Aperto os envelopes contra o peito para que Netuno não os estrague. Subo com dificuldade a Rue du Colombier. Não me apresso; paro para recuperar o fôlego na sombra da entrada coberta de hera de uma pousada. O ônibus até Vernon só vai passar daqui a duas horas. Tenho tempo, todo o tempo do mundo para brincar de ratinho preto.

Viro na Rue Claude-Monet. As malvas-rosas e as íris alaranjadas rebentam o asfalto feito ervas daninhas à margem das fachadas de pedra. Típico de Giverny. Prossigo no meu ritmo de octogenária. Como sempre, Netuno já está bem mais à frente. Acabo chegando ao Hotel Baudy. As vidraças do estabelecimento mais famoso de Giverny estão escondidas por cartazes de exposições, galerias ou festivais. Aliás, as vidraças têm exatamente o mesmo tamanho dos cartazes. Pensando bem, é estranho: sempre me perguntei se era coincidência, se o tamanho dos cartazes era adaptado ao das vidraças do hotel ou se, pelo contrário, o arquiteto do Baudy era um visionário que, já no século XIX, ao projetar suas janelas, previra o tamanho-padrão dos futuros reclames publicitários.

Mas imagino que um enigma desses não lhes interesse nem um pouco. Algumas dezenas de visitantes estão acomodados numa mesa diante do hotel, em cadeiras de ferro verdes, debaixo de guarda-sóis laranja, em busca da mesma emoção da colônia de pintores americanos que desembarcou no hotel há mais de um século. Na verdade, isso também é estranho. No século passado, pintores americanos vinham aqui, a este minúsculo vilarejo normando, atrás de calma e concentração. O oposto da Giverny de hoje. Acho que não entendo nada da Giverny de hoje.

Acomodo-me em uma mesa livre e peço um café. Quem me serve é uma garçonete nova, uma temporária. Está usando roupas curtas e um pequeno cardigã de estilo impressionista, com ninfeias lilases nas costas.

Usar ninfeias lilases nas costas também é estranho, não?

Eu, que vi o vilarejo se transformar ao longo de todo esse tempo, às vezes tenho a impressão de que Giverny virou um grande parque de diversões. Ou, melhor, um parque de impressões. Acho que eles inventaram esse conceito! Fico ali, suspirando, como uma velha má que vive resmungando sozinha e não entende mais nada. Examino a multidão díspar que me cerca. Um casal de namorados lê a quatro mãos o mesmo guia Michelin. Três crianças com menos de 5 anos brincam no cascalho; seus pais devem pensar que estariam bem melhor na beira de uma piscina do que de um laguinho de sapos. Uma americana já meio passada tenta pedir seu *café liégeois* em um francês digno de Hollywood.

Eles estão ali.

Os dois estão sentados a três mesas de mim. Quinze metros. Eu os reconheço, claro. Já os vi pela janela do moinho, por trás das minhas cortinas. O inspetor mergulhado no regato diante do cadáver de Jérôme Morval e seu tímido assistente.

Naturalmente, estão olhando para outro lado, na direção da jovem garçonete. Não na direção de um velho ratinho preto.

5

PELAS LENTES DOS ÓCULOS escuros do inspetor Sérénac, a fachada do Hotel Baudy ganha um tom quase sépia, estilo belle époque, e as pernas da garçonete bonita que atravessa a rua adquirem um tom de cobre que lembra a cor de um croissant dourado.

– Tá bom, Sylvio. Supervisione de novo para mim todas as buscas na margem do regato. Já foi tudo para o laboratório, claro: as impressões dos pés, a pedra, o corpo de Morval. Mas pode ser que a gente tenha esquecido alguma coisa. Sei lá, o lavadouro, as árvores, a ponte. Lá, você descobre. Dê uma volta e veja se encontra alguma testemunha. Já eu não tenho escolha, preciso falar com a viúva Patricia Morval. Pode me dar alguma informação sobre esse tal Jérôme Morval?

– Posso sim, Laur... ahn, chefe.

Sylvio Bénavides tira uma pasta de baixo da mesa. Sérénac segue a garçonete com o olhar.

– Quer beber alguma coisa? Um *pastis*? Um vinho branco?

– Ah, não, não. Nada.

– Nem um café?

– Não. Não. Não se preocupe.

Bénavides acaba cedendo:

– Está bem, um chá.

Laurenç Sérénac levanta a mão com autoridade.

– Senhorita? Um chá e uma taça de branco. Gaillac, se tiver.

Ele se vira para o assistente.

– É tão difícil assim me chamar de você? Eu tenho o quê, Sylvio? Sete, dez anos a mais do que você? Nossa patente é a mesma. Não é porque chefio há quatro meses a delegacia de Vernon que devo ser chamado de "senhor". No Sul, até os novatos chamam os delegados de "você".

– No Norte, é preciso saber esperar. Essa hora vai chegar, chefe. O senhor vai ver.

– Você com certeza tem razão. Vamos dizer que tenho de me adaptar... Mas, porra, acho muito estranho meu assistente me chamar de "chefe".

Sylvio torce as mãos como se hesitasse em contradizer seu superior.

– Se me permite, não tenho certeza de que seja uma questão de diferença entre Norte e Sul. Por exemplo, meu pai agora está aposentado, mas passou a vida em Portugal e na França, construindo casas para patrões mais jovens do que ele que o tratavam de "você" e que ele tratava de "senhor". Na minha opinião, é mais uma questão de, sei lá, gravata ou macacão de operário, mãos de unhas feitas ou sujas de graxa. Entende o que estou querendo dizer?

Laurenç Sérénac abre os braços, distanciando as laterais da jaqueta de couro da camiseta cinza.

– Está vendo alguma gravata aqui, Sylvio? Nós dois somos inspetores, porra.

Ele dá uma sonora risada.

– Enfim, como você mesmo disse, o "você" virá com o tempo. Tirando isso, não mude mais nada. Gosto bastante do seu lado português de segunda geração que se faz de modesto. Mas então, e esse tal Morval?

Sylvio baixa a cabeça e lê suas anotações com um ar estudioso:

– Jérôme Morval é um filho do vilarejo que soube seguir o próprio caminho. Morou em Giverny, mas a família se mudou para Paris quando ele ainda era menino. Papai Morval também era médico, clínico geral, mas sem grandes fortunas. Jérôme se casou bastante jovem com uma tal Patricia Chéron. Os dois tinham menos de 25 anos. O resto é um belo sucesso. O jovem Jérôme estuda medicina, especializa-se em oftalmologia, abre o primeiro consultório em Asnières com outros cinco colegas, e depois, quando o pai morre, investe a herança para comprar um consultório individual de cirurgia oftálmica no *arrondissement* XVI. Aparentemente, as coisas vão muito bem. Pelo que entendi, ele seria um especialista renomado em catarata e, consequentemente, teria uma clientela idosa. Dez anos atrás, retorna às origens: Jérôme compra uma das mais belas casas de Giverny, entre o Hotel Baudy e a igreja.

– Não tem filhos?

A garçonete traz as bebidas e se afasta. Sérénac interrompe seu assistente logo antes de ele responder:

– Bonitinha a moça, hein? Um belo compasso dourado debaixo da saia, não?

Bénavides hesita entre um suspiro cansado e um sorriso constrangido.

– Sim... não... enfim, em relação aos Morval, quero dizer. Nunca tiveram filhos.

– Bem... Algum inimigo?

– Morval levava uma vida de celebridade um tanto limitada. Nada de política. Nenhuma responsabilidade em associações ou coisas do tipo. Nenhum grupo de amigos. Mas tinha...

– Veja só! Bom dia.

Bénavides sente a forma peluda se enfiar debaixo da mesa. Dessa vez, dá um suspiro evidente. Sérénac estende a mão, na qual Netuno se esfrega.

– Minha única testemunha por enquanto – sussurra Laurenç Sérénac. – Oi, Netuno!

O cão reconhece o próprio nome. Encosta-se na perna do inspetor e espia com um ar desejoso o torrão de açúcar no pires da xícara de chá de Sylvio. Sérénac ergue o dedo na direção do cachorro.

– Comporte-se, hein. Vamos escutar o inspetor Bénavides. Ele não consegue concatenar duas frases. Mas, Sylvio, o que você estava dizendo?

Sylvio se concentra em suas anotações e continua com um tom monocórdico:

– Jérôme Morval tinha duas paixões. Paixões que o devoravam, como se diz. Às quais ele dedicava todo o seu tempo.

Sérénac acaricia Netuno.

– Estamos avançando...

– Duas paixões, portanto. Para resumir: pintura e mulheres. Com relação à pintura, ao que parece, estamos diante de um verdadeiro colecionador, um autodidata bastante talentoso, com uma preferência marcada pelo Impressionismo, claro. E com um desejo, pelo que me disseram. Jérôme Morval sonhava em ter um Monet! E, se possível, não qualquer Monet. Ele queria arrumar um *Ninfeias*. Eis o que passava pela cabeça do nosso oftalmologista...

Sérénac dá um assobio no ouvido do cão.

– Só um Monet? Mesmo que o seu consultório fizesse todas as burguesas do XVI recuperarem a visão, um *Ninfeias* parece muito além das possibilidades do nosso caro Dr. Morval. Mas duas paixões, dizia você. De um lado, as telas impressionistas. E, do outro, as mulheres?

– Boatos, boatos. Ainda que Morval não fizesse muito esforço para ser discreto. Seus vizinhos e colegas me falaram principalmente sobre a situação da mulher dele, Patricia. Casou jovem. Dependia financeiramente do marido. Impossível se divorciar. Condenada a fechar os olhos, chefe, se é que o senhor me entende.

Laurenç Sérénac esvazia sua taça de branco.

– Se isto aqui for um Gaillac... – comenta, com uma careta. – Entendo o que você está dizendo, meu Sylvio, e, no fim das contas, estou começando a gostar desse médico. Já conseguiu encontrar alguma amante ou algum corno com potencial para assassino?

Sylvio pousa a xícara no pires. Netuno o encara com olhos úmidos.

– Ainda não. Mas ao que parece, em relação às amantes, Jérôme Morval também tinha uma busca, uma obsessão...

– Ah! Uma cidadela inexpugnável?

– Pode-se dizer. Segure-se bem, chefe: a mulher em questão é a professora da escola primária do vilarejo. A mais bonita do pedaço, e ele estava decidido a incluí-la entre seus troféus de caça.

– E daí?

– E daí que não sei mais nada. Isso foi tudo o que pude tirar de uma conversa com seus colegas, a secretária e três galeristas com quem ele sempre trabalhava. Essa é a versão de Morval.

– A professora é casada?

– É. Com um marido particularmente ciumento, pelo que dizem.

Sérénac se vira para Netuno.

– Estamos avançando, meu grandão. Esse Sylvio é muito bom, não é?

Parece um pouco travado à primeira vista, mas na verdade é um craque, tem um cérebro e tanto.

Sérénac se levanta. Netuno se afasta correndo pela rua.

– Sylvio, espero que você não tenha esquecido as botas e a rede para chafurdar no Ru. Vou dar meus pêsames à viúva de Morval... Rue Claude-Monet, 71, é isso?

– É. Não tem como errar. Giverny é um vilarejo minúsculo, construído na encosta de um morro. São duas ruas paralelas compridas, a Rue Claude-Monet, que atravessa o vilarejo inteiro, e o Chemin du Roy, ou seja, a estrada regional no fundo do vale que margeia o regato. Fora isso, tem só uma série de pequenas ruelas que sobem um aclive um tanto pronunciado entre as duas principais.

As pernas da garçonete atravessam a Rue Claude-Monet em direção ao balcão do bar. As malvas-rosas lambem as paredes do Hotel Baudy, de tijolos e terracota, como chamas de cor pastel no fundo de uma lareira banhada de sol. Sérénac acha a cena bonita.

6

SYLVIO TINHA RAZÃO: o número 71 da Rue Claude-Monet é sem dúvida a casa mais bonita da rua. Persianas amarelas, uma hera americana que devora metade da fachada, uma feliz mistura de pedras maciças e enxaimel, gerânios a escorrer pelas janelas e a transbordar de vasos imensos: uma fachada impressionista por excelência. Patricia Morval deve ter o dedo verde, ou no mínimo sabe orientar um pequeno exército de jardineiros competentes. Coisa que não deve faltar em Giverny.

Pendurado a uma corrente em frente a um portão de madeira, há um sino de cobre. Sérénac o sacode. Poucos segundos depois, Patricia Morval aparece à porta de carvalho. Estava esperando por ele, obviamente. O policial empurra o portão enquanto ela se afasta para deixá-lo entrar.

O inspetor Sérénac sempre aprecia esse momento exato de uma investigação. *A primeira impressão*. Os poucos instantes de psicologia pura que se deve aproveitar na hora. Quem é essa mulher na sua frente? Uma apaixonada tomada pelo desespero ou uma burguesa seca e indiferente? Uma amante maltratada pelo destino ou uma viúva alegre? Agora rica. Enfim livre. Vingada dos desvios de conduta do marido. Estará fingindo ou não a dor do luto? Por ora, não é fácil saber, pois os olhos de Patricia Morval estão escondidos atrás de grandes óculos de lentes grossas que mascaram as pupilas avermelhadas.

Sérénac entra no corredor. Na realidade, trata-se de um vestíbulo imenso, estreito e profundo. De repente, para, estarrecido. A cobrir a totalidade das duas paredes, em uma extensão de mais de 5 metros, há dois quadros imensos de ninfeias em uma variação um tanto rara, com tons de vermelho e dourado, sem céu nem galhos de chorão. Pelo que sabe, é sem dúvida a reprodução de uma tela de Monet pintada nos seus últimos anos de vida, as últimas séries, posteriores a 1920. A dedução não é difícil, pois Monet seguiu uma lógica de criação simples: estreitar progressivamente o olhar, eliminar o cenário, concentrá-lo em um único ponto do lago, alguns metros quadrados, como se para conseguir atravessá-lo. Sérénac avança nesse estranho ambiente. O corredor tenta sem dúvida evocar as paredes do Orangerie, mesmo que esteja longe dos 100 metros lineares de *Ninfeias* expostos no museu de Paris.

Sérénac adentra uma sala. A decoração é clássica, um pouco carregada demais de bibelôs variados. A atenção do visitante é atraída sobretudo pelos quadros expostos. Uma dezena. Originais. Até onde Sérénac sabe, alguns nomes estão começando a representar um valor real, ao mesmo tempo artístico e financeiro. Grebonval, Van Muylder, Gabar... Pelo visto, Morval tinha bom gosto e tino para investimentos. O inspetor pensa que, se a viúva conseguir manter distantes os abutres que sentirão o cheiro do verniz, ficará por muito tempo protegida de qualquer necessidade.

Ele se senta. Patricia não consegue ficar parada. Nervosa, muda de lugar objetos já perfeitamente arrumados. Seu terninho roxo contrasta com a pele leitosa um tanto opaca. Sérénac lhe daria uns 40 anos, talvez menos. Não chega a ser bonita, mas uma espécie de rigidez, de porte, lhe confere certo charme. Mais clássica do que classuda, diria o policial. Uma sedução minimalista, mas ensaiada.

– Tem certeza absoluta de que foi assassinato, inspetor?

Ela pergunta isso num tom mordaz, um pouco desagradável.

E continua:

– Já me contaram sobre a cena. Não se pode cogitar um acidente? Uma queda em cima de uma pedra, algo pontudo, e Jérôme se afoga...

– Por que não? Tudo é possível. É preciso aguardar o parecer dos legistas. Mas no estado atual da investigação, devo lhe confessar, tudo leva a crer que se trate de assassinato. Sem dúvida alguma.

Patricia Morval tortura entre os dedos uma pequena estátua de Diana caçadora pousada em cima do aparador. De bronze. Sérénac retoma a direção da entrevista. Ele faz as perguntas e Patricia Morval responde quase com onomatopeias, raramente mais de três palavras, em geral as mesmas, praticamente sem variar o tom. Ela sobe alto nos agudos.

– Nenhum inimigo?
– Não, não, não.
– A senhora não observou nada de especial nesses últimos dias?
– Não, não.
– Sua casa parece imensa. Seu marido morava aqui?
– Sim... Sim. Sim e não.

Sérénac não lhe deixa escolha; dessa vez, não permite sutilezas:
– A senhora tem de ser mais específica, madame Morval.

Patricia Morval separa com lentidão as sílabas, como se as contasse:
– Jérôme raramente passava a semana aqui. Ele tinha um apartamento ao lado do consultório, no *arrondissement* XVI, em Paris. Boulevard Suchet.

O inspetor anota o endereço enquanto reflete que fica bem pertinho do Museu Marmottan. Com certeza não é coincidência.

– Seu marido costumava dormir fora?
Silêncio.
– Sim.

Os dedos nervosos de Patricia Morval rearranjam um buquê de flores recém-colhidas dentro de um vaso comprido com desenhos japoneses. Uma imagem tenaz surge na mente de Laurenç Sérénac: aquelas flores vão apodrecer no caule. A morte vai imobilizar aquela sala. A poeira do tempo vai encobrir aquela harmonia de cores.

– Vocês não tinham filhos?
– Não.
Um intervalo.
– Seu marido também não? Com outra mulher, quero dizer?

Patricia Morval compensa a hesitação com um timbre de voz uma oitava mais baixo:
– Não.

Sérénac não se apressa. Tira do bolso uma fotocópia do postal do *Ninfeias* encontrado no bolso de Jérôme Morval, vira-a e estende para a viúva. Patricia Morval se vê obrigada a ler as quatro palavras datilografadas: ONZE ANOS. FELIZ ANIVERSÁRIO.

– Encontramos este postal no bolso do seu marido – esclarece o inspetor. – Talvez a senhora tenha algum primo? Filhos de amigos? Qualquer criança a quem seu marido pudesse enviar este postal de aniversário?

– Não, não consigo pensar em ninguém. Mesmo.

Ainda assim, Sérénac dá tempo para Patricia Morval pensar antes de insistir:

– E esta citação?

Os olhares de ambos se desviam até o postal para ler as estranhas palavras que vêm a seguir: *O crime de sonhar eu consinto que seja instaurado.*

– Não faço ideia! Sinto muito, inspetor.

Ela parece sinceramente indiferente. Sérénac põe o postal sobre a mesa.

– É uma cópia, pode ficar, nós temos o original. Vou deixar a senhora pensar. Se algo lhe ocorrer...

Patricia Morval se move cada vez menos, como uma mosca que entendeu que não vai conseguir fugir do jarro. Sérénac prossegue:

– Seu marido já teve problemas? Profissionais, quero dizer? Não sei, uma cirurgia que deu errado? Um paciente insatisfeito? Uma reclamação?

A mosca subitamente volta a se tornar agressiva:

– Não! Jamais! O que o senhor está insinuando?

– Nada. Nada. Fique descansada.

O olhar dele abarca os quadros na parede.

– Seu marido tinha um gosto evidente pela pintura. A senhora acha que ele poderia estar envolvido, digamos, em alguma espécie de tráfico, alguma intermediação, mesmo sem querer?

– O que está querendo dizer?

A voz da viúva torna a ficar aguda, mais desagradável do que antes. Um clássico, pensa o inspetor. Patricia Morval se fecha em uma negação de assassinato. Reconhecer o assassinato do marido é admitir que alguém poderia odiá-lo o suficiente para matá-lo. É admitir, de certa forma, a culpa do marido. Isto Sérénac já aprendeu: é preciso lançar luz sobre o lado escuro da vítima sem com isso ofender a viúva.

– Não estou querendo dizer nada, nada de preciso. Garanto à senhora, madame Morval. Estou só procurando alguma pista. Fiquei sabendo sobre a... digamos, a busca do seu marido. Ter uma tela de Monet. Isso era...

– A mais pura verdade, inspetor. Era um sonho dele. Jérôme é tido como um dos maiores conhecedores de Claude Monet. Um sonho, sim. Ter um Monet. Ele trabalhou muito para isso. Era um ótimo cirurgião. Teria merecido. Era um homem apaixonado. E não qualquer tela, inspetor. Um *Ninfeias*. Não sei se o senhor consegue entender, mas era isso que ele buscava. Uma tela pintada aqui, em Giverny. No vilarejo dele.

Aproveitando a frase da viúva, o cérebro de Sérénac se agita. *A primeira impressão!* Nos minutos desde que iniciou a conversa com Patricia Morval, ele começou a formar uma opinião sobre a natureza de seu luto. E, contrariando todas as expectativas, essa impressão tende cada vez mais na direção da paixão arrebatada, do amor fulminado, do que na direção cansada, mal iluminada: a da indiferença da mulher negligenciada.

– Sinto muito importuná-la desta forma, madame Morval. Mas nós dois temos o mesmo objetivo: descobrir o assassino do seu marido. Vou ter de lhe fazer perguntas mais... pessoais.

Patricia Morval parece se imobilizar na pose do nu pintado por Gabar pendurado na parede oposta.

– Seu marido nem sempre foi, digamos, fiel. A senhora acha que...

Sérénac percebe a emoção de Patricia. Como se, dentro dela, lágrimas íntimas tentassem apagar o incêndio de seu ventre.

Ela o interrompe:

– Meu marido e eu nos conhecemos muito jovens. Ele me cortejou por muito, muito tempo, a mim e a outras. Demorei muitos anos para ceder. Jovem, ele não era do tipo que faz as meninas sonharem. Não sei se o senhor entende o que estou tentando explicar. Era sem dúvida um pouco sério demais, um pouco tedioso. Ele... não confiava em si mesmo em relação ao sexo oposto. Dá para sentir essas coisas. Depois, com o tempo, tornou-se bem mais seguro de si, bem mais sedutor, bem mais interessante. Acho que tenho grande responsabilidade nisso, inspetor. Ele também ficou mais rico. Jérôme, na idade adulta, tinha algumas revanches pendentes em relação às mulheres... Às mulheres, inspetor. Não a mim. Não sei se o senhor consegue entender.

Espero que sim, pensa Sérénac, ao mesmo tempo que considera que vai precisar de nomes, fatos, datas.

Depois...

Patricia Morval insiste:

– Espero que o senhor tenha tato, inspetor. Giverny é um vilarejo pequeno, que mal chega a algumas centenas de moradores. Não mate Jérôme uma segunda vez. Não suje seu nome. Ele não merece. Tudo, menos isso.

Laurenç Sérénac balança a cabeça num gesto tranquilizador.

As primeiras impressões... Ele agora já tem uma convicção. Sim, Patricia Morval amava o seu Jérôme. Não, não o teria matado por dinheiro.

Mas por amor, quem pode garantir?

Um último detalhe lhe chama a atenção, foram as flores no vaso japonês que o convenceram: o tempo naquela casa parou. O relógio de pé deixou de funcionar na véspera! Naquela sala, cada centímetro quadrado ainda respira as paixões de Jérôme Morval. Só as dele. E permanecerá assim por toda a eternidade. Os quadros nunca mais serão tirados das paredes. Os livros nas estantes da biblioteca nunca mais serão abertos. Vai permanecer tudo inerte, como um museu deserto em homenagem a um sujeito que todos já esqueceram. Um apreciador de arte que não vai deixar nada para a posteridade. Um apreciador de mulheres que, sem dúvida, nenhuma delas vai prantear. Exceto a sua, aquela que ele negligenciava.

Uma vida inteira acumulando reproduções. Sem descendentes.

A luz da Rue Claude-Monet cega o inspetor. Ele espera menos de três minutos e Sylvio aparece no final da rua, sem botas, mas com a barra da calça suja de terra. Sérénac acha isso engraçado. Sylvio Bénavides é um sujeito bacana. Com certeza, bem mais esperto do que seu lado meticuloso deixa transparecer. Por trás dos óculos de sol, Laurenç Sérénac se demora a detalhar a fina silhueta de seu assistente, cuja sombra se alonga pelas paredes das casas. Sylvio não é propriamente magro. Estreito seria mais exato, já que paradoxalmente é possível distinguir uma barriga saliente por baixo da camisa quadriculada abotoada até o pescoço e da calça apertada de lona bege. Sylvio seria mais largo de perfil do que de frente, pensa Laurenç, achando graça. Um cilindro! Isso não o torna feio, muito pelo contrário. Confere-lhe uma espécie de fragilidade, um tamanho de jovem tronco de árvore, liso e maleável, como se fosse capaz de se vergar sem jamais quebrar.

Sylvio se aproxima com um sorriso nos lábios. Na verdade, o que Laurenç menos aprecia no assistente, pelo menos de um ponto de vista físico, é a mania que tem de pentear os cabelos curtos e lisos para trás, ou de lado, com um repartido de seminarista. Com certeza, um simples corte escovinha bastaria para transformá-lo. Sylvio Bénavides para na frente dele e leva as mãos ao quadril.

– Então, chefe? E a viúva?

– Muito viúva! Muito, muito viúva. E o seu trabalho de perícia?

– Nenhuma novidade. Conversei com alguns vizinhos, que estavam dormindo na manhã do assassinato e não sabem nada. Quanto aos outros indícios, veremos. Está tudo dentro de vidros ou de plásticos... Vamos para casa?

Sérénac consulta o relógio de pulso. São 16h30.

– Vamos. Quero dizer, vá você. Tenho um encontro ao qual não posso faltar.

Diante da expressão espantada do assistente, ele explica:

– Não gostaria de perder a saída da escola.

Sylvio Bénavides pensa ter entendido.

– Em busca de uma criança de 11 anos que estaria comemorando o aniversário em breve?

Sérénac lhe dá uma piscadela cúmplice.

– Digamos que sim. E também quero conhecer a tal joia impressionista, a professora primária tão cobiçada por Jérôme Morval quanto uma tela de Monet.

7

Espero o ônibus sob as tílias da pequena praça onde ficam a prefeitura e a escola. É o canto mais sombreado do vilarejo, apenas alguns metros acima da Rue Claude-Monet. Estou praticamente sozinha. Sério, esse vilarejo ficou estranho: poucos metros e um simples final de rua bastam para passar das hordas das filas de espera dos museus ou galerias de pintura tomados de assalto às ruelas desertas de um vilarejo rural.

O ponto de ônibus fica em frente à escola, ou quase. As crianças brincam no pátio atrás da grade. Parado um pouco mais afastado, debaixo de uma tília, Netuno espera impaciente as crianças serem soltas da jaula. Ele adora correr atrás delas.

Logo em frente à escola pública, foi instalado o ateliê da Art Gallery Academy. O slogan está pintado na parede em letras imensas: OBSERVAÇÃO COM IMAGINAÇÃO. Nada mau! Durante o dia inteiro, um regimento de aposentados claudicantes, com a cabeça encimada por chapéus de pescador ou panamá, sai da galeria e se espalha pelo vilarejo. Em busca da inspiração divina. Impossível não os ver na cidade, com o crachá vermelho e o carrinho de vovó para empurrar o cavalete.

Não é ridículo? Um dia alguém vai me explicar por que o feno daqui, os pássaros nas árvores ou a água do rio não têm a mesma cor que em outros lugares do mundo.

Eu não entendo. Devo ser muito burra, devo ter morado aqui por tempo de mais. Só pode ser isso, como quando se vive por muito tempo com um homem bonito. Em todo caso, esses invasores não vão embora como os outros, às seis da tarde, nos seus ônibus. Eles ficam até o cair da noite, dormem ali mesmo, partem quando o sol nasce. São em sua maioria americanos. Eu talvez não passe de uma velha que observa todo esse circo através da catarata, mas vocês não podem me impedir de pensar que um desfile assim de velhos pintores em frente à escola acaba influenciando as crianças do vilarejo, acaba pondo ideias na sua cabeça. Não concordam?

O inspetor viu Netuno debaixo da tília. Sinceramente, esses dois não se largam mais! Ele provoca o cão com uma mistura de luta brincalhona e carinhos. Eu me mantenho afastada no meu banco, qual uma estátua de ébano. Talvez vocês achem estranho uma velha como eu passear assim por Giverny sem ninguém, ou quase ninguém, reparar nela. Muito menos a polícia. Vou lhes dizer uma coisa: experimentem. Postem-se numa esquina de rua, qualquer uma, num bulevar de Paris, na praça da igreja de um vilarejo, onde quiserem; basta ser um lugar onde há muita gente. Parem ali o quê, dez minutos, e contem as pessoas que passarem. Vão ficar impressionados com a quantidade de idosos. É bem provável que eles serão mais numerosos do que os outros. Primeiro, porque é assim, não param de nos repetir: há cada vez mais velhos no mundo. Segundo, porque os velhos não têm mais o que fazer a não ser vagar pelas ruas. Por fim, e principalmente, porque ninguém presta atenção neles; é assim que as coisas são. As pessoas prestam atenção na barriga de fora de uma moça, se espremem para deixar passar o executivo que aperta o passo ou o grupo de jovens que ocupa a calçada inteira, deixam o olhar se demorar no carrinho com o bebê dentro e a mamãe atrás. Mas um velho ou uma velha... Eles são invisíveis. Justamente por avançarem tão devagar que chegam a fazer parte do cenário, como uma árvore ou um poste de rua. Se não acreditam, experimentem. Parem nem que seja por dez minutos. Vocês vão ver.

Enfim, voltando ao nosso assunto, e como tenho o privilégio de ver sem ser vista, posso lhes confessar: é preciso reconhecer que ele é muito charmoso, esse jovem policial, com sua jaqueta de couro curta, o jeans justo, a barba rente, os cabelos revoltos e louros como um trigal depois da chuva. Dá para entender que se interesse mais pelas professoras melancólicas do que pelas velhas loucas da cidade.

8

Após um último carinho demorado, Laurenç Sérénac larga Netuno e vai em direção à escola. Quando chega a 10 metros da porta, umas vinte crianças de idades variadas passam por ele aos gritos. Como se ele as fizesse fugir.

As feras estão soltas.

Uma menina de seus 10 anos corre na frente, marias-chiquinhas ao vento. Netuno, como que movido por uma mola, põe-se a correr junto com ela. Os outros vão atrás, descem correndo a Rue Blanche-Hoschedé-Monet e se dispersam na Rue Claude-Monet. Do mesmo modo repentino com que se animou, a praça da prefeitura volta a ficar em silêncio. O inspetor avança mais alguns metros.

Por muito tempo depois, Laurenç Sérénac vai recordar esse milagre. Por toda a vida. Vai pesar cada som, os gritos das crianças se dissipando, o barulho do vento nas tílias; cada cheiro, cada centelha de luz, a brancura das pedras da prefeitura, a trepadeira presa ao corrimão dos sete degraus que levam até a porta.

Não esperava isso. Não esperava nada.

Muito tempo depois, vai entender que o que o fulminou foi um contraste, um ínfimo contraste, poucos segundos, se tanto. Stéphanie Dupain estava em pé em frente à porta da escola e não o tinha visto. Por um instante, Laurenç cruzou seu olhar perdido na direção das crianças que fugiam rindo, como se carregassem nas mochilas os sonhos da professora.

Uma leve melancolia, como uma frágil borboleta.

Então, logo depois, Stéphanie percebe a presença do visitante. Na mesma hora, o sorriso aparece, os olhos lilases brilham.

– Pois não?

Stéphanie Dupain oferece ao desconhecido seu frescor. Uma imensa lufada de frescor, lançada aos quatro ventos, às paisagens dos artistas, à contemplação dos turistas, ao riso das crianças nas margens do Epte. Ela não guarda nenhuma parte dele para si. É um dom absoluto.

Sim, o que mexeu tanto com Laurenç Sérénac foi o contraste. Aquela melancolia educada. Dissimulada. Como se ele houvesse entrevisto, por um instante apenas, a caverna de um tesouro e, a partir de então, tivesse como obsessão única encontrar a entrada.

Sorrindo também, ele balbucia:

– Inspetor Laurenç Sérénac, da delegacia de Vernon.

Ela estende a mão delicada.

– Stéphanie Dupain. Única professora da única turma da cidade.

Seus olhos riem.

É bonita. Mais do que bonita, na verdade. Os olhos claros em tons de ninfeias alcançam todas as nuances do azul e do lilás, dependendo do sol. Os lábios rosa-claro parecem maquiados com giz. O vestidinho leve revela ombros nus quase brancos. Uma pele de porcelana. Um coque meio desarrumado aprisiona os longos cabelos castanho-claros.

Uma fantasia contida.

Jérôme Morval com certeza tinha bom gosto, e não só em matéria de pintura.

– Entre. Tenha a bondade.

* * *

O frescor dentro da escola contrasta com o calor a que estivera exposto na rua. Quando Laurenç adentra a pequena sala e observa as cerca de vinte carteiras, experimenta uma espécie de emoção agradável diante daquela súbita intimidade.

Seu olhar desliza até os imensos mapas expostos na parede. França, Europa, mundo. Belos mapas, deliciosamente antigos. Seus olhos se detêm de repente em um cartaz próximo à mesa da professora.

Desafio Internacional Jovens Pintores
Jovens Pintores
Fundação Robinson
Escola de Artes do Brooklyn e Academia
de Belas Artes da Pensilvânia, Filadélfia

A introdução lhe parece ideal.
– Seus alunos vão se inscrever?
Os olhos de Stéphanie se acendem.
– Vão. Eles se inscrevem todo ano! É quase uma tradição aqui. Theodore Robinson foi um dos primeiros pintores americanos a vir pintar em Giverny com Claude Monet. Era o hóspede mais assíduo do Hotel Baudy. Depois se tornou um professor de arte famoso nos Estados Unidos... Nada mais natural que as crianças de Giverny hoje participem do concurso da sua fundação, o senhor não acha?

Sérénac meneia a cabeça.
– E os vencedores ganham o quê?
– Alguns milhares de dólares, nada mau... E, principalmente, um estágio de várias semanas numa prestigiosa escola de arte. Nova York, Tóquio, São Petersburgo... Cada ano é uma cidade diferente.
– Impressionante. Algum aluno de Giverny já ganhou?

Stéphanie Dupain ri com vontade e dá um tapinha no ombro de Laurenç Sérénac.

Sem malícia. Ele estremece.
– Não, imagine. Milhares de escolas no mundo todo participam do concurso. Mas vale a pena tentar, não é? Sabia que os filhos do próprio Claude Monet, Michel e Jean, se sentaram nos bancos desta escola?
– Já Theodore Robinson nunca voltou à Normandia, acho eu.

Stéphanie Dupain encara o inspetor, estupefata. Arregala bem os olhos e o inspetor pensa perceber neles um quê de admiração.

– Vocês estudam história da arte na academia de polícia?

– Não. Mas é possível ser da polícia e gostar de pintura, não?

Ela enrubesce.

– *Touché*, inspetor.

Suas faces de porcelana adquirem o mesmo rosa de flores selvagens, salpicado por sardas. Os olhos lilases inundam o recinto.

– O senhor tem toda a razão. Theodore Robinson morreu aos 43 anos, em Nova York, de uma crise de asma, apenas dois meses depois de escrever ao amigo Claude Monet para organizar sua volta a Giverny. Nunca mais voltou à França. Seus herdeiros criaram uma fundação e esse concurso internacional de pintura em 1896, alguns anos depois da sua morte. Mas estou chateando o senhor. Imagino que não tenha vindo aqui para ouvir uma aula...

– Eu adoraria.

Sérénac só disse isso para vê-la corar outra vez. E o resultado foi até melhor do que esperava.

O inspetor insiste:

– E a senhora? A senhora pinta?

Mais uma vez os dedos da jovem se perdem no ar e quase encostam no peito do inspetor. O policial se obriga a ver nesse gesto apenas um reflexo de professora acostumada a se inclinar na direção dos alunos, a conversar com eles olhando nos olhos, a tocá-los.

Incendiária inocente?

Ele torce para não estar corando tanto quanto ela.

– Não, não. Eu não pinto. Não tenho... não tenho talento nenhum.

Por um breve instante, uma nuvem passa diante do brilho de suas íris.

– E o senhor? Seu sotaque não é de Vernon. Nem seu nome de batismo, Laurenç. Não é muito comum por aqui.

– Boa observação. Laurenç é o mesmo que Laurent em provençal. Para ser mais exato, meu dialeto pessoal seria o de Albi. Acabei de ser transferido.

– Bem-vindo, então! Albi? Seu gosto pela pintura vem de Toulouse-Lautrec, então? Cada um com seu pintor.

Ambos sorriem.

– Em parte... A senhora tem razão. Lautrec representa para os albigenses o que Monet representa para os normandos.

– O senhor sabe o que Lautrec dizia sobre Monet?

– Vou decepcioná-la, confesso que nem sabia que os dois se conheciam.

– É claro que se conheciam! Mas Lautrec achava os impressionistas brutos. Chegou a chamar Monet de babaca... Sim, usou essa palavra, "babaca", porque desperdiçava seu imenso talento pintando paisagens em vez de seres humanos!

– Que bom que Lautrec morreu antes de ver Monet se transformar em eremita e só pintar nenúfares durante trinta anos.

Stéphanie ri com vontade.

– É um modo de ver as coisas. Na realidade, pode-se considerar que Lautrec e Monet escolheram dois destinos opostos. Para Toulouse-Lautrec, uma vida efêmera de libertinagem perseguindo a luxúria da alma humana; para Monet, uma longa vida contemplativa dedicada à natureza.

– Mais complementares do que opostos, não? Será que é preciso mesmo escolher? Não podemos ter as duas coisas?

Stéphanie dá um sorriso sem graça.

– Sou incorrigível, inspetor. Imagino que não tenha vindo aqui conversar comigo sobre pintura. Está investigando o assassinato de Jérôme Morval, não é?

Ela se senta na mesa, quase na mesma altura do tórax de Sérénac. Cruza as pernas com naturalidade. O tecido de algodão escorrega até o meio da coxa. Laurenç Sérénac fica sem ar.

– O que isso tem a ver comigo? – sussurra a voz inocente da professora.

9

O ÔNIBUS PAROU BEM em frente à praça da prefeitura. Ao volante, uma mulher. Ela não tem sequer um aspecto masculino ou de caminhoneiro, não, é só uma mulher miúda que poderia muito bem ser enfermeira ou secretária. Não sei se vocês repararam, mas cada vez mais são as mulheres que dirigem esses imensos veículos. Principalmente na zona rural. Há algum tempo nunca se viam mulheres dirigindo ônibus. Isso com certeza se deve ao fato de, nos vilarejos, apenas os velhos e as crianças usarem agora o transporte público. Sim, só pode ser por isso que chofer de ônibus não é mais uma profissão masculina.

Ergo a perna com dificuldade até o degrau do ônibus. Pago à motorista, que me devolve o troco com um gesto seguro de caixa. Acomodo-me na parte da frente. Metade dos lugares está ocupada, mas sei por experiência que muitos turistas vão embarcar na saída de Giverny; a maioria desce na estação de Vernon. Depois disso, não existe ponto logo em frente ao Hospital de Vernon, mas, em geral, os motoristas ficam com pena das minhas pobres pernas e me deixam saltar antes. Vocês agora entendem: as mulheres dirigem ônibus porque aceitam esse tipo de coisa.

Penso em Netuno. Ontem peguei um táxi para voltar de Vernon. Custou-me exatamente 34 euros! Uma quantia e tanto, não acham, para menos de 10 quilômetros? Bandeirada noturna, disse-me o sujeito ao volante do seu Renault Espace. Eles aproveitam, claro; sabem muito bem que depois das nove da noite não passa mais nenhum ônibus para Giverny. Aliás, diga-se de passagem, reparem bem que os taxistas são sempre homens, nunca mulheres. É bem provável que passem a noite inteira rodando em volta do hospital, feito abutres, só para espreitar a saída de viúvas que nunca aprenderam a dirigir. Nesse horário, apostam que ninguém vai regatear o preço! Enfim... Digo isso, mas talvez ficasse bem feliz em encontrar um táxi daqui a pouco. Porque esta noite, pelo que os médicos disseram, pode muito bem ser a última. De modo que a coisa talvez dure uma boa parte da noite.

Fico realmente chateada por deixar Netuno fora de casa.

10

NA SALA DE AULA da escola de Giverny, o inspetor Laurenç Sérénac tenta não grudar os olhos na pele nua das pernas da professora. Vasculha o bolso com gestos canhestros enquanto Stéphanie Dupain o observa com um olhar inocente, como se sua pose sentada em cima da mesa com as coxas cruzadas fosse a mais natural do mundo. Em geral, reflete Laurenç Sérénac, nenhum aluno da sua turma deve ver malícia nisso. Em geral...

– Então? – torna a perguntar a professora. – O que isso tem a ver comigo?

Os dedos do inspetor acabam por extrair do bolso uma fotocópia do postal do *Ninfeias*.

ONZE ANOS. FELIZ ANIVERSÁRIO.

Ele lhe estende o postal.

– Encontramos isto no bolso de Jérôme Morval.

Stéphanie Dupain destrincha a frase com atenção. Quando se inclina e se vira levemente de perfil, o raio de sol que vem da janela se reflete no papel branco e ilumina seu rosto, numa pose de leitora rodeada por um halo de luz que sugere Fragonard. Degas. Vermeer. Por um segundo, uma estranha impressão passa pela cabeça de Sérénac: nenhum dos gestos daquela jovem é espontâneo, a graça de cada movimento é demasiado perfeita, calculada, estudada. *Ela está posando para ele*. Stéphanie Dupain se empertiga com elegância, os lábios de giz se abrem delicadamente e deixam escapar um hálito invisível que transforma em pó as ridículas desconfianças do policial.

– Os Morval não tinham filhos. Então o senhor pensou na escola.

– Sim. Todo o mistério está aí. Tem alguma criança de 11 anos na sua turma?

– Muitas, claro. Tenho alunos de mais ou menos todas as idades, de 6 a 11 anos. Mas, que eu saiba, nenhum deles faz aniversário nos próximos dias ou semanas.

– A senhora poderia nos dar uma lista exata? Com o endereço dos pais, as datas de nascimento, enfim, tudo o que possa ser útil?

– Isso pode ter ligação com o assassinato?

– Pode ser que sim, pode ser que não. Por enquanto, estamos tateando, seguindo várias pistas. Por exemplo, só para saber, essa frase significa alguma coisa para a senhora?

Sérénac conduz o olhar de Stéphanie até a parte inferior do postal. Ela franze de leve o cenho num esforço de concentração. Ele adora cada um de seus movimentos.

Ela continua a ler. As pálpebras se agitam, a boca treme, a nuca se dobra. Uma mulher lendo sempre foi uma fantasia do inspetor. Como ela o poderia estar manipulando? Como poderia saber?

O crime de sonhar eu consinto que seja instaurado.

– Então... não significa nada para a senhora? – balbucia Sérénac.

Stéphanie Dupain se levanta bruscamente. Caminha até a estante de livros, se abaixa, em seguida torna a se virar, toda sorrisos. Estende-lhe um livro branco. Laurenç tem a impressão de que o coração da professora está batendo a ponto de estourar o peito debaixo do vestido de algodão, como um passarinho trêmulo que não se atreve a passar pela porta aberta da gaiola. Um segundo depois, ele se pergunta por que lhe veio essa imagem ridícula. Tenta se concentrar no assunto em pauta.

– Louis Aragon – diz a voz límpida de Stéphanie. – Desculpe, inspetor, vou ser novamente obrigada a lhe dar uma aula...

Laurenç afasta um caderno e se senta numa das carteiras dos alunos.

– Já falei. Adoro isso.

Ela torna a rir.

– O senhor não é tão versado em poesia quanto em pintura, inspetor. A frase do postal é um trecho de um poema de Louis Aragon.

– A senhora é incrível...

– Não, não, não tenho mérito algum. Em primeiro lugar, Louis Aragon era um frequentador de Giverny, um dos únicos artistas que ainda se mudaram para o vilarejo depois da morte de Claude Monet, em 1926. Além disso, esse trecho é de um famoso poema dele, o primeiro que foi censurado pelo regime de Vichy, em 1942. Me perdoe mais uma vez pela aula, inspetor, mas quando lhe disser o título do poema o senhor vai entender por que é uma tradição aqui no vilarejo ensiná-lo todos os anos às crianças da escola...

– "Impressões"? – arrisca Sérénac.

– Errou. Por pouco. Aragon batizou seu poema de "Ninfeu".

Laurenç Sérénac tenta organizar as informações, ordená-las.

– Se estou entendendo bem, Jérôme Morval logicamente também devia conhecer a origem desses estranhos versos.

Ele passa alguns segundos pensando, hesitante a respeito de que atitude adotar.

– Obrigado. Poderíamos ter levado muitos dias para descobrir isso. Mesmo que, por enquanto, eu não entenda como essa informação nos faz avançar.

O inspetor se vira para a professora. Ela está em pé na sua frente, seus rostos quase na mesma altura, afastados uns 30 centímetros.

– Stéphanie... Posso chamá-la de Stéphanie? A senhora conhecia Jérôme Morval?

Os olhos lilases o encaram. Ele quase não hesita. Mergulha.

– Giverny é um lugar minúsculo – responde ela. – Algumas centenas de habitantes...

O inspetor já ouviu isso antes!

– Isso não é resposta, Stéphanie.

Silêncio. Vinte centímetros os separam.

– Sim... eu o conhecia.

A superfície lilás das íris está cheia de luz. O inspetor transpira. Precisa insistir. Ou se entregar. Todo o seu cinismo fajuto não lhe serve de nada.

– Existem... existem boatos.

– Não fique constrangido, inspetor. É claro que estou sabendo. Esses boatos... Jérôme Morval era um mulherengo, é assim que se diz, não? Não, não vou fingir que ele não tentou se aproximar de mim. Só que...

Seus olhos de ninfeia se obscurece. Uma leve brisa.

– Eu sou casada, inspetor Sérénac. Sou a professora primária deste vilarejo. Morval, de certa forma, era o médico. Seria ridículo pôr o senhor nesse tipo de pista louca... Nunca aconteceu nada entre Jérôme Morval e eu. Em vilarejos como o nosso, sempre existem pessoas para espionar as outras, espalhar mentiras, inventar segredos...

– Não está mais aqui quem falou. Me perdoe se fui inconveniente.

Ela sorri, bem diante de sua boca, e de repente desaparece de novo na direção da estante.

– Tome, inspetor. Já que o senhor tem coração de artista...

Laurenç constata, estupefato, que Stéphanie está lhe estendendo outro livro.

– Para sua cultura pessoal. *Aureliano*, o mais belo romance de Louis Aragon. As cenas mais importantes acontecem em Giverny. Do capítulo 60 ao 64. Tenho certeza de que o senhor vai adorar.

– Obri... obrigado.

O inspetor não encontra mais nada a dizer e se recrimina interiormente pelo próprio mutismo. Stéphanie o pegou desprevenido. O que Aragon tem a ver com aquela história toda? Ele sente que algo lhe escapa, como uma derrapagem, uma perda de controle. Pega o livro com uma segurança forçada, cola-o à coxa com o braço inerte e estende a mão para Stéphanie. A professora a aperta.

Um aperto um pouco forte demais.

Um pouco demorado demais.

Um ou dois segundos. Só o tempo de a sua imaginação se soltar. Aquela mão dentro da sua parece se agarrar, parece gritar: "Não me solte. Não me abandone. Você é minha única esperança, Laurenç. Não me deixe chegar ao fundo."

Stéphanie sorri. Seus olhos cintilam.

Ele deve ter sonhado, claro. Está ficando louco. Está embaralhando os pincéis em sua primeira investigação normanda.

Aquela mulher não está escondendo nada.

Ela é bonita, só isso. E pertence a outro homem.

Claro!

Enquanto recua, ele balbucia:

– Stéphanie, a senhora... não esqueça de fazer a lista das crianças. Amanhã mando um agente vir buscá-la.

Ambos sabem que ele não vai mandar agente nenhum, que ele próprio vai voltar, e que ela também assim espera.

11

O ÔNIBUS DE VERNON vira na Rue Claude-Monet e toma a direção da igreja, na parte do vilarejo em que o fluxo de turistas é menos intenso. Por assim dizer. Adoro atravessar o vilarejo assim, de ônibus, sentada na frente, diante de uma tela panorâmica que desfila. Passo pelas galerias Demarez e Kandy, pela corretora de imóveis Immo-Prestige, pela pousada de Clos-Fleury, pelo Hotel Baudy. O ônibus alcança um grupo de crianças que caminha pela rua de mochila nas costas. Quando a motorista buzina, elas se afastam para o lado, esmagando sem escrúpulos malvas-rosa e íris. Duas outras crianças correm um pouco mais na frente e adentram a campina em frente ao Hotel Baudy. Eu os reconheço: os dois não se largam. Paul e Fanette. Vejo também Netuno, que corre ao lado deles no meio do feno. Esse cachorro não larga as crianças, principalmente Fanette, a menina das marias-chiquinhas.

Vou lhes dizer uma coisa: acho que estou ficando gagá. Vivo preocupada com meu velho cachorro, mas ele se vira muito bem sem mim com as crianças da cidade.

No final da rua, vejo a parada seguinte do ônibus. Não consigo reprimir um suspiro. Um verdadeiro êxodo! Mais de vinte passageiros esperando, carregados com malas de rodinhas, mochilas, sacos de dormir e, claro, grandes telas envoltas em papel pardo.

12

Fanette segura a mão de Paul. Os dois estão escondidos atrás do monte de feno, na grande campina que separa o Chemin du Roy da Rue Claude-Monet, na altura do Hotel Baudy.

– Shh, Netuno. Sai! Vão descobrir a gente...

O cão olha para as duas crianças de 11 anos sem entender. Seu pelo está coberto de palha.

– Sai! Seu burro!

Paul dá uma risada sonora. Sua camisa está aberta. Ele jogou a mochila de lado.

Gosto da risada de Paul, pensa Fanette.

– Olha eles ali! – exclama a menina de repente. – No final da rua! Venha...

Eles saem correndo. Paul mal tem tempo de pegar a mochila. Seus passos ecoam pela Rue Claude-Monet.

– Mais rápido, Paul! – grita de novo Fanette, segurando a mão do menino.

O vento faz suas marias-chiquinhas voarem.

– Ali!

Ela se vira bruscamente na altura da igreja de Sainte-Radegonde, sobe o acesso de cascalho sem diminuir o passo e se deita atrás da grossa sebe verde. Dessa vez, Netuno não vem atrás deles: está farejando o fosso do outro lado da estrada e fazendo xixi nas casas baixas. Por causa do aclive do morro, a impressão é que elas estão enterradas. Paul abafa um acesso de riso.

– Shh, Paul. Eles não vão demorar a passar. Assim você vai fazê-los descobrir a gente.

Paul recua um pouco. Senta-se no túmulo branco atrás de si. Uma das nádegas sobre a lápide dedicada a Claude Monet, a outra sobre aquela dedicada a sua segunda esposa, Alice.

– Cuidado, Paul! Não sente no túmulo do Monet...

– Desculpe.

– Tudo bem!

Também gosto muito de Paul quando o repreendo e ele se desculpa fazendo-se de tímido.

Enquanto Fanette também reprime um acesso de riso, Paul avança, sem conseguir evitar se apoiar nas outras lápides do mausoléu, as dos outros integrantes da família Monet.

Fanette espia por entre os galhos. Escuta passos.
São eles!
Camille, Vincent e Mary.
Vincent é o primeiro a chegar. Observa o entorno com uma concentração digna de índio. Olha Netuno com um ar desconfiado, então grita:
– Fanette! Cadê você?
Paul reprime outra risada. Fanette leva a mão à boca.
Camille chega por sua vez à altura da igreja. É mais baixo do que Vincent. Os braços rechonchudos e a barriga transbordam da camisa aberta. Está ofegante. O gordinho do grupo, como sempre existe um.
– Você os viu?
– Não! Eles devem ter ido mais longe.
Os dois meninos prosseguem seu caminho. Vincent grita, ainda mais alto:
– Fanette! Cadê vocêêê?
A voz estridente de Mary ecoa um pouco mais atrás:
– Vocês podiam me esperar!
Quase um minuto depois de Camille e Vincent passarem, Mary para diante da igreja. É uma menina um tanto alta para os seus 10 anos. Debaixo dos óculos, está chorando.
– Meninos, me esperem! Fanette que se dane! Me esperem!
Ela vira a cabeça na direção dos túmulos; por reflexo, Fanette se deita por cima de Paul. Mary não vê nada e acaba seguindo em frente até a Rue Claude-Monet, arrastando as sandálias no asfalto de tanta raiva.
Ufa...
Fanette se levanta, sorridente. Ajeita as marias-chiquinhas. Paul limpa o cascalho que grudou na sua calça.
– Por que você não quer falar com eles? – quer saber o menino.
– Eles me irritam! Não irritam você?
– Ah. Um pouco, sim.
– Então. Está vendo? Espere. Camille não para de falar de ciência: "Blá--blá-blá, blá-blá-blá, eu sou o melhor aluno da sala, me escutem..." Vincent é pior ainda, estou de saco cheio dele na minha cola! Um saco, um saco, um saco! Ele não me deixa espaço para respirar. E Mary, não preciso nem explicar. Fora chorar, puxar o saco da professora e falar mal de mim...
– É inveja – diz Paul, baixinho. – E eu? Não se irrita comigo?

Fanette lhe faz cócegas na bochecha com uma folha.
Você é diferente, Paul. Não sei por quê, mas não é a mesma coisa.
– Seu bobo. Você sabe que é o meu preferido. Para sempre...
Paul fecha os olhos, saboreia o prazer. Fanette acrescenta:
– Pelo menos em geral. Só que hoje não!
Ela se levanta para ver se o caminho está livre. Paul revira os olhos.
– O que foi? Vai me abandonar também?
– Vou. Tenho um encontro. Ultrassecreto!
– Com quem?
– Ultrassecreto, já falei! Não vá me seguir, hein? Só Netuno pode vir comigo.
Paul agita os dedos, as mãos e os braços como quem tenta disfarçar um medo intenso.
É por causa desse assassinato. Ninguém fala em outra coisa no vilarejo desde hoje de manhã! A polícia não sai das ruas. Como se houvesse algum perigo para nós também...
Fanette insiste:
– Jura?
Paul se arrepende, mas confirma:
– Juro!

TERCEIRO DIA
15 de maio de 2010, Hospital de Vernon

Raciocínio

13

O DESPERTADOR FOSFORESCENTE ACIMA da cama marca 1h32. Não consigo pegar no sono. A última enfermeira que vi já passou faz mais de uma hora. Deve pensar que estou cochilando. Dormir. Até parece! Como dormir em poltronas tão desconfortáveis?

Observo o conta-gotas que pinga da pera de borracha. Por quanto tempo eles ainda podem mantê-lo assim, com essa intravenosa?

Dias? Meses? Anos?

Ele também não dorme. Perdeu o domínio da fala ontem, ou pelo menos é o que os médicos dizem. Tampouco é capaz de mover os músculos, mas mantém os olhos abertos. Segundo as enfermeiras, ele entende tudo. Elas já me repetiram isso cem vezes: se eu falar, se ler para ele, ele vai ouvir. "É importante para o moral do seu marido."

Sobre a mesa de cabeceira há uma pilha de revistas. Quando as enfermeiras estão presentes, meio que finjo ler em voz alta. Mas, assim que elas saem, me calo.

Como ele supostamente entende tudo, vai entender.

Torno a olhar para o conta-gotas. Para que servem essas perfusões? As enfermeiras explicaram que elas o mantêm vivo, mas esqueci os detalhes.

Os minutos passam. Estou preocupada com Netuno também. Meu pobre cão, sozinho em Giverny. Não vou passar a noite inteira aqui, afinal.

As enfermeiras estavam pessimistas. Deve fazer dez minutos que ele não pisca o olho. Continua a me encarar fixamente. Isso me enlouquece.

2h12.

Uma enfermeira tornou a aparecer. Pediu que eu tentasse dormir. Fingi escutá-la.

Tomei minha decisão.

Espero mais um pouco, apuro os ouvidos para ter certeza de que não há nenhum barulho no corredor. Levanto-me. Espero mais um pouco, e então, com os dedos trêmulos, desconecto as perfusões. Uma por uma. São três.

Ele me fita com olhos desvairados. Já entendeu. Dessa vez, pelo menos, não resta dúvida de que entendeu.

O que ele esperava?

Aguardo.

Quanto tempo? Quinze minutos? Trinta? Peguei uma revista em cima de uma cadeira. *Normandie Magazine*. O texto fala sobre a grande exposição de quadros neste verão chamada "Normandia impressionista". Ninguém vai falar em outra coisa na região a partir do mês de junho. Fico lendo ostensivamente. Em silêncio! Como se não estivesse nem aí que ele morresse bem do meu lado. É isso mesmo, aliás.

De vez em quando, observo-o por cima da revista. Ele me encara com olhos esbugalhados. Encaro-o também por alguns segundos, em seguida retomo a leitura. Seu rosto se deforma cada vez um pouco mais. É horrível, podem acreditar.

Por volta de três da manhã, tenho a impressão de que ele morreu mesmo. Os olhos de meu marido continuam abertos, mas não se movem.

Levanto-me e começo a reconectar os conta-gotas como se nada houvesse acontecido. Mas não, pensando bem, torno a desconectá-los. Aperto a campainha de alarme.

A enfermeira acorre. Profissional.

Adoto um ar apavorado. Sem exageros, claro. Explico que peguei no sono e que o encontrei assim quando acordei sobressaltada.

A enfermeira observa os tubos soltos. Parece contrariada, como se aquilo fosse culpa sua.

Espero que ela não tenha problemas. Em todo caso, não sou eu quem vai lhe criar nenhum!

Ela corre para chamar um médico.

Tenho um sentimento estranho. Entre a raiva, ainda, e a liberdade.

E a dúvida.

O que fazer agora?

Ir contar tudo à polícia ou continuar a bancar o ratinho preto pelas ruelas de Giverny?

14

As CINCO FOTOGRAFIAS ESTÃO espalhadas sobre a mesa da delegacia. Laurenç Sérénac segura nas mãos um envelope de papel pardo.

– Pelo amor de Deus, quem pode ter mandado isso? – pergunta Sylvio Bénavides.

– Não se sabe... O envelope foi encontrado na correspondência de hoje de manhã. Enviado de uma caixa postal em Vernon. Ontem à noite.

– Só fotos. Não tinha carta, bilhete, nada?

– Não, nenhuma explicação. Mas não poderia estar mais claro. Estamos diante de uma espécie de compilação das amantes de Jérôme Morval. Um *best of*... Por favor, Sylvio, dê uma olhada, eu já tive tempo de admirar.

Sylvio Bénavides dá de ombros, em seguida se curva sobre as cinco imagens: Jérôme Morval está em todas as fotos, mas em cada uma delas acompanhado por uma mulher diferente. Nenhuma delas é a sua esposa. Jérôme Morval atrás de uma mesa, apoiado nos joelhos de uma moça a quem beija de língua e que poderia muito bem ser uma secretária do seu consultório. Jérôme Morval no sofá de uma boate, com a mão no seio de uma moça de vestido de paetês. Jérôme Morval sem camisa, deitado ao lado de uma moça branca em uma praia de areia cujo cenário ao fundo lembra a Irlanda. Jérôme Morval em pé em uma sala decorada por quadros parecida com a sua, enquanto uma moça de saia, ajoelhada, está de costas para o fotógrafo, mas não para o oftalmologista. Jérôme Morval caminhando por uma trilha de terra batida acima de Giverny – dá para reconhecer o campanário da igreja de Sainte-Radegonde –, de mãos dadas com Stéphanie Dupain.

Sylvio Bénavides dá um assobio.

– Nada a dizer. Trabalho de profissional!

Sérénac sorri.

– Também acho. Esse oftalmologista chamava atenção, mesmo não tendo um físico de galã.

Desconcertado, Bénavides encara o chefe por alguns instantes antes de se corrigir:

– Não estava falando de Morval, mas de quem tirou as fotos.

Sérénac pisca para ele.

– Você é inacreditável, Sylvio. Sempre cai direitinho! Vamos, desculpe, pode continuar.

Bénavides enrubesce e prossegue gaguejando:

– Eu... O que quis dizer, chefe, é que sem dúvida isto aqui é trabalho de um detetive particular profissional. Ao que parece, eu diria que as fotos, pelo menos as tiradas no escritório e na sala, foram feitas por uma janela, com uma zoom que até mesmo um paparazzo deve ter dificuldade para comprar.

Sérénac torna a examinar as imagens. Exagera um pouco uma careta libidinosa.

– Hum. Não estou achando você muito exigente. As fotos internas estão embaçadas, não? Enfim, não vou criticar, é um trabalho de bastante qualidade. Visivelmente, Morval escolhia moças lindas. É isso que eu deveria ter feito, virado detetive particular em vez de policial.

Sylvio deixa passar.

– Na sua opinião, quem, tirando a mulher dele, poderia ter encomendado estas fotos? – pergunta.

– Não sei. Vamos perguntar a Patricia Morval, mas, quando a encontrei, não foi particularmente loquaz em relação às infidelidades do marido. E tive sobretudo a impressão de que neste caso vai ser preciso desconfiar das aparências.

– Como assim?

– Bom, por exemplo, Sylvio, acho que você notou que a natureza das cinco fotografias é bem diferente. Em algumas, como na da boate, na da sala e na do escritório, não resta dúvida: o malandro Morval está comendo essas moças.

Bénavides franze o cenho.

– Bom, tudo bem, talvez eu esteja tirando conclusões precipitadas – acrescenta Sérénac. – Digamos que Morval tem intimidade suficiente com elas para lhes acariciar o busto ou receber um agrado especial. Mas no caso da foto da praia e, principalmente, da que foi tirada acima de Giverny, nada diz que essas moças são amantes dele.

– A última mulher é também a única que conhecemos – contribui Bénavides. – Stéphanie Dupain, a professora primária do vilarejo, se não me engano.

Sérénac confirma com um meneio de cabeça. Sylvio continua:

– Por outro lado, chefe, não sei aonde o senhor quer chegar com essa história de *best of* das aventuras sexuais de Morval. Trair é trair, não?

– Vou lhe dizer aonde quero chegar. Não gosto nem um pouco de receber presentes anônimos. Gosto menos ainda de orientar uma investigação criminal com base no que um abutre manda. Sou um homem adulto, entende? Não gosto muito quando alguém que não se apresenta fica me sugerindo onde devo procurar pistas.

– E isso quer dizer exatamente o quê?

– Quer dizer, por exemplo, que não é porque Stéphanie Dupain está no meio desta série de fotos que ela era amante de Morval. Mas talvez alguém queira que nós cheguemos a essa conclusão.

Sylvio Bénavides coça a cabeça enquanto pensa na hipótese desenvolvida pelo chefe.

– Tá, essa parte eu entendi. Mas não podemos simplesmente não levar estas fotos em consideração.

– Ah, claro que não... Sobretudo porque ainda não chegamos ao final do mistério. Aperte o cinto, Sylvio, e espie o verso das fotos.

Sérénac vira, uma por uma, as cinco imagens sobre a mesa. No verso de cada uma há um número.

Na da mesa, *23-02*. Na da boate, *15-03*. Na da praia, *21-02*. Na da sala, *17-03*. E, no verso da foto tirada no caminho de Giverny, *03-01*.

– Puta que pariu – diz Bénavides entre os dentes. – O que significa isso?

– Não faço ideia.

– Parecem datas. Talvez sejam os dias em que as fotos foram tiradas?

– Hum... E todas teriam sido tiradas entre os meses de janeiro e março? Nesse caso, ele teria uma saúde e tanto, o nosso rei da catarata, você não acha? E eu poria a mão no fogo que esta foto da praia na Irlanda não foi tirada no inverno.

– Então?

– Ora, Sylvio, vamos pesquisar! Não temos alternativa. Vamos correr atrás. Quer que eu lhe sugira um jogo?

Bénavides abre um sorriso desconfiado.

– Na verdade, não...

– Bom, digamos que você não tem escolha.

Sérénac se inclina, recolhe as cinco fotos, mistura-as e as dispõe em leque, como um baralho. Estende-as para o colega.

– Um de cada vez, Sylvio. Cada um de nós vai tirar uma moça. Depois vamos bancar os policiais e descobrir seu nome, currículo e álibi para o dia do assassinato de Morval. Marcamos um encontro para daqui a dois dias, e vamos ver quem consegue mais informações.

– O senhor é mesmo estranho às vezes, chefe.

– Que nada, Sylvio. É só o meu jeito de apresentar as coisas. Além do mais, o que você quer fazer além de tentar descobrir a identidade dessas garotas? Afinal, não vamos deixar Maury e Louvel saírem à caça dessas cinco beldades no nosso lugar, vamos?

Sérénac solta uma gargalhada.

– Bom, se você não se decide, começo eu.

Laurenç Sérénac pega a foto de Jérôme Morval debruçado sobre a moça no escritório.

– A secretária particular brincando de médico com o chefe – comenta. – Vamos ver. Sua vez.

Sylvio suspira, em seguida pega uma das fotos.

– Sem roubar, hein! Nada de olhar os números!

O inspector vira a foto. É a da boate.

– Sortudo! – exclama Sérénac. – A garota dos paetês.

Bénavides enrubesce. Laurenç Sérénac escolhe. Ele pega a foto da garota ajoelhada.

– A surpresinha. A garota de costas. Sua vez.

Sérénac lhe apresenta as duas últimas fotos. Bénavides escolhe. O acaso lhe atribuiu a foto da praia.

– A desconhecida do mar da Irlanda – comenta Sérénac. – Está se saindo bem, danadinho.

Sylvio Bénavides batuca com as fotos sobre a mesa, em seguida observa seu superior com um sorriso de ironia.

– Não me faça de bobo, chefe. Não sei como o senhor fez isso, mas tinha certeza desde o início que ficaria com a foto de Stéphanie Dupain.

Sérénac lhe devolve o sorriso.

– Você não deixa escapar nada, hein? Não vou revelar meu truque, mas você tem razão: fico com a bela professora, privilégio de chefe. E não esquente muito a cabeça com esses códigos no verso, Sylvio, 15-03, 21-02... Tenho certeza de que, quando tivermos encontrado o nome das quatro outras moças, os números vão falar por si.

Ele guarda as fotos na gaveta.

– De resto, mãos à obra?

– Certo, vamos lá. Espere aí, chefe. Antes de começarmos, trouxe um presentinho. Para mostrar que, mesmo que o senhor viva me enganando, não sou de guardar rancor.

Bénavides se levanta antes de Sérénac conseguir se defender. Sai da sala e, alguns minutos mais tarde, volta com um saco de papel branco na mão.

– Tome. Acabaram de sair do forno, por assim dizer...

Sylvio Bénavides empurra o saco sobre a mesa e o despeja. Uns vinte brownies se espalham sobre a superfície.

– Fiz para minha mulher – explica Sylvio. – Normalmente, ela adora, mas há uns quinze dias não consegue engolir mais nada... Nem com meu creme inglês caseiro.

Sérénac se deixa cair sobre a cadeira de rodinhas.

– Sylvio, você é uma mãe para mim. Vou lhe confessar uma coisa: pedi transferência para esta região horrível aqui do Norte só para ter você como assistente!

– Não exagere...

– Não estou exagerando!

Ele ergue os olhos para o assistente.

– E o bebê, para quando é?

– Para logo. O parto está previsto para exatamente daqui a cinco dias. Mas, no fim das contas, o senhor sabe como é...

Sérénac morde um doce.

– Puta que pariu! Que delícia. Sua mulher não sabe o que está perdendo!

Sylvio Bénavides se inclina em direção à pasta apoiada na sua cadeira. Quando se levanta, seu superior está de novo em pé.

– E, com um café, nem lhe conto – acrescenta Sérénac. – Vou descer rapidinho para tomar um. Quer um também?

A lista que Sylvio agora segura se desenrola até o chão.

– Ahn, não, obrigado.

– Sério, nada?

– Tá bom. Um chá. Sem açúcar.

Vários minutos mais tarde, o inspetor Sérénac volta com dois copos descartáveis. Os farelos de brownie sobre a mesa foram limpos. Sérénac suspira, como que para fazer seu assistente entender que tem o direito de se conceder uma pausa. Mal tem tempo de se sentar antes de Bénavides iniciar seu resumo:

— Então, chefe, vou ser bem sucinto. O parecer da autópsia confirma que Morval primeiro foi apunhalado. Levou um minuto para morrer. Só depois alguém lhe esmagou o crânio com uma pedra, em seguida afogou sua cabeça no regato. O crime ocorreu nessa ordem; os legistas foram categóricos.

Sérénac molha um brownie no café e comenta, sorrindo:

— Considerando a ficha corrida do oftalmologista, é possível que três ciumentos tenham agido juntos. Associação de cornos. Isso explicaria o ritual, como em *O assassinato no Expresso Oriente*.

Bénavides o encara com um ar consternado.

— Estou brincando, Sylvio. Estou brincando.

Brownie no café.

— Vamos, vou começar a falar sério daqui a dois segundos. Vou lhe confessar: tem alguma coisa estranha neste caso. Uma conexão entre todos os elementos que não está clara.

Uma luz atravessa o olhar de Sylvio.

— Concordo totalmente com o senhor, chefe.

Ele hesita. Então diz:

— Aliás, tenho uma coisa para lhe mostrar... Uma coisa que vai surpreendê-lo.

15

Como todos os dias ao sair da escola, Fanette correu. Deixou os outros alunos da turma, depois brincou de esconde-esconde nas ruelas de Giverny para não tornar a encontrar Vincent, Camille ou Mary. Fácil demais! Conhece como a palma da mão todas aquelas ruelas. Mais uma vez, Paul quis acompanhá-la, só ele, os outros não. Disse que não queria deixá-la sozinha por causa do tal assassino que poderia estar zanzando pelas ruas, mas ela resistiu, não falou nada.

É o meu segredo!

Pronto, está quase chegando. Passa pela ponte, pelo lavadouro, por aquele velho moinho extravagante com a torre que mete medo.

Eu juro, Paul, amanhã conto com quem é meu encontro secreto todos os dias, há uma semana. Amanhã eu conto.

Ou depois de amanhã.

Fanette segue em frente, avança pelo caminho em direção à pradaria. James está lá.

Está em pé um pouco mais adiante, no trigal, com as espigas lhe batendo acima dos joelhos, bem no meio de quatro cavaletes de pintura. Fanette avança a passos de veludo.

– Sou eu!

Um grande sorriso deforma a barba branca de James. Ele dá um abraço apertado em Fanette. Por um curto instante.

– Vamos, pequena, depressa. Ao trabalho! Restam poucas horas de luz. Essa sua escola termina muito tarde.

Fanette se acomoda diante de um dos cavaletes, o que James lhe empresta, o menor, bem adaptado ao seu tamanho. Inclina-se na direção da grande caixa de tintas de madeira envernizada e começa a pegar tubos e pincéis.

Fanette não sabe muita coisa sobre o velho pintor que encontrou faz uma semana, só que é americano, que se chama James e que pinta ali quase todos os dias; ele disse que ela era a menina mais talentosa para a pintura que já tinha visto, e que conheceu muitas, do mundo inteiro, foi professor de pintura nos Estados Unidos, segundo contou. Não para de lhe dizer que ela fala o tempo todo e que, mesmo sendo muito talentosa, precisa se concentrar mais. Como Monet. Precisa saber observar e imaginar. James vive repetindo a mesma lenga-lenga. Observar e imaginar. E pintar depressa também, é por isso que ele carrega quatro cavaletes, para poder pintar as sim que a luz cai sobre um canto da paisagem, assim que as sombras se movem, que as cores mudam. Contou que Monet costumava percorrer os campos com seis cavaletes. E que pagava a crianças da mesma idade que ela para carregar tudo, cedo de manhã e no final do dia.

Que bobagem! É um truque de James para fazê-la carregar as suas coisas também. Ela entendeu, mas fingiu acreditar nele. James é legal, mas tem um pouco de tendência a pensar que é o velho Monet.

E a pensar que sou idiota!

– Chega de sonhar, Fanette. Pinte!

A menina tenta reproduzir o lavadouro normando, a ponte acima do regato, o moinho logo ao lado. Já faz vários minutos que está pintando.

– Você sabe quem é Theodore Robinson? A professora falou sobre ele.

– Por quê?

— Ela inscreveu a turma num concurso. Um concurso mundial, monsieur James. Isso mesmo, MUNDIAL... Da Fundação Robinson! Se eu ganhar, vou viajar para o Japão, ou para a Rússia, ou para a Austrália. Vou ver... Ainda não decidi.

— Verdade?

— E ainda nem falei sobre os dólares.

James pousa delicadamente a paleta sobre a caixa de tintas. Em algum momento, sua barba vai ficar molhada de tinta. Como todos os dias.

Hoje é de tinta verde.

Sou meio sacana, nunca aviso quando ele fica com os pelos da barba cheios de tinta. Acho engraçado demais.

James se aproxima.

— Sabe, Fanette, se você se esforçar de verdade... se acreditar... você tem uma chance real de ganhar esse concurso.

Agora ele está me assustando um pouco.

James deve perceber que Fanette está olhando para sua barba. Passa o dedo e espalha um pouco mais a tinta verde.

— Não brinque comigo...

— Mas não estou brincando, Fanette. Já falei. Você tem um dom. Não pode fazer nada em relação a isso, é assim, você nasceu com ele. E sabe muito bem disso, aliás. Você tem um dom para a pintura. Mais do que isso, na verdade. Na sua categoria, com certeza é uma pequena gênia. Mas não adianta nada se...

— Se eu não me esforçar, é isso?

— Isso, é preciso se esforçar. É indispensável, naturalmente. Caso contrário, o talento... puf. Mas não era isso que eu queria dizer.

James se move devagar. Tenta passar por cima das espigas de trigo para não as amassar. Muda um cavalete de lugar, como se bruscamente o sol lá em cima tivesse corrido para outro lugar.

— O que eu queria dizer, Fanette, é que de nada adianta ser gênio se a gente não é capaz de... como explicar? Capaz de ser egoísta.

— O quê?

James às vezes fala muita besteira.

— De ser egoísta! Minha pequena Fanette, a genialidade incomoda todos os que não a têm, ou seja, quase todo mundo. A genialidade afasta você de quem você ama e provoca inveja nos outros. Você entende isso?

Ele esfrega a barba. Espalha tinta verde por toda parte. Nem percebe. James é velho. Muito, muito velho.

– Não, não estou entendendo nada!

– Vou explicar de outro jeito. Veja o meu exemplo: meu maior sonho era vir pintar em Giverny, descobrir as verdadeiras paisagens de Monet. Você não imagina quantas horas passei, no meu vilarejo de Connecticut, diante de reproduções de quadros dele, nem quantas vezes sonhei com esses quadros. Os choupos, o Epte, as ninfeias, a ilha das Urtigas... Você acha que valia a pena deixar minha mulher, meus filhos e netos lá, aos 65 anos? O que era mais importante? Meu sonho de pintar ou passar o Dia das Bruxas e o Dia de Ação de Graças com a família? Se fosse você, qual seria a sua escolha?

– Bom...

– Está hesitando, não é? Pois bem, eu não hesitei! E acredite, Fanette, não me arrependo de nada. No entanto, vivo aqui como um mendigo, ou quase. E não tenho um quarto do seu talento... Entende o que quero dizer então quando falo de egoísmo? Você acha que os primeiros pintores americanos que chegaram ao Hotel Baudy na época de Monet também não se arriscaram? Que não tiveram de abandonar tudo?

Não gosto quando James começa a falar assim. Parece que pensa exatamente o contrário do que diz. Como se, na verdade, tivesse se arrependido, como se estivesse profundamente entediado, como se pensasse o tempo todo em sua família nos Estados Unidos.

Fanette pega um pincel.

– Bom, monsieur James, vou retomar. Desculpe bancar a egoísta, mas preciso ganhar o concurso da Fundação Robinson.

James solta uma gargalhada.

– Tem razão, Fanette. Não passo de um velho louco e resmungão.

– E gagá. Você nem me explicou quem foi Robinson!

James avança, observa o trabalho de Fanette. Estreita os olhos.

– Theodore Robinson é um pintor americano. O impressionista mais conhecido do meu país, os Estados Unidos. É o único artista americano a ter se tornado amigo íntimo de Monet. Claude Monet fugia dos outros como da peste. Robinson passou oito anos em Giverny. Chegou a pintar o casamento da enteada preferida de Claude Monet, Suzanne, com o jovem pintor americano Theodore Butler. E... é muito estranho, Fanette, outro de seus quadros mais famosos representa exatamente a cena que você está pintando agora.

Fanette quase larga o pincel.

– O quê?

– A mesma cena. Estou dizendo! É um velho quadro de 1891, um quadro famoso que mostra o Ru, a ponte sobre o regato, o moinho de Chennevières. Ao fundo, vê-se uma mulher de vestido, com os cabelos cobertos por um lenço... e, no meio do regato, um homem que dá de beber ao seu cavalo. O nome do quadro, aliás, é *Pai Trognon e sua filha na ponte*. Era esse o nome do cavaleiro. Ele morava em Giverny, o pai Trognon.

Dessa vez, Fanette se segura para não rir.

Às vezes, James acha mesmo que sou uma idiota.

Pai Trognon. Até parece!

James continua a observar a tela da menina. A barba do velho pintor vai quase até debaixo dos olhos. Seu dedo grosso passa a alguns milímetros da tinta ainda úmida.

– Muito bem, Fanette. Gosto muito das sombras em volta do seu moinho. Muito bem. É um sinal do destino, Fanette. Você pintar a mesma cena que Theodore Robinson, e bem melhor do que ele, devo dizer. Confie em mim: você vai ganhar esse concurso! Uma vida nada mais é do que duas ou três oportunidades a não deixar passar, sabe? Uma vida se resume a isso, minha linda! Nada mais.

James se afasta para mudar seus cavaletes de lugar. Parece que passa mais tempo mudando as telas de lugar do que pintando. Como se o sol fosse mais rápido do que ele.

Não faz mal.

Quando Netuno se junta a eles, já se passou quase uma hora. O pastor-alemão fareja desconfiado a caixa de tintas, em seguida se deita aos pés de Fanette.

– É seu, esse cachorro? – pergunta James.

– Não, na verdade, não. Acho que é um pouco de todo mundo no vilarejo, mas eu o adotei. Sou sua preferida!

James sorri. Está sentado em um banquinho em frente a um dos cavaletes, mas, toda vez que Fanette o observa, pega-o a cochilar diante da tela. Em pouco tempo, sua barba vai acabar virando um arco-íris. Ela espera o momento certo para rir.

Não. Não, preciso me concentrar.

Fanette continua seu estudo do moinho de Chennevières. Torce as formas da pequena torre de enxaimel, reforça os contrastes, o ocre, as telhas, as pedras. James chama aquilo de "moinho da bruxa". Por causa da velha que mora lá.

Uma bruxa...

Às vezes, James acha mesmo que sou criança.

Mas Fanette na verdade tem um pouco de medo. James lhe explicou por que não gosta muito daquela casa. Segundo ele, por causa daquele moinho as *Ninfeias* de Monet quase não existiram. O moinho e o jardim de Monet estão construídos à beira do mesmo regato. Monet queria fazer uma barragem, instalar comportas, desviar a água para criar seu laguinho. Ninguém no vilarejo concordou por causa das doenças, dos charcos, essas coisas. Principalmente os vizinhos. Principalmente os moradores do moinho. Isso rendeu muita história, Monet brigou com todo mundo, deu muito dinheiro também, escreveu para o prefeito, para um sujeito que ela também não conhece, um amigo de Monet, o nome dele é Clemenceau. E Monet acabou conseguindo seu laguinho de nenúfares.

Teria sido uma pena!

Mas não deixa de ser idiota James não gostar desse moinho por causa disso. Essa confusão de barragem entre Monet e os vizinhos faz um tempão.

James às vezes é um idiota.

Ela estremece.

A menos que o moinho seja mesmo habitado por uma bruxa!

Fanette passa algum tempo pintando. A luz cai. Isso torna o moinho ainda mais sinistro. Ela adora. James está dormindo faz tempo.

De repente, Netuno se levanta sobressaltado. Começa a rosnar, bravo. Fanette se vira bruscamente na direção do pequeno bosque de choupos logo atrás dela e surpreende a silhueta de um menino da sua idade.

Vincent! Com o olhar vazio.

– O que você está fazendo aqui?

James acorda, ele também sobressaltado. Fanette continua a gritar:

– Vincent! Odeio quando você chega pelas minhas costas feito um espião. Faz quanto tempo que está aqui?

Vincent não diz nada. Examina o quadro de Fanette, o moinho, a ponte. Parece hipnotizado.

– Já tenho um cachorro, Vincent. Tenho Netuno. Já está bom. E pare de me olhar desse jeito, está me deixando com medo.

James tosse na barba.

– É... Hum. Bom, crianças, que bom que vocês são dois. A julgar pela luminosidade, acho que está na hora de recolher o material. Vocês vão me ajudar! Monet dizia que sabedoria era acordar e ir dormir junto com o sol.

Fanette não tirou os olhos de Vincent.

Vincent me dá medo quando aparece assim, do nada. Pelas minhas costas. Como se estivesse me espionando. Às vezes tenho a impressão de que é louco.

16

A xícara do inspetor Laurenç Sérénac se imobilizou na sua mão. Seu assistente adota a atitude de um aluno que fez um trabalho suplementar em casa e está paralisado pela vontade e o medo de mostrá-lo ao professor. A mão direita de Bénavides se perde dentro de uma pasta grossa. Acaba por extrair uma folha de papel A4.

– Olhe, chefe, para entender melhor as coisas, comecei a fazer isto aqui...

Sérénac pega mais um brownie, larga a xícara de café e se curva, espantado. Sylvio prossegue:

– É só um jeito de organizar as ideias. É meio uma mania que tenho, esse tipo de coisa: escrever anotações, fazer resumos, desenhar esboços. Aqui dividi a folha em três colunas, está vendo? São as três pistas possíveis, na minha opinião: a primeira é o crime passional, que estaria portanto ligado a uma das amantes de Morval. É possível, claro, desconfiar da esposa, de algum marido enciumado ou ainda de uma amante rejeitada... Não faltam pistas nesse sentido.

Sérénac pisca para ele.

– Obrigado, delator... Pode continuar, Sylvio.

– A segunda coluna é a da pintura, o acervo de Morval, os quadros que ele cobiçava, os Monet, as *Ninfeias*. Por que não uma história de interceptação? Uma venda proibida? Em todo caso, uma questão de arte e de dinheiro.

Sérénac morde outro brownie e esvazia a xícara de café. Por reflexo, Bénavides junta em um pequeno montinho as migalhas sobre a mesa. Ergue os olhos e observa nas paredes da sala a dezena de quadros que seu chefe fez questão de pendurar desde a sua chegada. Toulouse-Lautrec. Pissarro. Gauguin. Renoir.

– Um golpe de sorte, se é que posso dizer – acrescenta Sylvio. – A pintura é mais a sua área, inspetor.

– Pura coincidência, Sylvio. Se eu desconfiasse, quando fui transferido para Vernon, de que meu primeiro cadáver estaria mergulhado no regato de Giverny... Já gostava bastante de arte antes da academia de polícia, por isso fiz a maioria dos meus estágios na polícia de arte, em Paris.

Bénavides parece estar descobrindo pela primeira vez a existência desse departamento.

– Você não gosta de arte, Sylvio?
– Só da arte culinária.

Laurenç ri.

– Perfeito! E posso confirmar isso com a boca cheia... Pus meus antigos colegas da polícia de arte para investigar o caso. Só para ver o que aparece. Roubos, interceptações, coleções suspeitas, mercados paralelos... Não fazemos ideia de tudo o que acontece. Na época, tive muitas oportunidades de me envolver nisso. Você não imagina, são milhões e milhões em jogo. Estou esperando notícias deles. Bom, e a terceira coluna?

Sylvio Bénavides dirige os olhos para o papel.

– Para mim, a terceira pista, e não ria da minha cara, chefe, seriam as crianças. De 11 anos, de preferência. E não nos faltam indícios: o tal postal de aniversário, a citação de Aragon. Morval poderia também ter tido uma amante uns doze anos atrás, com quem teve um filho sem contar nada à mulher... Aliás, outro detalhe perturbador: segundo os especialistas, o papel do postal de aniversário encontrado no bolso dele é bem antigo. Tem pelo menos 15 anos, talvez mais. O texto datilografado, ONZE ANOS. FELIZ ANIVERSÁRIO, seria da mesma época, mas o acréscimo, o texto de Aragon, mais recente. Estranho, não?

O inspetor Sérénac dá um assobio de admiração.

– Mantenho o que disse, Sylvio. Você é o assistente ideal.

Ele se levanta bruscamente, rindo.

– Só um pouco detalhista, perfeccionista, enfim, mas vamos dizer que, somado a mim, acabamos chegando a uma média.

Sérénac caminha na direção da porta.

– Venha, Sylvio, vamos lá. Você vem comigo ao laboratório?

Bénavides sai andando ao lado dele sem reclamar. Os dois avançam pelos corredores, descem uma escada mal iluminada. Sem parar, Sérénac se vira para o assistente.

– Na lista de coisas a fazer, uma prioridade: escreva nesse seu papel "procurar testemunhas". Não é possível que num vilarejo onde todo mundo pinta de noite até de manhã ninguém tenha visto nada no dia do assassinato de Morval e que as únicas testemunhas espontâneas que temos sejam um paparazzo anônimo que nos manda fotos comprometedoras e um cachorro em busca de carinho. Você se informou sobre a casa ao lado do lavadouro? Aquele moinho esquisito?

Sérénac tira do bolso uma chave e abre uma porta de incêndio vermelha marcada com a tripla informação "LABORATÓRIO-ARQUIVO-DOCUMENTAÇÃO".

– Ainda não – responde Bénavides. – Preciso passar lá assim que tiver um tempinho.

O inspetor abre a porta vermelha.

– Enquanto isso, pensei em outra missão para manter ocupada toda a minha delegacia. Vou até mobilizar uma equipe de vários homens para isso... Uma surpresinha!

Ele avança no recinto escuro. Em cima da primeira mesa há uma caixa de papelão. Sérénac a abre e tira lá de dentro a impressão em gesso de uma sola de sapato.

– Número 42 – anuncia, orgulhoso. – Um solado de bota. Não é possível haver duas iguais no mundo! Segundo Maury, sua escultura é mais precisa do que uma impressão digital, fresquinha e tirada na lama da margem do Ru poucos minutos após o assassinato de Morval. Não preciso lhe dizer que o dono desta bota é, no mínimo, uma testemunha direta do crime... e tem até uma boa chance de ser o assassino!

Sylvio arregala os olhos.

– E o que vamos fazer com isso?

Sérénac ri.

– Está oficialmente lançada a operação "Cinderela"!

– Garanto a você, chefe, estou me esforçando, mas às vezes tenho dificuldade para entender seu senso de humor.

– Isso virá com o tempo, Sylvio. As pessoas se acostumam, não se preocupe.

– Não estou preocupado. Posso dizer até que não estou nem aí. Mas que operação "Cinderela" é essa?

– Vou propor uma versão rural, estilo lama e charco... A missão vai ser encontrar todas as botas que os trezentos moradores de Giverny tiverem em casa.

– Só isso!

Sylvio passa a mão pelos cabelos.

– Vamos, quantas devem ser? Cento e cinquenta? Duzentas, no máximo...

– Puta que pariu. Que ideia mais surrealista, inspetor.

– Exato! Acho até que é por isso que ela me agrada.

– Mas, chefe, não estou entendendo. O assassino deve ter jogado as botas fora. Em todo caso, a menos que seja um imbecil completo, não vai entregá-las a um policial que aparecer pedindo.

– Justamente, meu velho, justamente... Vamos proceder por eliminação. Digamos que os habitantes de Giverny que afirmarem não ter botas em casa ou que disserem que as perderam, ou ainda que nos entregarem botas novas compradas na véspera como que por acaso, nós os colocaremos bem no alto da nossa lista de suspeitos.

Bénavides examina o solado de gesso. Um grande sorriso se abre em seu rosto.

– Se me permite, chefe, o senhor tem mesmo umas ideias bem bobas. Mas o pior é que isso poderia nos fazer avançar! Além do mais, o enterro de Morval deve acontecer daqui a dois dias. Imagine que chova a cântaros... Todos os moradores do vilarejo vão amaldiçoá-lo!

– Porque na Normandia as pessoas vão a enterros de botas?

– Ora, se estiver chovendo, sim.

Bénavides gargalha.

– Sylvio, vou dizer uma coisa: acho que também tenho dificuldade com o seu senso de humor.

O assistente deixa passar o comentário. Torce o papel entre as mãos.

– Cento e cinquenta botas – resmunga. – Anoto isso em qual coluna?

Eles permanecem um curto instante em silêncio. Sérénac observa o recinto escuro, as prateleiras carregadas de arquivos que recobrem três das quatro paredes, o canto no qual está montado um sofrível laboratório improvisado, a quarta parede dedicada à documentação. Bénavides pega uma caixa de arquivo vazia, vermelha, e escreve "Morval" na lateral, pensando que classificará as primeiras peças do dossiê um pouco mais tarde.

Vira-se de repente para o superior.

– Falando nisso, inspetor, o senhor pegou na escola a lista de crianças de 11 anos? Seria um elemento a mais para minha terceira coluna. É a mais vazia e, no entanto...

Sérénac o interrompe:

– Ainda não. Stéphanie Dupain ficou de fazê-la. Que eu saiba, pela natureza das fotos que recebemos, no *hit parade* das amantes de Morval, ela não é mais nossa primeira suspeita.

– Mas eu me informei sobre o marido – discorda Bénavides. – Jacques Dupain. Esse daí, por sua vez, não está muito longe de ter o perfil ideal.

Sérénac franze o cenho.

– Me fale mais sobre isso. Qual é o perfil ideal?

Bénavides consulta suas anotações.

– Ah... às vezes pode ser útil ter um assistente... meticuloso.

O comentário parece divertir bastante Sérénac.

– Então, Jacques Dupain. Quarenta e poucos anos. Corretor de imóveis em Vernon, bastante medíocre, aliás. Caçador nas horas vagas, assim como vários outros moradores de Giverny, e sobretudo ciumento doentio em tudo o que diz respeito à esposa. O que me diz?

– Digo para ficar de olho nele! Olho vivo!

– Sério?

– Sério. É, digamos, uma espécie de intuição. Não, mais do que isso, na verdade: uma espécie de pressentimento.

– De que tipo?

Sérénac passa lentamente o dedo pelas caixas de papelão de uma estante. *E, F, G, H.*

– Você não vai gostar, Sylvio.

– Melhor ainda. Que tipo de intuição?

O dedo continua a deslizar. *I, J, K, L.*

– A intuição de que poderia muito bem haver outro drama sendo preparado.

– O senhor vai ter de explicar isso melhor, chefe. Em geral, não sou muito fã de intuição de policial, prefiro colecionar o máximo possível de indícios condenatórios. Mas agora o senhor me deixou intrigado.

M, N, O, P. Sérénac revela tudo de uma vez só:

– Stéphanie Dupain. É ela quem está em perigo.

Sylvio Bénavides franze o cenho. É como se o recinto tivesse ficado ainda mais escuro.

– Por que acha isso?

– Já disse, uma intuição.

Q, R, S, T. Laurenç Sérénac anda pela sala, nervoso, tira do bolso as três fotografias adúlteras e joga a de Stéphanie Dupain em cima da mesa, bem ao lado do solado de gesso. Diante da máscara intrigada que é o rosto de Bénavides, ele continua:

– Sei lá. Um olhar um pouco insistente demais. Um aperto de mão forte demais. Senti um pedido de socorro. Pronto, é isso!

Bénavides avança. É mais baixo do que Sérénac.

– Um aperto de mão forte demais... Um pedido de socorro... Com todo o respeito, chefe, e já que gosta que lhe falem com franqueza, acho que o senhor confundiu tudo e está redondamente enganado.

Sylvio pega a foto em cima da mesa e observa por vários instantes a graciosa silhueta de Stéphanie Dupain de mãos dadas com Morval.

– No fundo, chefe, até entendo o senhor. Só não me peça para concordar.

QUINTO DIA
17 de maio de 2010, Cemitério de Giverny

Enterro

17

ESTÁ CHOVENDO, COMO SEMPRE que há um enterro em Giverny.

Uma chuva fina e fria.

Estou sozinha em frente ao túmulo. A terra recém-revirada em volta dá ao cenário um ar de canteiro de obras abandonado. A água escorre em minúsculos filetes de lama e suja a lápide de mármore. "A meu marido. 1926-2010."

Estou protegida junto à parede de cimento cinzenta. Bem lá no alto. O cemitério de Giverny fica na encosta do morro atrás da igreja e foi construído em plataformas. Foi sendo progressivamente ampliado, nível por nível. Os mortos vão consumindo a colina aos poucos. As celebridades, os ricos, os gloriosos ainda são enterrados lá embaixo, perto do vilarejo, perto de Monet.

Nos melhores lugares.

Nada de mistura: são postos todos juntos, isolados dos outros, os mecenas, os colecionadores, os pintores mais ou menos famosos que pagam uma fortuna para repousar ali por toda a eternidade.

Que idiotas!

Como se estivessem organizando um pequeno vernissage de fantasmas nas noites de lua cheia. Viro-me. Lá embaixo, na outra ponta do cemitério, estão acabando de enterrar Jérôme Morval. Um belo túmulo no lugar certo, entre os Van der Kemp, os Hoschedé-Monet e os Baudy. O vilarejo inteiro está presente, ou quase. Uma boa centena de pessoas, digamos, todas de preto, sem chapéu ou de guarda-chuva.

Cem pessoas, e eu aqui, sozinha! Do outro lado. Ninguém liga a mínima para um velho ou uma velha que morrem. Na verdade, para ser pranteado, o melhor é morrer jovem, em plena glória. Ainda que você seja o pior dos canalhas, para que lamentem sua morte, o melhor é partir antes! No caso do meu marido, o padre fez tudo em menos de meia hora. Um padre jovem, originário de Gasny. Nunca o tinha visto antes. Já Morval teve direito ao bispo de Evreux! Um parente pelo lado da esposa, parece... Já faz quase duas horas que o enterro começou.

Já sei o que vocês vão dizer: talvez lhes pareça estranho dois enterros no mesmo cemitério, separados apenas por algumas dezenas de metros, sob a mesma chuva insistente. A coincidência lhes parece perturbadora, talvez? Exagerada? Tenham certeza de uma coisa, uma só: não há coincidência alguma em toda essa série de acontecimentos. Nada foi deixado ao acaso nessa história, muito pelo contrário. Cada elemento está no seu lugar, exatamente no momento certo. Cada peça dessa engrenagem criminosa foi cuidadosamente posicionada e, acreditem, posso lhes jurar sobre o túmulo do meu marido: nada poderá detê-la.

Levanto a cabeça. Posso confirmar: visto de cima, o quadro vale a pena ser visto.

Patricia Morval está ajoelhada em frente ao túmulo do marido. Inconsolável. Stéphanie Dupain se mantém um pouco mais atrás, semblante grave, olhos molhados, ela também. O marido a ampara com um braço ao redor do quadril, a cara fechada, as grossas sobrancelhas e o bigode encharcados. Ao seu redor, uma multidão de anônimos, conhecidos, amigos, mulheres. O inspetor Sérénac também está presente e se mantém um pouco afastado, perto da igreja, não muito distante do túmulo de Monet. O bispo encerra sua homenagem.

Pousados sobre a grama estão três cestos de vime. Todo mundo deve pegar uma flor e jogá-la na cova, em cima do caixão: malvas-rosa, íris, cravos, lilases, tulipas, escovinhas... E muitas mais. Só mesmo Patricia Morval para ter uma ideia tão mórbida. *Impressão, morrer do sol...*

Nem mesmo Monet teria se atrevido.

Sua delicadeza chegou ao cúmulo de mandar esculpir um nenúfar cinza sobre uma imensa lápide de granito.

Que mau gosto...

Pelo menos a luz não está colaborando. A famosa luz de Giverny, uma última vez antes do buraco negro. Não se pode comprar tudo. Talvez, no fim das contas, isso seja um sinal da existência de Deus.

A terra fresca do túmulo debaixo dos meus pés começa a escorregar pelo caminho côncavo entre os túmulos feito canais de cor ocre. Lá embaixo, naturalmente, nenhum morador de Giverny está de botas! Quem deve estar rindo sozinho é o inspetor Sérénac. Cada um se diverte como pode.

Sacudo o lenço preto que me cobre os cabelos. Está encharcado também. Poderia ser torcido! As crianças estão um pouco mais afastadas. Umas com os pais, outras não. Reconheço algumas delas. Fanette chora. Vincent está atrás dela, visivelmente sem coragem para consolá-la. Seu semblante é grave, igual à incongruidade da morte quando se tem 11 anos.

A intensidade da chuva diminui um pouco.

De tanto observar a cena, recordo uma história curiosa, um daqueles enigmas que costumavam nos intrigar antigamente, durante as noites insones, quando eu era criança. Um homem vai ao enterro de um membro da sua família. Alguns dias mais tarde, esse mesmo homem, sem motivo aparente, mata um primo seu. O enigma consistia em encontrar a motivação do assassinato fazendo perguntas. Podia durar muitas horas. Não, o homem não conhecia o tal primo; não, não estava querendo se vingar; não, não é uma questão de dinheiro; não, tampouco se trata de um segredo de família. E isso podia durar a noite inteira, com as perguntas feitas no escuro, debaixo das cobertas.

Parou de chover.
Os três cestos de flores estão vazios.

As gotas escorrem devagar pela lápide de mármore do túmulo do meu marido. Lá embaixo, a multidão enfim se dispersa. Jacques Dupain continua a enlaçar a mulher pela cintura. Seus cabelos compridos pingam e inundam a curva escura dos seios colados no vestido preto. O casal passa em frente a Laurenç Sérénac. O inspetor não tira os olhos nem por um segundo de Stéphanie Dupain.

Acho que o que me fez recordar o enigma da minha infância foi esse olhar devorador. Eu achara a solução ao raiar do dia, depois de quase desistir. Na hora do enterro, o homem havia se apaixonado loucamente por uma desconhecida. A mulher desaparecera antes de ele conseguir falar com ela. Só lhe restara então uma única esperança de revê-la: matar outra pessoa da família presente naquele enterro e torcer para a bela desconhecida voltar na cerimônia seguinte. A maioria das pessoas que havia passado horas tentando encontrar a solução do enigma protestou: escândalo, impostura, que bobagem sem tamanho. Mas eu não. Ficara fascinada com a lógica implacável da história, desse crime. Estranho como as lembranças voltam. Fazia anos que não pensava nisso. Antes do enterro do meu marido.

As últimas silhuetas se afastam.
Agora posso confessar, já que estou a par.
A ocasião e o cenário são ideais para isso.
A MORTE VAI ATACAR DE NOVO EM GIVERNY.
Palavra de bruxa!

Espero mais um pouco, observando a terra instável em volta do túmulo do meu marido. Tenho quase certeza de que nunca mais vou voltar aqui. Pelo menos não viva. Não tenho mais nada para fazer, não há outro enterro para me fazer companhia. Os minutos passam, horas talvez.
Por fim, volto para casa.
Netuno está me esperando comportado em frente ao cemitério. Caminho pela Rue Claude-Monet; o dia vai morrendo aos poucos. As flores pingam rente às paredes, debaixo dos postes de luz. Um pintor de talento poderia sem dúvida tirar alguma coisa da penumbra desse vilarejo que seca.
As luzes começam a se acender nas vidraças das casas. Passo em frente à escola. Na casa mais próxima, a janelinha redonda do primeiro andar, no forro do telhado, está acesa. É a janela do quarto de Stéphanie e Jacques Dupain. O que será que estão fazendo, sobre o que estão conversando enquanto torcem as roupas encharcadas?
Imagino que vocês também gostariam de poder se esgueirar até dentro da mansarda para espionar o casal. Mas, dessa vez, lamento: apesar de levar muito a sério meu papel de ratinho preto, ainda não sei subir pelas calhas.
Tudo o que faço é diminuir o passo por alguns segundos, depois prossigo.

18

Laurenç Sérénac caminha com cautela na penumbra, confiando apenas no chiado de seus passos sobre o cascalho. Não teve dificuldade para encontrar a casa do assistente, seguiu obedientemente as indicações de Sylvio Bénavides: margear o vale do Eure até Cocherel, então subir à esquerda após a ponte, na direção da igreja, único monumento iluminado no povoado depois das dez da noite. Após verificar à luz dos faróis o nome do assistente na caixa de correio, estacionou a moto, uma Tiger Triumph T100, entre dois vasos de flores imensos. Foi então que a coisa se complicou: não havia campainha nem luz, apenas um caminho de cascalho e a sombra da casa, 50 metros mais à frente. Sendo assim, ele avança ao acaso.

– Merda!

Sérénac dá um grito no meio da noite. Seu joelho acaba de bater num muro de tijolos de menos de 1 metro de altura bem na sua frente. Sua mão tateia até descobrir as pedras frias, uma grade de ferro, uma poeira escura. Assim que percebe que deu uma topada em uma churrasqueira, uma luz cintila ao longe e então, um segundo depois, uma imensa varanda se ilumina. Pelo menos seu grito deve ter acordado a vizinhança. A silhueta de Sylvio Bénavides surge diante da porta de vidro na tímida penumbra que rodeia o jardim.

– Em frente, chefe. Siga o cascalho. É só tomar cuidado com as churrasqueiras.

– Tá, tá bom – resmunga Sérénac, pensando que o conselho chegou tarde.

Ele caminha pelo cascalho confiando outra vez nos próprios ouvidos, nos próprios pés e nas indicações do assistente. Menos de 3 metros à frente, sua perna bate com toda a força em outra parede. Dobrado ao meio, o inspetor é projetado para a frente e seus cotovelos se chocam violentamente com uma espécie de cubo de ferro. Sérénac solta outro urro de dor.

– Tudo bem, chefe? – pergunta, preocupada, a voz acanhada de Sylvio. – Falei para tomar cuidado com as churrasqueiras.

– Puta que pariu – resmunga Sérénac, endireitando o corpo. – Como eu ia adivinhar que era no plural? Quantas churrasqueiras você tem? Faz coleção, por acaso?

– Dezessete! – responde Sylvio, com orgulho. – Isso mesmo, faço coleção. Eu e meu pai.

A escuridão oculta aos olhos de Sylvio a reação estupefata do chefe. Quando Sérénac chega à varanda, torna a resmungar:

– Está de sacanagem com a minha cara, Sylvio?

– Por quê?

– Quer mesmo que eu acredite que você coleciona churrasqueiras?
– Não vejo qual é o problema. Se estivesse de dia, o senhor teria visto. Devemos ser alguns milhares de fugicarnófilos no mundo...

Laurenç Sérénac se abaixa e massageia o joelho.

– Fugi não sei o que significa "colecionador de churrasqueiras", imagino?
– Isso! Enfim, não tenho certeza se está no dicionário. No meu nível, não passo de um amador, mas sei de um cara na Argentina que tem mais de trezentas churrasqueiras, de 143 países do mundo, e a mais velha remonta a 1200 antes de Cristo.

Sérénac agora está esfregando os cotovelos doloridos.

– Você está de sacanagem ou está mesmo falando sério?
– O senhor está começando a me conhecer, chefe. Acha que sou do tipo que inventa uma história dessas? Em todos os lugares do mundo os homens comem carne cozida desde a Idade do Fogo, sabia? O senhor não imagina como esse assunto é apaixonante. Não existe prática mais universal e ancestral do que a do churrasco...
– E por isso você tem 17 churrasqueiras. Nada mais normal. No fundo você tem razão, é uma decoração bem mais elegante do que anões de jardim.
– Elegante, original, cultural, decorativa... e o melhor de tudo é que é prático para convidar os vizinhos.

Sérénac passa a mão pelos cabelos e os despenteia.

– Fui transferido para uma terra de loucos...

Sylvio sorri.

– Nada disso. Outra hora eu lhe conto sobre as tradições provençais e a diferença entre as churrasqueiras dos cátaros e as dos cevenóis.

Bénavides sobe os três degraus que levam à varanda.

– Vamos entrando, chefe. Foi difícil encontrar?
– Tirando os últimos 20 metros, não! Fora as churrasqueiras, esta sua região é bem bacana, sabia? Moinhos, telhados de sapê...
– É, gosto bastante deste lugar, principalmente da vista que se tem daqui, da varanda.

O inspetor Sérénac galga os três degraus.

– Enfim, agora está de noite, não dá para ver grande coisa – explica Sylvio. – Mas durante o dia é incrível. Além do mais, chefe, Cocherel é um lugar bem estranho.

— Mais estranho do que um clube de fugicófilos? Você precisa me falar sobre isso!

— Fugicarnófilos. Mas não, não tem nada a ver com isso. Na verdade, muita gente morreu aqui. Durante a Guerra dos Cem Anos, houve uma grande batalha nas encostas aqui em frente, milhares de cadáveres, e depois outra na Segunda Guerra. E o mais estranho de tudo: sabe quem está enterrado no cemitério da igreja, logo ali atrás?

— Joana d'Arc?

Bénavides sorri.

— Aristide Briand.

— Ah, é?

— Aposto que o senhor não sabe quem é.

— Um cantor.

— Não, esse é Aristide Bruant. As pessoas sempre confundem. Aristide Briand é um político. Pacifista. O único Nobel da Paz francês.

— Que legal, Sylvio, você se preocupar assim com a minha educação normanda.

Ele observa o enxaimel da varanda de sapê iluminada.

— Voltando ao que eu estava dizendo, para um simples inspetor de polícia e seu salário miserável, esta sua casa funcional até que é bem requintada.

Sylvio se arrufa todo, satisfeito com o elogio. Ergue os olhos para o teto da varanda e suas vigas naturais. Pedaços de arame foram esticados para que, com o tempo, a videira plantada no metro de piso não coberto por lajotas se enroscasse nas vigas.

— Comprei caindo aos pedaços já faz mais de cinco anos, sabe? E desde então estou reformando.

— Ah, é? O que você fez?

— Tudo.

— Sério?

— Sério. Está no sangue dos portugueses, sabe, chefe, mesmo dos policiais. Relações Norte-Sul, o senhor entende.

Sérénac solta uma gargalhada. Tira a jaqueta de couro.

— O senhor está ensopado, chefe.

— É, foi aquela porra de enterro normando.

— Entre, vamos, venha se secar.

Seguem pela varanda. Laurenç Sérénac pendura a jaqueta no encosto de uma cadeira de plástico que quase despenca para trás com o peso da roupa. Senta-se na cadeira ao lado. Bénavides quase pede desculpas:

– Preciso admitir que móveis de plástico não tornam uma sala muito confortável. Peguei-os de um primo, estão quebrando o galho. Os antiquários do vale do Eure terão de ficar para depois, não é? Quando eu for promovido a delegado...

Sorri e também se senta.

– Então, e o enterro?

– Nada de mais. Choveu. Uma porção de gente. Giverny inteira estava lá, todas as gerações, dos mais velhos aos mais jovens. Pedi a Maury para tirar umas fotos, vamos ver o que elas rendem. Você deveria ter ido, Sylvio. Tinha um nenúfar de granito, flores dentro de cestos e até o bispo de Evreux. E garanto a você: nenhum habitante de Giverny estava de botas. Tudo da mais alta classe, viu?

– Falando em botas, chefe, verifiquei na delegacia que Louvel estava coordenando tudo. Amanhã já devemos ter uma primeira ideia.

– É... Tomara que isso reduza nossa lista de suspeitos – diz Sérénac, esfregando as mãos como que para se aquecer. – Pelo menos a vantagem desse enterro interminável foi me dar a oportunidade de fazer hora extra na casa do meu assistente preferido.

– E que sorte, já que o senhor só tem um! Desculpe ter lhe pedido para vir aqui, chefe, mas não gosto muito de deixar Béatrice sozinha à noite.

– Eu entendo, não se preocupe. Para concluir sobre aquela porra de enterro: Patricia, a viúva, chorou do início ao fim. Para ser bem sincero, se estiver fingindo, vou indicá-la ao César de melhor atriz revelação. Por outro lado, não se pode afirmar que havia alguma amante de Morval para chorar sobre seu túmulo.

– Tirando a professora Stéphanie Dupain.

– Isso é uma piada?

– Involuntária, acredite.

Bénavides baixa os olhos e esboça um sorriso discreto.

– Já tinha entendido que era um assunto sensível.

– Nossa, meu assistente preferido se liberta quanto está em casa! Respondendo à sua pergunta, Sylvio, sim, Stéphanie Dupain foi ao enterro. E posso lhe dizer que estava mais bonita do que nunca, tão molhada a ponto de tornar a chuva quase agradável, mas não desgrudou do marido ciumento.

– Tome cuidado mesmo assim, chefe.
– Obrigado pelo conselho. Já sou grandinho, sabe?
– Estou sendo sincero.
– Eu também.

Um pouco constrangido, Laurenç Sérénac desvia os olhos e examina a varanda: o rejuntamento das paredes de tijolos cor de salmão está impecável, as vigas totalmente raspadas e envernizadas, as bordas de arenito polidas e limpas.

– Foi você mesmo quem fez tudo aqui?
– Passo todos os fins de semana e as férias trabalhando com meu pai. Fazemos tudo a quatro mãos, com calma. É um prazer.
– Puta que pariu. Estou embasbacado, Sylvio. Só suporto este clima de merda daqui porque assim são 800 quilômetros entre mim e minha família.

Os dois riem. Sylvio revira os olhos, denotando nervosismo, com certeza por causa do barulho.

– Bom, vamos começar?

Laurenç dispõe sobre a mesa de plástico três fotografias das amantes de Jérôme Morval. Sylvio faz o mesmo com as suas e lança sobre as cinco um olhar consternado.

– Pessoalmente, não entendo quem trai a mulher. Ultrapassa a minha compreensão.
– Faz quanto tempo que você conhece a sua Béatrice?
– Sete anos.
– E nunca pulou a cerca?
– Nunca.
– Ela está dormindo lá em cima, não é?
– É, mas isso não muda nada.
– E por que nunca a traiu? Sua mulher é a mais linda do mundo, é isso? Então você não tem motivo para desejar outra?

As mãos de Sylvio brincam com as fotos. Já está arrependido de ter conduzido o chefe para esse assunto.

– Pare com isso, chefe, não fiz o senhor vir aqui para...
– Como ela é, sua Béatrice? – interrompe Sérénac. – Não é bonita, é isso que está me dizendo?

De repente, Sylvio põe as duas mãos espalmadas sobre a mesa.

– Bonita ou não, a questão não é essa! Não é assim que funciona. É uma imbecilidade querer que sua mulher seja a mais linda do mundo. O que isso quer dizer? Não é uma competição! Sempre vai haver em algum lugar uma mulher mais bonita do que a que vive ao seu lado. E, mesmo que você consiga se casar com a Miss Universo, um dia ela vai acabar envelhecendo. Seria preciso pôr a nova Miss Universo na sua cama todos os anos, é isso?

Em resposta à argumentação do assistente, Laurenç exibe uma espécie de sorriso que o outro acha estranho, principalmente porque ele parece observar alguma coisa por cima do seu ombro, na direção da porta do corredor.

– Quer dizer que não sou a mais bonita?

Sylvio se vira como se a rosca à qual seu pescoço está preso tivesse se soltado e ele fosse dar dez giros em torno do próprio eixo.

Vermelho feito um pimentão.

Atrás dele, Béatrice parece deslizar pelos ladrilhos da varanda. Laurenç a acha belíssima, ainda que a palavra seja mal escolhida. Comovente, para ser mais exato. Alta e morena, os longos cabelos negros e os cílios se misturam diante de olhos enevoados qual uma cortina a proteger os últimos raios de sono. Béatrice está enrolada em um grande xale creme cujas dobras sobre seu ventre arredondado lembram as pregas de uma estátua antiga. A pele de pêssego parece esculpida na mesma fazenda que o xale de algodão. Os olhos cintilam de ironia. Sérénac se pergunta se Béatrice é sempre tão bonita assim ou se é porque está grávida, porque faltam poucos dias para se tornar mãe. A plenitude da gravidez, algo como uma felicidade interior que acaba por aflorar. O tipo de coisa que se lê nas revistas. Sérénac pensa também que deve estar envelhecendo para pensar essas coisas sobre as mulheres; por acaso alguns anos antes teria achado uma grávida sexy?

– Sylvio – diz Béatrice, puxando uma cadeira –, pode ir pegar um copo de suco para mim, qualquer coisa?

Sylvio se levanta e parte em direção à cozinha. Chega a diminuir de estatura, como um banquinho giratório regulável que houvesse girado demais. Béatrice sobe mais o xale nos ombros.

– Quer dizer que o senhor é o famoso Laurenç Sérénac?

– Por que "famoso"?

– Sylvio fala muito a seu respeito. O senhor... o senhor o surpreende. Desestabiliza, até. Seu antecessor era mais... mais clássico.

A voz de Sylvio grita da cozinha:

– Serve abacaxi?

– Serve!
Então, dali a dois segundos:
– A garrafa já está aberta?
– Já, desde ontem.
– Então não.
Silêncio.
– Bom, vou ver o que tem na adega.
Sexy, mas chata, a grávida. O xale escorregou por seu ombro direito. Um pensamento juvenil, reflete Laurenç, seria cogitar se, em condições normais, as formas de Béatrice são assim tão voluptuosas. Ela se vira para ele.
– Ele é um encanto, não acha? O melhor homem do mundo. Sabe, Laurenç, já prestava atenção nele havia muito tempo, no meu Sylvio, pensando alguma coisa do tipo: "Esse daí é para mim".
– Mas ele não deve ter resistido por muito tempo. A senhora é maravilhosa.
– Obrigada.
O xale escorrega e torna a subir.
– Fico tocada com esse elogio, principalmente vindo do senhor.
– De mim?
– Sim, do senhor. O senhor... é um homem que sabe olhar para as mulheres.
Ela diz isso com um brilho de ironia no canto do olho. O xale torna a cair, claro, e depois disso só resta a Laurenç desviar os olhos e admirar o trabalho manual de Sylvio e seu pai. Vigas, tijolos e vidro.
– Também gosto de Sylvio – retoma Sérénac. – E não só por causa dos brownies e da coleção de churrasqueiras.
A mulher sorri.
– Ele também gosta do senhor. Mas não sei se isso me reconforta.
– Como assim? Eu poderia ser má influência, é isso?
Béatrice fecha o xale em torno de si e se inclina em direção às fotos dispostas sobre a mesa de plástico.
– Hum. Parece que o senhor está caidinho por uma suspeita.
– Foi ele quem disse isso?
– É o único defeito dele. Como todos aqueles que são muito tímidos, fala um pouco demais na cama.
– Manga? – grita Sylvio da adega.

– Sim, se só tiver isso. Mas bem gelado.

Ela sorri para Sérénac.

– Não me julgue assim, Laurenç. Ainda posso aproveitar alguns dias, não?

O inspetor meneia a cabeça qual uma esfinge. Supersexy, mas superchata, a grávida.

– Só tinha esse defeito – diz Laurenç. – A senhora descobriu.

– Concordo, inspetor!

– Meio sem imaginação, não?

– Não acho.

Sylvio retorna trazendo um grande copo decorado com um canudo, um pequeno guarda-sol e uma rodela de laranja. Béatrice lhe dá um beijo afetuoso na boca.

– E eu, como estou encharcado, provavelmente não estou com sede – diz Sérénac.

– Desculpe, chefe. O que vai querer?

– O que você tem?

– Uma cerveja serve?

– Sim, perfeito. Bem gelada, hein? Também queria um guarda-sol e um canudo.

Béatrice segura o xale com uma das mãos e suga o canudo com a outra.

– Sylvio, diga a ele que pode ir se foder.

Bénavides abre um largo sorriso.

– Escura, clara ou de trigo?

– Escura.

Sylvio torna a sumir dentro da casa. Béatrice se inclina em direção às fotos.

– Quer dizer que é ela, a professora?

– É.

– Entendo o senhor, inspetor. Ela é mesmo, como dizer... elegante. Atraente. É como se tivesse saído direto de um quadro romântico. Como se estivesse posando, quase.

A reflexão deixa Laurenç surpreso. Curiosamente, ele tinha pensado a mesma coisa ao encontrar a professora. Béatrice observa com insistência as outras fotos, afasta a cortina de cabelos dos olhos e franze delicadamente o cenho.

85

– Quer que eu lhe faça uma revelação, inspetor?
– Tem a ver com o caso?
– Tem. Há algo de bem evidente nessas fotos. Em todo caso, algo que uma mulher consegue adivinhar com bastante facilidade.

19

Pela janelinha redonda, Stéphanie Dupain observa há alguns minutos as sombras molhadas das últimas silhuetas a caminhar por Giverny, então recua um passo. O vestido preto escorrega de seu corpo. Jacques está deitado na cama ali ao lado, sem camisa. Ele ergue os olhos do folheto de imóveis à venda no bairro de Andelys. O quarto tem o teto inclinado e uma pequena lâmpada pendurada em uma viga de carvalho banha fracamente o recinto numa claridade amarelada.

A pele nua de Stéphanie adquire um matiz ruivo. Ela torna a se inclinar na direção da janelinha, observa a noite que cai sobre a rua, a praça da prefeitura, as tílias, o pátio da escola.

Todo mundo vai ver você, pensa Jacques, tirando os olhos do folheto. Não diz nada. Stéphanie encosta a pele na vidraça. Exceto pelo sutiã, a calcinha preta e as meias cinza, está nua.

Com voz cansada, ela murmura:
– Por que sempre chove nos enterros?
Jacques larga a revista.
– Não sei. Sempre chove em Giverny, Stéphanie. Às vezes, nos enterros também. É quando a gente se lembra mais. A gente acha que lembra.
Ele a observa por instantes.
– Vem para a cama?
Ela não responde e dá alguns passos para trás, devagar. Gira o corpo e se olha de três quartos no reflexo da janelinha redonda.
– Eu engordei. Você não acha?
Jacques sorri.
– Está de brincadeira? Você é...
Ele procura a melhor palavra para traduzir o que sente: os cabelos compridos a chover por aquelas longas costas cor de mel, as sombras que acompanham cada uma das curvas.

– Uma verdadeira madona.

Stéphanie sorri. Leva as mãos às costas para soltar o sutiã.

– Não, Jacques. Uma madona é bonita porque tem filhos.

Ela pendura a lingerie em um cabide preso a um prego na porta. Vira-se, sem sequer baixar os olhos na direção de Jacques, e senta-se na beira da cama. Enquanto seus dedos enrolam lentamente uma das meias coxa abaixo, Jacques enfia uma das mãos debaixo dos lençóis e a faz subir pela barriga lisinha de Stéphanie. Quanto mais sua mulher se inclina, coxa, joelho, tornozelo, mais seus seios encostam no braço dele.

– A quem você gostaria de agradar, Stéphanie?

– A ninguém. A quem você quer que eu agrade?

– A mim. A mim, Stéphanie.

Ela não responde. Entra debaixo das cobertas. Jacques hesita e acaba falando:

– Não gostei do jeito como aquele policial ficou olhando para você durante o enterro de Morval. Não gostei mesmo.

– Não comece com isso outra vez. Pelo amor de Deus.

Stéphanie lhe dá as costas. Jacques escuta sua respiração suave.

– Philippe e Titou me convidaram para caçar amanhã no platô da Madrie, no final da tarde. Tudo bem?

– Claro. Claro que tudo bem.

– Tem certeza? Não quer que eu fique aqui?

Respiração. Somente as costas da mulher e sua respiração.

Insuportável.

Ele pousa a revista no pé da cama e pergunta:

– Vai querer ler?

Stéphanie ergue os olhos para o criado-mudo. Há um único livro sobre o móvel. *Aureliano*. De Louis Aragon.

– Não, hoje não. Pode apagar a luz.

Faz-se noite no quarto.

A calcinha preta cai no chão.

Stéphanie se vira para o marido.

– Me faça um filho, Jacques. Por favor.

20

O INSPETOR SÉRÉNAC ENCARA Béatrice com insistência. Acha difícil adivinhar o que se esconde atrás daquele sorriso irônico. A varanda adquire ares de sala de interrogatório. A mulher de Sylvio Bénavides bate um pouco o queixo sob o xale.

– Então, Béatrice, que certeza lhe inspiram essas fotos libidinosas?
– Estou falando da sua professora. Como é mesmo o nome dela?
– Stéphanie. Stéphanie Dupain.
– Isso, Stéphanie. Essa bela moça que, segundo Sylvio, roubou seu coração.
Sérénac franze o cenho.
– Bom, ponho minha mão no fogo que ela nunca saiu com esse tal Jérôme Morval.

Ela examina demoradamente uma a uma as cinco fotografias sobre a mesa de plástico.

– Confie em mim. Ela é a única das cinco que não teve nenhum relacionamento físico com ele.
– O que a faz concluir isso? – indaga Sérénac, tentando também dar um sorriso enigmático.

E a resposta vem simples como um bom-dia:
– Ele não faz o tipo dela.
– Ah. E qual é o tipo dela?
– O seu!

Grávidas não fazem rodeios.

Sylvio volta trazendo uma Guinness e um copo grande com o escudo da marca de cerveja. Pousa-os diante do colega.

– Posso ficar com vocês enquanto trabalham? – pede Béatrice.

Com um olhar temeroso, Sylvio observa Laurenç soprar o colarinho da cerveja.

– Que diferença faz? Você conta tudo depois, mesmo.

Bénavides evita qualquer comentário. Seu superior faz deslizar sobre a mesa uma primeira imagem.

– Bom, vou começar – diz ele.

Béatrice e Sylvio abaixam a cabeça na direção da foto que Sérénac lhes mostra. Jérôme Morval está colado aos joelhos de uma jovem atrás de uma mesa lotada, dando-lhe um beijo de língua.

— Do ponto de vista da investigação, se é que posso dizer, isso era só uma preparação. O nome da garota é Fabienne Gonçalves. Era uma das secretárias dele. Jovem e liberada. Tipo calcinha rendada debaixo do jaleco branco.

Sylvio passa um braço tímido pelo ombro de Béatrice, que parece achar muita graça.

— Segundo uma amiga da secretária, o caso deles começou cinco anos atrás. Fabienne era solteira na época. Agora não é mais.

— Meio pouco para um crime passional, não? — comenta Sylvio.

Ele vira a foto.

— E o código no verso? 23-02?

— Menor ideia. Nem sequer um início de pista. Esses números não correspondem a nada, nem a uma data de nascimento nem a um dia de encontro. A única certeza é que os segundos algarismos não se referem a meses.

— Se me permite interromper, chefe, esbarrei no mesmo impasse. Identifiquei as garotas, mas não descobri nada, rigorosamente nada, em relação aos códigos: 03-01, 21-02, 15-03. Talvez seja só o modo de classificação do detetive particular que tirou as fotos.

— Pode ser. Mas, mesmo assim, eles correspondem a uma ordem, isso é certo... e enquanto não encontrarmos o detetive particular em questão, enquanto Patricia Morval continuar fingindo que não nos mandou essas fotos, vamos continuar no escuro. Bom, vemos isso mais tarde. Sua vez agora.

Sylvio não solta Béatrice. Chega até a segurar o xale com firmeza entre sua mão e o ombro da mulher. Contorce-se para pegar uma das imagens. A foto foi visivelmente tirada em uma casa noturna. Jérôme Morval está com a mão numa parte do seio que escapole do vestido de paetês de uma moça loura, bronzeada e maquiada até as unhas dos pés. Sérénac dá um assobio entre os dentes. Os olhos de Béatrice brilham, Sylvio pigarreia.

— Aline... Malétras — balbucia o assistente. — Trinta e dois anos. Relações-públicas no mundo da arte. Divorciada. Pelo visto, foi a relação mais longa que Morval teve. Uma mulher independente. Frequentadora das galerias de Paris.

— Relações-públicas, é assim que se chama? — ironiza Laurenç. — Pela foto, nossa Aline parece uma pequena e poderosa devoradora de homens. Você falou com ela?

Béatrice se empertiga como uma loba que fareja perigo. Os dedos atentos de Sylvio se contraem sobre o xale.

– Não – responde o assistente. – Pelas informações que tive, está nos Estados Unidos há nove meses. Em Old Lyme, não sei se o senhor já ouviu falar. Parece que é a Giverny americana, reduto dos impressionistas da Costa Leste. Fica em Connecticut, perto de Boston. Tentei falar com ela por telefone, até agora sem sucesso. Mas o senhor me conhece, chefe: vou insistir.

– Hum... Espero que não esteja me dizendo que a bela Aline está exilada só porque Béatrice está aqui.

Béatrice passa a mão no joelho do marido.

Sexys e chatas, as grávidas. Mas carinhosas também.

– Agora se prepare – insiste Sylvio. – Sabe para quem Aline Malétras trabalha em Boston?

– Vai me dar alguma pista? Ela trabalha vestida ou não?

Sylvio não se dá sequer ao trabalho de comentar.

– Aline Malétras trabalha para a Fundação Robinson!

– Vejam só... De novo essa porra de fundação! Sylvio, encontre essa garota – insiste Sérénac, olhando de viés para Béatrice, com um ar contrariado. – Considere isso uma ordem. Bom, minha vez.

A foto seguinte passa de mão em mão. Uma mulher, cujo jaleco azul curto desce até a altura da saia, está ajoelhada em frente ao oftalmologista, cuja calça está arriada até os tornozelos. Sylvio se vira para Béatrice como se quisesse lhe sugerir que se deitasse. Acaba não dizendo nada.

– Sinto muito, mas dessa vez não consegui nada – diz Sérénac. – Sem o rosto da garota, estou com dificuldade para identificá-la. Minha única certeza é de que a cena aconteceu na sala da residência dos Morval, na Rue Claude-Monet, pois pude identificar os quadros nas paredes. Sendo assim, dada a roupa que a garota está usando, esse tipo de jaleco azul quadriculado de cores claras, poderíamos imaginar que se trata de uma faxineira, mas Patricia Morval não disse nada em relação a isso. Ela vive demitindo uma empregada atrás da outra. Além do mais, segundo Maury, que examinou a textura do papel, essa foto também teria no mínimo uns dez anos.

– Morval morreu como? – pergunta, de repente, Béatrice.

– Esfaqueado, com a cabeça esmagada e depois afogado – responde Sérénac no automático.

– Se fosse eu, também teria cortado fora o saco dele.

Sexy e chata, a grávida... e carinhosa... como uma cobra a se enrolar no seu pescoço.

Sylvio sorri feito um bobo.

– Não quer se deitar um pouco, amor?

Amor não responde. Laurenç está se divertindo bastante.

– A relação remonta a uma década – sugere Sylvio. – Se a moça tivesse engravidado, o filho teria...

– Dez anos! Também sei fazer conta. Estou vendo aonde você quer chegar, meu velho, mas primeiro vai ser preciso encontrar a garota antes de pensar se ela além de tudo é mãe. Sua vez agora, a irlandesa.

– Talvez seja meio demorado, chefe. Não quer continuar o senhor?

Sérénac ergue os olhos, espantado.

– Como preferir... No meu caso, pelo contrário, vai ser curto.

A foto circula. Stéphanie Dupain e Jérôme Morval andam por um caminho de terra batida, sem dúvida uma trilha acima de Giverny. Estão em pé lado a lado, bastante próximos, de mãos dadas.

– Como vocês podem constatar, trata-se de uma relação extraconjugal bem casta – comenta Sérénac. – Não é mesmo, Béatrice?

Sylvio fica surpreso, e Béatrice meneia a cabeça devagar.

– É – acrescenta Bénavides. – Mas essa foto estava junto com as outras quatro. Se fizermos a relação...

– Justamente! Ninguém nunca lhe ensinou que é preciso desconfiar das relações, Sylvio? É o bê-á-bá da profissão. Principalmente se as fotos nos chegaram pelas mãos de um benfeitor anônimo. Quanto ao resto, já sabemos tudo sobre a moça da foto, Stéphanie Dupain, professora primária do vilarejo. Vou encontrá-la de novo amanhã para pedir a lista das crianças de Giverny, o que vai agradar a Sylvio, e também para perguntar o que seu marido estava fazendo na manhã do assassinato de Morval.

Laurenç aguarda um comentário de incentivo de Béatrice, mas ela recostou a cabeça no ombro de Sylvio e está começando a fechar os olhos. Sylvio subiu o xale até seu pescoço.

– E a sua irlandesa? – pergunta Sérénac.

– Alysson Murer – murmura o assistente, sem mexer um cílio sequer. – Mas, na verdade, não é irlandesa, e sim inglesa, de Durham, no norte da Inglaterra, perto de Newcastle. E a praia da foto não é na Irlanda, e sim na ilha de Sark.

– Sark não fica na Irlanda?

– Não, fica bem mais ao sul. É uma ilhota anglo-normanda ao lado de Jersey, a mais bonita de todas, parece.

– Mas então, e essa sua Alysson?

Béatrice agora está de olhos fechados. Sua respiração na nuca de Sylvio faz esvoaçar delicadamente uma mecha de finos cabelos louros.

– É uma longa história – sussurra Bénavides. – E, por mais que isso contrarie o bispo de Evreux, não vai contribuir em nada para a honra póstuma de Jérôme Morval.

SEXTO DIA
18 de maio de 2010, Moinho de Chennevières

Inquietação

21

COMO VOCÊS JÁ ENTENDERAM, meu quarto e meu banheiro ficam lá em cima, na torre de menagem do moinho de Chennevières, essa pequena torre quadrada de enxaimel. Dois cômodos minúsculos em que ninguém além de uma velha louca aceitaria morar.

Prendo os cabelos devagar. Já decidi. Preciso sair hoje de manhã e falar com Patricia Morval. Observo com mau humor a mancha escura no piso. Quase todas as roupas que usei no enterro na véspera ainda estão molhadas. Passaram a noite inteira escorrendo; estava cansada demais, não prestei atenção, estendi-as ali mesmo, na sala. Hoje de manhã, havia uma poça d'água, não adiantou passar a esponja, ficou uma marca úmida na madeira do piso. Sei que é só água, que a madeira vai secar. Mas essa mancha logo abaixo das minhas *Ninfeias* negras me deixa obcecada.

Vocês devem estar pensando que sou mesmo uma velha doente, não é? Nesse ponto, não estão enganados. Chego perto da janela. Minha torre tem pelo menos uma vantagem: em toda a Giverny não existe nenhum ponto de observação melhor. Do meu ninho de águia posso ver o Ru, a pradaria até a ilha das Urtigas, os jardins de Monet, o Chemin du Roy até a rotatória.

Aqui é o meu mirante.

Às vezes passo horas nesta janela.

Sinto nojo de mim mesma.

Quem poderia ter imaginado que eu fosse virar isso: uma megera que passa a vida atrás de vidraças cinzentas, espionando vizinhos, desconhecidos, turistas?

A porteira do vilarejo.

Um ouriço deselegante.

Assim é.

Às vezes me canso do fluxo ininterrupto dos carros, dos ônibus de turismo, das bicicletas e dos pedestres no Chemin du Roy. Os últimos metros da romaria dos peregrinos do Impressionismo.

Às vezes, não. Há boas surpresas, como agorinha mesmo.

Essa moto que diminui a velocidade para virar logo depois do moinho, na direção do vilarejo, na Rue du Colombier, não há como não a ver.

O inspetor Laurenç Sérénac em pessoa!

Observo. Ninguém pode me ver, ninguém desconfia de mim. E, mesmo que alguém descobrisse o que estou fazendo, que diferença faria? O que pode haver de mais natural do que uma velha fofoqueira, que presta atenção em cada detalhe, todas as manhãs, dia após dia, como um peixe de olhos esbugalhados que esquece tudo a cada giro dentro do aquário?

Quem iria desconfiar de uma testemunha assim?

Enquanto isso, a moto do policial virou na Rue du Colombier. Eis então a volta do inspetor Sérénac, a caminho do grande desastre.

22

SÉRÉNAC ESTACIONA A MOTO na praça da prefeitura, debaixo de uma tília. Dessa vez, não deixou nada ao acaso e programou sua chegada à escola para alguns minutos depois do fim das aulas. Aliás, cruzou com várias crianças na Rue Claude-Monet e todas admiraram sua Tiger Triumph T100. Para a garotada, a moto é quase uma peça de colecionador.

Stéphanie se acha de costas para ele. Está organizando os desenhos dos alunos dentro de uma grande pasta de cartolina. Ele decidiu falar primeiro, pois acha que é o melhor jeito de não gaguejar; falar antes mesmo de ela se virar, antes de pousar nele a paisagem infinita do seu olhar.

– Bom dia, Stéphanie. Voltei para pegar a lista das crianças, como prometido.

A professora estende a mão macia acompanhada por um sorriso sincero. O sorriso de um detento chamado para receber uma visita, pensa ele, sem saber por que essa imagem lhe vem à cabeça.

– Bom dia, inspetor. Já preparei tudo. Está ali, naquele envelope em cima da mesa.

– Obrigado. Vou lhe confessar uma coisa: tenho um assistente que acredita piamente nessa pista por causa do postal de aniversário encontrado no bolso de Jérôme Morval.

– O senhor não?

– Não sei. A senhora está em posição melhor do que a minha para saber isso. Para dizer a verdade, acho que meu assistente formulou a hipótese de que Jérôme Morval pode ter tido um filho ilegítimo uns dez anos atrás. Sabe como é...

– Só por isso?

– Não lhe parece crível? Dentre todos os seus pequenos alunos, não há nenhum que pudesse ter esse perfil?

Stéphanie desliza os dedos em direção ao envelope branco e o cola no peito do inspetor.

– Esse trabalho de fuçar a vida íntima dos meus meninos é seu, não meu!

Sérénac não insiste. Enquanto finge buscar as palavras certas, observa a sala. Na verdade, o inspetor sabe perfeitamente o que vai dizer a seguir; já virou e reviu a frase na cabeça durante todo o trajeto de Vernon a Giverny, como se fosse um chiclete velho. Seu olhar recai nos tons pastel do cartaz do concurso Desafio Internacional Jovens Pintores. Ele repara que a Fundação Robinson também aparece em outro cartaz pendurado na sala, que louva, em inglês, os méritos da National Gallery de Cardiff, com a paisagem de um charco pintada por Sisley ao fundo. Após esse silêncio calculado, Sérénac começa:

– Stéphanie, a senhora conhece bem o vilarejo?

– Nasci aqui!

– Estou atrás de um guia. Como dizer, estou precisando sentir Giverny, entender o lugar. Acho que só assim vou conseguir avançar nessa investigação.

– "Observar e imaginar", como os pintores?

– Exato.

Eles se sorriem.

– Está bem, estou ao seu dispor. Vou pegar meu casaco e já venho.

Stéphanie Dupain vestiu um cardigã de lã por cima do vestido amarelo-
-palha. Enquanto conversam, os dois seguem a Rue Claude-Monet, descem

a Rue des Grands-Jardins, viram na direção da Rue du Milieu e então tornam a atravessar o regato, do outro lado do Chemin du Roy, bem em frente ao moinho de Chennevières. Stéphanie já levou os alunos de sua turma para passear pelas ruas de Giverny centenas de vezes. Conhece todas as anedotas sobre a cidade, que compartilha com o inspetor. Explica que cada esquina do vilarejo, praticamente cada casa, e cada árvore também, é conservada e admirada em algum lugar do outro lado do planeta, emoldurada e envernizada em algum museu de prestígio.

Pinturas de origem controlada!

De Giverny. Nos arredores de Giverny. Normandia.

– Aqui, quem viaja são as pedras e as flores – comenta Stéphanie, com um sorriso meio estranho. – Não os moradores!

Eles atravessam o Chemin du Roy. O rio que corre debaixo da ponte e desaparece sob um arco de tijolo, em direção ao moinho de Chennevières, proporciona um arremedo de frescor. Stéphanie se detém alguns metros antes do moinho.

– Essa casa estranha sempre me atraiu. Sério. Não sei por quê.

– Posso fazer uma sugestão? – pede Sérénac.

– Claro.

– Lembra-se do livro que a senhora me emprestou? *Aureliano*, de Aragon. Passei boa parte da noite na companhia dele. Aureliano e Bérénice. Seu amor impossível. Nos capítulos passados em Giverny, Bérénice mora em um moinho. Aragon não especifica qual, mas, se seguirmos as descrições dele ao pé da letra, só pode ser esse aqui.

– O senhor acha? Acha que é nesse moinho que Aragon faz padecer a melancólica Bérénice, dividida entre seus dois amores, a razão e o absoluto?

– Shh... Não me conte o fim.

Eles avançam em direção ao grande portão de madeira. Está aberto. Uma brisa leve percorre o vale. Stéphanie estremece um pouco. Laurenç resiste à vontade de abraçá-la.

– Sinto muito por Aragon, Stéphanie, mas para o policial adormecido dentro de mim esse moinho é sobretudo a casa mais próxima do local onde Jérôme Morval foi assassinado.

– Isso é problema seu. Minhas competências se resumem às de um guia turístico. Se quer saber, esse moinho tem uma longa história. Sem ele, aliás, o jardim de Monet jamais teria existido, nem ele nem as *Ninfeias*. O regato na realidade é um canal cavado por monges na Idade Média para alimentar o moinho. Passava por uma campina um pouco mais acima, que Monet comprou séculos depois para cavar o seu laguinho.

– E depois?

– O moinho pertenceu por muito tempo a John Stanton, um pintor americano que, pelo visto, tinha mais talento para segurar uma raquete de tênis do que um pincel. Mas desde sempre, sem que se saiba realmente por quê, para as crianças do vilarejo o moinho de Chennevières é o moinho da bruxa.

– Ui.

– Olhe só, Laurenç. Acompanhe o meu dedo.

Stéphanie segura a mão dele. Sérénac se deixa tocar, deliciado.

– Observe a imensa cerejeira no meio do pátio. Essa árvore é centenária! Há muitas gerações a brincadeira das crianças de Giverny é entrar nesse pátio e roubar cerejas.

– Mas e a polícia o que faz?

– Espere, olhe mais um pouco. Está vendo os reflexos brilhantes do sol nas folhas? São tiras de papel prateado. Um simples papel prateado cortado em forma de fita. É muito simples. Serve para afastar os passarinhos, predadores bem mais perigosos para as cerejas do que as crianças dos arredores. Mas para os meninos do vilarejo existe um gesto bem mais cavalheiresco do que vir roubar os frutos da cerejeira.

A imaginação faz os olhos lilases de Stéphanie brilharem feito os de uma adolescente. A mais luminosa das *Ninfeias* de Monet! É como se toda a melancolia houvesse desaparecido. Sem dar tempo para o inspetor responder, ela prossegue:

– O cavalheiro deve correr e roubar algumas dessas tiras prateadas para dá-las de presente à princesa do seu coração, para ela amarrar os cabelos.

Ela ri e leva a mão de Laurenç até seu coque improvisado.

– Eis as provas, inspetor.

Os dedos de Laurenç Sérénac se perdem nos longos cabelos castanhos. Ele hesita em forçar o gesto. É impossível Stéphanie não estar percebendo a sua emoção.

O que ela quer? Quanto daquilo é improvisação? Quanto é premeditado?

As tiras de papel prateado que prendem discretamente os cabelos da professora crepitam ao seu toque. Ele afasta a mão como se esta fosse pegar fogo. Sorri, não sabe o que dizer; deve estar parecendo um idiota.

– A senhora é mesmo uma mulher surpreendente... De verdade. Amarrar os cabelos com fitas prateadas! Imagino que seja indiscreto perguntar que cavalheiro as deu de presente.

Com um gesto natural, ela torna a ajeitar os cabelos.

– Para tranquilizá-lo, posso apenas lhe dizer que não foi Jérôme Morval! Esse romantismo infantil não fazia nem um pouco o tipo dele. Mas não vá imaginar mistérios onde eles não existem, inspetor. Numa sala de aula, muitos meninos gostam de dar presentes para a professora. Vamos continuar?

Eles dão alguns passos em direção ao regato e chegam bem em frente ao lavadouro, no lugar exato em que, dias antes, o corpo de Jérôme Morval estava caído dentro d'água.

É claro que pensam nisso.

O silêncio se insinua entre eles. Stéphanie tenta um desvio:

– Quem deu este lavadouro ao vilarejo foi Claude Monet. Este e muitos outros aqui perto. Esses presentes eram uma tentativa de ser aceito pelos camponeses.

Sérénac não responde. Afasta-se um passo e diverte-se acompanhando com os olhos a dança das plantas aquáticas no fundo do regato. Sua voz ecoa:

– Preciso lhe dizer que o seu marido está se tornando o principal suspeito da nossa investigação.

– Como é?

A fantasia de adolescente sai voando feito um passarinho assustado.

– Só queria avisá-la. Esses boatos sobre a senhora e Morval... O ciúme dele...

– Que coisa mais ridícula! Que brincadeira é essa, inspetor? Já disse que entre mim e...

– Eu sei, mas...

Sérénac remexe a lama junto às margens com os pés. A chuva da véspera apagou qualquer marca de passos.

– Seu marido usa botas, Stéphanie?

– O senhor sempre faz perguntas idiotas assim?

– Perguntas de policial. Sinto muito. Mas a senhora não respondeu.

– É claro que Jacques usa botas. Como todo mundo. Deve até estar calçado com elas agora: ele foi caçar com amigos.

– Mas estamos muito longe da temporada de caça.

A resposta da professora é seca e precisa:

– O dono da encosta acima da trilha da Astragale, Patrick Delaunay, conseguiu uma autorização para exterminar lebres fora das reservas de caça e dos períodos normais. Essas lebres infestam as gramas de solo calcário. Seus homens podem checar: existe um dossiê sobre isso no departamento de agricultura aqui da região, com uma lista de terrenos afetados, danos provocados pelas pragas e caçadores que Delaunay designou como auxiliares para combatê-las. Na verdade, são todos os amigos dele de Giverny, entre os quais o meu marido. Tudo se negocia, inspetor. De modo que eles caçam o ano todo em perfeita legalidade.

Sérénac franze o cenho, como quem dá a entender que, mesmo sem tomar notas, está decorando cada detalhe.

– Ótimo, obrigado, vamos verificar. A senhora vai receber uma visita do meu assistente ou então de um agente. Fique descansada; eles são bem menos indiscretos do que eu. Stéphanie, o que seu marido estava fazendo na manhã do assassinato?

A professora caminha em direção à margem e corre os dedos por uma folha de chorão.

– Quer dizer que foi só para me interrogar a respeito do local do crime que o senhor sugeriu vir até aqui, inspetor? Para me preparar, como se diz...

Sérénac gagueja:

– N-não fique achando que...

– Jacques tinha ido caçar naquela manhã – interrompe ela. – Cedo. Mas isso acontece com frequência neste período, quando o tempo permite. Meu marido não tem álibi, entende? Tampouco tem um motivo. O fato de Jérôme Morval me fazer uma corte discreta não constitui motivo... Eu e ele passeamos algumas vezes por aqui, como nós dois estamos fazendo agora, e conversamos sobre pintura. Ele era um homem interessante, culto. Minha relação com Jérôme Morval parava por aí. Nada que pudesse ser tomado como motivo de um crime, entendeu?

Os olhos de Stéphanie Dupain acompanham as águas do regato antes de pousarem em Laurenç Sérénac.

Insondáveis.

– Olhe aqui, inspetor. Eu poderia escorregar nesta terra molhada e cair nos seus braços. Alguém poderia nos ver. Observar. Imaginar. Fotografar. Isso acontece muito por aqui. Mesmo assim, ambos concordamos que nada terá acontecido.

Sérénac não consegue evitar olhar em volta. Só consegue ver alguns passantes bem distantes na pradaria. Tirando o moinho de Chennevières, não identifica nenhuma outra moradia. Quando responde, é gaguejando:

– Desculpe, Stéphanie. Eu... É só uma pista... Talvez eu tenha exagerado quando usei a expressão "principal suspeito".

Ele hesita por um instante antes de prosseguir:

– Na... na verdade, segundo meu assistente, inspetor Bénavides, e acho que ele tem razão, haveria três motivações possíveis para explicar o assassinato de Jérôme Morval: o ciúme por conta de suas várias amantes, um tráfico de obras de arte ligado à sua paixão pela pintura ou uma espécie de segredo relacionado a uma criança.

Stéphanie reflete por um curto instante. Sua voz adquire um tom de ironia perturbador:

– Se bem entendo, então, sua principal suspeita seria eu. As três motivações conduzem a mim, não? Eu às vezes falava com Morval, estou organizando um concurso de pintura... E quem conhece melhor do que eu as crianças do vilarejo?

Ela contrai seus lábios de giz cor-de-rosa e estende os dois punhos fechados, como quem espera ser algemado.

Sérénac se força a dar uma risada.

– Nada a acusa, pelo contrário! De acordo com o que me disse, a senhora não era amante de Morval... e tampouco pinta. E não tem filhos.

As palavras desenvoltas do inspetor de repente entalam na sua garganta. Um véu escuro repentino encobre os olhos de Stéphanie, como se as palavras de Sérénac tivessem provocado nela uma intensa aflição.

Como a corda de um violino que se parte.

Ela não pode estar representando a esse ponto, pensa ele. Reflete sobre o que acaba de dizer.

A senhora não era amante de Morval.

Tampouco pinta.

E não tem filhos.

Toda a atitude de Stéphanie prova que ele está enganado... que uma dessas afirmações é falsa.

Pelo menos uma.

Qual delas? Será que isso poderia estar relacionado com a investigação, com o assassinato? Mais uma vez, Laurenç Sérénac tem a impressão de estar avançando por um pântano, de estar atolando em detalhes sem nenhuma ligação entre si.

Os dois sobem devagar a Rue du Colombier em direção à escola sem dizer mais nada. Separam-se constrangidos, afetados por um mal-estar indizível.
– Stéphanie, devo lhe pedir que fique, como se diz, à disposição da polícia.
Ele acrescenta um sorriso. Ela responde num tom caloroso forçado:
– Com prazer, inspetor. Não é difícil me encontrar. Quando não estou na escola, estou em casa, logo acima do pátio.
Ela indica com os olhos a janelinha redonda no forro do telhado.
– Meu universo não é muito extenso, como o senhor pode constatar. Ah, espere. Daqui a três dias, pela manhã, vou levar as crianças do vilarejo para visitar os jardins de Monet.
Ela se afasta na direção da escola. O lilás-claro de suas íris continua a tingir por muito tempo os pensamentos de Sérénac, deformando toda a realidade do que ele escutou e rearranjando-a em um quadro estranho composto por pinceladas desordenadas.
Stéphanie Dupain.
Qual o seu papel neste caso?
Suspeita? Vítima?
A mulher o deixa terrivelmente desconcertado. A única atitude razoável seria ele se afastar da investigação, ligar para o juiz e deixar tudo a cargo de Sylvio ou de qualquer outro agente.
Mas uma certeza o detém, uma única certeza.
A intuição inexplicável, o sentimento lancinante de que Stéphanie Dupain está lhe pedindo socorro.

23

Do alto da minha torre de menagem, não perdi nenhum momento da cena. Aqueles dois passeando em frente à minha cerejeira, as fitas prateadas nos cabelos, a lama nos sapatos, bem diante da cena do crime.

Em frente à minha casa!

Seria um erro me privar disso, não acham? A história desses dois não parece evidente em sua banalidade? Um romance entre o belo inspetor surgido do nada e a professora à espera do seu salvador! Eles ainda são jovens, são bonitos. Têm o futuro pela frente, entre as próprias mãos.

Está tudo no seu devido lugar.

Mais alguns encontros... e a carne cuidará do resto.

Saio da minha torre. Praguejo. Levo muito tempo para descer cada degrau. Ainda vou demorar vários minutos para trancar as três fechaduras. Tenho até dificuldade para fechar a porta de carvalho, tão pesada e velha quanto eu. É como se as dobradiças enferrujassem toda noite. Mas, pensando bem, cada um com seu reumatismo.

Lembro-me do policial e da professora. Sim, aqueles dois estão sonhando em romper o quadro. Sair da moldura. Sua fuga está programada em uma moto cromada e reluzente. Que garota não sonharia com uma fuga dessas, hein?

A menos, é claro, que um grão de areia entre na engrenagem.

A menos que alguém escreva a história de outra forma.

– Netuno, venha!

Sigo andando. Andando. Como muitas vezes faço, corto caminho pelo estacionamento do museu de arte americana. Passo em frente ao prédio. Como sempre, resmungo sozinha contra a arquitetura horrenda que lembra um pavilhão da década de 1970. É claro que sei que o projeto era fazer um grande jardim para esconder o museu. Anos atrás, foi plantado em frente ao prédio um labirinto de alfenas e tuias. Chamam isso de jardim impressionista. Por mim, tudo bem. Mas sei de gente que não escolheria essas sebes para as suas propriedades nem mesmo para substituir as cercas vivas. Agora que os franceses compraram o museu dos americanos para transformá-lo em museu dos impressionistas, talvez arranquem tudo! Vou lhes dizer uma coisa: se pedissem a minha opinião, eu tenderia a ser a favor.

Enfim, seja como for, vou morrer antes de isso tudo acontecer. Por enquanto, eles se contentaram apenas em colocar na campina atrás do museu quatro rolos de feno à moda antiga, só falta o forcado cravado no meio. Acho que fica meio estranho atrás das tuias, mas, no fim das contas, parece que agradou. Com frequência há turistas encantados posando em frente a eles.

Quando era mais jovem, subia com frequência atrás do museu, depois da galeria Cambour. A vista dos telhados verdes em vários níveis do museu é pouco conhecida dos turistas, mas é bem surpreendente. Ainda que a mais bela de todas continue a ser a da colina acima da caixa-d'água. No lugar das pernas, restam-me as lembranças.

Sigo caminhando. Minha bengala bamba arranha as pedras do calçamento. Enquanto isso, cinco pessoas me ultrapassam, um grupo de velhos, enfim, menos velhos do que eu; todos falam inglês. Durante a semana é sempre assim: Giverny é tão deserto quanto qualquer outro vilarejo. Com exceção dos ônibus de turismo das operadoras. Três quartos dos visitantes que descem dos ônibus falam inglês, sobem e descem a Rue Claude-Monet, vão até a igreja e voltam pelo mesmo caminho. Na ida, olham as galerias e, na volta, compram. Nos finais de semana é diferente: primeiro chegam os parisienses, depois os normandos, alguns.

Ainda que o grupo à minha frente se distancie, sigo avançando no meu ritmo. Gostaria de poder acelerar o passo diante da galeria Kandy. Amadou Kandy administra a mais antiga galeria de arte de Giverny.

Faz trinta anos que cruzo com ele. Trinta anos que ele me enche o saco. Sem sucesso!

A galeria dele parece uma espécie de caverna de Ali Babá. Assim que me vê, ele sai pela porta.

– E aí, minha linda? Ainda perambulando pelas ruas feito um fantasma?
– Bom dia, Amadou. Me desculpe, estou com pressa.

Ele explode em sua sonora gargalhada de gigante senegalês. Que eu saiba, é o único africano do vilarejo. Às vezes, passo um tempo na sua companhia. Amadou me conta seus segredos, seus sonhos de um dia negociar um Monet, ele também. O prêmio máximo. Um *Ninfeias*, qualquer um. Em preto, por que não? Às vezes ele também perambula em volta do moinho de Chennevières. Amadou Kandy era bastante metido com Jérôme Morval. Não posso perder a desconfiança. Também soube que ele se meteu com a polícia não faz tanto tempo assim.

Sigo em frente. A Rue Claude-Monet me parece a cada dia mais interminável. Os turistas vão abrindo caminho para me deixar passar. Às vezes alguns desses babacas chegam a me fotografar, como se eu fosse parte da paisagem de Giverny.

Número 71.

Cheguei!

Examino o nome na caixa de correio. "Jérôme e Patricia Morval", como se o casal ainda morasse debaixo do mesmo teto. Entendo Patricia. Não é fácil retirar uma etiqueta com o nome de um morto.

Toco a campainha. Várias vezes. Ela vem até a porta.

Parece surpresa.

Não é de espantar! Faz meses que não trocamos mais que duas palavras, no máximo um bom-dia na rua. Entro, me aproximo, quase sussurro no seu ouvido:

– Patricia, preciso falar com você... Tenho coisas a contar. Coisas que fiquei sabendo e outras que entendi.

Quando ela me deixa passar, reparo que está lívida. Os dois imensos *Ninfeias* do longo corredor me deixam tonta. Menos que Patricia, pelo visto. Tenho a impressão de que ela vai desmaiar.

Patricia sempre foi meio fracota.

Ela balbucia:

– Tem... tem a ver com o assassinato de Jérôme?

– Tem... Entre outras confidências.

Hesito. Apesar de tudo, mesmo que não tenha mais nada a perder, não é fácil jogar na cara dela esse tipo de confissão. Queria ver um de vocês fazer isso. Espero ela sentar-se na poltrona de couro da sala e digo:

– Sim, Patricia, tem a ver com o assassinato de Jérôme. Eu... eu sei o nome do assassino.

24

FAZ VÁRIOS SEGUNDOS QUE Sylvio Bénavides se pergunta o que aqueles crocodilos estarão fazendo dentro do laguinho de ninfeias. Imagina que seja algo como uma livre interpretação do artista, um pintor chamado Kobamo, mas fica pensando: haverá alguma mensagem oculta? Para passar o tempo, começa a contar os répteis do quadro; Kobamo os escondeu debaixo dos nenúfares em vários lugares. Olhos, narinas, caudas.

Atrás dele, a porta da galeria de arte se abre e Laurenç Sérénac entra. O inspetor Bénavides dirige a Amadou Kandy um sorriso aliviado.

– Disse que ele não iria demorar.

Amadou Kandy ergue as mãos lentamente. O galerista senegalês deve ter mais ou menos a altura de três turistas japoneses. Está usando uma túnica larga cuja estampa é um patchwork improvável de motivos africanos e tons pastel.

– Não estava preocupado, inspetor. Tenho consciência de que o meu tempo é bem menos precioso do que o seu.

A galeria Kandy parece um imenso bazar. Telas de todos os formatos socadas em cada canto do recinto dão à loja um charme de museu em plena mudança, proporcionando sem dúvida ao turista especializado a ilusão de poder fazer um bom negócio com aquele galerista bagunceiro.

Amadou é um espertalhão.

Os inspetores se acomodam onde podem. Sylvio Bénavides senta-se no degrau de uma escada, entre duas caixas de papelão, e Laurenç Sérénac tem as nádegas cortadas ao meio pela borda de um grande recipiente de madeira dentro do qual se perdem várias litogravuras em carvão.

– Monsieur Kandy, o senhor conhecia bem Jérôme Morval – começa Sérénac.

Amadou permanece de pé.

– Conhecia. Jérôme era um amante da arte e muito culto. Nós conversávamos, eu lhe dava conselhos. Um homem de bom gosto... Perdi um amigo.

– E um bom cliente também.

Foi Sérénac quem sacou a arma primeiro. Como se a dor na bunda o deixasse agressivo. Kandy não tira do rosto o sorriso de pastor.

– Pode-se dizer... É a sua profissão que o leva a pensar assim, inspetor.

– Bom, nesse caso o senhor vai me perdoar se eu entrar diretamente no assunto. Jérôme Morval tinha lhe confiado a missão de encontrar um *Ninfeias*?

– E o senhor é bom no que faz – comenta Kandy com uma risadinha. – Tinha. Entre outras buscas, Jérôme tinha me pedido para ficar de olho no mercado das obras de Claude Monet.

– Das *Ninfeias*, em especial?

– Sim. Cá entre nós, não havia esperança. Jérôme sabia disso, mas gostava de desafios meio loucos.

– Por que o senhor? – intervém Bénavides.

Amadou Kandy vira a cabeça. Só agora se dá conta de que está em pé entre os dois inspetores.

– Como assim, por que eu?

– Por que Morval procurou o senhor, e não outro galerista?

– E por que não eu, inspetor? O senhor acha que eu não era o especialista adequado?

Kandy força o sorriso branco, os olhos arregalados.

– Se fosse para trabalhar com artes primitivas, tudo bem, mas encarregar um senegalês de uma pesquisa sobre os impressionistas... Fique tranquilo, inspetor, Jérôme também me encarregou de encontrar um chifre de gazela mágico.

Sérénac ri com vontade ao mesmo tempo que estica as costas.

– O senhor é um espertinho, monsieur Kandy, seus colegas já nos avisaram. Mas nós hoje estamos com pressa. De modo que...

– O senhor não estava com uma cara muito apressada agora há pouco.

– Agora há pouco?

– Agora há pouco. Uma, duas horas atrás. Passou em frente à galeria, mas não quis incomodá-lo. Parecia muito concentrado nas explicações da sua guia.

Bénavides fica constrangido. Sérénac absorve o golpe.

– O senhor é mesmo um espertinho, Kandy.

– Giverny é um vilarejo pequeno – retruca o galerista, virando-se para a porta. – Tem só duas ruas.

– Estou sabendo.

– No entanto, inspetor, para ser bem franco, não foi no senhor que reparei, mas na sua guia, nossa bela professora primária aqui de Giverny. Só vi o senhor e pensei algo como: "Esse sujeito tem sorte mesmo." Sabe que, por pouco, eu teria sido capaz de ter filhos só para ter o prazer de levá-los à escola e cruzar com Stéphanie Dupain todo dia de manhã?

– Como seu amigo Morval.

Kandy recua um pouco para poder abarcar com um mesmo olhar os dois policiais sentados.

– Só que Jérôme não tinha filhos – responde o galerista. – O senhor também é um espertinho, inspetor.

Ele se vira para Sylvio.

– O senhor, por sua vez, é do tipo enxerido. Os dois devem formar uma dupla eficaz. Como descrever os senhores? O macaco e o tamanduá? Que tal?

Sérénac vira o corpo e muda a nádega de apoio.

– O senhor costuma sempre inventar provérbios africanos?

– O tempo todo. Faço o tipo exótico, meus clientes adoram. Invento provérbios para os casais, arrumo apelidos de animal para o homem e a mulher. É meu segredinho comercial pessoal. O senhor não imagina como dá certo.

– Dá certo com duplas de policiais também?

– Eu me adapto.

Sérénac acha uma graça tremenda. Bénavides, por sua vez, parece irritado. Seus pés batem no primeiro degrau da escada.

– O senhor conhece Alysson Murer? – pergunta bruscamente.

– Não.

– Seu amigo Morval conhecia.

– Ah, é?

– O senhor gosta de histórias, monsieur Kandy?

– Adoro. Meu avô contava histórias para toda nossa tribo antes de dormir. Como não tínhamos televisão... Antes disso, assávamos grilos na fogueira.

– Não abuse, Kandy.

Bénavides se segura no corrimão da escada, se levanta, estica um pouco as pernas doloridas e estende uma foto para o galerista. É Alysson Murer na praia de Sark, deitada ao lado de Jérôme Morval.

– Como o senhor pode constatar, trata-se de uma das amigas íntimas do seu amigo – comenta Sylvio.

Amadou Kandy aprecia a imagem com um ar de especialista. Sérénac assume o lugar do assistente:

– Na foto, a Srta. Murer parece uma moça mais para bonita, mas, na verdade, nossa Alysson tem um rosto, digamos, ingrato. Nada de muito grave. Vamos dizer apenas que ela não tem nenhum charme especial. Como somos policiais espertinhos... – diz Laurenç com uma piscadela para Sylvio –... espertinhos e enxeridos, pensamos que alguma coisa não se encaixava entre essa Alysson e as outras conquistas femininas de Jérôme Morval. Não é estranho, monsieur Kandy? Por que Jérôme Morval teria flertado com essa moça sem graça que trabalha na contabilidade de uma corretora de seguros em Newcastle?

Amadou Kandy devolve a fotografia aos policiais.

– Talvez seja preciso apenas relativizar seu julgamento estético. Essa moça é inglesa...

Mais uma vez, Sérénac não consegue conter uma risada e quase cai da borda do recipiente de litogravuras. Bénavides assume o discurso:

– Vou continuar minha história, monsieur Kandy, se me permite. A única parente de Alysson é uma avó, Kate Murer, que mora desde sempre em uma casa de pescador na ilha de Sark, uma casinha bem modesta que vem se depauperando ao longo dos anos. Em casa, Kate Murer possui apenas objetos sem valor, bibelôs, bijuterias baratas, uma série de quadros antigos que ninguém poderia querer, louça lascada e até uma reprodução de um *Ninfeias* de Monet, uma tela pequena, 60 por 60 centímetros. Kate é muito apegada a isso tudo, não pelo valor, como o senhor pode imaginar, mas porque é só o que lhe resta da família. Estou contando sobre Kate porque Jérôme Morval esteve várias vezes na ilha de Sark com a jovem Alysson Murer. E nessas ocasiões travou amizade também com a avó. Quando se é um policial enxerido, Kandy, do tipo tamanduá, a pessoa então não pode evitar a seguinte pergunta: que diabo Jérôme Morval estava indo fazer na casa dessa velha inglesa nessa maldita ilha de Sark?

25

Patricia Morval observa a silhueta encurvada e negra que se afasta. A cada passo da velha em direção ao moinho de Chennevières, a bengala arranha a superfície do asfalto da Rue Claude-Monet. Netuno se junta a ela mais ou menos na altura da corretora de imóveis Immo-Prestige. Patricia Morval se pergunta quanto tempo terá durado aquela conversa surrealista.

Meia hora, talvez?

Não mais que isso.

Meu Deus!

Uma única meia hora bastou para derrubar todas as suas certezas. Patricia Morval não consegue medir as consequências de tudo o que acabou de escutar. Será que deve acreditar nessa velha louca? E, principalmente, o que deve fazer agora?

Patricia atravessa o corredor evitando deixar os olhos se afogarem nos longos painéis de *Ninfeias*. Precisava falar com a polícia. Sim, era isso que tinha de fazer.
Ela hesita.
De que adianta? Em quem confiar?
Encara as flores murchas que despontam do vaso japonês; recorda cada detalhe da visita do inspetor Sérénac, de seu olhar inquisitivo, de seu modo de avaliar cada um dos quadros pendurados na parede, do mal-estar no corredor diante das *Ninfeias*. Meu Deus...
Torna a se fazer a mesma pergunta. Em quem pode confiar?
Patricia se senta na sala e passa muito tempo pensando na conversa que acaba de ter. Na verdade, há uma única pergunta a ser feita: será que ainda é possível consertar o que pode ser consertado? Será que ela pode inverter o curso dos acontecimentos?
Anda até um pequeno cômodo quase totalmente ocupado por uma escrivaninha e um computador. O computador está ligado. No protetor de tela desfilam fotografias de paisagens ensolaradas de Giverny. Faz só alguns meses que Patricia começou a se interessar pela internet. Jamais teria pensado se apaixonar a tal ponto por um teclado e uma tela. Apesar disso... foi uma paixão fulminante. Agora ela passa horas on-line. Graças à internet, Patricia inclusive redescobriu Giverny, seu próprio vilarejo. Sem a web, será que teria sabido da existência, a um clique de distância, de milhares de fotos do seu vilarejo, cada qual mais fascinante do que a outra? Sem a web, será que teria conseguido imaginar os milhares de comentários dos visitantes em fóruns do mundo inteiro, cada qual mais entusiasmado que o outro? Alguns meses antes, ficou estarrecida com a beleza de um site, Givernews. Desde então, não se passa uma semana sem que navegue nesse blog e em sua inacreditável poesia cotidiana.
Mas hoje não!
Agora Patricia está procurando outra coisa na rede. Leva a seta do mouse até a estrela amarela que indica seus endereços favoritos. Faz aparecer o

menu e se detém no site Copainsdavant.linternaute.com – "amigos de antigamente."

Alguns segundos depois, clica em "Giverny" na ferramenta de busca. A foto que procura está à sua espera. Impossível não ver: é a única foto de turma anterior à Segunda Guerra que existe no site.

Ano letivo 1936-1937, mais exatamente.

Por um segundo, ela se pergunta o que devem pensar os internautas que caem nesse site por acaso.

O que uma foto escolar pré-histórica está fazendo ali?

Quem poderia estar à procura de amigos que dividiram carteiras de uma turma 75 anos antes?

Patricia examina por um longo tempo os rostos comportados dos alunos da velha imagem. Meu Deus... ainda tem dificuldade para acreditar nas revelações que aquela velha louca acaba de lhe fazer. Será possível? Será que não inventou tudo? O assassino de Jérôme pode mesmo ser quem ela denunciou, o último indivíduo de quem Patricia teria desconfiado?

Seu corpo inteiro estremece só de observar aqueles rostos cinzentos. Lágrimas frias escorrem de seus olhos. Depois de muito hesitar, ela se levanta.

Já sabe o que fazer, já decidiu. Torna a atravessar a sala e, num gesto automático, muda alguns centímetros de lugar a pequena estátua de bronze de Diana caçadora sobre o aparador de cerejeira.

Afinal de contas, que risco corre agora?

Abre uma das gavetas do aparador e pega uma velha agenda preta. Senta-se outra vez na poltrona de couro e digita o número em seu telefone sem fio.

– Alô, delegado Laurentin? Aqui é Patricia Morval.

Um longo silêncio lhe responde do outro lado.

– Esposa de Jérôme Morval. Do caso Morval, o cirurgião oftalmologista assassinado em Giverny, o senhor sabe do que estou falando...

Dessa vez, uma voz irritada responde:

– Sei, claro. Estou aposentado, mas ainda não tenho Alzheimer.

– Eu sei, eu sei, é por isso que estou ligando. Li seu nome várias vezes nos jornais da região. Em termos elogiosos. Preciso do senhor, delegado, para... como dizer... para uma contrainvestigação, digamos. Uma investigação paralela ao inquérito oficial.

Um longo silêncio se faz entre os dois interlocutores.

Em termos elogiosos.

Do outro lado, o delegado Laurentin não consegue evitar pensar nas investigações mais importantes de sua carreira. Nos anos passados no Canadá e em sua participação no caso do Museu de Belas-Artes de Montréal, em setembro de 1972, um dos maiores roubos de obras de arte da história, dezoito telas de grandes mestres desaparecidas: Delacroix, Rubens, Rembrandt, Corot. Em sua volta à delegacia de Vernon, em 1974, e na maior investigação de sua carreira, onze anos mais tarde, em novembro de 1985, três antes de se aposentar: o roubo de nove quadros de Monet do Museu Marmottan, entre os quais o célebre *Impressão, nascer do sol*. Foi ele, Laurentin, junto com a polícia de arte, ou seja, o OCBC, sigla em francês para Escritório Central de Combate ao Tráfico de Bens Culturais, que acabou encontrando as obras em 1991 em Porto Vecchio, na casa de um mafioso corso, depois de terem passado pelas mãos de Shuinichi Fujikuma, membro da Yakuza japonesa. Um caso de repercussão nacional, manchetes nos jornais da época... Fazia uma eternidade.

Laurentin rompe enfim o silêncio:

– Estou aposentado, madame Morval. A aposentadoria de um delegado de polícia não tem nada de excepcional do ponto de vista financeiro, mas ela me basta. Por que não recorrer aos serviços de um detetive particular?

– Pensei nisso, delegado, claro. Mas nenhum detetive tem a sua experiência em matéria de tráfico de obras de arte. Trata-se de uma competência importante no caso em questão.

A voz do delegado Laurentin adquire um tom mais surpreso:

– O que a senhora espera de mim?

– Curioso, delegado? Confesso que estava torcendo por isso. Vou resumir a situação. O senhor poderá avaliar. Não acha que o julgamento de um investigador jovem e inexperiente, que se apaixonaria pela principal suspeita ou pela esposa do principal suspeito, ficaria particularmente comprometido? Acha que ele iria conseguir terminar a investigação com objetividade, com clareza? Acha que podemos confiar nele para trazer à tona a verdade?

– Ele não está sozinho. Tem um assistente, uma equipe...

– Submetidos à sua influência e sem iniciativa.

O delegado Laurentin tosse do outro lado.

– Me desculpe. Sou um ex-policial de quase 80 anos. Há dez não ponho os pés numa delegacia. Ainda não entendo o que a senhora espera de mim.

– Então vou atiçar ainda mais sua curiosidade, delegado. Como o senhor ainda lê os jornais, recomendo o obituário. O obituário local. Tenho certeza de que vai ficar interessado.

A voz do delegado Laurentin adquire um tom quase irônico:

– Vou ler, madame Morval. Como a senhora deve imaginar, as pessoas não mudam. Essas suas estranhas adivinhações dão uma variada nos meus *sudokus*. Não é todo dia que um pedido assim aparece para sacudir a rotina de um velho policial solteiro. Mas ainda não estou entendendo aonde a senhora quer chegar.

– Quer que eu seja ainda mais específica? É isso, não é? Digamos, então, que um inspetor jovem demais talvez tenha um interesse um pouco excessivo pela pintura, pela arte em geral, pelas *Ninfeias*... e não o suficiente pelos idosos.

Outro silêncio se prolonga antes de o delegado responder:

– Imagino que eu deveria ficar lisonjeado com as suas alusões, mas todo esse meu passado de policial já ficou para trás há muito tempo. Não estou mais inserido no contexto, não mesmo. Se o que a senhora espera de mim é uma contrainvestigação, não acho que esteja falando com a pessoa certa. Ligue para a polícia de arte. Tenho colegas mais jovens que...

– Delegado – interrompe Patricia –, conduza suas próprias investigações. Na condição de amador. Sem prejulgamentos. Simples assim. Não lhe peço nada além disso. Depois o senhor decide. Olhe, vou lhe dar um indício que, espero, vai aguçar sua curiosidade. Entre na internet e abra um site, mais exatamente o Copains d'Avant. Se o senhor tiver filhos ou netos, eles com certeza conhecem. Digite Giverny. 1936-1937. É um ponto de partida interessante para uma investigação, acho... Para observá-la sob outro prisma. Enfim, o senhor vai ver.

– Qual é o seu objetivo, madame Morval? Uma vingança, é disso que se trata?

– Não, delegado. Ah, não. Pela primeira vez na vida, seria justamente o contrário.

Patricia Morval desliga, quase aliviada.

Pela janela, vê o sol ao longe descer lentamente atrás das encostas que margeiam o Sena, imobilizando o meandro em um *trompe-l'oeil* impressionista efêmero, mas diário.

26

NA GALERIA DE AMADOU Kandy, o inspetor Bénavides se espanta um pouco com a aparente falta de reação do gigante senegalês. Quanto mais observa a galeria, menos pensa que ela se parece com as outras. Em geral, as paredes das galerias de arte são imaculadas, brancas, e exibem uma beleza limpa e discreta. Já na galeria Kandy, bolhas fazem inchar a tinta descascada das paredes, lâmpadas pendem nuas do teto e os tijolos parecem mais unidos por poeira do que por argamassa. Amadou Kandy obviamente faz um grande esforço para transformar sua loja em caverna. Sylvio insiste:

– Para resumir, monsieur Kandy... Temos aqui uma amante sem charme, uma avó sem dinheiro e uma ilha anglo-normanda onde só chove. Seu amigo Morval não o deixa espantado?

– Eu gostava do seu lado original.

– E Sark?

– O que tem Sark?

– O senhor também gostava de Sark, Kandy.

Bénavides deixa perdurar um silêncio proposital antes de prosseguir:

– Esteve na ilha de Sark nada menos que seis vezes nos últimos anos e, por coincidência, alguns meses antes de Jérôme Morval encontrar Alysson Murer.

Sérénac observa seu assistente e pensa que, se Sylvio soubesse fazer mímica de tamanduá ou imitar seu grito, não hesitaria em fazê-lo. Pela primeira vez, durante alguns segundos Amadou Kandy parece abalado e rugas envelhecem seu rosto entre as têmporas. Bénavides insiste um pouco mais:

– Monsieur Kandy, seria indiscrição perguntar o que o senhor foi fazer em Sark?

Amadou Kandy observa os passantes marcharem pela Rue Claude-Monet, como que à procura de um desfile, em seguida se vira. Está exibindo outra vez seu sorriso de charlatão.

– Inspetor, o senhor sabe tanto quanto eu que Sark é o último paraíso fiscal da Europa. Não contem para ninguém, mas vou lá lavar meu dinheiro. Diamantes, marfim, especiarias, tudo isso dá um lucro que o senhor nem imagina. Sem falar no comércio de chifre de gazela mágico. Sark é para a Inglaterra o que os territórios ultramarinos são para a França. Uma ilha de índios, de certa forma.

Sylvio dá de ombros e retoma:

– Na realidade, Kandy, Alysson e sua avó Kate têm origens francesas distantes. Temos inclusive todos os motivos para pensar que um dos avós dela seja Eugène Murer. Imagino que pelo menos Eugène Murer o senhor conheça...

– Se o senhor está sugerindo isso, já deve saber que sou o especialista nomeado pela direção regional de assuntos culturais para inventariar a Coleção Murer.

O galerista se curva na direção dos quadros encostados na parede e pega com cuidado uma paisagem de aldeia africana, ao mesmo tempo *naïf* e colorida. Levanta-se com um sorriso encantado e continua seu monólogo:

– Dentre todos os pintores impressionistas, Eugène Murer tem uma trajetória bem interessante, não? Um jovem apaixonado por literatura e pintura, mas, infelizmente para ele, pobre. Vai se tornar pintor e colecionador por paixão e, para sobreviver, confeiteiro em Paris e Rouen. Quando vivo, Eugène Murer será mais rico do que a maioria de seus amigos pintores, Van Gogh, Renoir, Monet, e vai ajudá-los, apoiá-los, alimentá-los até, o bom homem. Vai pintar também, mas quem hoje se lembra de Eugène Murer?

Amadou Kandy pousa o quadro africano diante dos dois policiais.

– Outro detalhe: Eugène Murer vai passar dois anos na África, pintando, de 1893 a 1895, longe de qualquer influência, e vai voltar com as malas cheias de quadros. Se os senhores tiverem um pouco de gosto, vão constatar que Murer era excelente colorista e que a mistura de Impressionismo com arte *naïf* próxima dos primitivos é de fato surpreendente.

Sérénac descola as nádegas do recipiente de gravuras e avalia o quadro com atenção e espanto. Bénavides não se deixa distrair:

– Bem, obrigado, monsieur Kandy. Então já sabemos tudo sobre o antepassado das Murer, Eugène, pintor, confeiteiro e colecionador. Se o senhor me permite, vamos voltar às suas descendentes, Alysson e Kate. Dois anos atrás, o governante de Sark ameaçou expulsar Kate Murer da ilha. Pois é, também levei um susto, mas em Sark é assim. O que se pode fazer, a vida é dura nos paraísos fiscais. Kate precisa reformar a casa caindo aos pedaços, que causa vergonha aos vizinhos e aos turistas, ou ir embora. É aí que Jérôme Morval aparece. Na época, ele desenvolve uma convivência estreita com a neta e passa alguns fins de semana em Sark, na casa da avó, que podemos supor terem sido românticos. Nosso bondoso Morval propõe ajudar Kate Murer. Cinquenta mil libras esterlinas. Um empréstimo sem juros, assim, por pura amizade. Surpreendente, não?

– Jérôme era um cara bacana – comenta Amadou Kandy.

– Não era? Kate Murer telefona para a neta Alysson e confirma que seu grande amigo Jérôme Morval é de fato um homem encantador. Ele não só lhe emprestou 50 mil libras, mas é tão delicado que, para não a ofender, sugere que, em troca do empréstimo, ela lhe dê seu estoque de quadros velhos, entre os quais a reprodução do *Ninfeias* de Monet, que ocupa tanto espaço.

– O que foi que eu disse? – comenta Amadou Kandy, com malícia. – Tato e generosidade. A cara de Jérôme.

Sérénac desgruda enfim os olhos das cores quentes da aldeia africana de Murer e assume o discurso de seu assistente:

– Um santo homem, ninguém vai discordar. Só que nossa Alysson pode até ter uma cara ingrata, mas a moça não é boba. A proposta a deixa, digamos, com a pulga atrás da orelha e a faz chamar um especialista, quero dizer, outro especialista que não o senhor, Kandy.

O galerista absorve o golpe com um sorriso.

– Não imagina o que acontece a seguir? – continua Sérénac.

– Estou louco de impaciência para ouvir, senhores. De tanto treinar, vocês dois agora contam histórias quase tão bem quanto meu avô curandeiro.

Sérénac solta a bomba:

– O *Ninfeias* de Kate Murer era um Monet de verdade, não uma reprodução! Valia cem, mil vezes a proposta de Morval.

A risada estrondosa de Kandy faz tremer as paredes da galeria.

– Jérôme, seu malandro!

– O senhor conhece o fim da história? – prossegue Bénavides, quase explodindo. – Alysson Murer, claro, corta todas as relações com esse cavalheiro francês tão educado. Já Kate, a avó, perde ao mesmo tempo um genro e um amigo, recusa-se a vender a tela, mas mesmo assim é expulsa de sua casa de pescador. É encontrada dois dias mais tarde depois de se jogar do alto da falésia na ponte de La Coupée, que liga as duas partes da ilha. Sabe o que restou dela?

Curvado acima da tela de Murer, que tenta pôr no lugar, Kandy não responde.

– Um banco! – grita Sylvio. – Um banco com seu nome, suas datas de nascimento e de morte, chumbado diante da falésia da qual se jogou. É uma tradição em Sark: nada de cemitério, nada de túmulos, apenas um banco de madeira gravado com o nome do finado cidadão, de frente para o mar. Antes de morrer, Kate informou em seu testamento que deixaria o quadro em doação para a National Gallery de Cardiff.

Kandy se levanta sem tirar o sorriso do rosto.

– Então temos uma moral, inspetor. Sark ganha um banco, o museu de Cardiff, um quadro das *Ninfeias*, e Jérôme Morval, um pretexto para romper com a mais feia das suas amantes.

Ele reduz em alguns decibéis a intensidade da risada.

– Monsieur Kandy – insiste Bénavides, com o semblante grave. – O senhor é o especialista oficialmente designado na Normandia para trabalhar na coleção Murer.

– E daí?

– Sabemos que Morval lhe confiou a missão de achar um *Ninfeias*, que o senhor conhecia a coleção Murer, que esteve várias vezes em Sark...

– Eu poderia ter soprado para meu grande amigo que o *Ninfeias* de Kate Murer talvez não fosse uma reprodução. É isso que o senhor quer insinuar?

– Por exemplo.

– Mesmo imaginando que foi isso que aconteceu, tem alguma coisa de ilegal?

– Não tem, é verdade.

– Então o que vocês estão procurando?

Sylvio Bénavides sobe no terceiro degrau da escada, o que lhe permite ficar na mesma altura de Amadou Kandy.

– O assassino de Morval. Algo que possa ter motivado uma vingança.

– Alysson Murer?

– Não. Ela tem um álibi indestrutível para a manhã do crime: estava atrás de sua caixa em Newcastle.

– Então?

– Então? – Bénavides insiste. – Pelo que sabemos, não há nada que prove que Morval tenha desistido de encontrar outro *Ninfeias*, outra vítima, com a sua ajuda, Kandy.

Amadou Kandy não desgruda os olhos de Sylvio. Um duelo de pupilas, para ver quem pisca primeiro.

– Se eu tivesse encontrado esse quadro das *Ninfeias*, inspetor, não estaria aqui nesta galeria miserável. Teria comprado uma das ilhas do Cabo Verde, na costa de Dakar, declarado independência e criado meu pequeno paraíso fiscal particular.

Amadou Kandy sorri com seus grandes dentes brancos e arremata:

– E os senhores me pediriam para trair um segredo profissional?

– Com o objetivo de confundir o assassino do seu amigo.

– Ora, falando sério, inspetores, onde eu poderia ter arrumado outro *Ninfeias* de Monet?

Nenhum dos agentes responde. Bénavides e Sérénac se levantam ao mesmo tempo. Dão três passos em direção à porta.

– Mais um detalhe – diz Sérénac de repente. – Para ser bem preciso, Kate Murer na verdade não deixou o quadro para o museu de Cardiff. Quem ganhou a propriedade legal da obra foi a Fundação Theodore Robinson, que em seguida deixou a exploração a cargo da National Gallery galesa.

– E daí?

Dentre os múltiplos cartazes de pintura pregados nas vidraças da galeria, Laurenç Sérénac identifica o do Desafio Internacional Jovens Pintores o mesmo que está pregado na sala de aula de Stéphanie Dupain.

– E daí? – repete Sérénac. – E daí que acho que essa Fundação Theodore Robinson está aparecendo um pouco demais neste caso.

– Normal, não? – responde o galerista. – Essa fundação é uma instituição importante! Principalmente aqui, em Giverny.

Kandy passa um longo tempo pensativo diante do cartaz.

– Theodore Robinson, os americanos, sua paixão pelo Impressionismo, seus dólares... Quem poderia imaginar o que seria Giverny sem tudo isso? – indaga o senegalês, agitando os braços. – Sabe de uma coisa, inspetor?

– Não.

– No fundo, sou como Eugène Murer aqui na minha loja: não passo de um quitandeiro. Mas, se pudesse voltar no tempo, sabe o que gostaria de ser?

– Confeiteiro? – arrisca Laurenç.

Amadou Kandy solta uma gargalhada portentosa, dessa vez sem o menor pudor.

– Gosto do senhor... espirituoso – consegue articular entre dois soluços. – Do senhor também, aliás, o tamanduá enxerido. Não, inspetores, confeiteiro não. Vou lhes confessar uma coisa: na verdade, adoraria ter 10 anos. Ainda estar na escola, com uma bela professora para me convencer de que sou um gênio e me inscrever como centenas de outras crianças do mundo todo nesse concurso para descobrir jovens talentos da pintura patrocinado pela Fundação Robinson.

27

Não falta muito para o sol se pôr atrás do morro. Fanette se apressa; precisa terminar seu quadro. Seu pincel nunca deslizou tão depressa, depositando manchas brancas e ocres que reproduzem o moinho e sua estranha torre, a grande árvore vermelho-cereja e prata no meio do pátio, a roda de pás mergulhada na água cintilante. Está concentrada, mas hoje acontece o contrário: quem não para de conversar com ela é James.

– Você tem amigos, Fanette?

E você, James? Eu pergunto se você tem amigos?

– Claro. O que você acha?

– Muitas vezes está sozinha.

– Foi você quem me disse para ser egoísta. Quando não estou pintando, estou com eles!

James caminha devagar pela campina e fecha os cavaletes um depois do outro. Observa sempre o mesmo ritual quando o sol começa a se pôr.

– Mas, como está me perguntando, vou dizer. Eles me irritam. Principalmente Vincent, o que você viu outro dia, o que fica me espionando. Um chato que parece cola...

– Verniz!

– O quê?

– Parece verniz. É mais útil do que cola para uma menina que pinta.

Às vezes, James se acha engraçado.

– Tem também Camille, mas esse daí se acha. Pensa que nasceu superdotado, sabe como é? A última da minha idade é Mary, que vive chorando. A puxa-saco. Não gosto dela e pronto.

– Nunca se deve dizer isso, Fanette.

O que foi que eu disse? Não falei nada...

– Não se deve dizer o quê?

– Já expliquei, Fanette. Você é uma menina muito mimada pela natureza. Sim, sim, não finja que não está entendendo. É linda feito uma flor, inteligente, cheia de malícia. Um dom incrível para a pintura caiu no seu colo como se uma fada a tivesse coberto de pó de ouro. Então é preciso tomar cuidado, Fanette, porque os outros vão sentir inveja durante toda a sua vida. Vão sentir inveja porque terão vidas bem menos felizes do que a sua.

– Que nada! Você só fala besteira. De toda forma, meu único amigo que vale a pena é Paul. Você ainda não o conhece. Vou vir com ele um dia. Ele já concordou. Vamos dar a volta ao mundo juntos. Ele vai me levar para eu poder pintar: Japão, Austrália, África...

– Não tenho certeza de que exista algum homem que aceite isso.

Às vezes, James também me irrita.

– Existe sim: Paul!

Fanette faz uma careta quando ele se vira para guardar a caixa de tintas.

Tem umas horas que James não entende nada. Aliás, não sei o que está fazendo, parece que ficou entalado em frente aos tubos de tinta.

– Está preso?

– Não, não. Tudo bem.

Que cara estranha. James é mesmo esquisito, às vezes.

– Sabe, James, para a Fundação Robinson estou com vontade de pintar outra coisa, não o moinho da bruxa. Sua história de refazer o quadro do pai Trognon não me agrada muito.

– Você acha? Theodore Robinson já...

– Tenho minha própria ideia. Vou pintar *Ninfeias*! Só que não do jeito velho de Monet. Vou pintar um *Ninfeias* de jovem!

James a encara como se ela houvesse acabado de proferir a pior das blasfêmias.

Como está vermelho! Parece que vai explodir.

Tudo bem, não precisa fazer essa cara de pai Trognon!

Fanette solta uma risada.

– Monet... *Ninfeias* de velho! – diz James, quase sufocando.

Ele tosse dentro da própria barba, então começa a falar devagar, com um tom professoral:

– Vou tentar explicar para você, Fanette. Monet viajou muito, sabe? Por toda a Europa. Inspirou-se em todos os quadros do mundo, e você precisa entender que eles são muito diferentes, que em outros lugares as pessoas não veem as coisas do mesmo jeito. Monet entendeu isso; ele estudou principalmente a pintura japonesa. Por isso, depois não precisava mais viajar nem ir a outro lugar. Um laguinho de nenúfares lhe bastou durante treze anos da vida, um laguinho bem pequeno, mas que mesmo assim foi grande o suficiente para revolucionar a pintura do mundo inteiro. E revolucionar até mais do que a pintura, Fanette. Monet revolucionou todo o olhar do homem sobre a natureza. Um olhar universal. Entendeu? Aqui, em Giverny! A menos de 100 metros desta campina! Então, quando você diz que Monet tinha um olhar de velho...

Blá-blá-blá.

– Bom, vou fazer o contrário – diz Fanette com sua voz límpida. – Não é culpa minha eu ter nascido aqui! Vou começar pelo laguinho das *Ninfeias* e terminar pelo mundo! Você vai ver, as minhas *Ninfeias* vão ser únicas, como nem mesmo o próprio Monet ousou fazer. Nas cores do arco-íris!

De repente, James se abaixa na direção de Fanette e a pega no colo.

Ele está estranho de novo, está outra vez com esse ar preocupado e esquisito, um ar que não é típico dele.

– Com certeza é você quem tem razão, Fanette. Afinal, a artista é você, é você quem sabe.

Ele está me apertando com muita força, está doendo...

– Nunca escute ninguém a não ser você mesma – prossegue James. – Nem mesmo a mim. Você vai ganhar esse concurso da Fundação Robinson. Precisa ganhar! Está me entendendo, hein? Vamos, vá andando agora, já é tarde, sua mãe está esperando. Não esqueça seu quadro!

Fanette se afasta pelo trigal. James grita uma derradeira recomendação:

– Matar esse dom em você seria o pior dos crimes!

Às vezes, James diz umas coisas estranhas.

James observa a fina silhueta correr ao mesmo tempo que torna a se inclinar na direção da caixa de tintas. Espera Fanette desaparecer atrás da ponte e a abre com as mãos trêmulas. Não quis deixar transparecer nada na frente dela, mas agora está suando em gotas. Uma espécie de pânico o domina. Seus velhos dedos se agitam contra a sua vontade. As dobradiças enferrujadas rangem de leve.

James lê as letras gravadas na madeira macia do interior da caixa de tintas.

> *ELA É MINHA*
> *AQUI, AGORA E PARA SEMPRE*

As palavras gravadas estão seguidas por uma cruz, dois traços simples que se cruzam. James entendeu muito bem que se trata de uma ameaça. Uma ameaça de morte. Sente o velho corpo magro ser percorrido por calafrios incontroláveis. Os policiais que vasculham tudo no vilarejo por causa daquele cadáver cujo assassino não foi encontrado já não o tranquilizam. Todo aquele ambiente o oprime.

Ele relê, e outra vez, e mais outra. Quem pode ter escrito aquilo?

A caligrafia lhe parece canhestra, apressada. O vândalo deve ter aproveitado que o artista estava dormindo para gravar essa ameaça mórbida na sua caixa de tintas. Não é muito difícil. É comum ele pegar no sono ali na campina, junto a suas telas, quando Fanette não vem acordá-lo. O que aquilo pode significar? Quem pode ter escrito? Será que deve levar a ameaça a sério?

James observa a cortina de choupos que fecha o horizonte da pradaria. As letras agora parecem inscritas no seu cérebro, como se gravadas na carne macia da sua testa: *Ela é minha aqui, agora e para sempre*. Uma outra pergunta o atormenta agora, uma dúvida obsessiva, que o angustia ainda mais do que saber quem proferiu aquela ameaça. Ele seria incapaz de segurar um pincel, uma faca, qualquer coisa.

Ela é minha aqui, agora e para sempre. Como num carrossel dos infernos, ele gira as oito palavras na mente.

A quem é dirigida essa ameaça?

Vasculha os arredores como se um monstro fosse surgir das espigas de trigo.

Sobre quem paira o perigo?

Sobre Fanette ou sobre ele?

28

Atravesso por fim o portão do moinho. Tenho a impressão de que meus joelhos vão explodir. Meu braço direito também, de tanto se apoiar na maldita bengala. Netuno segue trotando ao meu lado. Dessa vez, ao contrário das outras, ele me espera.

Bom cachorro.

Pego minhas chaves.

Torno a pensar por um breve instante em Patricia Morval. Pergunto-me como ela terá recebido minhas revelações sobre o assassino de seu marido, pouco antes. Será que conseguiu resistir à tentação de avisar à polícia? Mesmo que seja tarde, muito tarde para salvar o que quer que seja. A armadilha já se fechou. Agora nenhum policial pode fazer mais nada.

Eu mesma, o que teria feito no lugar dela?

Ergo os olhos. Identifico ao longe a jovem Fanette, correndo pela campina e atravessando a ponte de ferro. Seu americano ficou lá no meio das espigas de trigo. Com certeza deve ter lhe contado mais uma vez histórias de bruxa sobre o meu moinho, do casal de ogros, dos proprietários malvados que não gostavam de Monet, queriam cortar os choupos, guardar os rolos de feno, secar o laguinho de ninfeias e construir na pradaria uma fábrica de amido de milho. As bobagens de sempre. Que idiota! Na sua idade, ficar assustando as crianças com essas lendas.

Ele aparece todos os dias, esse pintor americano, esse James de quem ninguém conhece o sobrenome. Posta-se todos os dias no mesmo lugar, em frente ao moinho. Desde sempre, ao que parece, como se também fizesse parte do cenário. Como se um deus artista lá no céu o houvesse pintado. Houvesse pintado a todos nós. Até lhe vir a vontade de apagar tudo. Uma pincelada e puf, mais ninguém!

Esse James vai ver Fanette ir embora, como todos os dias, depois vai pegar no sono na campina até o dia seguinte.

Boa noite, James.

29

FANETTE VOLTA PARA CASA. Vai correndo. O que mais gosta é quando os postes de rua de Giverny praticamente se acendem quando ela passa.

É mágica!

Mas agora ainda está cedo demais. O sol mal começa a se esconder. Fanette mora numa casinha meio caindo aos pedaços na Rue du Château-d'Eau. Ela não liga, não reclama, sabe muito bem que a mãe faz o que pode. Sua mãe faz faxina de manhã até a noite a casa de todos os burgueses do vilarejo.

E são muitos!

Morar ali no meio do vilarejo, a 100 metros do jardim de Monet, mesmo numa casa caindo aos pedaços: o que mais ela poderia ter esperado?

Sua mãe a recebe atrás da bancada da cozinha, uma simples prancha de madeira pousada sobre tijolos empilhados. Exibe um sorriso cansado.

– Já é tarde, Fanette. Sabe muito bem que não quero você na rua de noite. Principalmente agora, com esse crime que aconteceu, enquanto o assassino não tiver sido encontrado.

Mamãe vive com essa cara triste e cansada. Está sempre com esse uniforme azul feio, descascando legumes, fazendo sopas que duram uma semana, dizendo que não a ajudo o suficiente, que na minha idade eu deveria. Se eu lhe mostrar meu quadro, quem sabe ela...

– Acabei, mãe.

Fanette ergue seu quadro do moinho de Chennevières até a altura da bancada.

– Depois, agora não. Estou com as mãos sujas. Ponha-o ali.

Como sempre.

– Vou pintar outro. Um *Ninfeias*! James me disse que...

– Quem é esse James?

– O pintor americano, mãe, eu já disse.

– Não.

As cascas de cenoura chovem dentro de uma tigela de pedra.

– Disse, sim!

Disse, disse sim. Juro que disse! Você faz isso de propósito, mãe, não é possível!

– Não quero você saracoteando com desconhecidos, Fanette! Está me ouvindo? Não é porque crio você sozinha que você tem de passar o tempo todo na rua. E não fique aí feito um dois de paus, vá pegar uma faca. Se eu for cozinhar sozinha ainda vou levar uma hora!

– A professora falou sobre um concurso, mamãe. Um concurso de pintura...

É a professora! Ela não vai poder dizer nada. Aliás, não está dizendo nada mesmo, está olhando para o nabo!

Fanette se empertiga toda e continua:

– James me fal... Enfim, todo mundo diz que posso ganhar. Que tenho chance se me esforçar.

– E qual é o prêmio?

O nabo vai cair da mão dela, com certeza.

– Aulas numa escola de pintura em Nova York.

– O quê?

O nabo levou uma facada bem no coração. Não vai se recuperar.

– Que história é essa de concurso mesmo, Fanette?

– Ou quem sabe Tóquio. São Petersburgo. Canberra.

Tenho certeza de que ela nem sabe onde fica, mas mesmo assim tem medo.

– Também posso ganhar dinheiro... muito!

Mamãe suspira. Decapita um segundo nabo.

– Se a sua professora continuar a pôr ideias como essas na cabeça de vocês, vou lá falar com ela...

Não estou nem aí, vou participar do concurso mesmo assim.

– E também quero ter uma conversinha com o seu James.

Com um gesto enérgico, a mãe de Fanette faz os legumes que estão na tábua escorregarem para dentro da pia. As cenouras e os nabos mergulham e espirram água no uniforme azul. A mãe de Fanette se abaixa para suspender até em cima da bancada um saco de batatas.

Ela nem está me pedindo para ajudar. Isso não é bom sinal. Está resmungando palavras que não conheço, vou ser obrigada a fazê-la repetir mais alto.

– Você quer me abandonar, Fanette? É isso?

Pronto, começou...

Estou explodindo! Estou explodindo dentro da minha cabeça, só eu consigo ver, mais ninguém, mas estou explodindo! Juro que estou! Mãe, pode deixar que eu lavo a louça. Pode deixar que eu guardo os talheres. Pode deixar que eu passo a esponja na mesa. Pode deixar que eu passo pano em todo lugar. Pode deixar que eu pego a vassoura, varro e guardo depois. Pode deixar que *eu faço tudo o que uma menina deve fazer, tudo mesmo, sem reclamar, sem chorar, qualquer coisa. Qualquer coisa. Contanto que me deixem pintar. Só quero que me deixem pintar.*

Por acaso é pedir demais?

Mamãe continua a me olhar com uma cara desconfiada. Ela nunca fica contente quando não faço nada, e sempre me olha estranho quando faço além da conta. Acho que o que ela não digeriu foi Nova York, e as outras cidades também, principalmente quando expliquei, Japão, Rússia, Austrália, tudo ao mesmo tempo!

– Três semanas de escola de pintura, mãe? Três semanas não é muito. Não é nada.

Ela olhou para mim como se eu estivesse louca.

Agora, desde que acabamos de comer, não falou mais nada. Está ruminando. É mau sinal quando ela rumina. Nunca a vi ruminar e depois me dizer alguma coisa que tenha me agradado.

A mãe de Fanette se levanta na hora em que a filha está ocupada estendendo os panos de prato bem esticadinhos no varal, com pregadores, não embolados e jogados de qualquer maneira como costuma fazer. Quando ela fala, faz a sala congelar:

– Fanette, tomei minha decisão. Não quero mais ouvir falar nessa história de concurso de pintura, de pintor americano, nem de mais nada. Isso tudo acabou. Vou falar com sua professora.

Não digo nada. Nem mesmo choro. Só deixo a raiva crescer dentro de mim e ferver. Sei por que mamãe está dizendo isso. Ela já me falou mil vezes.

O grande refrão. Repetido incontáveis vezes, recitado de cor.

O cântico dos grandes arrependimentos.

"Minha filhinha, não quero que você desperdice sua vida como eu. Quando tinha a sua idade, também acreditei em todas essas histórias. Também tinha sonhos. Também era bonita e os homens me faziam promessas.

Olhe! Olhe só hoje!

Veja os buracos no teto, as paredes mofadas, a umidade, o fedor; lembre--se do frio nas vidraças no último inverno; veja minhas mãos, minhas pobres mãos, o que eu tinha de mais elegante, mãos de fada, quantas vezes ouvi isso, Fanette, quando tinha a sua idade, que tinha mãos de fada.

Mãos de fada que hoje limpam a privada dos outros!
Não se deixe aprisionar como eu, Fanette. Não vou deixá-los fazer isso. Não confie em ninguém a não ser em mim, Fanette. Em mais ninguém. Nem no seu James, nem na sua professora, nem em mais ninguém."

Está bem, mãe. Vou ouvir o que você diz. Vou confiar em você.

Mas nesse caso é preciso me contar tudo, mãe. Tudo. Até as coisas das quais nunca falamos. Até as que não podemos dizer!

Uma troca justa.

Fanette pega uma esponja e limpa demoradamente a lousa cinza, a mesma em que sua mãe anota a lista de legumes.

Espera a superfície secar um pouco. Pega o giz branco. Sabe que a mãe está olhando por cima do seu ombro. Começa a escrever com uma caligrafia fina e redonda. Uma letra de professora.

Quem é meu pai?

E logo abaixo:

Quem é?

Ouve a mãe chorando atrás de si.

Por que ele foi embora?

Por que a gente não foi com ele?

Sobrou um pouco de espaço na parte inferior da lousa. O pedaço de giz branco chia.

Quem é?

Quem é?

Quem é?

Quem é?

Fanette vira seu quadro, seu "moinho da bruxa". Coloca-o sobre uma cadeira e então, sem dizer nada, sobe para o seu quarto. Escuta a mãe chorando lá embaixo. Como sempre.

Chorar não é resposta, mãe.

Fanette sabe que no dia seguinte tudo terá passado, que elas não vão mais falar no assunto, e sua mãe terá apagado a lousa.

É tarde agora.

Quase meia-noite, deve ser. Mamãe já deve estar dormindo há tempos, começa as faxinas bem cedo. Muitas vezes, quando me levanto, já saiu e voltou.

A janela do meu quarto dá para a Rue du Château-d'Eau. A rua é bem inclinada, mesmo no primeiro andar estamos só a pouco mais de 1 metro do pavimento. Se eu quisesse, poderia pular. Muitas vezes, à noite, na minha janela, converso com Vincent. Todas as noites ele fica zanzando pelas ruas. Seus pais não estão nem aí. Já Paul nunca pode sair nesse horário.

Fanette chora.

Na rua, Vincent me olha sem saber muito bem o que fazer. Preferiria que quem estivesse ali fosse Paul. Paul me entende. Paul sabe conversar comigo. Vincent me escuta e só. É tudo o que sabe fazer.

Falo com ele sobre o meu pai. Tudo o que sei é que mamãe engravidou muito jovem. Às vezes, acho que sou filha de um pintor, um pintor americano que me deixou apenas seu talento, que mamãe posava nua para ele no meio da natureza, ela era linda, mamãe, linda mesmo, tem fotos dela num álbum lá embaixo. De mim também, quando eu era bebê. Mas do meu pai, nenhuma.

Vincent escuta, apenas segura a mão que Fanette deixa caída junto à parede e a aperta com força.

Continuo falando. Conto que acho que meu pai e minha mãe se amaram loucamente, uma paixão terrível, que eram belos os dois. E que depois meu pai foi embora, para longe, e minha mãe não soube detê-lo. Talvez mamãe não soubesse que estava grávida. Talvez sequer soubesse o nome do meu pai. Talvez simplesmente o amasse demais para detê-lo. Talvez meu pai fosse um homem bom, fiel, talvez tivesse ficado, e talvez tivesse me criado se soubesse que eu existia, mas mamãe o amava demais para colocá-lo numa jaula dizendo-lhe isso.

É complicado na minha cabeça, mas não pode ser de outra forma, Vincent. Não é? Senão, de onde teria vindo esse meu desejo louco de pintar? Esse desejo de voar? Quem poderia ter me dado esses sonhos que enchem a minha cabeça?

Vincent aperta a mão de Fanette. Com uma força excessiva. A maldita pulseira que ele sempre usa está espremida entre os braços deles e afunda na carne da menina, como que para imprimir ali o nome dele gravado na peça.

Às vezes, em outras noites, observo as nuvens que escondem a lua e penso que meu pai é um babaca burguês na casa de quem mamãe faz faxina. Que cruzo com ele na Rue Claude-Monet, que não sei que ele é meu pai, na verdade, mas que ele sabe. É só um nojento que trepou com mamãe, que a obri-

gou a fazer coisas nojentas. Talvez até ele ainda lhe dê dinheiro sem ninguém saber. Às vezes, quando vejo homens na rua que olham feio para mim, isso me enlouquece, me dá vontade de vomitar. É horrível. Mas isso eu não digo para Vincent.

Esta noite as nuvens não incomodam a lua.

– Meu pai era alguém que estava de passagem – diz Fanette.

– Não se preocupe, Fanette – responde Vincent. – Eu estou aqui.

– Alguém de passagem. Sou como ele. Preciso ir embora, preciso voar.

Vincent aperta a mão dela com mais força ainda.

– Estou aqui, Fanette. Estou aqui. Estou aqui.

A dois passos dali, na Rue du Château-d'Eau, Netuno persegue mariposas.

OITAVO DIA
20 de maio de 2010, Delegacia de Vernon

Confronto

30

O INSPETOR LAURENÇ SÉRÉNAC é hilário. De vez em quando, pela divisória, lança uma discreta olhadela na direção da maior sala da delegacia de Vernon, a 101, mais frequentemente usada para os interrogatórios. Jacques Dupain está sentado de costas para ele. Tamborila impacientemente os dedos no braço da cadeira. Sérénac se afasta na ponta dos pés pelo corredor e sussurra para Sylvio Bénavides em tom conspiratório:

– Vamos deixá-lo marinar mais um pouco.

Ele puxa o assistente pela manga.

– O que mais tenho orgulho é do cenário que produzi! Espere, Sylvio, venha cá ver.

Eles tornam a avançar pelo corredor na direção da sala de interrogatório.

– Quantas são, Sylvio?

Bénavides não consegue conter um sorriso.

– Cento e setenta e um pares! Maury trouxe mais três faz quinze minutos.

Sérénac se estica para examinar mais uma vez a sala 101. No recinto em que Jacques Dupain aguarda, os policiais puseram todos os pares de botas recolhidos desde a véspera no vilarejo de Giverny. Estão espalhados por todos os cantos da sala, tanto em cima das prateleiras quanto das mesas, no parapeito das janelas, nas cadeiras, empilhados no chão ou equilibrados uns por cima dos outros. O plástico brilha em todas as cores possíveis, do amarelo fosforescente ao vermelho vivo, ainda que o clássico verde-escuro domine. As botas foram organizadas de acordo com seu grau de uso, tamanho e marca. Cada uma leva uma pequena etiqueta com o nome do dono.

Sérénac não esconde um júbilo intenso.

– Espero que você tenha tirado uma foto, Sylvio. Adoro esse tipo de maluquice! Não há nada melhor para preparar um cliente! Parece a obra de um artista contemporâneo. Você, com suas dezessete churrasqueiras no jardim, deveria saber apreciar esse tipo de coleção, não?

– É... – responde o inspetor Bénavides, que nem se dá ao trabalho de levantar a cabeça. – Do ponto de vista estético, é formidável. Inédito, digno de uma exposição. Por outro lado...

– Você está sério demais, Sylvio – interrompe Sérénac.

– Eu sei.

Bénavides consulta algumas folhas de papel, organiza-as.

– Desculpe, devo ser um pouco policial demais. Esta investigação lhe interessa, chefe?

– Xi, você hoje está com zero senso de humor.

– Para dizer a verdade, não dormi, ou dormi pouco. Segundo Béatrice, estava ocupando lugar demais na cama. É verdade que há três meses ela só pode dormir de costas. De modo que acabei no sofá.

Sérénac lhe dá um tapinha no ombro.

– Vamos, daqui a uma semana ou menos isso vai ter acabado, você vai ser pai. Aí nenhum dos dois vai dormir! Nem sua Béa nem você. Quer um café? Vamos fazer um briefing lá na sala?

– Um chá.

– Verdade, sou um idiota. Sem açúcar. Ainda não decidiu me chamar de você?

– Vou pensar no assunto. Garanto ao senhor, chefe, estou me esforçando muito para mudar.

Sérénac ri sem se conter.

– Gosto de você, Sylvio. E, além do mais, vou lhe confessar, você sozinho consegue mais informações do que uma delegacia do Tarn inteira! Palavra de provençal!

– Mal sabe o senhor. Virei a noite trabalhando outra vez.

– No sofá? Enquanto sua mulher roncava deitada de costas?

– É.

Bénavides exibe um sorriso franco. Os dois avançam pelo corredor, sobem três degraus e entram num cômodo do tamanho de um armário grande. Os 10 metros quadrados da "sala" estão abarrotados com uma mobília heterogênea: dois sofás cansados forrados com um tecido alaranjado de franjas compridas, uma poltrona lilás, uma mesa de fórmica sobre a qual repousam uma cafeteira, xícaras desemparelhadas e colheres oxidadas, uma lâmpada débil suspensa no teto em uma luminária cilíndrica de papelão amarelado. Sylvio se joga na poltrona lilás, enquanto Laurenç prepara o café e o chá.

– Chefe – inicia Sylvio –, vamos começar pela grande exposição, já que o senhor parece ter por ela um apreço especial?

Seu superior está de costas para ele. Bénavides consulta suas anotações.

– A esta hora, temos então 171 pares de botas, dos tamanhos 34 ao 45. Descartamos as menores de 34. Nesse total, identificamos 15 pescadores e 21 caçadores com autorização. Entre os quais Jacques Dupain. Há também uns trinta trilheiros autorizados. Por outro lado, como o senhor já sabe, nenhuma das solas desses 171 pares de botas corresponde ao molde de gesso que Maury tirou em frente ao cadáver de Jérôme Morval.

Sérénac responde ao mesmo tempo que despeja água na cafeteira:

– Era de esperar. O assassino não iria se entregar assim... Mas podemos dizer, por outro lado, que isso inocenta 171 moradores de Giverny.

– Por assim dizer.

– E que Jacques Dupain não faz parte desses 171... Vamos deixá-lo suar mais um pouco. De resto, em que pé estamos?

O inspetor Bénavides desdobra seu famoso papel com três colunas.

– Você é mesmo um obsessivo, Sylvio.

– Eu sei. Estou construindo esta investigação exatamente como construí minha varanda ou meu terraço. Com paciência e precisão.

– E tenho certeza de que a sua Béatrice goza tanto da sua cara quanto eu aqui no trabalho.

– Verdade. Mas mesmo assim minha varanda ficou perfeita!

Sérénac dá um suspiro. A água ferve.

– Tá, vamos lá com essas suas porras de colunas.

– Elas vêm sendo preenchidas aos poucos, na vertical. Amantes, *Ninfeias*, crianças.

– E teremos solucionado a investigação quando pudermos desenhar uma bonita flecha, bem horizontal, ligando as três colunas. O vínculo entre esses três poços por ora totalmente estanques. Mas neste momento estamos tão sem rumo que 171 pares de botas correm o risco de não bastar.

Bénavides suspira. A poltrona lilás parece engoli-lo aos poucos.

– Então vamos lá, Sylvio, estou escutando. Quais as novidades da noite?

– Coluna um, o oftalmologista e suas amantes. Estamos começando a acumular testemunhos, mas ainda não temos nada que possa justificar um crime passional. Nenhuma novidade tampouco em relação ao significado desses malditos números no verso das fotos. Embora eu esteja quebrando a cabeça. Para coroar, nenhuma notícia de Aline Malétras, em Boston, e ainda não saímos do lugar para descobrir a identidade da desconhecida na quinta foto.

– A moçoila ajoelhada em frente a Morval na sala?

– Excelente memória visual, chefe. Além disso, tentei classificar os maridos mais ou menos corneados por ordem de capacidade para o ciúme. Jacques Dupain é sem dúvida alguma o primeiro da lista, embora paradoxalmente não tenhamos nenhuma prova tangível do adultério da sua esposa. E o senhor, inspetor, fez algum progresso? Encontrou Stéphanie Dupain ontem?

– Prefiro não comentar.

Sylvio Bénavides o encara, estarrecido. Ao tentar se levantar, revira as entranhas da poltrona.

– Como assim?

– Prefiro não comentar. Só isso. Não vou repetir a história dos olhos lilases dela me mandando pedidos de socorro, senão você me denuncia à corregedoria. Então prefiro não dizer. *Espere para ver*. Estou administrando essa parte da investigação de modo pessoal, se você preferir. Mas concordo com a sua análise. Não temos nenhuma prova de adultério entre Jérôme Morval e Stéphanie Dupain, mas Jacques Dupain mesmo assim tem um sólido perfil de suspeito número um. Então, vamos em frente. E a sua coluna dois, a das *Ninfeias*?

– Nada de novo desde nossa conversa com Amadou Kandy ontem. Era o senhor quem deveria entrar em contato com a polícia de arte?

– Tá, tá bom. Vou fazer isso. Ligo para eles de novo amanhã. Ah, sim, e também vou dar um passeio lá pelos lados dos jardins de Claude Monet.

– Com a turma de Stéphanie Dupain?

A fumaça da cafeteira se eleva acima dos cabelos hirsutos de Sérénac. O inspetor encara seu assistente com um ar inquieto.

– Que loucura, Sylvio, você está sempre a par de tudo! Por acaso grampeou todos nós e passa a noite escutando as fitas?

Bénavides dá um suspiro ruidoso.

– Por quê? Esse passeio escolar é ultrassecreto?

Ele esfrega os olhos.

– Amanhã, por minha parte, marquei um encontro com o curador do Museu de Belas-Artes de Rouen.

– Por quê, cacete?

– Iniciativa e autonomia, foi o senhor mesmo quem me recomendou, certo? Digamos que eu queira formar minha própria opinião sobre essa história de quadros de Monet e *Ninfeias*.

– Sabe, Sylvio, se eu tivesse um temperamento desconfiado, poderia interpretar isso como falta de confiança em seu superior hierárquico direto. Estou certo?

Os olhos cansados de Sylvio Bénavides encontram forças para brilhar com malícia.

– Prefiro não comentar!

O inspetor Sérénac se demora servindo-se com cuidado um café em uma xícara lascada. Deposita um saquinho de chá dentro de outra, que estende para o assistente.

– Devo realmente ter dificuldade para entender a psicologia normanda. Você neste momento deveria estar na cabeceira da sua mulher, Sylvio, não bancando o caxias.

– Não se ofenda, chefe. Sou um pouco obsessivo, só isso. Debaixo desta fachada de cão fiel, sou teimoso. Não sei nada sobre pintura, só preciso me nivelar. Me escute mais um pouco. A última coluna, a terceira. Crianças de 11 anos.

Sérénac molha os lábios no café e faz uma careta.

– A sua preferida.

– Passei o pente-fino na lista de crianças de 11 anos entregue por Stéphanie Dupain. Idealmente, para corresponder à minha hipótese preferida, procurei uma menina ou um menino de 10 anos cuja mãe fizesse faxina, por exemplo, na casa dos Morval uma década atrás.

– E que usasse um uniforme azul por cima da saia levantada. Então, qual foi o resultado?

– Nenhum! Absolutamente nenhuma criança da lista corresponde a essa descrição. Giverny tem nove crianças nessa faixa etária, digamos, de 9 a 11. Entre os pais, só identifiquei duas mães solteiras. A primeira é vendedora na padaria de Gasny, o vilarejo que fica do outro lado da pradaria, e a segunda dirige o ônibus da região.

– Incomum.

– Sim, incomum, como o senhor diz. Tenho também uma mãe divorciada professora de ensino médio em Evreux. Todos os outros pais são casais e nenhuma das mães a priori faz faxina, nem hoje, nem dez anos atrás.

Sérénac se apoia na mesa de fórmica e adota um ar desolado.

– Se quer saber o que acho, Sylvio, só existem duas explicações possíveis para o seu fiasco. A primeira é que toda essa sua hipótese de filho ilegítimo é uma bobagem. É o mais provável. A segunda é que a famosa criança a quem Morval deseja parabéns no postal encontrado em seu bolso não é de Giverny, nem aliás sua amante da foto, a moça de uniforme azul que está lhe fazendo uma carícia especial. Seja ela ou não a mãe da criança. E nesse caso...

Bénavides não tocou em seu chá. Arrisca um olhar tímido.

– Se o senhor me permite, chefe... Existe uma terceira explicação possível.

– Ah, é?

Sylvio hesita um instante antes de prosseguir:

– Bom... muito simplesmente... a lista entregue por Stéphanie Dupain poderia ser falsa.

– Como é?

Sérénac derramou metade do seu café. Sylvio afunda mais ainda na poltrona lilás enquanto prossegue:

– Vou dizer de outro modo, então. Nada prova que essa lista de crianças esteja correta. Stéphanie Dupain também é uma de nossas suspeitas neste caso.

– Não vejo que relação pode haver entre o flerte hipotético que ela teve com Morval e os alunos da turma dela.

– Nem eu. Mas não estamos vendo muita relação de nada com nada neste caso. Se tivéssemos tempo, seria preciso comparar a lista das crianças da turma da professora com a das famílias de Giverny, nomes, profissões atuais e antigas, sobrenomes de solteira das mães. Tudo. O senhor pode me dizer o que quiser, mas a citação de Aragon no postal de aniversário no bolso de Morval, o "crime de sonhar que deve ser instaurado", tem uma relação direta com a turma escolar de Giverny: é uma frase que as crianças do vilarejo aprendem. Foi o senhor mesmo quem me disse isso, chefe, depois de escutar da boca da própria Stéphanie Dupain.

Sérénac esvazia sua xícara de uma vez só.

– Tá, se eu estiver entendendo bem o que você diz, vamos supor que haja uma dúvida. Por qual ângulo você gostaria de abordar a questão?

– Não faço a menor ideia. Além do mais, às vezes tenho a impressão de que os moradores de Giverny estão escondendo alguma coisa de nós. Uma espécie de clima, como dizer, de *omertà* de vilarejo na Córsega.

– O que faz você pensar isso? Em geral, as impressões não são muito do seu feitio.

Uma luz inquietante passa atrás dos olhos de Sylvio.

– É que... tenho mais uma coisa em relação à terceira coluna, chefe. As crianças. Vou logo avisando: é bem estranho. Mais do que isso, até. O termo correto seria estarrecedor.

31

Hoje de manhã o tempo em Giverny está esplendoroso. Para variar um pouco, abri a janela da sala e decidi fazer uma arrumação. O sol adentra o cômodo com uma timidez desconfiada, como se fosse a primeira vez. Como não encontra na minha casa nenhuma poeira para rodopiar, ele simplesmente vai repousar sobre a madeira do aparador, da mesa e das cadeiras para torná-la mais clara.

As minhas *Ninfeias* negras, no canto, estão escondidas nas sombras. Desafio qualquer um, mesmo levantando a cabeça, mesmo pela janela aberta do quarto andar, a distinguir o quadro lá de fora.

Ando de um lado para outro. Tudo está no lugar na sala, é por isso que hesito um pouco em vasculhar por toda parte, em cima do armário, no fundo das gavetas, ou então em descer até a garagem, esvaziar as caixas de papelão mofadas, levantar os sacos de lixo cortados ao meio e revelar aqueles caixotes fechados há anos. Décadas, até. No entanto, sei o que estou procurando. Sei exatamente o que me interessa, só que não faço a menor ideia de onde guardei, depois de tanto tempo.

Já sei o que vocês vão dizer: vão dizer que a velha está perdendo a memória. Se quiserem pensar assim... Não venham me dizer que nunca lhes aconteceu revirar uma casa inteira só para encontrar uma recordação, um objeto em relação ao qual vocês só tinham uma única certeza: não o haviam jogado fora.

Não existe nada de mais irritante, certo?

Vou contar tudo: o que tanto quero encontrar é uma caixa, uma simples caixa de papelão do tamanho de uma caixa de sapatos, cheia de fotos antigas. Nada original, como podem ver. Parece que hoje em dia, li isso por aí, uma vida inteira de fotos pode caber num pen-drive do tamanho de um isqueiro. Eu, enquanto isso, procuro minha caixa de sapatos. Vocês, quando tiverem mais de 80 anos, vão procurar na sua bagunça um minúsculo isqueiro. Boa sorte. Deve ser isso o progresso.

Abro sem grande esperança as gavetas da cômoda, enfio uma das mãos debaixo do armário normando, atrás das prateleiras de livros.

Nada, claro.

Preciso me conformar: o que procuro não está ao alcance da mão. Minha caixa deve estar em algum lugar da garagem, sob uma camada de sedimentos acumulados ao longo dos anos.

Hesito outra vez. Vale a pena? Será que devo me dar ao trabalho de revirar toda essa tralha para na realidade encontrar uma foto, uma só? Uma foto que nunca joguei fora, disso tenho certeza. A única que conserva a lembrança de um rosto que tanto gostaria de rever uma última vez.

Albert Rosalba.

Sem conseguir tomar uma decisão, olho para minha sala onde nada está fora do lugar. Há apenas as duas botas a secar em frente ao duto da chaminé. Enfim, secar... Duas botas que guardei ali, deveria dizer.

Obviamente, lá embaixo a lareira está apagada.

Ainda não chegou o Natal.

32

APESAR DE SYLVIO BÉNAVIDES ter pronunciado as últimas palavras com o máximo de ênfase, seu chefe ainda não parece levá-lo a sério. Sérénac se serve uma segunda xícara de café com descontração, como se na sua cabeça ainda estivesse contando as botas. Seu assistente leva a xícara de chá à boca e faz uma careta. Está sem açúcar.

Sérénac se vira.

– Estou escutando, Sylvio. Pode me estarrecer.

– O senhor me conhece, chefe – explica Bénavides. – Destrinchei tudo que podia ter alguma relação ao mesmo tempo com Giverny e com uma história de criança. Acabei encontrando isto aqui nos arquivos da Polícia Militar.

Ele se senta na poltrona mole, pousa a xícara de chá no chão e vasculha a pilha de papéis junto a seus pés. Estende para seu superior um relatório da Polícia Militar de Pacy-sur-Eure: um papel amarelado de uma dezena de linhas. Sérénac engole em seco. A xícara lascada treme entre seus dedos.

– Vou resumir para o senhor, chefe. Acho que não vai gostar muito. Trata-se de uma notícia policial. Uma criança foi encontrada afogada no Ru, em Giverny. Exatamente no mesmo lugar em que Jérôme Morval foi assassinado. Morta exatamente da mesma forma, com o mesmo ritual, como o senhor disse, com exceção da facada: o menino teve o crânio esmagado por uma pedra, depois a cabeça mergulhada na água do regato.

Laurenç Sérénac sente uma violenta onda de adrenalina. A xícara estala sobre a fórmica.

– Meu Deus... Quantos anos tinha o menino?
– Quase 11. Faltavam poucos meses.

Um suor frio escorre pela testa do inspetor.

– Puta que pariu...

Bénavides se agarra aos braços da poltrona como se estivesse se afogando no estofado lilás.

– Só tem um probleminha, inspetor... É que esse caso aconteceu muitos anos atrás.

Temendo a reação de Sérénac, ele deixa passar um tempo. Então diz:

– Em 1937, para ser exato.

Sérénac afunda no sofá alaranjado. Seus olhos encaram o relatório amarelado.

– Em 1937? Pelo amor de Deus, que história é essa? Um menino de 11 anos morto exatamente no mesmo lugar que Morval, exatamente do mesmo jeito... só que em 1937?! Que viagem é essa?

– Não tenho ideia, chefe. O senhor vai ver, está tudo no relatório da Polícia Militar de Pacy. Pensando bem, com certeza não deve ter absolutamente nada a ver. Na época, a polícia concluiu que foi um acidente. O menino escorregou numa pedra, quebrou a cabeça e depois se afogou. Um acidente estúpido. Ponto final.

– E como se chamava esse menino?

– Albert Rosalba. A família foi embora de Giverny pouco depois do drama. Nenhuma notícia deles desde então.

Laurenç Sérénac estende os braços para o café pousado em cima da mesa. Faz uma careta ao beber.

– Puta merda, Sylvio, mesmo assim essa sua história é perturbadora. Tenho tendência a não gostar muito desse tipo de coincidência. Nem um pouco. Como se o mistério já não estivesse suficientemente denso, como se precisássemos ainda por cima de mais isso...

Sylvio junta os papéis espalhados a seus pés.

– Posso lhe perguntar uma coisa, chefe?

– No ponto em que estamos...

– O que mais me perturba é que desde o início nossas intuições são contraditórias. Pensei nisso a noite inteira. Desde o começo, o senhor está convencido de que tudo gira em torno de Stéphanie Dupain, de que ela estaria em perigo. Já eu, não sei por quê, estou convencido de que a solução está na terceira coluna, que existe, sim, um assassino andando solto por aí pronto para atacar novamente, mas que o que está em jogo é a vida de uma criança, de uma criança de 11 anos.

Laurenç põe a xícara no chão. Levanta-se e dá um tapinha amigável nas costas do assistente.

– Talvez seja porque você vai ser pai a qualquer momento. E porque eu, por minha parte, sendo solteiro, me interesso menos pelas crianças do que por suas mães, mesmo as casadas. É só uma questão de identificação. Lógico, não?

– Pode ser. Cada um com sua coluna, então – sugere Sylvio. – Tomara só que não estejamos ambos certos.

Esse último comentário deixa Sérénac espantado. Ele observa o assistente com atenção e tudo o que vê é um semblante tenso e dois olhos cansados de estarem abertos. Bénavides ainda não acabou de organizar todos os seus papéis. Sérénac sabe que, no final do dia, antes de ir embora e apesar do cansaço, vai se dar ao trabalho de xerocar, arquivar tudo na caixa vermelha e guardar essa caixa no lugar certo na estante da sala no subsolo. Em M de Morval. Seu assistente é assim.

– Tudo tem uma explicação – diz Sérénac. – Deve haver um jeito de encaixar as peças do quebra-cabeça. Tem de haver!

– E Jacques Dupain? – pergunta Bénavides com um suspiro. – O senhor não acha que ele já marinou o suficiente?

– Puta merda! Tinha me esquecido desse aí.

Para se sentar em cima da mesa da sala 101, Laurenç Sérénac afastou do caminho uma dezena de botas azuis e as empilhou até formar uma montanha precária. Jacques Dupain continua zangado. Com a mão direita, esfrega sem parar o bigode castanho e as faces mal barbeadas, deixando transparecer uma irritação crescente.

– Ainda não entendo o que o senhor quer comigo, inspetor. Já faz quase uma hora que estou aqui. Vai finalmente me dizer por quê?

– Para uma conversa. Uma simples conversa.

Sérénac designa com um gesto a vasta exposição de botas.

– Nossa busca é ampla, monsieur Dupain. Como o senhor pode ver. Quase todos os moradores do vilarejo nos entregaram um par de botas. Estão todos colaborando, com calma. Verificamos que seus sapatos não correspondem à impressão deixada no local do crime e depois não os incomodamos mais. É simples assim. Ao passo que...

A mão direita de Jacques Dupain se contrai junto ao bigode, enquanto a esquerda aperta o braço da cadeira com aflição.

– Quantas vezes vou ter de repetir? Não consigo encontrar as porras das minhas botas! Achei que tivesse deixado no barracão que uso como garagem ao lado da escola. Mas elas não estão mais lá! Ontem tive de pegar as de um amigo emprestadas.

Sérénac exibe um sorriso sádico.

– Estranho, monsieur Dupain, não é mesmo? Por que alguém iria se divertir roubando um par de botas sujas de lama? De número 42, o mesmo que o seu. Exatamente do tamanho da impressão colhida na cena do crime.

Sylvio Bénavides está em pé no fundo da sala, apoiado em uma estante, junto à seção das botas novas e quase novas, tamanhos 38 a 41. Observa a conversa com um cansaço bem-humorado. Pelo menos ela o mantém acordado. Pensa em uma boa resposta à pergunta feita por Sérénac, mas não vai sussurrá-la para o suspeito, afinal.

– Não sei – responde Dupain, exasperado. – Talvez porque essa pessoa seja o assassino e tenha tido a boa ideia de roubar as primeiras botas do tamanho certo que encontrou, para que depois um pobre coitado fosse acusado no seu lugar!

Era a resposta que Bénavides esperava. Esse Dupain nem é tão burro assim, pensa ele.

– E a culpa acabaria caindo nas suas costas? – insiste Sérénac. – Por mera coincidência?

– Tem de cair em cima de alguém. E foi em cima de mim. O que significa isso, "por mera coincidência"? Não gosto das suas indiretas, inspetor.

– Então contente-se em escutar. O que o senhor estava fazendo na manhã do assassinato de Jérôme Morval?

Os pés de Dupain formam grandes círculos no espaço do qual foram expulsas todas as botas, como uma criança com raiva que afasta todos os brinquedos do seu espaço de brincadeiras.

– Quer dizer que estão desconfiando de mim? Por volta das seis da manhã ainda estava na cama com minha mulher, como todos os dias.

– Mais um detalhe estranho, monsieur Dupain. Nas manhãs de terça-feira, pelos depoimentos que recolhemos, o senhor tem o hábito de acordar bem cedo para ir caçar lebres no terreno do seu amigo Patrick Delaunay. Em grupo, às vezes. Mais frequentemente sozinho. Por que mudar seus hábitos na manhã do crime, justamente nessa terça-feira?

Faz-se um silêncio. Os dedos irritados de Dupain continuam a torturar o bigode.

– Vai saber... Que porra de motivo um homem pode ter para querer ficar na cama com a mulher?

Jacques Dupain crava os olhos nos de Laurenç Sérénac. Cravar é a palavra correta. Como duas adagas. Sylvio Bénavides não perde nenhum detalhe do confronto. Mais uma vez, acha que Jacques Dupain está se defendendo bastante bem.

– Ninguém o está criticando por isso, monsieur Dupain. Ninguém. Fique descansado, nós vamos verificar o seu álibi. Quanto à motivação...

Sérénac afasta com cuidado a dezena de botas azuis empilhadas na borda da mesa e deposita ali, de forma visível, a fotografia de Stéphanie e Jérôme Morval, de mãos dadas na trilha do morro.

– Uma delas poderia ser o ciúme. O senhor não acha?

Jacques Dupain mal olha para a imagem, como se já a conhecesse.

– Não passe dos limites, inspetor. Desconfiar de mim, se isso o diverte, por que não? Mas não inclua Stéphanie no seu joguinho. Ela não. Estamos de acordo em relação a isso, não estamos?

Sylvio hesita em intervir. Sua impressão é de que agora a situação pode se deteriorar em questão de segundos. Sérénac continua a brincar com sua presa. Calçou duas botas azuis nas mãos e tenta distraidamente refazer os pares. Ergue dois olhos cheio de ironia.

— Meio fraca essa defesa, monsieur Dupain. O senhor não acha? Em termos jurídicos, poderíamos chamá-la até de defesa tautológica. Se defender de uma motivação baseada no ciúme... com um excesso suplementar de ciúme.

Dupain se levanta. Está a menos de 1 metro de Sérénac. É pelo menos 20 centímetros mais baixo que o inspetor.

— Não brinque com as palavras, Sérénac. Estou entendendo seu joguinho, estou entendendo muito bem. Se tornar a se aproximar da...

Sérénac sequer olha para ele. Descarta uma bota e calça outra na mão. Sem parar de sorrir.

— Não está me dizendo, monsieur Dupain, que o senhor deseja impedir o avanço da investigação...

Sylvio Bénavides jamais saberá até onde Jacques Dupain teria sido capaz de ir nesse dia. Tampouco faz questão de saber. É por isso que, bem a tempo, pousa uma das mãos no ombro dele para tranquilizá-lo, ao mesmo tempo que faz um gesto apaziguador para Sérénac.

33

Sylvio Bénavides acompanhou Jacques Dupain até o lado de fora da delegacia. Soube formular as gentilezas habituais, as desculpas veladas. O inspetor Bénavides tem bastante talento para isso. Jacques Dupain entrou furioso no seu Ford e, numa derrisória exibição de desafio, atravessou o estacionamento da Rue Carnot com o pé no acelerador. Bénavides fechou os olhos, em seguida voltou para a sala. Também tem talento para interpretar as disposições de seu chefe.

— O que você achou, Sylvio?

— Que o senhor pegou pesado, chefe. Pesado demais. Demais mesmo.

— Tá, digamos que é meu lado provençal. Mas, tirando isso, o que achou?

– Não sei. Dupain está escondendo alguma coisa, se é isso que o senhor quer ouvir. Mas, enfim, dá para entender. Ele tem uma esposa que se deve valorizar. Não é o senhor quem vai me dizer o contrário. Mas isso não faz dele um assassino.

– Puta merda, Sylvio! E a história das botas que alguém teria roubado? Ela não se sustenta nem um segundo! Nem o álibi, aliás: a mulher dele me disse que na manhã do crime ele tinha ido caçar.

– É esquisito, chefe, de fato. Deveríamos comparar o testemunho dos dois. Mas é preciso admitir também que os elementos incriminadores estão se acumulando com uma facilidade meio excessiva. Primeiro, a foto da mulher dele passeando com Morval enviada por algum delator, depois as botas de caça sumidas... Seria o caso de pensar que alguém está tentando colocar a culpa nele. Além do mais, em relação a essa história de impressão do solado, ele não é o único a precisar de uma desculpa! Estamos longe de ter conseguido encontrar todos os moradores de Giverny. Também demos de cara com portas fechadas, casas vazias, parisienses ausentes quase o tempo todo. Precisaremos de mais tempo, muito mais tempo.

– Porra...

Sérénac pega uma bota laranja e a segura entre dois dedos pelo salto.

– É ele, Sylvio! Não me pergunte por quê, mas sei que foi Jacques Dupain!

De repente, Laurenç Sérénac arremessa a bota laranja em cima de umas dez outras enfileiradas na estante em frente.

– *Strike!* – comenta, tranquilo, Sylvio Bénavides.

Seu chefe se mantém calado por alguns segundos, impassível, em seguida sobe o tom de repente:

– Estamos patinando, Sylvio! Patinando! Convoque a equipe inteira para daqui a uma hora.

Com os nervos à flor da pele, Laurenç Sérénac tenta com dificuldade liderar o *brainstorming* que convocou com toda a sua equipe da delegacia de Vernon. O recinto claro de cortinas rasgadas está banhado de sol. À cabeceira da mesa, Sylvio Bénavides dá cabeçadas de sono. Entre dois cochilos, ouve o chefe da delegacia de Vernon fazer novamente um resumo das diferentes pistas e enumerar a impressionante lista de pesquisas por fazer: identificar as amantes de Morval e interrogar seus familiares, esmiuçar as questões relacionadas ao tráfico de obras de arte impressionistas e, em especial, fazer mais pressão em Amadou Kandy, descobrir mais sobre a tal famosa Fundação Theodore Robinson, esmiuçar igualmente a estranha história de afogamento no regato que remonta a 1937, interrogar de novo os moradores de Giverny, em especial os vizinhos, em especial os mais chegados a Morval, sobretudo os que, por coincidência, não tinham botas em casa, sobretudo os que tiverem filhos de 11 anos. Pesquisar também os pacientes do consultório de oftalmologia.

O inspetor Sérénac sabe que é muita coisa, coisa demais para uma equipe de cinco pessoas, que, ainda por cima, não trabalham em tempo integral, longe disso. Eles vão ter de pescar informações ao acaso e acreditar na sorte. Esperar a pescaria certa. Os policiais estão acostumados: é sempre assim. A única missão que Sérénac não lembrou aos colegas foi a verificação do álibi de Jacques Dupain. Essa ele vai guardar para si. Privilégio de chefe!

– Mais alguma ideia?

O agente Ludovic Maury escutou as instruções enfáticas de seu superior com a atenção cansada de um jogador de futebol reserva no vestiário. O sol assa sua nuca por trás. Durante o *brainstorming*, examinou mais uma vez as fotografias da cena do crime dispostas na sua frente: o regato, a ponte, o lavadouro. O corpo de Jérôme Morval, com os pés na margem e a cabeça dentro d'água. Pergunta-se por que as ideias ocorrem em determinado momento e não em outro e ergue um dedo.

– Pois não, Ludo?

– Só uma ideia solta, Laurenç. No ponto em que estamos, você não acha que poderíamos dragar o fundo do regato de Giverny?

– Como assim? – soa a voz exasperada de um Sérénac irritado, como se de uma hora para outra não apreciasse mais a forma de tratamento meridional usada pelo agente Maury.

Sylvio Bénavides desperta, sobressaltado.

– Bom... – continua Maury. – Vasculhamos a cena do crime por toda parte, temos fotos, impressões, amostras. Também olhamos dentro do Ru, claro. Mas não creio que tenhamos dragado o rio de modo mais profundo. Remexido a areia, quero dizer, escavado lá embaixo. Tive essa ideia olhando na foto a orientação dos bolsos de Morval: eles estão virados na direção do regato. Um objeto, qualquer coisa, pode ter escorregado para dentro d'água e ido parar debaixo da areia. E sumido.

Sérénac passa uma das mãos pela testa.

– Não é uma ideia ruim... Por que não, no fim das contas? Sylvio, está acordado? Monte uma equipe o mais depressa possível, com um sedimentologista ou alguém do tipo. Entendeu? Um cientista capaz de datar, com uma precisão de dias, toda a merdalhada que vamos encontrar na lama do fundo desse regato!

– Certo – responde Bénavides, erguendo as pálpebras com um esforço de halterofilista. – Vai estar tudo pronto depois de amanhã. Devo lembrar que amanhã é o dia do patrimônio. Dia de visita aos jardins de Claude Monet para o senhor e ao Museu de Belas-Artes de Rouen para mim.

34

Na Rue Blanche-Hoschedé-Monet, a luz da noite se esgueira por entre as lâminas das persianas no quarto dos Dupain, no forro do telhado. As residências normandas à venda impressas em papel cuchê se retorcem entre os dedos nervosos de Jacques Dupain.

– Vou arrumar um advogado, Stéphanie. Processar o cara por assédio. Esse policial, Sérénac, ele está escondendo alguma coisa, Stéphanie... É como se...

Jacques Dupain se vira na cama. Não precisa nem verificar. Sabe que está falando com as costas da esposa. Com sua nuca. Com seus compridos cabelos claros. Com um quarto de rosto. Com a mão que segura um livro. Às vezes, quando os lençóis colaboram, com a curva das costas, com uma bunda esplendorosa que ele se contém todas as noites para não acariciar.

– Parece que esse cara tem alguma coisa contra mim – continua. – Que está transformando o caso numa questão pessoal.

– Não se preocupe – respondem as costas. – Fique calmo.

Jacques Dupain tenta se concentrar outra vez no catálogo de imóveis à venda. Os minutos vão passando devagar no mostrador do relógio bem na sua frente.

21h12.
21h17.
21h24.

– Está lendo o quê?

– Nada.
Costas não são muito de falar.
21h31.
21h34.
– Queria achar uma casa para você, Stéphanie. Alguma coisa diferente deste armário em cima da escola. A casa dos seus sonhos. É a minha profissão, afinal. Um dia vou poder comprar isso para você. Se você tiver paciência, vou conseguir...
As costas se mexem um pouco. A mão se estende até o criado-mudo e larga o livro.
Aureliano.
Louis Aragon.
Ela aciona o interruptor do abajur de cabeceira.
– Para você nunca me deixar – sussurra, no escuro, a voz de Jacques Dupain.
21h37.
21h41.
– Você não vai me abandonar, não é, Stéphanie? Não vai deixar esse policial nos separar? Você sabe muito bem que não tenho nada a ver com a morte de Morval.
– Eu sei, Jacques. Nós dois sabemos.
Costas são lisas e frias.

21h44.
– Vou fazer isso, Stéphanie... Sua casa, nossa casa, vou encontrar...
Um ruído de lençol sendo amassado.
As costas desaparecem. Dois seios e um sexo se intrometem na conversa.
– Me faça um filho, Jacques. Antes de qualquer outra coisa, um filho.

35

Deitado de costas, James saboreia os últimos raios de sol: mais uns quinze minutos antes de o astro se esconder atrás do morro. Sabe que então serão pouco mais de dez da noite. James não usa relógio, vive ao ritmo do sol, como fazia Monet, levanta-se e se deita junto com ele. Um pouco mais tarde a cada dia, agora. Por enquanto, o astro está brincando de esconde-esconde com os choupos.

Esse calor alternativo é agradável. James fecha as pálpebras. Tem plena consciência de pintar cada vez menos e dormir cada vez mais. Para dizer o que devem pensar os moradores do vilarejo, está se tornando cada vez mais mendigo e cada vez menos artista.

Que delícia! Passar por mendigo aos olhos dessa bela gente. Tornar-se o mendigo do vilarejo, assim como cada vilarejo tem o seu cura, o seu prefeito, a sua professora, o seu carteiro... Ele vai ser o mendigo de Giverny. Parece que havia um, na época de Claude Monet. Seu apelido era Marquês, por causa do chapéu de feltro com o qual cumprimentava os passantes. Mas o tal Marquês era conhecido principalmente por catar em frente à casa de Monet as guimbas dos cigarros que o pintor mal fumava. Enchia os bolsos com elas. Que classe!

Sim, tornar-se o mendigo de Giverny, o Marquês. Uma ambição e tanto. Para chegar lá, porém, James tem consciência de que ainda há um longo caminho a percorrer. Por enquanto, tirando a jovem Fanette, ninguém se interessa por esse velho louco que dorme na campina com seus cavaletes.

Tirando Fanette.

Fanette lhe basta.

Não são palavras vãs. Fanette é realmente uma menina de grande talento. Muito mais do que ele. A menina tem um verdadeiro dom dos deuses, como se Deus a tivesse feito nascer em Giverny de propósito, como se a houvesse colocado no seu caminho por querer.

Ela o chamou de "pai Trognon" pouco antes. Como no quadro de Robinson. *Pai Trognon...* James gostaria de morrer assim, saboreando apenas essas duas palavrinhas ditas por Fanette.

Pai Trognon.

Duas palavras que parecem a síntese da sua busca. Da obra-prima de Theodore Robinson à impertinência de um gênio em formação.

Ele.

Pai Trognon.

Quem poderia ter imaginado?

* * *

O sol parou de brilhar.

Ainda não são dez da noite, porém. Escurece de repente, como se o sol subitamente houvesse mudado de brincadeira, como se o esconde-esconde dos choupos houvesse sido trocado pela cabra-cega. Como se o sol houvesse parado para contar até vinte atrás de um choupo, de modo que a lua tivesse uma vantagem para me salvar.

James abre os olhos. Petrificado! Aterrorizado!

Tudo o que vê é uma pedra, uma pedra imensa acima do seu rosto, logo acima, a menos de 50 centímetros.

Uma visão surrealista.

Compreende tarde demais que não está sonhando. A pedra esmaga seu rosto como um simples fruto maduro. James sente a têmpora explodir e, ao mesmo tempo, uma dor gigantesca.

Tudo desaba. Ele se vira de bruços. Começa a rastejar pelo trigal. Não está tão longe assim do regato, de uma casa, daquele tal moinho. Poderia gritar.

Nenhum som lhe sai da boca. Ele luta para não perder a consciência. Um zumbido terrível satura seus pensamentos e seu crânio incha feito uma máquina a vapor prestes a explodir.

Ele continua a rastejar. Sente que o agressor está ali, em pé, logo acima dele, pronto para o golpe de misericórdia.

O que estará esperando?

Seus olhos deparam com dois pés de madeira. Um cavalete. Suas mãos o agarram, desesperadas. Os músculos dos braços se esticam em uma derradeira tentativa de se levantar.

O cavalete desaba com um estrondo ensurdecedor. A caixa de tintas cai bem na sua frente. Pincéis, lápis, tubos de tinta se espalham pelo mato do chão. James torna a pensar por um breve instante na mensagem gravada lá dentro. *Ela é minha aqui, agora e para sempre.* Não entendeu essa ameaça. Nem quem a gravou, nem por quê.

Terá visto alguma coisa que não deveria?

Vai morrer sem saber. Sua impressão é que os pensamentos o abandonam, que escorrem para dentro da terra junto com o que lhe resta de sangue, junto com a sua pele. Ele agora rasteja por cima dos tubos de tinta, que vai esmagando, eviscerando. Continua, sempre em frente.

Repara na sombra, ainda acima dele.

Sabe que deveria se acalmar e se virar. Tentar se levantar. Pronunciar uma palavra. É impossível. Um pânico o paralisa. A sombra tentou matá-lo. A sombra vai tentar outra vez. Ele precisa fugir. Não consegue raciocinar mais, o zumbido dentro de seu crânio é demais. Só pensa agora nas pulsões primárias. Rastejar. Afastar-se. Fugir.

Derruba um segundo cavalete. Pelo menos é o que acha. O sangue agora inunda seus olhos. Seu olhar se turva. A paisagem à sua frente fica manchada de vermelho, ferrugem, púrpura. O regato não deve estar muito longe. Ele ainda pode escapar, alguém pode chegar.

Seguir rastejando.

Um cavalete, e outro, mais à frente. Com sua paleta, pincéis, facas.

A sombra o ultrapassa.

Agora está na frente dele. Através de um filtro vermelho pegajoso, James vê a mão de alguém empunhar sua faca de raspar. Chegar mais perto.

Acabou.

James ainda rasteja mais alguns centímetros, em seguida pressiona os braços no chão. Suas últimas forças. Seu corpo rola em torno do próprio eixo, uma vez, duas vezes, várias. Por um instante, torce para seu corpo seguir o declive e rolar até bem longe, deslizar pela leve inclinação da pradaria até o Epte; torce para assim conseguir escapar.

Mas isso dura só um instante.

Seu corpo desaba sobre as espigas vergadas. De costas. Ele não percorreu nem 2 metros. Agora já não vê mais nada. Cospe uma mistura de sangue com tinta. Não consegue mais concatenar dois pensamentos coerentes.

A sombra se aproxima ainda mais.

James tenta se mexer uma última vez, mexer um músculo, um só. Não consegue. Não tem mais domínio sobre o próprio corpo. Sobre os olhos, talvez.

A sombra está acima dele.

James olha para ela.

Bruscamente, é como se todo seu cérebro lhe houvesse sido devolvido.

O último pensamento do condenado. James reconheceu a sombra na hora, mas ainda se recusa a acreditar no que vê. Impossível! Por que tamanho ódio? Que loucura o terá alimentado?

A mão de alguém agora o segura contra o chão, a outra vai cravar a faca no seu peito. James não consegue se mexer. Seu cérebro agora quase não sofre mais. Está apavorado.

Agora entendeu.

Agora, James quer viver!

Não para não morrer. Sua vida tem tão pouca importância. Quer viver para impedir o que adivinha, para deter aquela monstruosa e inelutável engrenagem, aquela terrível maquinação na qual ele não passa de um restolho, um drama secundário.

Sente a lâmina fria penetrar sua carne.

Está velho demais. Não sente nem mais dor. A vida o abandona. Sente-se muito inútil. Foi incapaz de impedir o drama que se prepara. Foi velho demais para proteger Fanette. Quem poderá ajudar a menina agora? Quem poderá protegê-la da sombra que vai encobri-la?

James abarca com um último olhar o trigal varrido pelo vento. Quem encontrará seu cadáver no meio das espigas? Dali a quanto tempo? Várias horas? Vários dias? Numa última alucinação, pensa ver surgir uma dama segurando uma sombrinha, Camille Monet, em meio às ervas daninhas e às papoulas.

Agora já não se arrepende de mais nada. No fundo, foi para isso que foi embora de sua Connecticut. Para morrer em Giverny.

O dia cai aos poucos.

A última coisa que James vai sentir, antes de morrer, será o arrepio dos pelos de Netuno na pele fria.

NONO DIA
21 de maio de 2010, Chemin du Roy

Sentimentos

36

Segundo dia de sol seguido. Em Giverny. Podem acreditar no que estou dizendo: para esta época do ano, é quase um pequeno milagre.

Margeio o Chemin du Roy. Quanto mais envelheço, mais dificuldade tenho para entender esses turistas capazes de aguardar mais de uma hora na Rue Claude-Monet para entrar nos jardins, enfileirados uns atrás dos outros por mais de 200 metros de calçada. Basta contudo passear pelo Chemin du Roy: qualquer um pode ver os jardins e a casa de Monet sem nenhuma espera por entre a sebe verde que margeia a estrada, tirar fotos inesquecíveis, sentir o perfume das flores.

Os carros passam e roçam nas plantas que separam a estrada da ciclovia. A cada veículo que passa um pouco apressado demais, as folhas se agitam como que tomadas por espasmos. São muitos os moradores da região que trabalham em Vernon e há tempos nem viram a cabeça na direção da casa rosa de janelas verdes. Para eles, o Chemin du Roy é apenas a D5, a estrada de Vernon. Nada além disso.

Eu, pelo contrário, no ritmo em que avanço, tenho tempo de admirar as flores. Não vou inventar histórias: é claro que o jardim é magnífico. A catedral de rosas, o círculo das damas, o Clos Normand e as cascatas de clematitas, o maciço de tulipas cor-de-rosa e miosótis... São todos obras-primas.

Quem poderia dizer o contrário?

Amadou Kandy me disse até que, dez anos atrás, foi inaugurada no Japão, num vilarejo em plena zona rural, uma réplica exata da casa de Monet, do jardim normando e do jardim aquático. Dá para acreditar? Já vi fotos; é quase impossível distinguir a verdadeira Giverny da falsa, da de mentira. Pode-se fazer qualquer coisa com fotografias, dirão vocês. Mas mesmo assim, francamente, que ideia construir uma segunda Giverny no Japão! Decididamente, não entendo essas coisas.

Vou lhes confessar: há muitos anos não entro no jardim de Monet. Nós de Giverny, quero dizer, nós de verdade. Há gente demais para mim agora. Com os milhares de turistas se aglomerando, se espremendo, pisando nos pés uns dos outros, aquilo lá não é mais lugar para uma velha como eu. Além do mais, quando visitam a casa de Monet, os turistas muitas vezes se espantam: não se trata de uma galeria de arte. Não há nenhuma obra-prima na casa de Monet, nenhum quadro das *Ninfeias*, da ponte japonesa ou dos choupos. Apenas uma casa, um ateliê e um jardim. Para ver as verdadeiras telas de Monet é preciso ir ao Museu Orangerie, ao Marmottan, a Vernon. Sim, pensando bem, estou melhor do outro lado da sebe. Além do mais, minhas emoções dizem respeito apenas a mim. Basta-me fechar os olhos, a beleza estarrecedora do jardim está lá gravada.

Para sempre. Acreditem.

Os loucos furiosos continuam a desfilar pelo Chemin du Roy. Um Toyota acaba de passar a mais de 100 quilômetros por hora. Vocês talvez não saibam, mas foi Monet quem bancou o asfalto desta estrada cem anos atrás, porque suas flores ficavam cobertas pela poeira da terra batida! Melhor seria ele ter bancado um desvio. Francamente, que ideia, um jardim destes cortado ao meio por uma estrada, e os turistas passando por um túnel debaixo dela...

Mas enfim. Vocês talvez estejam fartos das considerações mais ou menos interessantes de uma velha de Giverny sobre a evolução de seu vilarejo e arredores. Eu os entendo. Estão se perguntando sobretudo qual é o meu jogo. É isso que lhes interessa, não é? Qual é o meu papel nesta história toda? Em que momento vou parar de espionar todo mundo e intervir? Como? Por quê? Paciência, paciência. Mais alguns dias, só mais alguns dias. Deixem-me aproveitar um pouco mais a indiferença geral em relação a uma velha a quem ninguém dá mais atenção do que a um poste ou uma placa que sempre esteve ali. Não vou fazê-los acreditar que conheço o fim desta história, não, mas mesmo assim tenho a minha opinião.

Sou eu que vou fechar o parêntese, confiem em mim. E não vão ficar decepcionados, isso eu garanto!

Um pouco de paciência, por favor. Deixem que eu lhes descreva mais um pouco os jardins de Monet que tenho diante dos olhos. Prestem bem atenção: cada detalhe faz diferença. As manhãs de maio muitas vezes são tomadas de assalto pelos grupos escolares. Durante o mês inteiro, todo dia de manhã, o jardim fica tão barulhento quanto um pátio de recreio. Enfim, tudo depende, é claro, da capacidade da professora de fazer seus alunos se interessarem pela pintura. E também do seu grau de excitação, conforme o número de horas que eles ficaram trancados dentro do ônibus.

Às vezes, a viagem dura a noite inteira! Tem professores que são sádicos! Pelo menos, uma vez dentro do jardim, os professores podem ficar sossegados e basta uma vigilância discreta. É como se as crianças estivessem numa praça fechada, só que numa versão mais pedagógica. Elas preenchem um questionário, desenham. Tirando se afogar nas ninfeias, não correm risco algum.

No Chemin du Roy, o caminhão da padaria Lorin passa, buzina para mim e faço-lhe um pequeno gesto com a mão. Richard Lorin é o último comerciante que me conhece, fora Amadou Kandy e sua galeria de arte. Muitos letreiros de Giverny mudam todos os anos: galerias, hotéis, pousadas. Eles vão, vêm. Giverny é como a maré, ao sabor das floradas. Agora vejo isso de longe. Naufragada na areia.

Espero mais um pouco.

Ouvi o barulho de uma moto, o som típico de uma Tiger Triumph T100. A máquina foi estacionar na Ruelle Leroy, perto da entrada dos grupos escolares. Isso também deve lhes parecer estranho: uma mulher com mais de 80 anos saber reconhecer, pelo simples ruído do motor, a marca de uma motocicleta. Uma moto antiga, ainda por cima, quase uma relíquia. Se vocês soubessem... Podem acreditar, acho que poderia reconhecer o ronco de uma Tiger Triumph T100 entre mil outras motos.

Meu Deus, como esquecer?

Observo, aliás, que não sou a única a ter apurado os ouvidos. Stéphanie Dupain não levou muito tempo para espichar a cabeça pela mais alta das janelas da casa de Claude Monet, com metade do rosto escondido pela hera americana. De onde está, lá no alto, ela finge contar as crianças.

Até parece.

Sinto que estremece só de escutar o barulho do motor. Vigia com um ar vagamente atento as crianças que correm entre os canteiros de flores. Acho que, pelo contrário, os alunos da sua turma vão poder fazer o que quiserem por um tempo.

37

STÉPHANIE DUPAIN DESCE A escada correndo. Laurenç Sérénac está lá, esperando na sala de leitura.

– Bom dia, Stéphanie. Prazer em revê-la.

A professora está ofegante. Laurenç dá meia-volta sobre o próprio eixo.

– Meu Deus, é a primeira vez que entro na casa de Claude Monet. Obrigado por me dar esta oportunidade, sério. Já tinha ouvido falar, mas é... é fascinante.

– Bom dia, inspetor. Nesse caso o senhor vai ter direito à visita. É verdade que teve uma sorte daquelas, o jardim de Monet hoje de manhã só está aberto para a escola. É excepcional! Só acontece uma vez por ano de termos a casa de Monet só para nós.

Só para nós.

Laurenç Sérénac não consegue definir a animação que o invade. Um misto de fantasia e mal-estar.

– E os seus alunos?

– Estão brincando no jardim. Não correm perigo algum, fique tranquilo, só trouxe os maiores. E os estou vigiando com o rabo do olho: todas as janelas da casa dão para o jardim. Os mais comportados supostamente devem ficar pintando e procurando inspiração, pois precisam entregar os quadros para o concurso Jovens Pintores da Fundação Robinson daqui a poucos dias. Os outros não ligam de ficar brincando de esconde-esconde entre as pontes ou em volta do laguinho. Já era assim na época de Monet, sabe? Não se deve acreditar no mito de uma casa silenciosa habitada por um velho artista eremita; a casa de Claude Monet era povoada por seus filhos e netos.

Stéphanie dá um passo à frente e assume a postura de um guia.

– Como o senhor pode observar, inspetor, estamos agora na pequena sala azul. Ela dá para um estranho armazém. Observe essas caixas de ovos penduradas nas paredes.

A professora está usando um surpreendente vestido de seda azul e vermelho preso na cintura por um cinto largo e fechado por dois botões floridos rente ao pescoço. A roupa lhe dá o ar de uma gueixa saída de uma gravura. Os cabelos estão presos para trás. Seu olhar lilás se confunde com os tons pastel das paredes. Sérénac não sabe para onde olhar. Vestida assim, Stéphanie o faz pensar estranhamente num quadro de Claude Monet que ele admirou anos antes, o retrato de sua primeira esposa, Camille Doncieux, fantasiada de gueixa. Ele se sente quase um intruso com sua calça jeans, sua camisa e a jaqueta de couro.

– Vamos passar para outro cômodo? – propõe a voz suave de sua guia.

Amarelo.

O cômodo é inteiramente amarelo. Paredes, móveis pintados, cadeiras. Sérénac se detém, espantado.

Sua anfitriã se aproxima.

– O senhor está agora na sala de jantar onde Claude Monet recebia seus convidados mais prestigiosos.

Laurenç admira o lustre da sala. Seu olhar acaba indo parar num quadro na parede. Um pastel de Renoir. Uma jovem sentada, de perfil três quartos, com um imenso chapéu branco na cabeça. Ele chega mais perto, admirando o jogo do dégradé entre os tons dos longos cabelos escuros e da pele de pêssego da modelo juvenil.

– Uma reprodução muito bela – comenta ele.

– Reprodução? O senhor tem certeza, inspetor?

Surpreso com o comentário, Sérénac examina o quadro com atenção.

– Bem... digamos que, se estivesse admirando este quadro num museu de Paris, não duvidaria nem por um segundo que se tratava de um original. É que aqui, na casa de Monet. Todos sabem que...

– E se eu lhe dissesse que é mesmo um Renoir, um original? – interrompe Stéphanie.

O ar desconcertado do inspetor faz a professora sorrir. Ela acrescenta num tom mais baixo:

– Mas, shh, é segredo... Não conte para ninguém.

– Está gozando com a minha cara.

– Ah, não. Vou lhe contar outro segredo, inspetor. Mais estarrecedor ainda. Se procurarmos bem aqui nesta casa, em alguns armários, no ateliê, no forro, é possível encontrar uma série de obras-primas. Dezenas! Quadros de Renoir, Sisley, Pissarro. Autênticos. E de Monet também, claro, *Ninfeias* originais... ao alcance da mão!

Laurenç Sérénac observa Stéphanie com ar consternado.

– Por que está me contando essas fábulas, Stéphanie? Todo mundo sabe que é impossível. Uma tela de Renoir ou Monet representa tal valor financeiro... e cultural também. Como pensar que podem estar aqui, abandonadas debaixo da poeira? É... Chega a ser ridículo.

Stéphanie faz um biquinho delicioso.

– Não vejo problema algum se as minhas revelações lhe parecem inacreditáveis, Laurenç. Mas se o senhor pensa que são impossíveis ou ridículas, nesse caso está me decepcionando, pois só lhe disse a mais absoluta verdade. Aliás, muita gente aqui de Giverny sabe dos verdadeiros tesouros escondidos na casa de Monet. Mas digamos que é uma espécie de segredo por aqui, algo que ninguém menciona.

Laurenç Sérénac aguarda o instante em que a professora vai começar a rir. Mas o riso não chega, ainda que os olhos dela brilhem de malícia.

– Stéphanie – ele acaba dizendo –, desculpe, mas seria bom testar sua piada com um policial menos incrédulo do que eu.

– Ainda não acredita em mim? Que pena. No fim das contas, não tem muita importância, vamos mudar de assunto.

A professora se vira com um movimento brusco. Sérénac fica perturbado. Pensa que não deveria ter ido, não até ali, não naquele momento. Deveria ter marcado com ela em outro lugar. Mas agora... agora é tarde. Está tudo se precipitando. Mesmo que ali não seja nem o lugar nem o momento. Ele começa:

– Stéphanie, não vim aqui só para fazer a visita guiada nem para falar de pintura. Precisamos conversar.

– Shh.

Ela leva um dos dedos à frente da boca, como quem diz que não é hora de falar nisso. Sem dúvida um velho truque de professora.

Aponta para as cristaleiras.

– Claude Monet também fazia questão de receber com refinamento. Porcelanas azuis de Creil e Montereau, gravuras japonesas...

Laurenç Sérénac não tem escolha, segura a professora pelos ombros. Na mesma hora, entende que não deveria ter feito isso. O tecido que cobre a pele dela é sedoso, liso e escorregadio feito uma segunda pele. Aquele tecido sugere coisas, e não são coisas de policial.

– Não estou brincando, Stéphanie. Ontem, com o seu marido, as coisas não correram bem.

Ela sorri.

– Percebi isso um pouco, à noite.

– Ele é um suspeito. O negócio é sério.

– Vocês estão enganados.

Os dedos dele deslizam pela seda contra a sua vontade, como se ele estivesse lhe acariciando os braços. Ele não se atreve a apertar mais. Esforça-se para preservar a lucidez.

– Pare de brincar comigo, Stéphanie. Ontem, durante o interrogatório, seu marido disse que na manhã do crime estava na cama, na sua companhia. Três dias atrás, a senhora me garantiu outra coisa. Um de vocês dois está mentindo, portanto. Ou o seu marido ou...

– Quantas vezes vou ter de repetir? Eu não era amante de Jérôme Morval. Nem mesmo amiga íntima. Meu marido não tinha motivo algum para matar Morval! Conheço os clássicos, inspetor. Não é preciso álibi quando não se tem motivo para um crime.

Ela dá uma deliciosa risada, se desvencilha qual uma enguia e continua:

– O senhor gosta de uma encenação, Laurenç. Depois da famosa operação de coleta de todas as botas de Giverny, vai perguntar a todos os casais do vilarejo se eles estavam fazendo amor na cama na manhã do crime?

– Isso não é brincadeira, Stéphanie.

A voz dela assume, de repente, um tom de professora ríspida:

– Eu sei, Laurenç. Então pare de me importunar com esse crime, com essa investigação sórdida. O importante não é isso. O senhor está estragando tudo.

Ela se solta e se afasta, parecendo deslizar pelas lajotas cor de tijolo e de palha. Quando se vira, está sorrindo outra vez. Anjo e demônio.

– A cozinha!

Dessa vez, o que salta aos olhos de Laurenç Sérénac é o azul. O azul das paredes, da louça, em todos os matizes, do azul-celeste ao turquesa.

Stéphanie adota um tom de charlatã de feira:

– As donas de casa apreciarão particularmente o imenso equipamento de cozinha: cobres, porcelana de Rouen...

– Stéphanie.

A professora para em frente à lareira. Antes de Sérénac poder reagir, ela segura com as duas mãos as abas da sua jaqueta de couro.

– Inspetor, vamos ser claros. Vamos colocar os pingos nos is de uma vez por todas. Meu marido me ama. Meu marido não quer me perder.

Meu marido é incapaz de fazer mal a quem quer que seja. Procure outro culpado!

– E a senhora?

Surpresa, ela afrouxa um pouco a pressão.

– Como assim? Se sou capaz de fazer mal a alguém, é isso que está perguntando?

Os olhos lilases adquirem uma nuance que ele ainda não tinha visto. Perturbado, Sérénac gagueja:

– N-não. Que ideia. O que eu quis dizer foi: e a senhora, ama o seu marido?

– O senhor está ficando indiscreto, inspetor.

Ela solta o couro da jaqueta e torna a desaparecer na sala de jantar, no salão, na despensa. Laurenç a segue de longe, sem saber mais que atitude adotar. Da despensa, sobe-se para o primeiro andar por uma escada de madeira. O vestido de Stéphanie desliza como se a estivesse encerando.

Logo antes de sumir escada acima, a professora lhe lança duas palavras, só duas:

– Que pergunta!

38

Sylvio Bénavides está em pé na praça da catedral de Rouen. Fazia tempo que não ia a Rouen, quase um ano. Com seu guia na mão, pensa que deve estar parecendo um turista. Pouco importa. Tem um encontro marcado para dali a meia hora com o curador do Museu de Belas-Artes, um tal Achille Guillotin, mas fez questão de chegar antes, como se quisesse se preparar psicologicamente e mergulhar na atmosfera impressionista da Rouen antiga.

Vira-se para o centro de atendimento ao turista e consulta o papel que tem nas mãos: foi do primeiro andar daquela construção que Claude Monet pintou a maioria de suas catedrais de Rouen, 28 quadros no total, todos diferentes dependendo da hora e do tempo. Na época de Monet, o centro de atendimento ao turista era uma loja de roupas, e bem antes disso o primeiro monumento renascentista de Rouen: o departamento de finanças da cidade. Sylvio examina o guia. Claude Monet também pintou a catedral sob outros ângulos, vista de várias casas da praça, entre as quais algumas foram destruídas durante a guerra, na Rue Grand-Pont ou na Rue du Gros-Horloge.

O inspetor sorri ao imaginar Claude Monet chegando com seu cavalete de madrugada à casa de pessoas adormecidas ou passando o dia inteiro, durante meses, diante de cada uma das janelas de um provador feminino, tudo para pintar quase trinta vezes a mesma coisa. As pessoas deveriam achá-lo um louco...

No fundo, as pessoas admiram os loucos.

Sylvio se vira para a catedral. Sim, as pessoas admiram a loucura. A simples existência da catedral e o fato de admirá-la significam no fundo reconhecer que ele tinha razão, o sujeito que um dia imaginou construir aquele monumento inverossímil, ainda que fosse levar quinhentos anos; aquele maluco que sem dúvida deve ter insistido para que a flecha da sua catedral fosse a mais alta da França, mesmo que para isso alguns milhares de trabalhadores a mais tenham sucumbido. Na época, uma obra dessas devia ser uma carnificina, mas as pessoas esquecem. Sempre acabam esquecendo. Esquecem a carnificina, a barbárie, e admiram a loucura.

O inspetor consulta seu relógio de pulso. Se não quiser chegar atrasado é melhor ir andando; conservou esse reflexo juvenil de chegar sempre na hora. Sai da praça da catedral e passa debaixo dos arcos das grandes lojas de departamentos. "Rue des Carmes", lê. Pelo que entendeu, o museu fica à esquerda. Ele vira numa ruazinha estreita margeada por casas de enxaimel. Sempre teve dificuldade para se localizar no centro medieval de Rouen. A cidade lhe dá a impressão de ser uma espécie de labirinto imaginado por algum indivíduo atormentado. Sim, quem sabe o mesmo que desejou que a sua catedral fosse a mais alta. Para dificultar mais ainda, Sylvio não está muito concentrado no caminho. Desde que chegou, não para de pensar que alguma coisa não está certa nesse caso Morval. Como se alguém estivesse puxando as cordinhas da história toda, um Pequeno Polegar maquiavélico que estivesse deixando indícios na sua frente para conduzi-los aonde quer. Mas quem?

Sylvio chega à Place du 19-Avril-1944. Hesita um segundo, então vira bruscamente à direita, bem na hora em que um carrinho conduzido por uma enérgica mãe cruza o seu caminho. A mãe passa com a roda em cima do seu pé sem diminuir a velocidade, enquanto o inspetor balbucia umas desculpas sem interromper o raciocínio.

Quem?

Jacques Dupain? Amadou Kandy? Stéphanie Dupain? Patricia Morval?

Giverny é um vilarejo pequeno, como os moradores não param de repetir: todo mundo se conhece. E se todos estivessem protegendo um segredo? Aquele tal acidente, por exemplo, o menino que morreu afogado em 1937? Bénavides começa a imaginar as hipóteses mais loucas. Chega até a se perguntar se o chefe está sendo cem por cento sincero com ele. Laurenç Sérénac às vezes tem um jeito estranho de tratar todas aquelas histórias de pintura. Sylvio não gosta muito dessa coincidência, nem do fato de o seu chefe apreciar tanto a pintura a ponto de pendurar quadros na sua sala, de ter investigado casos de tráfico de arte antes de ser transferido para Vernon e, coincidentemente, ter de solucionar o assassinato de um colecionador... em Giverny! Para não falar na obsessão de querer pôr a culpa toda em Jacques Dupain ao mesmo tempo que paquera a esposa dele. Bénavides conversou sobre isso com Béatrice, mas sua mulher, sabe-se lá por quê, adora Laurenç. Embora os dois só tenham se visto uma vez, e por pouco tempo.

Sylvio distingue na sua frente uma praça fechada contígua a uma praça cinza monumental. Uma dezena de pessoas aguarda diante da escada. Ele reconhece a entrada do Museu de Belas-Artes. Apressa o passo sem parar de pensar. Sim, Béatrice não para de lhe dizer que Laurenç é um cara encantador, interessante, divertido. Chegou a acrescentar algo como "Para um policial, ele tem uma sensibilidade surpreendente, como uma espécie de intuição feminina". Talvez daí suas reservas em relação ao chefe, pensa Sylvio. Como Béatrice pode apreciar um sujeito como Sérénac, tão diferente dele próprio? Um sujeito que só se interessa pela pintura e pelas mulheres que Morval levava para a cama. Ou queria levar.

Bénavides sobe os degraus do Museu de Belas-Artes e, sem saber por quê, uma pergunta ressurge e se incrusta no seu cérebro feito uma litania insistente: por que as pessoas no fundo admiram os loucos? Principalmente as mulheres?

O inspetor Sylvio Bénavides já está aguardando há alguns minutos no hall do Museu de Belas-Artes de Rouen. Sente-se um pouco esmagado pelo pé-direito, pela profundidade do recinto, pelo brilho dos afrescos imensos.

De repente, surgido de um alçapão no mármore, um homem baixinho e careca usando um jaleco que desce quase até os tornozelos vem na sua direção e lhe estende a mão.

– Inspetor Bénavides? Achille Guillotin. Curador aqui do museu. Bom, vamos lá. Infelizmente só posso lhe dedicar pouco tempo, ainda mais porque não entendi nada do que o senhor quer.

Um pensamento engraçado passa pela cabeça de Sylvio. Guillotin o faz pensar em Jean Bardon, seu professor de desenho no ensino fundamental. Um professor que, com 25 anos, já parecia ter 40. Os dois têm a mesma altura, o mesmo jaleco, o mesmo jeito de falar com ele. Estranhamente, ao longo de toda a sua trajetória escolar, Sylvio sempre foi o bode expiatório dos professores, sobretudo daqueles que não tinham autoridade. Pensa que Achille Guillotin deve pertencer à mesma casta, a dos pequenos chefes obsequiosos diante da autoridade e tirânicos assim que encontram alguém mais fraco.

Guillotin já está longe e sobe a escada qual um camundongo cinza. A cada degrau, Sylvio tem a impressão de que vai pisar no jaleco excessivamente comprido e rolar escada abaixo.

– Bem, vamos? Que história é essa de assassinato?

Bénavides sai trotando atrás do jaleco cinza.

– Um cara bem rico. Oftalmologista em Giverny. Colecionava quadros, entre outras coisas. Interessava-se particularmente por Monet e pelas *Ninfeias*. Talvez esse seja até o motivo do crime.

– E daí?

– E daí que gostaria simplesmente de me informar melhor.

– E não há ninguém competente na polícia?

– Há, sim. O inspetor que está coordenando a investigação formou-se na polícia de arte, mas...

Guillotin o escuta como se ele houvesse acabado de proferir a pior das heresias.

– Mas?

– Mas queria formar a minha própria opinião.

Difícil distinguir se Guillotin suspira ou bufa ao chegar ao alto da escada.

– Se é isso que o senhor quer... O que deseja saber?

– Podemos começar pelas *Ninfeias*, se o senhor quiser. Gostaria de saber quantas delas Monet pintou. Vinte? Trinta? Cinquenta?

– Cinquenta?!

Achille Guillotin combinou um grito de horror com uma risada sardônica, um som que só as hienas devem ser capazes de produzir. Se tivesse uma régua de ferro nas mãos, seria para castigar os dedos do inspetor ignorante. Todos os severos retratos da sala renascentista parecem se virar na direção de Sylvio para cobri-lo com uma vergonha suprema. Sem conseguir se controlar, ele abaixa o rosto enquanto Achille Guillotin dá de ombros num gesto de desprezo. O inspetor Bénavides repara nesse momento que o curador está usando estranhas meias cor de laranja.

– Está gozando da cara do mundo, inspetor? Cinquenta *Ninfeias*! Pois saiba que os especialistas identificaram nada menos do que 272 *Ninfeias* pintadas por Claude Monet!

Sylvio revira os olhos, estupefato.

– Podemos também contabilizá-las em metros, se for mais fácil para o senhor entender. Monet pintou mais ou menos 200 metros quadrados de *Ninfeias* para uma encomenda nacional, ao fim da Primeira Guerra Mundial, que estão expostos no Orangerie. No entanto, se somarmos todas as obras que Monet não selecionou, as que ele pintou já meio cego ou afetado pela catarata, os especialistas chegam a mais de 140 metros quadrados de *Ninfeias* "a mais", que estão expostas nos quatro cantos do mundo: Nova York, Zurique, Londres, Tóquio, Munique, Canberra, São Francisco... A lista é longa, acredite. Sem falar em pelo menos cem *Ninfeias* que integram coleções particulares.

Sylvio evita qualquer comentário. Pensa que deve estar com a mesma cara idiota de uma criança ao descobrir que, atrás da onda que vem lamber seus pés na praia, existe o oceano. Guillotin continua a percorrer os corredores. Toda vez que entra numa nova sala, os vigias sonolentos têm um sobressalto de pânico e se imobilizam numa postura de atenção.

Depois do século XVII, vem a Europa barroca.

– As *Ninfeias* são uma coleção muito estranha, sem nada equivalente no mundo – continua Achille Guillotin sem respirar. – Durante seus últimos 27 anos de vida, Claude Monet só pintou isso. Seu laguinho de nenúfares! Progressivamente, foi eliminando qualquer outro elemento em volta: a ponte japonesa, os galhos de chorão, o céu, para se concentrar apenas nas folhas, na água e na luz. A depuração mais absoluta possível. As últimas telas, alguns meses antes de sua morte, são quase abstratas. Apenas manchas. Tachismo, dizem os especialistas. Ninguém jamais tinha visto coisa igual. Ninguém entendeu, na época. Todo mundo achou que fosse um capricho de velho. Depois de sua morte, todo mundo esquece as *Ninfeias* do velho Monet, sobretudo as últimas. Puro delírio, todos acham.

Sylvio não tem tempo de perguntar o que Guillotin quer dizer com "esquecer". O curador continua, sem trégua:

– Só que, uma geração mais tarde, são essas últimas telas que darão origem, nos Estados Unidos, ao que todos vão passar a chamar de arte abstrata. É esse o testamento do pai do Impressionismo: a invenção da modernidade! O senhor conhece Jackson Pollock?

Sylvio não se atreve a dizer que não. Tampouco se atreve a dizer que sim. Guillotin dá um suspiro de professor entediado.

– Pior para o senhor. É um artista abstrato. Pollock e os outros buscaram inspiração nas *Ninfeias* de Monet. Todos eles. O mesmo aconteceu na França, espero que o senhor se lembre do que eu disse. As maiores *Ninfeias* estão expostas no Museu Orangerie, a Capela Sistina do Impressionismo. Foram doadas por Monet ao Estado em homenagem ao armistício de 1918. E não é só isso: quando se pensa nos lugares em que as *Ninfeias* estão expostas, há outra coisa fabulosa...

– É mesmo?

Sylvio não encontra nada de inteligente a dizer. Guillotin nem liga.

– As *Ninfeias* estão dispostas ao longo do eixo triunfal! O eixo principal, que passa por Notre-Dame, pelo Louvre, pelas Tuileries, pela Place de la Concorde, pelo arco de La Défense... As *Ninfeias* atrás das paredes do Orangerie estão alinhadas exatamente segundo esse eixo que simboliza toda a história da França e vai de leste a oeste seguindo o curso do sol. E, coincidentemente, Monet pintou o laguinho de ninfeias em diferentes momentos do dia, da manhã até a noite, expondo assim, ele também, o percurso eterno do sol. A corrida dos astros, a história triunfal da França, a evolução da arte moderna... O senhor há de entender agora por que cada centímetro quadrado desses nenúfares vale uma fortuna. Eles foram o divisor de águas da arte moderna. Na Normandia, a alguns quilômetros de Vernon, em um minúsculo laguinho de nada. O tema único do trabalho obsessivo de quase trinta anos do maior gênio da pintura.

Nos quadros do século XVII, as vestes de santas, rainhas e duquesas parecem voar, como agitadas pelo lirismo do curador.

– Quando o senhor diz uma fortuna, está se referindo a quanto exatamente?

Como se não houvesse escutado, Guillotin avança pelo recinto e abre a janela. Bénavides não sai do lugar.

– Bom, o senhor vem?

Sylvio entende que deve seguir o curador pela sala.

– Vou lhe dar uma ideia de quanto vale um *Ninfeias*, a tirar pelas últimas vendas em leilões de Londres ou Nova York. Por exemplo, está vendo os prédios haussmanianos bem aqui em frente, na Rue Jeanne-d'Arc? Então, digamos que um *Ninfeias* de Monet, de proporção normal, um metro quadrado mais ou menos, corresponderia, vamos lá, no mínimo, a uns bons cem apartamentos. Com quatro andares por prédio, isso já representa boa parte da rua.

– Cem apartamentos? Está de brincadeira!

– Não. Acho que poderia ter dito duzentos, e não teria sido exagero. Ainda está vendo a Rue Jeanne-d'Arc? Está vendo os carros parados no sinal? Também posso fazer uma estimativa desse jeito. Uma tela poderia valer, digamos, de acordo com as últimas vendas, entre mil e 2 mil carros. Novos, naturalmente. Ou ainda, sei lá, mais ou menos a totalidade do que contêm as lojas da Rue du Gros-Horloge, Rue Jeanne-d'Arc e Rue de la République somadas. Um valor incstimável, na verdade, é isso que desejo que o senhor compreenda. Está vendo do que estamos falando? Um único quadro das *Ninfeias*!

– O senhor está gozando com a minha cara...

– O último Monet leiloado pela Christie's de Londres deve ter sido vendido por 25 milhões de libras... e era uma obra de juventude! Vinte e cinco milhões de libras. Vamos lá, converta isso em apartamentos ou carros.

Sylvio não tem nem tempo de se recuperar antes de o curador subir mais um andar e chegar às salas impressionistas.

Pissarro, Sisley, Renoir, Caillebotte... e Monet, claro. A famosa Rue Saint-Denis sob uma chuva de bandeiras tricolores, a catedral de Rouen num dia nublado. Bénavides gagueja:

– E... e sobrou algum *Ninfeias* no mercado?

– Como assim, "no mercado"?

– Ué, por aí – precisa o inspetor com uma voz tímida.

– "Por aí"? O que significa "por aí"? Vocês da polícia não conseguem ser mais precisos do que isso? Está me perguntando se poderia haver um quadro de Monet em algum lugar, é isso? Esquecido? Num sótão ou porão qualquer de Giverny? Está pensando que sem dúvida alguma seria possível matar por uma descoberta dessas, por uma fortuna dessas? Então, inspetor, escute bem o que vou dizer...

39

OS DEGRAUS DA ESCADA da despensa da casa de Claude Monet rangem sob os pés do inspetor Laurenç Sérénac.

Ele tenta expulsar da mente os pensamentos parasitas, a voz interior de uma espécie de anjo guardião que murmura para seu instinto de policial que ele está galgando um a um os degraus de uma arapuca grosseira, que aquela escada conduz aos quartos de dormir de Monet, que ele não tem nada que estar ali, seguindo aquela mulher, que ele não controla mais nada. No fundo, não é difícil fazer calar dentro de si esse anjo sensato. Basta pensar no segundo anterior, no riso de Stéphanie se espalhando pelo ar, em suas pernas apertadas naquele vestido de gueixa que mesmo assim saltam rumo ao andar superior feito dois animais brincalhões, naquele convite à indiscrição.

Quando Laurenç chega lá em cima, Stéphanie está em pé no vão da porta, no corredor, entre o quarto e o banheiro. Ereta como uma guia severa. Com seu vestido vermelho de cintura marcada, mais preciosa e frágil do que um vaso de porcelana.

– Os aposentos particulares dos Monet. Mais clássicos, reconheço. Mais íntimos. Laurenç, o senhor não parece muito à vontade.

Ela entra no quarto primeiro e se senta sobre a cama. O imenso edredom de plumas a devora das coxas até o busto.

– Então chegou a hora do interrogatório? Estou à sua mercê, inspetor.

O olhar aflito de Laurenç Sérénac abarca as cores do aposento, o tecido creme esticado junto ao teto, o amarelo envelhecido da roupa de cama, o preto marmorizado da lareira, o dourado dos castiçais, o acaju da cabeceira.

– Vamos, inspetor, relaxe. Parece que o senhor estava mais loquaz com meu marido ontem à noite.

Laurenç deixa passar. Os dois permanecem em silêncio por algum tempo. Sérénac não chega perto da cama. As alegres lamparinas dos olhos de Stéphanie se transformam aos poucos em um farol de melancolia. Ela se levanta em meio a uma onda de plumas.

— Então vou começar. Inspetor, o senhor conhece a história de Louise, a catadora de dentes-de-leão de Giverny?

Sérénac a observa, espantado, curioso.

— Não, é claro que não — emenda Stéphanie. — Mas é uma história bonita. Louise é como se fosse a nossa Cinderela de Giverny. Pelo que se conta, ela era uma linda filha de camponeses. A mais bonita do vilarejo. Jovem. Cheia de frescor. Inocente. Por volta de 1900, posava para artistas nas campinas. Em especial para Radinsky, pintor tcheco promissor que viera se juntar a Monet e aos artistas americanos. O belo Radinsky era também um pianista de renome. Dirigia um carro inacreditável para a época, um 222 Z. Apaixonou-se pela pequena catadora de dentes-de-leão, casou-se com ela e levou-a para casa. Radinsky é hoje o pintor tcheco mais famoso do seu país. Louise, a camponesa, virou uma princesa da Boêmia. É, aliás, Claude Monet quem vai comprar o carro deles já obsoleto, o 222 Z, para o filho, Michel, que alguns meses mais tarde baterá numa árvore na Avenue Thiers, em Vernon. Tirando o fim lamentável do pobre carro, é uma história bonita, não?

Laurenç Sérénac resiste à vontade de chegar mais perto, de se deixar devorar ele também pelo edredom. Sente as têmporas queimarem.

— Por que está me contando tudo isso, Stéphanie?

— Adivinhe.

Ela se levanta devagar sobre o edredom, como se estivesse nadando num banho de plumas.

— Vou lhe fazer uma confidência, inspetor. Uma confidência estranha. Faz muito tempo que não fico sozinha num recinto com outro homem que não meu marido. Faz tempo que não rio numa escada na frente de um homem. Faz tempo que não falo de paisagens, de pintura, de poemas de Aragon com um homem de mais de 11 anos capaz de me escutar.

Sérénac pensa em Morval. Contém-se para não interromper Stéphanie.

— Faz muito, muito tempo que esperava este momento, inspetor. Minha vida inteira, eu diria.

Um silêncio.

– Que esperava alguém chegar.

Olhe para qualquer coisa, pensa Sérénac depressa. Para as velas derretidas, para o quadro lascado na parede, para qualquer outra coisa que não os olhos de Stéphanie.

– Não obrigatoriamente um pintor tcheco... apenas alguém – acrescenta ela.

Até mesmo a sua voz tem a cor lilás.

– Se alguém tivesse me dito que seria um policial...

Ela se levanta com um pulo e, ao passar por ele, agarra um de seus braços pendentes.

– Venha. Preciso vigiar um pouco meus alunos.

Stéphanie o arrasta até a janela. A professora estende a mão na direção de uma dezena de crianças que correm pelo jardim.

– Olhe para esse jardim, inspetor, as rosas, as estufas, o laguinho. Vou lhe revelar outro segredo. Giverny é uma armadilha! Um cenário maravilhoso, sem dúvida alguma. Quem poderia sonhar em viver em outro lugar? Um vilarejo tão bonito. Mas vou lhe confessar: o cenário está paralisado. Petrificado. É proibido mudar a decoração de qualquer casa, pintar uma parede, colher uma mísera flor. Dez leis proíbem tudo isso. Nós aqui vivemos dentro de um quadro. Estamos emparedados! Achamos que estamos no centro do mundo, que valemos a viagem, como se diz. Mas o que acaba escorrendo em nós é a paisagem, o cenário. Uma espécie de verniz que nos cola ao cenário. Um verniz diário de resignação. De renúncia... Louise, a catadora de dentes-de-leão de Giverny transformada em princesa da Boêmia; ela é uma lenda, Laurenç. Esse tipo de coisa não acontece. Não mais.

De repente, ela grita para três crianças que estão pisando num canteiro de flores:

– Deem a volta!

Laurenç Sérénac, febril, busca uma distração para conter a melancolia de Stéphanie, para lutar contra o próprio desejo de tomá-la nos braços ali mesmo, agora, onde estão. Seu olhar encara a profusão de flores do jardim. A harmonia das cores. Ele está subjugado pelo charme inacreditável daquele jardim.

– É verdade o que Aragon conta no livro? – pergunta de repente. – Que Monet não suportava ver uma flor murcha e que os jardineiros trocavam as flores durante a noite, uma cor nova a cada manhã, como se o jardim inteiro tivesse recebido uma demão de tinta?

A manobra parece surtir efeito. Stéphanie sorri.

– Não, não, é um exagero enorme de Aragon. Mas quer dizer que o senhor leu *Aureliano*?

– Claro. Li e entendi, acho. O grande romance sobre a impossibilidade de ser um casal! Não existe amor feliz... É isso? É essa a mensagem?

– Assim pensava Aragon quando escreveu. Definitivamente, na época, devia pensar que não havia amor feliz. No entanto, depois disso viveria a mais bela, a mais longa, a mais eterna história de amor que um poeta jamais viveu. O senhor sabe isso. O louco por Elsa!

Laurenç se vira. Os lábios claros de Stéphanie permanecem entreabertos. Ele luta contra a vontade de alisar com os dedos aquela boca trêmula, de acariciar aquele delicado perfil de porcelana.

– A senhora é uma mulher estranha, Stéphanie.

– E o senhor, inspetor, tem o dom de provocar confidências. Vou lhe confessar, em matéria de interrogatório, é bem mais sutil do que meu marido quis me contar. Não, inspetor, vou decepcioná-lo. Não tenho nada de estranho. Muito pelo contrário, sou tão banal que chega a dar nervoso.

A professora espera, hesita, então sai falando numa enxurrada, como quem se atira pela janela:

– Banal, isso mesmo. Gostaria de criar uma criança, um filho, mas acho que meu marido não pode me dar um. Será por isso que não o amo mais? Não, não acho isso. O que acho é que, até onde minha memória alcança, nunca o amei. Ele estava lá. Não era pior do que outro qualquer. Estava disponível. Era carinhoso. Não foi tão ruim assim. Está vendo, inspetor, sou uma mulher banal. Encurralada. Como tantas outras. O fato de ser bonita, acho, de ter nascido em Giverny e de adorar as crianças da minha turma não muda nada.

Laurenç Sérénac põe a mão sobre a de Stéphanie. Eles enroscam seus dedos em torno do corrimão de ferro forjado verde.

– Por que me confessar isso? Por que a mim?

Stéphanie olha para ele e ri.

Será que não tem consciência de que pelo menos os seus olhos, somente os seus olhos, são únicos?

– Não se iluda de modo algum, inspetor. Não vá tirar conclusão nenhuma. Se contei tudo isso, não é por causa do seu sorriso de malandro, nem por causa da sua camisa um pouco aberta demais, nem dos seus olhos castanho-claros que traem todos os seus sentimentos. Não vá pensar que acho o senhor charmoso, inspetor. É só que...

A mão dela escapa na direção do horizonte. Stéphanie deixa o suspense durar.

– Assim como a catadora de dentes-de-leão Louise sucumbiu ao charme da 222 Z, só me apaixonei por causa da sua Tiger Triumph!

Ela ri.

– E talvez também pelo seu jeito de parar para fazer carinho em Netuno.

Stéphanie se aproxima ainda mais.

– Uma última coisa, inspetor. Uma coisa importante! Uma confidência. Não é porque não amo mais meu marido que isso faz dele um assassino. Muito pelo contrário.

Sérénac não responde. Só agora percebe que, 50 metros mais à frente, os passageiros dos carros que passam pelo Chemin du Roy viram sistematicamente a cabeça na direção da casa de Monet e veem os dois na sacada feito um casal de amantes.

Será que eles estão loucos?

Será que ele está louco?

– Acho que está na hora de eu ir cuidar das crianças – diz Stéphanie.

Sérénac fica sozinho escutando os passos da professora se afastarem. Seu coração bate furioso, como se quisesse escapar da camisa aberta, e os pensamentos fazem explodir sua caixa craniana.

Quem é Stéphanie?

Mulher fatal?

Moça de má reputação?

40

NA SALA DOS IMPRESSIONISTAS do Museu de Belas-Artes de Rouen, o inspetor Sylvio Bénavides abre uns olhos de coruja. Achille Guillotin mudou de lugar outra vez. O curador sacou um lenço e está limpando uma marca de poeira invisível na lateral de um quadro de Sisley. *Inundação em Port-Marly*, indica a plaquinha sob a obra. Bem na hora em que Sylvio se pergunta se Guillotin esqueceu sua pergunta, o curador se vira. Bate com a ponta do lenço na testa e declama, com uma voz de pregador:

– Telas de Monet desaparecidas ou desconhecidas mas que poderiam reaparecer, é essa mesmo a sua pergunta, inspetor? Se quiser mesmo, vamos lá, posso entrar com o senhor nesse jogo de suposições.

O lenço enxuga suas têmporas.

– Sabemos que os ateliês de Claude Monet em Giverny continham dezenas de quadros, entre os quais esboços, obras de juventude, grandes painéis inacabados de *Ninfeias*... Sem contar as doações de amigos: Cézanne, Renoir, Pissarro, Boudin, Manet, mais de trinta telas ao todo. Sabe o que é isso? Essa fortuna toda, essa fortuna colossal, mais preciosa do que a coleção de qualquer museu do mundo, guardada no máximo por um velho de 80 anos e seu jardineiro, protegida apenas por uma porta que mal devia fechar, vidraças que bastaria empurrar, paredes rachadas. Qualquer um poderia ter cometido um roubo. Qualquer morador de Giverny um pouquinho esperto teria ganhado mais em um simples furto do que assaltando vinte bancos.

O lenço enxuga uma última vez seu rosto e acaba embolado na palma da sua mão.

– Uma fortuna dessas ao alcance da mão... Não consigo pensar em outro exemplo de tamanha tentação.

Sylvio começa a entender. Observa à sua volta a dezena de telas penduradas nas paredes. O museu de Rouen, apresentado como a mais bela coleção impressionista da França fora de Paris, não tem um quarto dos quadros que há nos ateliês de Monet. Ele insiste:

– Será que ainda poderia restar alguma obra-prima nos ateliês de Monet em Giverny?

Achille Guillotin hesita algum tempo antes de responder:

– Ora, Claude Monet morreu em 1926. Michel Monet, seu filho e herdeiro, sem dúvida tratou há muito de reunir e guardar todas as telas do pai que não doou a museus. Assim, para responder à sua pergunta, digamos que é muito pouco provável descobrirmos hoje novas telas originais na casa rosa de Giverny. Mas, enfim, nunca se sabe...

– E, sem chegar a falar em roubo, Monet poderia ter distribuído quadros ou dado algum de presente? – continua o inspetor, com um pouco mais de segurança.

– A imprensa local registrou a doação de um quadro para uma rifa em benefício do hospital de Vernon. Alguém deve ter ganhado esse quadro em troca de 50 centavos na época. Quanto ao resto, temos de nos contentar com suposições. Sabemos que os moradores de Giverny não tornaram a vida fácil para Claude Monet. Ele precisou negociar cada pedacinho da sua paixão, para comprar a propriedade, para conservar as paisagens do modo como as pintava e, principalmente, para desviar a água do regato para seu laguinho de ninfeias. Monet pagou para o vilarejo, pagou muito. Pagou ainda para que uma fábrica de amido de milho não fosse aberta bem em frente ao seu jardim. Pagou para congelar todo o seu cantinho de natureza ao abrigo de qualquer progresso. Nesse caso também, algum espertinho, um conselheiro municipal ou camponês astuto, poderia muito bem ter negociado um quadro do mestre em troca de uma esmola de 500 francos. Tenho consciência de que os especialistas em geral não acreditam nesse tipo de arranjo entre artistas e moradores locais, mas será que podemos mesmo excluir a possibilidade de que, dentre todos os moradores de Giverny, um tenha sido capaz de se interessar por pintura ou pelo menos por seu valor mercantil? Monet teria cedido, claro. Não tinha escolha. Veja, por exemplo, aquele estranho moinho ao lado de seus jardins, o moinho de Chennevières. Penso nele toda vez que vou a Giverny por causa da tela de Theodore Robinson, a célebre *Pai Trognon*. Pois bem, os camponeses do moinho tinham tudo para chantagear Monet. O regato passava pelo seu terreno. Sem acordo com eles, nada de ninfeias!

Sylvio Bénavides não tem tempo para anotar tudo e tenta memorizar o fluxo de informações.

– Está falando sério?

– Por acaso tenho cara de fanfarrão, rapaz? Vou lhe dizer uma coisa: existem uns cretinos caçadores de tesouros que dão a volta ao mundo atrás de três moedas de ouro. Se eles fossem só um pouquinho mais espertos, visitariam os sótãos das casas de Giverny e dos vilarejos em volta. Sei muito bem o que dizem por aí. Claude Monet destruía os quadros com os quais não ficava satisfeito ou suas obras de juventude. Tinha tanto medo de que, após a sua morte, os antiquários se jogassem em cima de suas telas inacabadas ou seus esboços que em 1921 incendiou no ateliê todas as obras das quais não gostava. No entanto, apesar de todas as precauções do mestre, seria bem pouco provável não existir em algum lugar uma tela de Monet. Só uma velha tela esquecida. O bastante para comprar uma ilha no Pacífico!

O curador muda outra vez de sala e lança um olhar sombrio para uma vigia que parece mais entretida com a cor de seu esmalte de unha do que com a das vestes do cardeal que interroga Joana d'Arc na tela de Delaroche.
– Mais uma coisa – diz o inspetor. – O senhor mencionou o pintor impressionista Theodore Robinson, amigo de Claude Monet. O que acha da fundação criada por seus herdeiros?
Guillotin franze uns olhos espantados.
– Por que a pergunta?
– Essa fundação tem aparecido com frequência na nossa investigação. Estranhamente, muita gente no nosso caso parece estar ligada a ela, nem que seja indiretamente.
– E o que o senhor gostaria de saber?
– Não faço ideia. O que o senhor acha da fundação, só isso.
O curador hesita, como quem procura as palavras certas.
– Como dizer, inspetor... Uma fundação é algo complicado. Oficialmente, esse tipo de associação é o mais desinteressada possível. Vou tentar encontrar uma imagem. Sim, imagine uma associação que cuide dos pobres. Pois bem, o paradoxo é que, se o número de pobres diminui, a razão de ser da associação também diminui. Em outras palavras, quanto melhor for o seu trabalho, mais ela se sabota. O mesmo vale para uma fundação que milite contra a guerra. Para ela, a paz significaria a morte.
– Como um médico que cuidasse tão bem de seus pacientes que acabasse ficando desempregado?
– Exato, inspetor.
– Entendo. Mas qual a relação disso com a Fundação Robinson?
– Acho que eles têm um lema. Os três "pro", como dizem. Prospecção, proteção e promoção. Que incrível, funciona tão bem em inglês quanto em francês. Mais precisamente, significa que eles buscam telas no mundo todo, que compram e vendem, mas também que investem em pintores jovens, muito jovens até: investem neles, compram suas obras e as revendem.

– E daí?

– Um talento exclui outro, inspetor. Uma tela não é como um disco ou um livro; não é pela maior quantidade de vendas que se mede a fortuna de um pintor. Muito pelo contrário, e é disso que depende todo o sistema. Uma tela custa caro porque as outras custam menos ou nada. Se o jogo for livre, se houver concorrência entre críticos, escolas, galerias, tudo até corre bem. Mas se uma fundação estiver em situação de monopólio ou quase... Está entendendo?

– Não muito.

Guillotin não disfarça certa irritação.

– Pois bem, em caso de monopólio, em outras palavras, quanto mais novos talentos essa fundação descobrir, mais ela renova a arte, o "pro" da prospecção, por assim dizer, e mais sabota o valor mercantil de suas outras telas, o "pro" da proteção... Entendeu?

– Para ser sincero, mais ou menos.

Bénavides coça a cabeça.

– Vou lhe fazer uma pergunta mais concreta. Se um quadro de Monet tivesse se perdido, a Fundação Robinson teria como encontrá-lo?

A resposta é certeira:

– Sem dúvida. Muito mais do que qualquer outra pessoa! E com certeza dispondo de qualquer meio.

– Bom, tenho uma última pergunta – continua Bénavides, que agora adotou em definitivo aquela cara de cachorro triste que parece agradar ao curador. – Talvez ela o surpreenda... Existe alguma tela desconhecida de Monet? Telas particularmente raras, não sei, ou escandalosas, qualquer coisa que pudesse ter ligação com uma questão de sangue?

Achille Guillotin exibe um sorriso sádico, como se já estivesse esperando essa última pergunta. A apoteose da conversa.

– Venha cá – sussurra, em tom de conspirador.

Ele conduz o policial até perto da parede oposta, na direção de uma imagem torturada na qual quatro homens nus, visivelmente escravos romanos, tentam domar um cavalo louco.

– Observe esses corpos pintados por Géricault, isso mesmo, o famoso Théodore Géricault. O maior pintor jamais nascido em Rouen! Observe esses corpos. Seu movimento. Os pintores têm uma relação muito estranha com a morte, inspetor. Sabemos que, para compor com realismo o seu *A balsa da Medusa*, Théodore Géricault foi buscar em hospitais braços e pés amputados, cabeças decapitadas. Seu ateliê fedia a cadáver! No fim da vida, para curar a própria loucura, ele vai pintar no hospital da Salpêtrière dez retratos de loucos, dez vítimas de transtornos mentais que representam todos os tormentos da alma humana.

Sylvio teme que o curador esteja se perdendo numa nova digressão.

– Mas Monet não era louco… nem pintava cadáveres!

O semblante dissimulado de Achille Guillotin parece se revelar. Seus raros cabelos se eriçam sobre o crânio lunar, qual cornos satânicos atrofiados.

A décima primeira vítima de transtornos mentais?

– Venha ver, inspetor.

Guillotin desce correndo os dois andares da escada, se precipita loja do museu adentro, pega um livro enorme e rasga o plástico transparente com os dentes.

Vai virando as páginas como se estivesse possuído.

– Monet não pintou a morte! Monet não pintava cadáveres, só a natureza! Ha, ha… Olhe aqui, inspetor. Olhe aqui!

Bénavides não consegue conter um movimento de recuo.

Um espectro. De página inteira.

O quadro é um retrato de mulher. De olhos fechados. Ela parece envolta num sudário de gelo, um turbilhão de pinceladas gélidas, como se estivesse prisioneira de uma teia de aranha branca que devora o rosto pálido da modelo.

A morte.

– Apresento-lhe Camille Monet – explica a voz fria de Guillotin. – A primeira mulher dele. Seu mais belo modelo. A donzela da sombrinha no meio das papoulas, a companheira radiosa dos domingos no campo. Morta aos 32 anos! Monet pintou este quadro maldito na cabeceira do seu leito de morte; passou toda a existência arrependido de não ter conseguido resistir à tentação de fixar na tela as cores da vida que se esvai, de ter tratado seu amor agonizante como um objeto de estudo vulgar. Como Géricault e seu fascínio por corpos esquartejados. Como se o pintor houvesse possuído o amante desesperado. Monet contou que, diante do cadáver recente da mulher, foi tomado por uma espécie de pintura automática, como alguém hipnotizado. O que acha, inspetor?

Sylvio Bénavides nunca sentiu tamanha emoção diante de um quadro.

– Existe... existe alguma outra obra desse tipo? Alguma tela de Monet, melhor dizendo.

O rosto redondo de Achille Guillotin enrubesce outra vez, como se um diabo adormecido acordasse dentro dele.

– O que pode ser mais fascinante do que pintar a morte da própria mulher, inspetor? Já pensou nisso? Nada, claro.

O rubor sobe até as têmporas.

– Nada, senão poder pintar a própria morte! Em seus últimos meses de vida, Monet pintou *Ninfeias* inacabadas, como as partituras do *Réquiem* de Mozart, se é que o senhor me entende. Pinceladas apressadas, uma corrida contra a morte, o cansaço e a cegueira. Telas herméticas, dolorosas, torturadas, como se ele houvesse mergulhado dentro do próprio cérebro. Foram descobertas ninfeias de todas as cores pintadas com urgência sobre a tela: vermelho-fogo, azul monocromático, verde cadavérico... Sonhos e pesadelos misturados. Só faltou uma única cor.

Sylvio quer gaguejar uma resposta. Nada sai. Sente que a investigação patina, lhe escapa.

– A cor que Monet havia banido para todo o sempre de suas telas. A que ele se recusava a usar. A ausência de cor, mas também a união de todas as cores.

Silêncio. Sylvio desiste de tentar responder e rabisca furiosamente a página de seu bloquinho.

– O preto, inspetor. O preto! Dizem que nos últimos dias antes de morrer, em dezembro de 1926, quando entendeu que era chegada a hora, ele a pintou.

– O... o quê? – gagueja Bénavides.

– Entende o que estou lhe dizendo, inspetor? Monet observou a própria morte no reflexo das ninfeias e o imortalizou na tela. As *Ninfeias. Em negro!*

A caneta de Sylvio fica pendurada na ponta de seus dedos, junto à perna. Ele já não consegue anotar mais nada.

– O que me diz, inspetor? – indaga o curador, cuja exaltação já arrefeceu.

– *Ninfeias* negras. Como a dália...

– Essa... essa história de "Ninfeias" negras é uma certeza?

– Não. Claro que não. Ninguém jamais encontrou essa tela, claro, essas famosas *Ninfeias* negras. É uma lenda, ora, só uma lenda.

Sylvio não sabe mais o que dizer. Faz a primeira pergunta que lhe vem à cabeça:

– E crianças? Monet pintou alguma criança?

41

Observo Stéphanie à janela da casa rosa de Monet. Parece a patroa de uma residência colonial vigiando um enxame de empregados.

Laurenç Sérénac já desceu.

Que loucos! Desta vez vocês vão concordar, vão pensar a mesma coisa que eu. Que idiotas! Exibir-se dessa forma! Na sacada da casa de Monet, em frente ao jardim, em frente ao Chemin du Roy, para todo mundo ver. No final das contas, vão ter merecido!

Escuto o barulho da Tiger Triumph dando a partida. Stéphanie também escuta, mas não tem coragem de virar a cabeça. Permanece pensativa enquanto observa as crianças brincando no jardim. É verdade que a professorinha é linda. É verdade que sabe fazer uso disso, com seu traje de gueixa a acentuar a cintura de vespa e aquele olhar líquido. Podem confiar em mim: ela tem todos os predicados para virar a cabeça de qualquer rapaz que passe perto demais, seja ele policial ou médico, casado ou não. Bonita feito uma boneca!

Aproveite, minha linda. Não vai durar.

Crianças correm entre as flores. A professora as repreende com uma voz macia.

Está com a cabeça em outro lugar.

Está perdida, hein, minha linda?

Entendeu que aquele é o momento em que sua vida pode virar de cabeça para baixo, pelas mãos do mais improvável dos salvadores. Um policial. Sedutor. Divertido. Culto. Disposto a tudo, inclusive a soltar você dos seus grilhões. Do seu marido.

Agora é a hora. O que a está segurando, então?

Nada?

Ah, se pelo menos só dependesse de você... se pelo menos a morte não a estivesse rondando tanto; é como se você a atraísse, querida. Como se, no fim das contas, estivesse apenas colhendo o que plantou.

Risos de crianças penetram minhas ideias más. Meninos perseguem meninas.
 Clássico.
 Aproveitem vocês também, pequenos. Aproveitem. Pisoteiem os gramados e as flores. Arranquem as rosas. Atirem pedras e galhos no laguinho. Furem as ninfeias. Profanem o templo do romantismo. Não nutram falsas esperanças. Afinal, é só um jardim. Não é porque uns crentes imbecis vêm do outro lado do mundo rezar aqui que este lugar é outra coisa que não uma água estagnada!

Sou má, eu sei. Me perdoem. Aqueles dois me irritaram hoje de manhã, Stéphanie Dupain e seu policial, aqueles dois idiotas. É preciso me entender, também. Não me importo de fazer o papel de testemunha muda, de ratinho preto invisível, mas nem sempre é tão simples ficar indiferente. Não estão mais me entendendo? Ainda estão se perguntando que papel desempenho nesta história toda? Asseguro a vocês que não tenho nenhuma antena sofisticada para captar através das paredes da casa de Monet a conversa daqueles dois imbecis, todos os detalhes do seu cortejo amoroso. Ah, não. É bem mais simples do que isso. Dramático de tão simples.
 Viro-me na direção da margem direita do Chemin du Roy, em direção ao jardim aquático. Rente à rua, algumas pranchas da barreira foram afastadas, sem dúvida por turistas indelicados com pressa de fotografar as ninfeias e cansados da espera em frente ao guichê. O espaço liberado propicia uma vista inédita do laguinho. Observo Fanette, um pouco afastada dos colegas de turma, entre os chorões e os choupos. Ela instalou seu cavalete na ponte japonesa, equilibrado sobre as glicínias. Está pintando, calma e concentrada, apesar da balbúrdia em torno.
 Atravesso o Chemin du Roy, chego perto para ver melhor, quase encosto na sebe.
 Não deveria ter feito isso. Um dos pirralhos me viu.
 – Madame, madame, a senhora poderia tirar uma foto minha com meus amigos?

Ele enfia na minha mão uma câmera de última geração. Não sei como funciona, ele me explica, não escuto nada. Enquanto o fotografo, tento olhar com o rabo de olho o laguinho de ninfeias e Fanette que pinta.

42

– Venha, Fanette.
 Vincent insiste:
 – Venha, Fanette. Venha brincar!
 – Não! Não está vendo que estou pintando?
 Fanette tenta concentrar a atenção em um nenúfar. Um nenúfar solitário, a flutuar longe dos outros, com a folha quase no formato de um coração e uma pequena flor cor-de-rosa que acabou de nascer. O pincel desliza sobre a tela. Fanette tem dificuldade para se concentrar.
 Alguém está choramingando atrás de mim. Parece que até o chorão encontrou alguém mais chorão do que ele: Mary! Queria que ela calasse a boca, com sua vozinha aguda, que calasse a boca!
 – Vocês trapacearam, para mim chega, mais do que chega. Vou voltar!
 Não há apenas choro atrás de mim, há também Vincent ali parado, sem fazer nada, olhando por cima do meu ombro.
 – Vai lá brincar com a Mary.
 – Ela não tem graça. Só vive chorando...
 – E eu, que só vivo pintando, por acaso tenho mais graça?
 Ele não vai sair. Vincent não vai sair. Pode passar horas aí. Talvez ele tivesse sido um ótimo pintor. Observar é a sua especialidade. Mas acho que não tem nenhuma imaginação.

Os outros continuam a correr em volta de Fanette, a gritar, rir e brincar. A menina faz força para se manter concentrada. Egoísta, como disse James.
 Camille aparece e para na ponte japonesa. Ofegante.
 Mas isso não para nunca! Só faltava ele!
 O garoto encolhe o barrigão coberto pela camisa.
 – Estou exausto, vou parar um pouco.
 Ele olha para Fanette, entretida pintando.

– Ah, Vincent, Fanette, que bom, tenho uma adivinhação sobre os nenúfares. Sabiam que ao que parece eles dobram de área de um dia para outro? Então, escutem, se a gente disser, por exemplo, que os nenúfares levam cem dias para cobrir um laguinho inteiro, quantos dias levarão os mesmos nenúfares para cobrir metade do laguinho?

– Cinquenta, ora – responde Vincent na hora. – Que adivinhação mais boba.

– E você, Fanette, o que acha?

Não estou nem aí para isso, Camille. Se você soubesse como não estou nem aí...

– Sei lá. Cinquenta. Igual ao Vincent.

Camille adquire um ar triunfal.

Se um dia ele virar professor, tenho certeza de que vai ser o mais pentelho do planeta.

– Tinha certeza de que vocês iriam cair na armadilha! A resposta não é cinquenta, claro, é 99.

– Por quê? – indaga Vincent.

– Nem tente entender – retruca Camille em tom de desdém. – E você, Fanette, entendeu?

Que saco!

– Estou pintando.

Camille saltita de uma perna para outra na ponte japonesa. Grandes manchas de suor marcam sua camisa nas axilas.

– Tá, tá bom. Já entendi, você está pintando. Só uma última adivinhação, mais uma, depois deixo você em paz. Sabem qual é o nome em latim das ninfeias?

Chato! Chato! Chato!

– Não têm a menor ideia?

Nem Vincent nem Fanette respondem. Camille não se perturba, muito pelo contrário. Arranca uma flor de glicínia e joga no laguinho.

– Bom, é *nymphea*, bobão. Mas antes vinha do grego *numphaia*. Em francês é *nénuphar*. E em inglês, como é, vocês sabem?

Será que ele não acaba nunca?

Camille nem espera uma resposta. Finge se pendurar no galho de glicínia mais próximo, mas um estalo o dissuade.

– *Waterlily!* – declama.

E além do mais está contente. Que irritação, como esse menino me irrita, mesmo que seja preciso reconhecer que waterlily é um nome bem bonito, muito mais do que nenúfar... Mas prefiro "ninfeia".

Camille se inclina em direção à tela de Fanette. Recende a transpiração.

– O que está fazendo, Fanette? Copiando as *Ninfeias* de Monet?

– Não!

– Está, sim! Dá para ver.

Camille vive falando de ciência, mas o problema é que ele sabe tudo, mas não entende nada.

– Não, seu idiota, não! Não é porque estou pintando a mesma coisa que Monet pintou que o que estou fazendo é igual ao que ele fez.

Camille dá de ombros.

– Monet pintou vários. O seu obrigatoriamente vai ficar parecido com algum! Ele pintou até um *tondo*. Sabe o que é um *tondo*?

Vou enfiar meu pincel na cara dele. Só assim ele vai entender quanto é chato. Além do mais, vive com isso de perguntas e respostas.

– Um *tondo* é uma tela redonda, como aquela exposta no...

Paf!

– Vamos, meninos? – grita, de repente, a voz de Mary, que parece ter parado de chorar.

Camille suspira. Vincent ri.

– Acho que vou empurrá-la no laguinho. Você poderia pintar isso, não é, Fanette? Seria original! *Mary in the Waterlilies.*

Vincent ri enquanto empurra delicadamente Camille para fora da ponte.

– Bom, Fanette, vamos deixar você trabalhar – diz Vincent. – Vamos, Camille, vem.

Às vezes, Vincent me entende. Às vezes, não; às vezes, sim. Como agora...

Fanette enfim fica sozinha. Examina com atenção o reflexo dos chorões no laguinho tomado pelas folhas de nenúfar. Pensa no que James lhe ensinou nesses últimos dias. As linhas de fuga!

Se bem me lembro, toda a originalidade das Ninfeias *de Claude Monet é que a composição dos quadros está baseada em duas linhas de fuga que se opõem. Há a linha de fuga das folhas e flores de nenúfar, que corresponde grosso modo à superfície da água. James chamou isso de linha horizontal. Se* ele prefere assim... Mas há também a dos reflexos na água: as flores de glicínia nas margens, os galhos de chorão, a luz do sol, as sombras das nuvens. Para resumir, segundo James, linhas verticais invertidas, como em um espelho. É esse o segredo das Ninfeias, explicou-me ele. Tá, tudo bem, não é muito complexo esse segredo. Não é preciso se chamar James nem Claude Monet para entender isso. Basta olhar para o laguinho. Dá para ver como um nariz no meio da cara as duas linhas que fogem uma da outra. Enfim, fogem... Isso é um baita exagero. Afinal, o laguinho, as folhas coladas por cima, tudo isso permanece absolutamente imóvel. Não se mexe, quero dizer. Não há movimento, nada. Uma ilusão de movimento, no máximo, pode até ser.

Que droga! Agora que estou sozinha tenho quase vontade de ir me juntar aos outros e correr com eles em volta do laguinho. Mas não! James disse que tenho de ser egoísta. Pensar no meu talento, no concurso da Fundação Robinson. Vou me juntar a eles daqui a pouco.

Fanette se inclina sobre a paleta e mistura as cores com cuidado.

De repente, tudo para. Preto! Só sobrou o preto.

Fanette está a ponto de gritar quando reconhece Paul pelo cheiro de grama cortada.

– Oi!

– Paul! Onde você estava?

– Jogamos seis partidas de pique no jardim. Agora chega. Cansei!

Ele se curva em direção ao quadro.

– Caramba, Fanette, que incrível isso que você está pintando!

– Tomara. É para o concurso da Fundação Robinson. Acho que vou ser a única a entregar alguma coisa para a professora.

– Até parece... Você vai ganhar! Vai ganhar com certeza. Seu jeito de pintar é muito legal.

– Que nada! Mas tenho uma ideia. Foi James quem me sugeriu.

– Seu famoso pintor americano?

– É, vou me encontrar com ele logo depois da escola. Ele ainda deve estar fazendo a sesta no trigal desde ontem. Vou mostrar minha tela para ele. Com os conselhos de James, talvez tenha uma chance. É verdade que ele se cansa depressa e dorme mais do que pinta. Mas enfim...

– Que engraçado. Essa sua tela não parece com as Ninfeias.

Fanette dá um beijo na face de Paul.

Já Paul eu adoooooro!

– Você é o máximo! Era exatamente o que eu queria. Vou explicar minha ideia em poucas palavras. Quando você olha uma das *Ninfeias* de Monet, a impressão que tem, como dizer, é de afundar, entrar no quadro, atravessá-lo, sei lá, como dentro de um poço ou sobre a areia, sabe? Era isso que Monet queria, uma água adormecida, a impressão de ver desfilar uma vida inteira... Já eu quero fazer o contrário, quero que diante das minhas *Ninfeias* se tenha a impressão de flutuar sobre a água, entende, de poder pular em cima dela, quicar, sair voando. Uma água-viva! Quero pintar minhas *Ninfeias* como Monet teria pintado se tivesse 11 anos. *Ninfeias* cor de arco-íris!

Paul a contempla com uma ternura infinita.

– Não entendo tudo o que você está dizendo, Fanette.

– Não tem problema, Paul. Nada disso é sério. Olhe, sabe o que Monet fazia com os grandes quadros das *Ninfeias* que não lhe agradavam?

– Não.

– Dava de presente para as crianças da sua casa rosa! Quando elas tinham a nossa idade. As telas rejeitadas serviam para fazer canoas! Pode ser que no fundo do Epte e do Sena, em meio à lama, ainda haja telas de *Ninfeias*. Você acredita nisso?

– Acredito em você, Fanette.

Paul deixa passar algum tempo.

– E tudo isso é sério, sim. Sei muito bem que você vem de um planeta diferente do nosso, que um dia vai embora para muito longe. Que vai ficar famosa e coisa e tal. Mas, entende, o genial é que por toda a minha vida eu vou poder dizer que conheci você, aqui, nesta ponte japonesa. E até que...

– Até que o quê?

– Até que beijei você.

Que bobo, esse Paul. Bobo demais. Quando ele diz essas coisas fico tremendo toda.

Os nenúfares flutuam lentamente no laguinho. Fanette estremece e fecha os olhos. Paul encosta delicadamente os lábios nos seus.

– E vai poder contar até que eu prometi que viveríamos juntos, casados, numa casa bem grande com filhos – murmura Fanette. – E até que é isso que vai acontecer.

– Você é...

* * *

As glicínias se agitam.

Vincent surge entre os cipós retorcidos com a mesma selvageria de uma fera que sai do meio da mata. Encara Paul e Fanette com uma insistência estranha, um olhar vazio inquietante, como se os estivesse espionando há muito tempo.

Ele me dá medo. Vincent me dá cada vez mais medo.

– O que vocês estão fazendo? – pergunta a voz sem entonação de Vincent.

43

SEM PARAR DE NAVEGAR no site Au Bon Coin, em busca de um hipotético banquinho de madeira com cinco degraus, de segunda mão, para colocar vasos de plantas, a agente Liliane Lelièvre vira o olho para o relógio de pulso, um elegante Longines prateado: 18h45. Mais quinze minutos e vai poder fechar a recepção da delegacia de Vernon. Ultimamente, o movimento é fraco à noite.

Não reconhece na hora a silhueta que sobe devagar os degraus da delegacia. Por outro lado, assim que o velho adentra o recinto, vira o rosto na sua direção e a cumprimenta, um fogo de artifício de lembranças explode bem na sua cara.

– Oi, Liliane!

– Delegado Laurentin!

Meu Deus! Fazia anos que não o via. O delegado Laurentin se aposentou tem o quê, mais de vinte anos? No início da década de 1990, logo após solucionar o roubo dos quadros de Monet do Museu Marmottan. Na época em que dirigia a delegacia de Vernon, Laurentin era reconhecido como um dos melhores especialistas em questões de tráfico de arte. O Escritório Central de Combate ao Tráfico de Bens Culturais recorria a ele sistematicamente. Antes disso, Liliane e ele tinham trabalhado juntos por mais de quinze anos.

O delegado Laurentin. Uma lenda viva. A história inteira da polícia da região de Vernon resumida na sua pessoa!

– Nossa, delegado! Que prazer revê-lo!

Liliane está sendo sincera. Laurentin era um investigador brilhante, sensível, atento. Uma personalidade como não se faz mais. Eles passam muito tempo conversando. Liliane não consegue resistir à curiosidade que a atormenta:

– O que o traz aqui, depois de tanto tempo?
– Shh... Estou em missão especial. Espere, Liliane, vou demorar alguns minutos e já volto.

Laurentin penetra nos corredores tão familiares para ele. Liliane não se atreve a insistir. Um sujeito que dirigiu aquilo ali durante 36 anos!

O velho policial pensa com seus botões que a tinta da parede do corredor continua lascada como sempre. Nada muda! Sala 33. O ex-delegado tira uma chave do bolso. Vai abrir? Não vai abrir? Faz vinte anos que aquela chave não entra na fechadura daquela sala.

Abre-te, Sésamo.

A porta se abre! Portanto, ninguém trocou a fechadura da sala desde... 1989. No fim das contas, parece lógico, pensa Laurentin. Por que trocar a chave da porta de uma sala em uma delegacia? Enquanto empurra a porta, pensa que seu último sucessor deve ser um jovem ambicioso da polícia judiciária, craque em informática e tecnologias de ponta, todos esses avanços técnicos que recheiam as séries policiais da TV e dos quais ele não entende nada há muito tempo.

Para bruscamente junto à escrivaninha e examina a decoração. As paredes estão cobertas de quadros impressionistas! Pissarro. Gauguin. Renoir. Sisley. Toulouse-Lautrec. Sorri consigo mesmo. No fim das contas, seu sucessor poderia até surpreendê-lo caso o encontrasse. Bom gosto ele tem!

A sala está mais parecida com o que ele esperava: abarrotada com um computador, uma impressora, um scanner. O delegado aposentado se demora ali. Decepcionado com a visita, hesita. Percebe que, em 2010, a sala de um policial que faz seu trabalho direito é uma sala vazia! Tudo cabe no disco rígido de um computador. Ele não vai invadir a estação de trabalho pessoal de seu sucessor, que por sinal deve estar protegida por várias senhas. Além do mais, não entende nada de informática. Seria ridículo insistir. Não teve oportunidade de acompanhar os últimos avanços da polícia de arte. Isso virou questão para os peritos. Disseram-lhe que a polícia de arte agora trabalha a partir de uma gigantesca base de dados internacional, a "coleção de pesquisa eletrônica e de imagens de cunho artístico". A base TREIMA, na sigla em francês, contém mais de 60 mil obras desaparecidas, compartilhadas com o Art Crime Team dos Estados Unidos e com o Antiques Intelligence Focus Desk da polícia metropolitana de Londres.

Laurentin suspira.

Nova época, novos métodos.

Sai da sala e volta para junto de Liliane na recepção.

– Liliane, o arquivo ainda fica lá embaixo? Na porta vermelha?

– Exatamente como vinte anos atrás, delegado! Pelo menos no arquivo nada mudou!

Mais uma vez, sua chave antiga lhe permite passar pela portá. Pelo visto, qualquer um poderia entrar ali. Enfim, não, ele não é qualquer um. Um policial, apenas um policial. Foi sem dúvida por isso que Patricia Morval recorreu a ele. Nem tão louca assim, a viúva.

Liliane tinha razão: nada mudou. As pastas continuam classificadas por ordem alfabética. As gerações se sucedem, mas sempre haverá policiais meticulosos para guardar direitinho as caixas-arquivo na letra correta na prateleira certa, mesmo na época de discos rígidos e pen-drives.

M de Morval.

A grande pasta vermelha está ali. Não é muito grossa.

Laurentin hesita outra vez. Sabe que não tem o menor direito de violar o sigilo daquela investigação sem mandado, sem autorização, sem motivo algum a não ser sua curiosidade pessoal. Por que abrir aquela pasta? Um formigamento de animação que ele não sentia há anos deixa sua pele arrepiada. Por que foi até ali senão para abrir a pasta? Toma cuidado para fechar a porta atrás de si, para deixar a chave virada no cilindro e então põe a caixa-arquivo em cima da mesa. Abre-a e inspeciona lentamente os elementos do dossiê, tomando cuidado para depois recolocá-los no lugar exato.

Seu olhar recai sucessivamente em diferentes fotografias de um cadáver, Jérôme Morval, na margem de um regato. Os indícios desfilam entre seus dedos: outras fotos da cena do crime, a da impressão de uma sola em gesso; análises criminalísticas de impressões digitais, sangue, lama. Avança um pouco mais depressa e se detém ao encontrar outras imagens: cinco fotografias de casais, do mais platônico ao mais escabroso. Único ponto em comum: Jérôme Morval, o morto, está presente em todas elas.

O delegado Laurentin levanta a cabeça, atento, tentando detectar através da porta vermelha o mais leve ruído de passos na escada. Nada, tudo calmo. Examina em seguida os maços de papéis: uma lista de alunos da escola de Giverny; a biografia mais ou menos detalhada de indivíduos ligados ao caso, Jérôme e Patricia Morval, Jacques e Stéphanie Dupain, Amadou Kandy, outros comerciantes de Giverny, alguns vizinhos, críticos de arte, colecionadores; anotações manuscritas, muitas, praticamente todas assinadas pelo inspetor Sylvio Bénavides.

Agora quase todos os documentos estão dispostos em cima da mesa. O formigamento que eletriza a epiderme de Laurentin fica ainda mais intenso. Só lhe resta um indício a examinar: um relatório amarelado da Polícia Militar de Pacy-sur-Eure sobre um acidente – um menino afogado em 1937, um tal Albert Rosalba. As mãos do delegado Laurentin começam a tremer. Ele fica muito tempo naquela sala escura tentando entender, tentando não esquecer nenhum detalhe, tentando formar uma opinião sem prejulgamento. Mais simples seria levar logo tudo ou então tirar cópias.

O que é inconcebível.

Não é muito grave. Ele se dá conta, não sem algum orgulho, que ainda tem boa memória.

Só retorna à recepção mais de meia hora depois. Parabéns, Liliane! Ela o esperou.

– Achou o que estava procurando, delegado?

– Achei, sim. Obrigado, Liliane.

O delegado Laurentin a observa com afeto. Lembra-se do dia em que ela foi transferida para a delegacia de Vernon, mais de trinta anos antes. Ele a recebeu na sua sala, a 33. Liliane ainda não havia completado 25 anos. Já tinha aquele tipo de elegância bastante raro nas policiais do sexo feminino.

– Que tal o novo chefe, Liliane?

– Razoável. Pior do que o senhor.

Elegância.

– Liliane, posso lhe pedir um favor? Não entendo nada de informática. Você com certeza deve ser mais experiente do que eu, agora.

– Não sei. Que favor?

– Uma espécie de... de contrainvestigação, eu diria. Imagino que você saiba usar a internet.

Liliane sorri com segurança. O delegado continua:

– Eu não. Me aposentei cedo demais. E não tenho nem filhos nem netos para me manter atualizado. Preciso consultar um site, espere, anotei em algum lugar...

O delegado Laurentin vasculha os bolsos até encontrar um Post-it amarelo rabiscado com uma caligrafia tosca.

– Aqui está. Um site chamado Copains d'Avant. Estou procurando uma foto de Giverny. Uma foto escolar. Do ano letivo 1936-1937.

44

– JAMES! JAMES!

Fanette passa perto do lavadouro e atravessa o campo de trigo em que James pinta todos os dias. Traz consigo, envolto em um grande papel pardo, o quadro do laguinho de nenúfares que começou a fazer observando-o da ponte japonesa.

– James!

Fanette não vê ninguém na campina, nem mesmo um cavalete, nem mesmo um chapéu de palha. Nenhum sinal de James. Gostaria de fazer uma surpresa para o americano, de lhe mostrar o seu *Ninfeias* com as cores do arco-íris, de ouvir seus conselhos, de lhe explicar sua maneira de pintar as linhas de fuga. Hesita. Olha em volta, procura por alguns segundos, em seguida esconde o quadro atrás do lavadouro, em um espacinho que identificou debaixo do cimento.

Bem escondidinho.

Levanta-se; gotas de suor brotam no seu pescoço. Correu para chegar, para encontrar quanto antes aquele James, aquele preguiçoso. Torna a atravessar a ponte.

– James! James!

Netuno, que dormia à sombra da cerejeira no pátio do moinho da bruxa, escutou seu chamado. Passa pela entrada e vem trotando na sua direção.

– Netuno, você viu o James?

Sem ligar para a pergunta, o cão se afasta para farejar as samambaias ali perto.

Esse cachorro às vezes me irrita.

— James!

Fanette tenta se situar pela posição do sol. James sempre segue o sol, feito um grande lagarto, menos por causa da luminosidade da paisagem e mais pelo conforto da sesta.

O preguiçoso deve ter pegado no sono na campina.

— James, acorde, é Fanette. Tenho uma surpresa.

Ela anda, segue andando. O trigo a fustiga até a cintura.

Meu Deus!

Suas pernas perdem a força e desabam.

O trigo à sua frente está vermelho! Não só vermelho. Verde, azul, laranja. As espigas coloridas estão deitadas, como se alguém houvesse brigado ali, como se alguém houvesse deixado cair uma paleta de tintas e rasgado os tubos.

O que terá acontecido?

Preciso pensar. Sei que os moradores do vilarejo não gostam muito de pintores sem-teto, mas daí a brigar com James... Um artista idoso e inofensivo.

Um imenso calafrio atravessa Fanette. Ela se detém, paralisada. À sua frente se estende uma trilha de trigo amassado, de espigas avermelhadas, como um rastro ensanguentado. Como se alguém houvesse rastejado por ali.

James.

Os pensamentos de Fanette ficam confusos.

James sofreu um acidente, está ferido, está esperando a minha ajuda em algum lugar da pradaria.

A trilha curva no trigal acaba bruscamente, em plena plantação. Fanette continua a avançar a esmo, afasta as espigas, grita, para. A pradaria é imensa.

— Netuno. Me ajude, me ajude a procurar...

O pastor-alemão hesita, como em dúvida do que se espera dele. Então, de repente, sai correndo pelo espaço plano. Em linha reta. Fanette tenta segui-lo; não é fácil: as espigas se agarram em seus braços, em suas coxas.

— Me espere, Netuno!

Obediente, o cachorro para 100 metros adiante, quase no meio da plantação. Fanette avança.

De repente, seu coração para de bater.

Atrás do pastor-alemão, o trigo está amassado num retângulo de 1 metro por 2, o espaço exato para comportar um corpo deitado.

Um caixão de palha. É a primeira imagem que me vem à cabeça.

James está ali. Não está dormindo.

Está morto! Tem um talho ensanguentado aberto entre o peito e a garganta. Fanette cai ajoelhada. Uma bile horrível sobe e inunda sua boca. Ela se limpa com um gesto canhestro usando um pedaço da blusa.

James está morto. Alguém o matou!

Moscas zumbem em volta da ferida aberta. O zumbido é medonho. Fanette sente vontade de gritar, mas não consegue. A bile ácida queima sua garganta e ela vomita um líquido viscoso em cima da calça e dos sapatos. Não tem coragem de limpá-los. Não tem mais coragem para nada. Torce as mãos. Um enxame de moscas lambe seus pés. Ela precisa de ajuda. Levanta-se e sai correndo feito uma louca. O trigo morde seus tornozelos e joelhos. Sua barriga a tortura. Ela tosse, cospe. Um filete de baba escorre por seu queixo, ela continua correndo e se limpa com as costas da mão. Passa pelo regato, pelo moinho, pelo Chemin du Roy, sem diminuir a velocidade. Um carro para bem na sua frente.

Babaca!

Fanette atravessa a rua e chega ao vilarejo.

– Mãe!

Ela sobe a Rue du Château-d'Eau. Agora está urrando:

– Mãe!

Fanette empurra com violência a porta, que bate no gancho de casacos preso à parede. Entra em casa. Como sempre, sua mãe está em pé na cozinha, atrás da bancada. De jaleco azul. Com os cabelos presos para trás. Larga tudo sem pensar: faca, legumes.

– Minha pequena, minha pequenininha...

Sua mãe não entende. Instintivamente, abre os braços, estende as mãos. Fanette só segura uma delas.

E puxa.

– Mãe, você tem de vir... rápido!

Sua mãe não sai do lugar.

– Por favor, mãe...

– O que houve, Fanette? Acalme-se e me explique.

– Mãe, ele está... está...
– Calma, Fanette. De quem você está falando?
Fanette tosse, engasga. Sente a náusea voltar. Não pode perder o controle. Sua mãe lhe estende um pano de prato. A garota se limpa e começa a chorar.
– Calma, Fanette, calma. Me diga o que está acontecendo.
Ela afaga as mãos da filha e encosta seu ombro na própria têmpora, como um bebê que estivesse tentando fazer dormir.
Fanette engasga outra vez, então consegue articular:
– É o James, mãe. James, o pintor, ele morreu. Lá na plantação!
– Que história é essa?
– Venha. Venha!
Fanette se empertiga de repente e puxa a mão de volta.
– Venha! Rápido!
Me escute, mãe, pelo menos desta vez, por favor.
Sua mãe hesita. A menina repete a ordem cada vez mais alto:
– Venha! Venha!
Ela soa quase histérica. Algumas cortinas da Rue du Château-d'Eau se abrem. As vizinhas devem achar que é um chilique da menina. Uma pirraça! Sua mãe não tem outra escolha.
– Estou indo, Fanette, estou indo.
As duas atravessam a ponte do regato. Netuno voltou calmamente a dormir debaixo da cerejeira, no pátio do moinho. Fanette puxa a mãe pela mão.
Mais rápido, mãe.
Elas avançam pela pradaria.
– Ali!
Fanette caminha pela plantação. Lembra-se do caminho, mesmo sem Netuno; reconhece o trigo amassado. Avança mais um pouco e chega ao ponto exato em que James está deitado, tem certeza de que é ali.
– É aqui, mãe, exatamente aqui.
A mão que sua mãe está segurando cai, inerte. Fanette tem a sensação de ficar tonta. Arregala os olhos, sem acreditar.
Não há ninguém diante delas.
Nenhum corpo.
Devo ter confundido, me enganado por uns poucos metros.

– Era aqui, mãe. Ou bem perto daqui.

A mãe de Fanette olha para a filha com uma expressão estranha. Mesmo assim, continua se deixando guiar pela mão que a puxa. Fanette procura mais um pouco, passa um tempão andando pela plantação, fica irritada consigo mesma, com tudo.

– Era aqui, ele estava aqui.

Sua mãe não fala nada e a segue com calma. Uma vozinha dissimulada se insinua na mente de Fanette, um minúsculo verme dentro de uma fruta.

Ela acha que sou louca. Mamãe está achando que sou louca.

– Era...

De repente, sua mãe para de andar.

– Chega, Fanette!

– Ele estava aqui, mãe. Tinha um ferimento profundo entre o coração e o pescoço...

– Seu pintor americano?

– É, o James.

– Fanette, nunca vi esse seu pintor americano. Ninguém nunca o viu.

Nunca o viu. Como assim? Vincent viu, Paul também o conhece... Todo mundo.

– A gente precisa chamar a polícia, mãe. Ele estava morto. Alguém o matou. Alguém levou o corpo dele e pôs em outro lugar.

Não me olhe assim, mãe. Não estou louca. Não estou louca. Acredite em mim, você tem de acreditar em mim...

– Fanette, ninguém vai chamar a polícia. Não houve crime, não tem cadáver nenhum. Não existe pintor nenhum. Você tem muita imaginação, minha pequena Fanette. Imaginação demais.

Que conversa é essa? O que ela está querendo dizer?

Fanette berra:

– Não! Você não tem o direito de...

Sua mãe se abaixa com delicadeza até ficar com os olhos na mesma altura dos da filha.

– Tá, Fanette. Retiro o que disse. Estou disposta a acreditar em você, a confiar em você mais uma vez. Mas se o seu pintor existe, se ele morreu e foi assassinado, alguém vai perceber. Alguém vai procurar por ele e encontrá-lo. Alguém vai avisar a polícia.

– Mas...

– Uma menina de 11 anos não tem nada a ver com isso, Fanette. A polícia tem mais o que fazer agora, acredite. Eles já estão tendo de lidar com um cadáver, um cadáver de verdade, que todo mundo viu, e nenhum assassino. E nós já temos problemas suficientes sem precisar chamar ainda mais atenção.

Eu não estou louca!

– Eu não estou louca, mãe.

– Claro, Fanette. Ninguém disse isso. Agora já está tarde, é hora de voltar para casa.

Fanette chora. Sem forças, vai seguindo a mão que a guia.

Ele estava aqui.

James estava aqui. É impossível eu ter inventado tudo isso! É claro que James existe. James existe.

E os cavaletes, berra uma voz dentro da sua cabeça? Os quatro cavaletes? E a bela caixa de tintas? E as telas? As facas de pintor?

Onde foi parar tudo isso?

Ninguém desaparece desse jeito!

Eu não estou louca!

A sopa estava com um gosto ruim.

É claro que sua mãe apagara as perguntas que Fanette tinha escrito no quadro-negro e as substituirá por uma lista de compras. Legumes, como sempre. Uma esponja. Leite. Ovos. Fósforos.

A casa está escura.

Fanette sobe para o quarto.

Nessa noite, não consegue dormir. Pensa se deveria desobedecer à mãe e ir contar tudo à polícia apesar do que ela falou. Amanhã.

Eu não estou louca... Mas, se for procurar a polícia sozinha, mamãe nunca vai me perdoar. A primeira coisa que a polícia vai fazer é vir contar tudo a ela. Mamãe não quer se envolver com a polícia. Deve ser por causa das faxinas. Se os burgueses souberem que ela se meteu com a polícia, vão hesitar antes de contratá-la. Só pode ser isso.

Mas também não posso ficar sem fazer nada! Está difícil raciocinar, o pobre do meu cérebro mais parece uma geleia.

Preciso investigar. Preciso entender o que aconteceu. Preciso encontrar as provas e mostrar para mamãe, para a polícia, para todo mundo.

Para isso, preciso que alguém me ajude!

Vou começar amanhã mesmo a fazer a investigação. Não, amanhã fico na escola o dia todo, vai ser demorado, muito demorado esperar trancada lá dentro. Mas assim que sair da escola, amanhã à tarde, vou investigar.

Com Paul. Vou contar tudo a Paul. Ele vai entender.

Eu não estou louca.

45

LAURENÇ SÉRÉNAC ATENDE o telefone com uma pontinha de preocupação. É raro alguém ligar à uma e meia, em plena madrugada, principalmente para seu número pessoal. A voz do outro lado não o tranquiliza: começa a sussurrar coisas ininteligíveis. Tudo o que ele consegue entender são as palavras "maternidade" e "Estados Unidos".

– Quem está falando, porra?

A voz se torna um pouco mais audível:

– É o Sylvio, chefe. Seu assistente.

– Sylvio? Puta que pariu, é uma da manhã... Fale mais alto, pelo amor de Deus, não estou entendendo nada.

A intensidade do timbre aumenta:

– Estou na maternidade. Béatrice está dormindo no quarto, aproveitei e saí para o corredor... Tenho novidades!

– É hoje o grande dia, então? Queria que o seu chefe preferido fosse o primeiro a saber? Dê meus parabéns a Béatr...

– Não, não – interrompe Sylvio. – Não estou falando do bebê, chefe, estou ligando por causa da investigação. É aí que temos novidades. Em relação ao bebê e a Béatrice, o negócio é *wait and see*. Viemos desabalados para cá faz pouco, para a maternidade do hospital de Vernon. Ela achou que estivesse tendo contrações. Esperamos duas horas no setor que supostamente é o pronto-socorro. Para nada! Só para ouvir que o parto não ia ser agora, que o neném estava tranquilo, bem calmo, no quentinho, que estava tudo bem. No fim das contas, Béa insistiu tanto que eles acabaram lhe dando um quarto. Ah, aliás, chefe, Béatrice está mandando um oi.

– Eu também. Deseje a ela boa sorte.

Sérénac boceja.

– Bom, Sylvio, pode falar então. Que novidade é essa?

– A propósito, e o seu dia, a casa e os jardins de Claude Monet, como foi tudo? – retruca Bénavides como se não tivesse ouvido nada.

Laurenç Sérénac hesita e busca a palavra certa:

– Perturbador! E você, no Belas-Artes de Rouen?

É a vez de Bénavides hesitar.

– Instrutivo.

– E foi por isso que você me ligou?

– Não. Consegui muitas informações novas lá, mas elas complicam um pouco mais tudo o que nós já sabíamos, vai ser preciso peneirar.

Um barulho de passos ecoa no telefone e por alguns segundos as palavras do assistente se tornam inaudíveis.

– Peraí, chefe, estão trazendo uma menina numa maca, e tenho a impressão de que a maca é maior do que o elevador.

Sérénac aguarda um pouco, então despeja sua irritação:

– Já acabou? Mas e a sua informação? Fale logo!

– Que divertido isto aqui...

Sérénac suspira.

– Acabaram aí com a maca?

– Sim, acabou passando... na vertical.

– Pelo visto você está se divertindo, Sylvio.

– Estou tentando me adaptar, chefe.

– Bem, muito bem. Mas então, vamos continuar brincando de adivinhação até de manhã?

– Encontrei Aline Malétras.

Laurenç Sérénac abafa um palavrão.

– Está falando da gata de salto alto? A amante de Morval, a que trabalha para as galerias de arte de Boston?

– É, essa mesma. Por causa da diferença de fuso, não estava conseguindo falar com ela durante o dia. Impossível. Mas acabei encurralando a moça faz uns quinze minutos, entre um drinque e outro. Devem ser mais ou menos oito da noite na Costa Leste dos Estados Unidos.

– E aí? Ela deu alguma informação?

– Sobre o assassinato de Morval, não. Ela parece ter um álibi indestrutível: na manhã do assassinato, estava saindo de uma boate num subúrbio de Nova York, espere aí...

Ele lê:

– Chamada Krazy Baldhead. Tem uma penca de testemunhas. Vai ser preciso checar, mas...

– Vamos checar, Sylvio, mas a verdade é que ela não parece o tipo de gata que volta sozinha para a toca. E em relação a trabalho, pintura, galeria e coleções, deu para ver alguma ligação com Morval?

– Segundo ela, mais nenhuma. Faz quase dez anos que não tem mais nenhuma notícia do nosso oftalmologista.

– E o que você acha disso?

– Ela estava com pressa. Abreviou a conversa. Lembrava-se apenas que ele era louco pelos quadros de Claude Monet e que, na época, ela achava isso, como dizer, meio "comum", foi uma palavra assim que ela usou.

– E ela ainda trabalha para a Fundação Robinson?

– Trabalha. Segundo ela, é responsável pelas colaborações entre França e Estados Unidos. Exposições, recepção de artistas de um lado e outro do Atlântico, trocas de quadros...

– Em que nível?

– Ela praticamente deu a entender que tinha uma relação estreita com todos os pintores da moda de ambos os continentes e que ia buscar pessoalmente seus quadros nos ateliês e os carregava debaixo do braço, mas pode ser que se contente em lhes oferecer champanhe nos vernissages, quartos escuros e o seu decote atrás de uma toalha branca.

– Sei... Precisamos saber mais sobre essa porra de Fundação Robinson.

Sérénac dá outro bocejo.

– Olhe, Sylvio, sem querer ofender, a bela Aline não lhe contou grande coisa. Valia a pena me ligar no meio da noite por tão pouco?

A voz de Sylvio recomeça a sussurrar:

– Tem mais uma coisa, chefe.

– Ah...

Sérénac apura os ouvidos sem interromper o assistente.

– Segundo Aline Malétras, ela saiu com Jérôme Morval umas quinze vezes, entre as quais a vez da foto, que deve ter sido no clube Zed, na Rue des

Anglais, no *arrondissement* V de Paris. Isso faz uns dez anos. Aline Malétras tinha 22 na época. Era uma moça dadivosa, Morval tinha dinheiro, tudo estava indo bem até...

– Fale mais alto, porra.
– Até Aline Malétras engravidar!
– O quê?
– É isso mesmo que eu disse.
– E... ela teve o Morvalzinho?
– Não.
– Como assim, "não"?
– Não. Ela fez um aborto.
– Tem certeza ou foi isso que ela lhe disse?
– Foi o que ela me disse. Mas, com 22 anos, ela na certa não era o tipo de garota que sonhava com uma vida de mãe solteira.
– E Morval ficou sabendo?
– Ficou. Segundo ela, ele mexeu seus pauzinhos na área médica e pagou tudo.
– Voltamos ao ponto de partida, então. Em relação ao motivo do crime, não fizemos progresso algum.

Um novo barulho de passos ecoa pelo corredor do hospital. Ao longe, a sirene de uma ambulância ressoa. Bénavides aguarda um pouco antes de continuar:

– Mas essa criança estaria hoje com 10 ou 11 anos.
– Não existe criança, ela abortou.
– Sim, mas e se...
– Sylvio, não existe criança.
– Ela pode ter mentido.
– Nesse caso, por que contar que engravidou?

Um longo silêncio. A voz de Bénavides sobe um tom:

– Talvez ela não tenha sido a única.
– A única o quê?
– A única a ter engravidado de Jérôme Morval!

Outro longo silêncio. Então Bénavides prossegue, falando ainda mais alto que antes:

– Estou pensando, por exemplo, na quinta amante, chefe, a da brincadeira na sala da casa dele, a moça de jaleco azul que até agora não conseguimos identificar. Talvez se conseguíssemos decifrar o código, aquelas porras de números no verso das fotos...

Pelo telefone, Sérénac ouve passos se aproximarem, como se a enfermeira estivesse atravessando o corredor para avisar ao inspetor Bénavides que aquela confusão precisava acabar.

– Puta que pariu, Sylvio, você está me deixando doido com essas suas hipóteses sem pé nem cabeça e essas três colunas de merda.

Sérénac suspira.

– Vamos tentar dormir um pouco, isso sim. Amanhã acordamos cedo para tomar banho no rio de Giverny. Não esqueça a caçapa.

DÉCIMO DIA
22 de maio de 2010, Moinho de Chennevières

Sedimento

46

ANTIGAMENTE, QUEM CONSTRUIU o moinho, sobretudo a torre de menagem no centro, já devia ter essa ideia no fundo da mente, só pode ser: ser capaz de vigiar o vilarejo todo da janela do quarto andar. Podem chamar como quiserem essa torre situada logo acima das copas das árvores, mirante, torre de vigia ou portaria, mas uma coisa é certa: junto talvez com o campanário da igreja, é o melhor ponto de observação de Giverny.

Uma vista indevassável de todo o vilarejo, acreditem, da pradaria quase até a ilha das Urtigas, do regato até os jardins de Monet, e, como vocês podem imaginar, antes de mais nada o melhor e mais discreto camarote para o local do crime. O de Jérôme Morval, digo.

Vejam: agora mesmo, nas águas do regato, com suas calças arregaçadas, os policiais parecem uns bobos. Descalços. Sem botas. Devem ter ficado traumatizados. Até o assistente, Sylvio Bénavides, chapinha dentro d'água. O inspetor Sérénac é o único que ficou na margem, entretido em uma conversa com um sujeito curioso, de óculos, que enfia instrumentos estranhos na água do regato e faz escorrer a areia por objetos que parecem funis e que se encaixam uns nos outros.

Netuno também está lá, claro; vocês acham que ele perde alguma coisa? Passa de uma samambaia a outra farejando não sei o quê. Contanto que haja animação, esse cachorro está feliz. Além do mais, acho que ele agora entendeu que o inspetor Sérénac gosta dele e não é avarento em matéria de afagos.

Olhem só, estou pouco ligando para isso, mas a ideia dos policiais de dragar o rio não é tão idiota assim. Só que eles deveriam ter pensado nisso antes. Vocês vão deduzir que os policiais do interior da França não são lá muito rápidos, ou alguma outra crítica fácil desse tipo. Não esqueçam, porém, que o belo inspetor que dirige os trabalhos passou os últimos dias com os pensamentos entretidos com outra coisa. Se eu me atrevesse, diria que a primeira coisa em que ele decidiu investir sua atenção não foi o rio. Mas, enfim, vocês entendem, quando se é uma bruxa velha que não fala mais com ninguém, não faz sentido ficar fazendo joguinhos de palavras para si mesma. Assim sendo, contento-me em espionar em silêncio por trás da minha cortina.

47

Três agentes da delegacia de Vernon vasculham o leito do regato. Cada centímetro quadrado. Não parecem lá muito convictos. O prefeito de Giverny lhes disse que o rio era limpo mensalmente pela equipe de meio ambiente.

– É o mínimo – acrescentou ele. – Esse regato minúsculo carrega o título de primeiro rio impressionista da França! Isso merece algumas mordomias.

O prefeito não estava mentindo. Os agentes pescadores só conseguem encontrar poucos detritos no fundo lamacento. Alguns papéis engordurados, anéis de latinhas, ossos de frango.

E pensar que essa merda toda vai ser examinada pelos peritos de criminalística...

Sylvio Bénavides está com dificuldade para manter os olhos abertos. Pensa que, se continuar assim, vai pegar no sono ali mesmo, dentro d'água. Pensa que essas coisas acontecem depressa. A pessoa adormece. Basta um pouco de falta de sorte para bater com a cabeça numa pedra e sofrer um ferimento sem gravidade, mas suficiente para deixá-lo desacordado, o que basta para fazer sua cabeça escorregar para dentro d'água, para debaixo d'água, e acabar fazendo você morrer afogado.

Sylvio está com pensamentos sombrios nessa manhã. Na véspera, após terminar o telefonema com Laurenç Sérénac, não conseguiu pegar no sono. As enfermeiras queriam que ele voltasse para casa, mas isso estava fora de cogitação! Ser policial tem alguns privilégios. Passou a noite vendo Béatrice dormir e cochilando em cima de duas cadeiras na sala de espera, em frente aos cartazes que denunciavam os malefícios do tabagismo e do álcool para as gestantes. Teve tempo de pensar e repensar nas porras das suas três colunas, ainda totalmente estanques.

Amantes, *Ninfeias*, crianças.

Ficou recapitulando esses mistérios que se acumulavam havia alguns dias. O que pensar da tal lenda sobre as *Ninfeias* negras? Amadou Kandy devia saber disso, claro. Morval também. E o que tem a ver com essa história toda o acidente do tal menino em 1937, Albert Rosalba, no mesmo local, ou o postal de uma criança de 11 anos ilustrado com uma reprodução das *Ninfeias* e uma citação de Aragon? E por que Aragon? Por que aquela citação, "O crime de sonhar eu consinto que seja instaurado"? Qual pode ser o seu significado? Por que aqueles números no verso das fotos das amantes de Morval? No entanto, ele adivinha, pressente que todas aquelas peças se encaixam, que não se deve descartar nenhuma, que todas têm a sua importância.

Observa Sérénac. Não é fácil determinar se o chefe está particularmente concentrado nos métodos de datação do sedimentologista ou se aquela operação toda não lhe interessa. O problema é que a técnica do quebra-cabeça não é o método preferido por ele. Diante de um nó, a tendência de Sérénac seria mais querer puxar apenas um dos fios, e com força, muita força. Sylvio tem a impressão de que essa não é a solução, de que isso vai apenas emaranhar tudo mais ainda e que o único risco que Sérénac corre é que o fio lhe arrebente entre os dedos. E ele não terá avançado em nada.

Sylvio repara que Louvel acabou de limpar a areia de sua terceira garrafa pet. Se dragada em profundidade, a via fluvial real do Impressionismo não é tão imaculada assim. O sedimentologista analisa todas as peças exumadas de maneira sistemática e profissional, só para confirmar que, se elas não conheceram Claude Monet em vida, tampouco cruzaram o caminho do cadáver de Jérôme Morval.

Sylvio torna a pensar em Sérénac. Não foi por falta de ele ter tentado explicar as coisas para o chefe. Sérénac concorda, concorda com tudo, com as colunas, com os mistérios, com toda a confusão. O que não o impede de se fechar na própria intuição: para ele, tudo gira em torno de Stéphanie Dupain. A professora está correndo perigo. O perigo tem um nome: Jacques Dupain. Sérénac não sai disso. Objetivamente, examinando os fatos, Sylvio pensa que a professora tem tanto o perfil de uma suspeita quanto o de uma vítima em potencial. Disse isso ao chefe, mas o teimoso albigense parece preferir seguir o próprio instinto a fatos objetivos. O que ele pode fazer?

Pensou muito nisso durante a noite. Sylvio é como Béatrice, no fundo gosta de Sérénac. Paradoxalmente, ainda que os dois sejam diferentes, gosta de trabalhar em parceria com ele. Questão de complementaridade, talvez. No entanto, tem a leve impressão de que Sérénac não vai durar muito na delegacia de Vernon. Aquilo está com cheiro de transferência relâmpago! Ali no Norte as intuições não são um método muito prezado. Principalmente quando influenciadas menos pelo que se trama no cérebro de um policial do que pelo que acontece dentro da sua brag...

– Acho que encontrei alguma coisa!

Quem gritou foi o agente Louvel. Na mesma hora, todos os policiais se aproximam.

Louvel mergulha duas mãos na areia e traz à tona um objeto retangular bastante plano. O sedimentologista estende uma caixa plástica para que a areia possa escorrer. Aos poucos, dá para distinguir o que o policial está segurando. Em pouco tempo, não restam mais dúvidas.

O agente Louvel encontrou uma caixa de tintas de madeira.

Sylvio dá um suspiro. Mais um esforço por nada, pensa. Sem dúvida foi algum pintor que deixou a caixa cair, depois de chegar perto demais querendo pintar o regato. Em todo caso, não foi Morval, que colecionava quadros, mas não pintava.

Louvel pousa seu achado em uma das margens enquanto o sedimentologista despeja a areia que cobria a caixa de tintas dentro de seus funis e peneiras. A areia escorre.

– Quanto tempo faz que ela está aí dentro? – indaga o agente Maury, que se interessa por esse tipo de coisa.

O sedimentologista examina uma seção do menor dos funis.

– Menos de dois dias, no máximo. Essa caixa caiu no regato ontem, no mínimo, e no máximo no dia do assassinato de Morval, digamos. Estou me baseando na chuva que caiu no dia 17 de maio. As aluviões deslocadas durante o temporal são típicas. Elas vêm de cima, e desde então não choveu. Calculo uma margem de cinco dias antes e cinco depois.

Sylvio chega mais perto da margem. A descoberta agora o intriga. A caixa de tintas está portanto enterrada na areia do regato há no máximo dez dias. A data poderia corresponder ao assassinato. Sérénac também se adiantou. Ambos estão a menos de 1 metro da caixa de madeira.

– Por favor, Sylvio – diz Sérénac. – Queira ter a honra... Você merece ser o primeiro a abrir este tesouro – acrescenta, com uma piscadela para o assistente. – Mas vamos dividir os despojos em cinco partes iguais.

– Feito os piratas?

– Isso mesmo.

Atrás deles, Ludovic Maury acha graça. O inspetor Bénavides não espera o chefe insistir e ergue a caixa de tintas até poucos centímetros dos olhos. A madeira é antiga, laqueada e está curiosamente muito pouco danificada apesar do tempo passado dentro d'água. Apenas as dobradiças de ferro parecem enferrujadas. Sylvio decifra, um pouco apagada, algo que lhe parece uma marca, WINSOR & NEWTON, inscrita em maiúsculas abaixo de um logo que representa uma espécie de dragão alado. Em letras menores, um subtítulo especifica *The World's Finest Artists' Materials*. Bénavides não entende nada daquilo, mas imagina que aquele seja um belo objeto, prestigioso, americano, antigo; será preciso checar.

– Então, vai abrir seu cofre ou não? – pergunta Sérénac, impaciente. – Queremos saber o que encontramos. Moedas de ouro, joias, um mapa do Eldorado...

Ludovic Maury dá outra gargalhada. Não é fácil saber se o agente aprecia de fato o humor do chefe ou se está exagerando. Sylvio, sem pressa, aciona as dobradiças enferrujadas. A caixa se abre como se fosse nova, como se houvesse sido usada na véspera mesmo. Sylvio imagina encontrar pincéis, tubos de tinta encharcados, uma paleta, uma esponja. Nada especial...

Meu Deus do céu!

O inspetor Bénavides quase larga a caixa dentro do regato. Meu Deus... Seus pensamentos se entrechocam. E se ele estivesse enganado desde o início e quem tivesse razão fosse Sérénac?

Ele retesa os dedos sobre a madeira e grita:

– Pelo amor de Deus, chefe, venha ver isto! Rápido, venha ver isto!

Sérénac dá um passo mais para perto. Maury e Louvel fazem o mesmo. O estupor do inspetor Bénavides os pegou de surpresa. Sylvio Bénavides segura a caixa aberta para todos verem. Os policiais encaram as folhas de madeira com o respeito temeroso de cristãos ortodoxos diante de um ícone bizantino.

Todos leem a mesma frase, gravada a faca na madeira clara da caixa: *Ela é minha aqui, agora e para sempre.*

O texto gravado é seguido por dois entalhes cruzados. Uma cruz. Uma ameaça de morte.

– Puta que pariu! – berra o inspetor Sérénac. – Alguém jogou esta caixa no regato menos de dez dias atrás! Talvez no mesmo dia em que Morval foi assassinado!

Limpa com a manga o suor que lhe brota na testa e prossegue:

– Sylvio, vá arrumar agora mesmo um especialista em grafologia e compare esta frase gravada na madeira com a caligrafia de todos os cornos de Giverny. E ponha Jacques Dupain no alto da lista!

Sérénac olha para o relógio de pulso. São onze e meia da manhã.

– E quero isso antes de hoje à noite!

Encara longamente o lavadouro bem à sua frente. Deixa a animação arrefecer, em seguida lança um sorriso sincero para os quatro homens em volta.

– Muito bem, rapazes! Vamos terminar depressa a busca aqui no regato e liberar o local. Acho que já pescamos o maior peixe escondido aí dentro.

Ele ergue um dos polegares na direção do agente Maury.

– Que ideia incrível essa sua, Ludo. Dragar o regato. Nós temos uma prova, rapazes. Até que enfim!

Maury não se aguenta mais. Sorri como uma criança que tirou uma nota boa. Por sua vez, Sylvio Bénavides, por força do hábito, desconfia dos entusiasmos excessivamente precipitados. Para seu chefe, o "ela" da frase "Ela é minha aqui, agora e para sempre" só pode estar se referindo a uma única mulher, e a ameaça foi obrigatoriamente redigida por um marido ciumento... de preferência Jacques Dupain. No entanto, para Sylvio, o "ela" da frase poderia, pelo contrário, se referir a qualquer coisa, a qualquer um. Não necessariamente a uma mulher. "Ela é minha" poderia também fazer referência a uma criança de 11 anos ou ainda a qualquer objeto do gênero feminino. Uma pintura, por exemplo.

Os policiais prosseguem a busca metódica do regato com cada vez menos convicção. Tudo o que desenterram agora são uns raros detritos. Aos poucos, o sol vai girando e a sombra da torre de menagem do moinho de Chennevières encobre a cena do crime que os policiais começam a abandonar. Antes de ir embora, Sylvio Bénavides ergue diversas vezes os olhos em direção à torre;

poderia jurar ter visto uma cortina se agitar lá em cima, no quarto andar. No instante seguinte, já esqueceu. Tem muito mais coisas com que se preocupar.

48

– Claude Monet tem algum herdeiro? Vivo, quero dizer?

A pergunta do delegado Laurentin deixa Achille Guillotin espantado. O delegado aposentado não fez nenhum rodeio, segundo lhe contou a secretária do Museu de Belas-Artes de Rouen. Ligou para o museu e pediu para falar com o melhor especialista em Claude Monet. Em outras palavras, com ele, Achille Guillotin! A secretária o contatou com urgência, pelo celular. Ele estava em uma reunião com o departamento cultural do conselho geral sobre a operação "Normandia impressionista". Mais uma reunião interminável. Foi quase com prazer que saiu para o corredor.

– Claude Monet, herdeiros... Bem, delegado, é difícil dizer.

– Como assim, "difícil"?

– Bom... vou tentar ser o mais claro possível: Claude Monet teve dois filhos com a primeira mulher, Camille Doncieux: Jean e Michel. Jean se casou com Blanche, filha da segunda esposa, Alice Hoschedé. Ele morreu em 1914 e Blanche em 1947; o casal não teve filhos. Michel Monet, o último herdeiro de Claude, morreu em 1966. Alguns anos antes, em testamento, havia nomeado como seu legatário universal o Museu Marmottan, ou seja, a Academia de Belas-Artes. Esse museu de Paris até hoje abriga a coleção Monet e Seus Amigos, que contém mais de 120 telas. A mais importante coleção de...

– Não sobrou nenhum herdeiro, portanto – interrompe Laurentin. – A descendência de Claude Monet se extinguiu em uma única geração.

– Não exatamente – precisa Guillotin com um júbilo evidente.

Laurentin tosse no fone.

– Como é?

Guillotin deixa perdurar um curto suspense, então diz:

– Michel Monet teve uma filha ilegítima com a amante, Gabrielle Bonaventure, mulher lindíssima que exercia a profissão de manequim. Acabou oficializando a relação e se casando com ela em Paris, em 1931, depois da morte do pai.

O delegado Laurentin explode ao telefone:

– Nesse caso, então a última herdeira é essa filha ilegítima! Ela é neta de Claude Monet.

– Não – responde Guillotin com calma. – Não. Curiosamente, Michel Monet jamais reconheceu a filha ilegítima, nem depois do casamento. Portanto, ela nunca recebeu um só centavo da fabulosa herança do avô.

A voz do delegado Laurentin se torna fria:

– E como se chamava essa filha ilegítima?

Guillotin suspira.

– Qualquer livro sobre Monet cita o nome dela. Henriette. Henriette Bonaventure. Aliás, não sei por que estou falando no passado. Ainda deve estar viva, pelo menos acho que sim.

49

16H31. EM PONTO.

Ao sair da escola, Fanette não perde um segundo. Desce correndo a Rue Blanche-Hoschedé-Monet e corre direto para o Hotel Baudy. Sabe que é lá que dormiam os pintores americanos na época de Monet: Robinson, Butler, Stanton Young. Conhece a história, sua professora lhe contou. Com certeza é lá que um pintor americano deve dormir hoje em dia. Lança um olhar rápido para as mesas e cadeiras verdes na varanda em frente, do outro lado da rua, em seguida entra desabalada no hotel-restaurante.

As paredes estão cobertas de pinturas, telas e desenhos. Parece um museu! Fanette se dá conta de que é a primeira vez que entra no Hotel Baudy. Gostaria de ter um pouco mais de tempo para examinar em detalhe as prestigiosas assinaturas no canto dos cartazes, mas um garçom a espia de trás do seu balcão. Fanette se aproxima. É um balcão de carvalho claro bem alto e Fanette precisa ficar na ponta dos pés para que sua cabeça o ultrapasse. Ela se suspende em frente ao garçom usando as duas mãos. Ele tem uma barba preta comprida, um pouco parecida com os retratos de Renoir pintados por Monet.

Ele não parece nada divertido!

Fanette fala depressa, se enrola, gagueja, mas Renoir parece acabar entendendo que a menina está em busca de um pintor americano, "James", e não, ela não sabe o sobrenome. Um velho, de barba branca. Com quatro cavaletes.

Renoir adota um ar de quem lamenta.

– Não, senhorita. Não estamos hospedando ninguém que se pareça com o seu James.

A barba esconde sua boca; não é fácil distinguir se ele está se divertindo ou se está irritado.

– Já faz muito tempo que não se veem tantos americanos quanto na época de Monet, sabe, senhorita?

Babaca! Renoir, você não passa de um babaca!

Fanette torna a sair para a Rue Claude-Monet. Paul a está esperando lá fora; ela lhe contou tudo durante o recreio.

– E aí?

– Nada, ninguém!

– O que você vai fazer? Tentar nos outros hotéis?

– Não sei. De toda forma, não sei nem o sobrenome dele. Além do mais, tenho a impressão de que James dormia ao ar livre na maior parte do tempo.

– A gente poderia falar com os outros. Vincent, Camille, Mary. Se todo mundo procurar, a gente pode...

– Não!

Fanette quase gritou. Alguns clientes do Hotel Baudy, acomodados na varanda em frente, chegaram a se virar.

– Não, Paul. Já faz muitos dias que não suporto Vincent, com aquela cara de sonso dele... E se você contar para Camille, ele vai citar todos os pintores americanos que vieram para Giverny desde a pré-história. Não vai adiantar nada.

Paul ri.

– E Mary é pior ainda: primeiro, vai chorar, depois, vai correr para contar tudo à polícia. Você quer que a minha mãe arranque os meus olhos?

– Então o que a gente vai fazer?

Fanette observa o parque em frente ao Hotel Baudy, que vai até o Chemin du Roy: os rolos de feno a lançar um pouco de sombra sobre o gramado cortado rente, a pradaria a se estender mais atrás até a confluência do Epte com o Sena, a famosa ilha das Urtigas.

São as paisagens que fazem James sonhar... Foi por causa das paisagens que ele abandonou tudo. Seu Connecticut natal, a mulher e os filhos. Ele me contou.

– Não sei, Paul. Você acha que estou louca, não é?
– Não.
– Ele estava morto, eu juro.
– Onde, exatamente?
– No trigal, depois do lavadouro, depois do moinho da bruxa.
– Vamos.

Eles descem a Rue des Grands-Jardins. A altura dos muros de pedra das fachadas das casas parece ter sido calculada exatamente para que um máximo de sombra inunde a ruela. O frescor teria quase bastado para fazer Fanette tremer.

Paul tenta reconfortar a amiga:

– Você disse que James montava quatro cavaletes para pintar. E tinha também todos os seus instrumentos, paletas, facas, sua caixa de tintas. Com certeza ficou algum rastro, com certeza ainda tem algum rastro por lá.

Fanette e Paul passam mais de uma hora no trigal. Tudo o que encontram são as espigas de trigo amassadas, como se alguém houvesse morrido ali.

Pelo menos com esse caixão de palha eu não sonhei.

Ou então, segundo Paul, como se alguém tivesse se deitado ali por alguns minutos. Como saber qual dos dois?

Paul e Fanette acabam também identificando espigas manchadas de tinta. Algumas estão pintadas de vermelho, talvez seja sangue, eles não sabem. Como diferenciar uma gota de sangue de uma gota de tinta vermelha? Há também pedaços de tubos de tinta amassados. Só que isso não prova nada, nada mesmo. A não ser que alguém pintava aqui com frequência. Mas isso Fanette já sabe.

Eu não estou louca.

– Quem mais poderia ter visto o seu pintor? – indaga Paul.
– Não sei. Vincent?
– E sem ser Vincent? Algum adulto?

Fanette olha na direção do moinho.

– Sei lá, algum vizinho... A bruxa do moinho, talvez. Ela deve ver tudo do alto daquela sua torre!

– Vamos lá!
Me dê a mão, Paul. Me dê a mão!

50

Não tenho como não as ver. Reparo quando elas se aproximam, as duas crianças! Elas passam pela ponte do regato e dão apenas uma olhada na direção das margens. No lugar exato em que os policiais acabaram de recolher a caixa de tintas coberta de areia.

Agora não resta mais um só policial, nenhuma fita amarela, nenhum cara de óculos com seus funis. Restam apenas o Ru, os choupos e o trigal. Como se nada fosse, como se a natureza não estivesse nem aí.

E aquelas duas crianças que vão chegando perto sem desconfiar de nada. Inocentes. Se soubessem o perigo que correm, pobres loucas. Cheguem mais perto, crianças, cheguem mais perto, não tenham medo, atrevam-se a entrar na casa da bruxa. Como nas histórias infantis, como em *Branca de Neve*. Mas desconfiem mesmo assim: não é a minha maçã que está envenenada. São as cerejas.

Questão de gosto.

Afasto-me da janela devagar. Já vi o suficiente.

De fora, ninguém consegue me ver, ninguém consegue saber se estou aqui ou não. Se meu moinho está deserto ou habitado. Nenhuma luz me denuncia. A escuridão não me incomoda, muito pelo contrário.

Viro-me para minhas *Ninfeias* negras. Agora, gosto cada vez mais de observá-las assim, no escuro. Com a penumbra do recinto, a água representada na tela parece quase desaparecer. Os raros reflexos na superfície do laguinho se apagam e tudo o que podemos distinguir são as flores amarelas dos nenúfares na noite, como estrelas perdidas numa galáxia distante.

51

– Não tem ninguém, estou falando – diz Fanette.

A menina observa com atenção o pátio do moinho. Pás de madeira apodrecida mergulham na água do regato. No peitoril do poço de pedra está pousado um balde enferrujado, corroído pelo musgo. A sombra da grande cerejeira paira sobre quase todo o pátio.

Paul insiste:

– É o que a gente vai descobrir.

Ele bate na pesada porta de madeira. Por sua vez, demora-se olhando para as sombras que dançam no pátio de terra batida, como se os objetos, as paredes e as pedras houvessem sido abandonados ali, ao sol, para secar por toda a eternidade.

– Tem razão, este moinho dá medo – diz.

– Na verdade, não – responde Fanette. – Na verdade, acho que adoraria morar num lugar assim mais tarde. Deve ser muito legal morar numa casa diferente das outras.

Às vezes, Paul deve me achar esquisita.

Paul contorna o moinho e tenta olhar por uma das janelas do primeiro andar. Ergue os olhos na direção da torre de menagem, em seguida torna a se virar para Fanette e imita com gestos canhestros uma boca torta e dedos curvos feito garras.

– Tenho certeeeeeza de que aqui mora uma bruuuuxa, Faneeette... e ela deteeessta pintura, e vai pegar a geeeente para...

– Pare com isso!

Ele está com medo. Dá para ver. Está bancando o valente, mas está apavorado!

De repente, um cão começa a latir do outro lado do moinho.

– Merda, vamos embora!

Paul segura Fanette pela mão, mas a menina dá uma gargalhada.

– Seu idiota! É Netuno, ele dorme sempre aqui, à sombra da cerejeira.

Fanette tem razão. Segundos depois, Netuno chega mais perto, late uma última vez e começa a se esfregar nas suas pernas. Ela se abaixa na direção do pastor-alemão.

– Você conhecia bem o James, não é, Netuno? Você o viu ontem na plantação. Foi você quem o encontrou. Sentiu que ele estava lá. Onde ele foi parar agora?

Pelo menos você sabe, Netuno, que eu não estou louca!

Netuno se senta. Passa um tempo observando Fanette. Seu olhar acompanha por alguns segundos uma borboleta que passa e então, com uma espécie de preguiça igual à de um lagarto sobre uma parede de pedra, ele se arrasta até a sombra da cerejeira. Fanette o segue com os olhos. Percebe, estupefata, que Paul trepou na árvore.

– Ficou maluco, Paul? O que está fazendo?

Ele não responde. Fanette insiste:

– Essas cerejas não estão maduras. Você está louco!

– Não, não é isso – sussurra Paul.

No instante seguinte, o menino já desceu. Na sua mão direita, brilham duas fitas prateadas.

Paul às vezes é mesmo um idiota. Se acha que precisa bancar o Tarzan para eu gostar dele...

– É... – começa a explicar Paul enquanto tenta recuperar o fôlego. – É para afastar os passarinhos que ficam rondando os frutos muito bonitos!

Ele pula sobre os dois pés e levanta uma nuvem de poeira, então avança, leva um dos joelhos ao chão e estica os braços, numa pose de cavaleiro medieval.

– Para você, minha princesa, prata para fazer seus cabelos brilharem, para protegê-la sempre dos abutres maus quando você ficar famosa e for embora para longe, para o outro lado do mundo.

Fanette tenta conter as lágrimas. Impossível! É demais, aquilo é demais para uma menina como ela: o sumiço de James, as brigas com a mãe por causa da pintura, do seu pai, aquele concurso da Fundação Robinson, as suas *Ninfeias* e, principalmente, Paul, aquele idiota, e suas ideias românticas esquisitas.

Você é bobo demais, Paul! Bobo demais, mesmo!

Fanette desenrola as fitas prateadas dentro da mão e, com a outra, acaricia o rosto de Paul.

– Levante, seu bobo.

Mas é ela quem se abaixa até a boca dele e ali deposita um beijo.

Um beijo demorado, demorado. Como se fosse para sempre.

Ela agora está chorando sem se conter.

– Bobo. Três vezes bobo. Agora vai ter de suportar estas fitas prateadas nos meus cabelos a vida inteira. Já disse que a gente ia se casar!

Paul se levanta devagar e envolve Fanette nos braços.

– Venha, vamos embora daqui. Nós estamos malucos. Ontem uma pessoa morreu. E tem também aquele outro, o cara que foi assassinado uns dias atrás. Melhor deixar a polícia cuidar disso. É perigoso, a gente não deve ficar aqui.

– E James? Tenho de...

– Aqui não, ele não está aqui... aqui não tem ninguém. Fanette, se você tem certeza, acho que é melhor avisar a polícia! Nunca se sabe. Talvez a morte de James tenha alguma relação com o outro cara que encontraram assassinado, entende o que estou dizendo? O assassinato de que todo mundo no vilarejo está falando.

A resposta de Fanette é categórica:

– Não!

Não! Não! Não venha pôr dúvidas na minha cabeça, Paul. Não!

– Mas então quem vai acreditar em você, Fanette? Ninguém! James vivia como um mendigo. Ninguém prestava atenção nele.

Eles param um instante diante do Chemin du Roy, esperam a estrada se liberar e atravessam. Algumas raras nuvens começam a se prender ao cume das encostas às margens do Sena. Os dois vão subindo sem pressa em direção a Giverny. De repente, Paul para.

– E a professora? Por que não falar com a professora? Ela gosta de pintura. Foi ela quem deu a ideia do concurso de jovens pintores, aquele da Fundação Robinson sei lá o quê. Talvez ela tenha visto James... Em todo caso, ela vai entender. Vai saber o que fazer.

– Você acha?

Vários pedestres ultrapassam as duas crianças na rua. Paul se vira para trás.

– Tenho certeza! É a melhor ideia.

Ele se inclina para junto de Fanette como quem vai fazer uma confidência.

– Vou lhe contar um segredo, Fanette. Reparei que a professora também usa fitas prateadas nos cabelos. Na verdade, acho que é assim que as princesas se reconhecem nas ruas de Giverny.

Fanette segura sua mão.

Queria que o tempo parasse. Que Paul e eu não saíssemos mais do lugar, que só o cenário desfilasse à nossa volta, sem parar, como no cinema.

– Você tem de me prometer uma coisa, Fanette.

As mãos deles se torcem como cipós.

– Precisa terminar seu quadro. Aconteça o que acontecer, você tem de ganhar esse concurso da Fundação Robinson! Isso é o mais importante.

– Não sei...

– É o que James teria dito, Fanette, e você sabe. É o que ele teria querido.

52

As crianças vão virar na Rue du Château-d'Eau, vou perdê-las de vista. Pela cortina aberta, as silhuetas já estão meio embaçadas. Netuno, por sua vez, não liga para nada disso. Está dormindo debaixo da cerejeira.

Essa pobre menina acha que vai conseguir escapar. Faz-me rir! Acha que está pintando uma obra-prima, aquela que escondeu debaixo do lavadouro, e acha que pode voar acima do laguinho de Monet. Acima de Giverny. Desafiar a gravidade com o simples poder da sua arte, do geniozinho que os outros vivem repetindo que é.

Ninfeias cor de arco-íris! Coitadinha da Fanette.

Que ridículo!

Viro-me para as minhas *Ninfeias* negras. As corolas amarelas reluzem entre os tons de luto depositados pelo pincel de um pintor desesperado.

Quanta vaidade!

Uma queda livre no laguinho, é só isso que aguarda a pequena Fanette. Afogada, presa sob a superfície de nenúfares como debaixo da camada de gelo da água de um lago no inverno.

Em breve, muito em breve agora.

Um de cada vez.

DÉCIMO PRIMEIRO DIA
23 de maio de 2010, Moinho de Chennevières

Insistência

53

DESTA VEZ, NÃO ESTOU na janela espionando. Isso mostra, vejam vocês, que, apesar das aparências, não passo o dia só vigiando o entorno. Enfim, não só.

Hoje de manhã, aliás, o barulho das motosserras do lado de fora estava insuportável. Fiquei sabendo disso há pouco tempo. Ao que parece, decidiram serrar 14 hectares de choupos. Sim, abater os choupos! Aqui, em Giverny! Pelo que entendi, essas árvores foram plantadas no início da década de 1980, umas arvorezinhas de nada na época, sem dúvida para tornar a paisagem ainda mais impressionista. Só que os especialistas, outros especialistas decerto, explicaram que esses choupos não existiam na época de Monet, que a paisagem da pradaria que o pintor admirava da janela de casa era aberta e que, quanto mais os choupos crescem, mais sua sombra cobre o jardim, o laguinho, os nenúfares. E menos o fundo que aparece nos quadros de Monet pode ser reconhecido no horizonte pelos turistas. Portanto, ao que parece, ficou decidido que, depois de serem plantados, agora os choupos vão ser cortados! Por que não, afinal, se isso os diverte? Alguns moradores de Giverny reclamam, outros aplaudem. Hoje, não estou nem aí, vou lhes dizer.

Tenho muitas outras coisas para cuidar. Hoje de manhã, estou guardando antigas recordações, coisas de antes da guerra, fotos em preto e branco, esse tipo de relíquia que só interessa aos velhos como eu. Vocês entenderam: acabei resolvendo esvaziar minha garagem para encontrar a tal caixa de papelão amassada e fechada por um barbante de linho. Ela estava escondida debaixo de três camadas de fitas VHS, uma camada de vinis e 10 centímetros de extratos bancários do Crédit Agricole. Dobrei a toalha de mesa em quatro e espalhei as fotos em cima.

Após os motores das motosserras, uma hora atrás, desta vez o que me trouxe de volta bruscamente à realidade foi a sirene, como o toque de um despertador que dispersa os sonhos matinais, entendem?

A sirene da polícia, esgoelando-se pelo Chemin du Roy.

No segundo anterior, eu estava molhando com minhas lágrimas a única fotografia importante, no fundo, uma fotografia de escola. Giverny. Ano escolar 1936-1937. Admito que a foto é bem antiga! Estava examinando o retrato de uns vinte alunos, todos com a bunda obedientemente pousada sobre os três níveis de uma arquibancada de madeira. Os nomes das crianças estão escritos no verso, mas não precisei virar a foto.

No banco, Albert Rosalba está sentado ao meu lado. Claro.

Passei muito tempo olhando para o rosto de Albert. A foto deve ter sido tirada pouco depois da volta às aulas, no feriado de Finados, ou nas semanas em torno.

Antes do drama.

Foi nessa hora que a sirene da polícia me arrombou os ouvidos.

Levantei-me, claro. Como se um vigia de prisão, mesmo distraído, não corresse para a janela do seu mirante quando soa o alarme! Corri para minha janela, portanto. Enfim, "corri" é modo de dizer. Peguei minha bengala e, com dificuldade, fui em direção à vidraça e afastei discretamente a cortina com o auxílio do objeto.

Não perdi nadinha. Impossível não ver os policiais! Toda a cavalaria estava lá. Três viaturas. Sirenes e giroscópios.

Não se pode negar que o inspetor Sérénac faz as coisas com vontade!

54

Sylvio Bénavides ergue os olhos em direção à torre do moinho, que desfila na velocidade máxima à sua direita.

– Então – diz ele entre dois suspiros. – Passei lá no moinho, sabe, chefe? O senhor tinha me dito para não descartar nenhuma testemunha, principalmente os vizinhos.

– E?

– É estranho. O moinho parece deserto. Abandonado, se preferir.

– Tem certeza? O jardim tem um aspecto cuidado, a fachada também. Em várias ocasiões, quando estávamos na cena do crime junto ao regato, pensei ter visto um movimento lá, principalmente no alto, no último andar da torre. Uma cortina se mexendo na janela, algo assim.

– Também tive a mesma impressão, chefe. Eu também. Só que ninguém me atendeu e os vizinhos afirmam que ninguém mora lá há meses.

– Que estranho... Não venha me falar outra vez numa *omertà* do vilarejo, numa mentira coletiva de todos os moradores, como naquela história da criança de 11 anos.

– Não.

Sylvio hesita um instante.

– Para dizer a verdade, os moradores apelidaram esse lugar de moinho da bruxa.

Sérénac sorri enquanto vê o reflexo da torre sumir no seu retrovisor.

– No caso, estaria mais para moinho do fantasma, não? Vamos, Sylvio, deixe isso para lá. Por enquanto temos outros assuntos urgentes.

Sérénac acelera ainda mais. Os jardins de Monet desfilam à sua esquerda em meio segundo. Jamais um passageiro terá uma visão tão impressionista assim do lugar.

– Aliás – acrescenta Laurenç –, falando em *omertà* do vilarejo... Sabe o que Stéphanie Dupain me contou ontem sobre a casa de Monet e os ateliês?

– Não.

– Que procurando um pouco seria possível encontrar, quase sem estar escondidas, dezenas de telas de mestres. Renoir, Sisley, Pissarro... além, é claro, de *Ninfeias* inéditas de Monet.

– O senhor as viu?

– Um pastel de Renoir. Quem sabe se...

– Ela estava tirando sarro com a sua cara, chefe.

– Claro. Mas por que me contar uma história assim? Ela disse inclusive que isso era uma espécie de segredo conhecido por todos de Giverny.

Sylvio torna a pensar por um breve instante na conversa que teve com Achille Guillotin sobre as telas perdidas de Monet. Uma tela perdida e encontrada por um desconhecido, por que não? Como as famosas *Ninfeias* negras. Mas dezenas delas, nossa!

– Ela está brincando com o senhor, chefe. Isso é história para boi dormir. Estou falando isso desde o começo... E tenho a impressão de que ela não é a única neste vilarejo a estar fazendo isso.

Sérénac deixa passar o comentário e se concentra outra vez na estrada, sem desacelerar. Sylvio debruça o rosto lívido pela janela aberta. Suas narinas tentam aspirar arremedos de ar fresco.

– Tudo bem, Sylvio? – pergunta Sérénac, preocupado.

– Mais ou menos... Tive de tomar uns dez cafés durante a noite para aguentar. Hoje de manhã, por outro lado, os médicos decidiram manter Béatrice no hospital até chegar a hora.

– Achei que você só tomasse chá sem açúcar.

– Eu também achava.

– O que está fazendo aqui, então, se a sua mulher está na maternidade?

– Eles vão me ligar se houver alguma novidade. O obstetra ainda vai passar lá. O neném continua no quentinho dentro do seu casulo, quietinho. Segundo eles, pode ser que ainda demore dias.

– E então você passou a noite inteira no caso outra vez?

– Isso... Preciso cuidar do caso, afinal, não? Béatrice, por sua vez, ficou o resto da noite no quarto roncando feito uma porquinha.

Sérénac faz uma curva fechada em direção à parte alta de Giverny, pela Rue Blanche-Hoschedé-Monet. Sylvio dá uma olhada no retrovisor. Os dois carros de polícia estão atrás deles. Maury e Louvel seguram firme. Sylvio reprime com dificuldade uma golfada.

– Não se preocupe – continua Sérénac. – O caso Morval agora será resolvido em menos de meia hora. Você vai poder armar uma cama de campanha no hospital! Dia e noite. Os especialistas em grafologia foram bem claros: aquela porra de mensagem gravada na caixa de pintura, "Ela é minha aqui, agora e para sempre", corresponde à caligrafia de Jacques Dupain. Admita que eu estava certo, Sylvio. Era óbvio!

Sylvio sorve o ar de fora em longas inspirações. A estrada Hoschedé--Monet sobe serpenteando pela encosta e Sérénac continua a dirigir feito um louco. Bénavides se pergunta se vai conseguir aguentar a subida toda. Obriga-se a ficar vários segundos sem respirar, depois volta com a cabeça para dentro do carro.

– Só dois especialistas em três, chefe. E as conclusões deles são mais do que nuançadas. Pelo que disseram, com certeza há semelhanças entre as palavras gravadas na madeira e a caligrafia de Dupain, mas há também muitos critérios divergentes. Minha impressão é mais que os especialistas não estão entendendo bulhufas.

Os dedos de Sérénac tamborilam o volante, nervosos.

– Escute, Sylvio. Assim como você, eu também sei ler os relatórios. Existe uma semelhança com a caligrafia de Dupain, é esse o parecer dos peritos, não é? Quanto ao resto, as divergências, acho só que gravar na madeira com uma lâmina é um pouco diferente de assinar um cheque. Está tudo encadeado, Sylvio, não adianta complicar as coisas. Dupain é um ciumento louco desvairado. Primeiro ameaça Morval com o texto do postal, a citação de Aragon tirada do poema "Ninfeu": "O crime de sonhar eu consinto que seja instaurado"; segundo, confirma as ameaças pela mensagem da caixa de tintas; terceiro, mata o rival.

A estrada Hoschedé-Monet agora se reduz a uma faixa de asfalto com 2 metros de largura que continua a virar antes de dar no platô do Vexin. Sylvio hesita novamente em contradizer Sérénac, em precisar que, diante das incoerências da perícia grafológica, Pelissier, o perito do tribunal de Rouen, evocou a possibilidade de uma tentativa canhestra de imitação.

Uma curva breve para a esquerda.

Sérénac, que estava dirigindo no meio da estrada, evita por um triz um trator que vem descendo no outro sentido. O agricultor apavorado freia precipitadamente e vai parar no acostamento. Faz bem. Sem acreditar, vê mais dois bólidos azuis infringirem sua prioridade.

– Pelo amor de Deus! – berra Sylvio, olhando no retrovisor com os olhos vesgos.

Ele inspira longamente, em seguida se vira para Laurenç Sérénac.

– Mas, chefe, o que a caixa de tintas tem a ver com esta história toda? Segundo as análises, essa caixa tem pelo menos oitenta anos. É uma peça de colecionador! Uma *Winsor & Newton*, a marca mais conhecida do mundo, ao que parece, que abastece os pintores há mais de 150 anos. A quem essa porra de caixa poderia ter pertencido?

Sérénac continua prestando atenção nas curvas estreitas. As ovelhas distraídas na grama da encosta mal viram a cabeça ao ver passar os veículos ruidosos.

– Morval era um colecionador – diz Sérénac. – Gostava de objetos bonitos.

– Ninguém jamais o viu com a tal caixa de tintas! Patricia Morval, a viúva, foi categórica. Sem esquecer que a ligação com o crime não foi estabelecida. Essa caixa de tintas pode ter sido jogada no rio por qualquer um, inclusive vários dias depois do assassinato de Morval.

– Encontraram sangue na caixa.

– Ainda é muito cedo, chefe! Não temos resultado nenhum das análises.

Nenhuma certeza de que se trate do sangue de Morval. Me desculpe, mas acho que o senhor está se precipitando.

Como em resposta, o inspetor Sérénac desliga por fim a sirene e para usando o freio de mão em um pequeno estacionamento de terra batida.

– Escute, Sylvio. Tenho uma motivação, uma ameaça à vítima escrita na caligrafia de Dupain, que não tem álibi e, muito pelo contrário, nos contou uma história grotesca de botas roubadas. Para mim isso basta! Quando as peças do seu quebra-cabeça se encaixarem de outra forma, aquelas suas porras de três colunas, é só me avisar. Além do mais, mesmo que você não concorde, temos contra Dupain a minha mais íntima convicção!

Sérénac desce do carro sem esperar resposta. Quando Sylvio coloca por sua vez o pé para fora, sente o chão girar ao seu redor. Pensa que decididamente o café, assim como os excessos em geral, não lhe cai muito bem e que seria capaz de ir vomitar atrás dos pinheiros no final do estacionamento.

Só que isso não seria muito discreto. Três vans da Polícia Militar estão estacionadas em cada um dos cantos do estacionamento e uma dezena de agentes desce delas se espreguiçando. No instante seguinte, Louvel e Maury se acham eles também obrigados a travar as rodas dianteiras e derrapar no cascalho.

Babacas!

O chefe trouxe artilharia pesada. No mínimo uns quinze homens, boa parte da delegacia de Vernon, além dos policiais militares de Pacy-sur-Eure e Ecos. Ele se esmerou mesmo, pensa Sylvio, mascando o chiclete de clorofila que Louvel acaba de lhe oferecer. E está demonstrando um gosto pela encenação talvez um pouco supérfluo.

Tudo isso por causa de um homem só.

Tudo bem, decerto armado!

Mas que não temos sequer certeza de ser culpado.

O coelho ruivo sai correndo desesperado em zigue-zagues pelo gramado calcário, como se alguém tivesse lhe ensinado que os compridos tubos de aço empunhados pelos três homens na sua frente tivessem a capacidade de lhe tirar a vida em meio a uma explosão branca.

– Aquele dali é seu, Jacques.

Jacques Dupain nem levanta a arma. Titou o observa, espantado, antes de mirar o próprio fuzil. Tarde demais. A lebre já sumiu entre dois arbustos.

Cada um com sua magia.

Resta na sua frente apenas a grama nua onde pastam os rebanhos de ovelhas recentemente reintroduzidos. Eles continuam a descer na direção de Giverny pela trilha da Astragale.

– Porra, Jacques, você não está em boa forma – comenta Patrick. – Acho que você não acertaria nem uma ovelha.

Titou, o terceiro caçador, meneia a cabeça para confirmar. Titou é um atirador bastante bom. Se não tivesse deixado a lebre para Jacques, esta não teria andado nem 2 metros. Fino de mira, como dizem com frequência os amigos. Porque em relação ao resto ele não é nada fino.

– É por causa da investigação do assassinato de Morval, não é? – comenta ele, virando-se para Jacques Dupain. – Está com medo de o policial meter você em cana só para roubar Stéphanie?

Titou começa a rir sozinho. Jacques Dupain olha para ele com uma irritação contida. Patrick suspira. Titou insiste:

– É bem verdade que você não dá sorte com Stéphanie. Logo depois de Morval, agora é um policial que está correndo atrás dela...

Seus pés deslocam o cascalho da trilha da Astragale. Mais atrás, no gramado da encosta, surgem duas orelhas brancas e pretas.

Quando Titou começa...

– Vou dizer uma coisa: se você não fosse meu amigo, Sté...

... a voz de Patrick troveja no silêncio:

– Cale essa boca, Titou!

Titou deixa o final da frase morrer na boca. Eles continuam a descer a trilha; mais derrapam do que caminham. Titou parece ruminar alguma coisa na cabeça, então começa a rir antes mesmo de dizer:

– Falando nisso, Jacques, minhas botas não estão machucando seus pés?

Titou não consegue se conter. Ri desbragadamente e chega a ficar com os olhos molhados. Patrick o observa com incredulidade. Jacques Dupain não esboça uma reação sequer. Titou seca as pálpebras com a manga da roupa.

– Estou de sacanagem, gente. Jacques, é sério, estou de sacanagem. Sei muito bem que você não apagou Morval!

– Puta que pariu, Titou, pare com...

Dessa vez, é o fim da frase de Patrick que se perde no fundo da sua garganta.

* * *

À sua frente, o estacionamento onde eles haviam deixado seu furgão se transformou no Forte Álamo. Eles contam seis carros com giroscópios e quase duas dezenas de policiais. Agentes civis e militares os encaram posicionados em um semicírculo, com a mão no quadril e os dedos no coldre de couro branco do revólver.

O inspetor Sérénac está parado logo à frente dos caçadores. Por instinto, Patrick dá um passo de lado. Sua mão se fecha em volta do tubo frio do cano do fuzil de Jacques Dupain.

— Calma, Jacques. Calma.

O inspetor Sérénac avança.

— Jacques Dupain, o senhor está preso pelo assassinato de Jérôme Morval. Queira vir conosco sem resistir.

Titou morde os lábios, joga o fuzil no chão e ergue duas mãos trêmulas. Como viu no cinema.

— Calma, Jacques — repete Patrick. — Não faça nenhuma besteira.

Patrick conhece bem o amigo. Faz anos que eles saem, caminham e caçam juntos. Não está gostando, não está gostando nada mesmo daquele semblante de mármore, daquela ausência de expressão, quase como se Jacques não respirasse mais.

Sérénac avança mais um pouco. Sozinho. Desarmado.

Dois metros.

— Não! — grita Sylvio Bénavides.

O inspetor rompe o semicírculo de policiais e se posta quase ao lado de Sérénac. Talvez seja algo simbólico, mas Bénavides tem a impressão de quebrar com isso uma espécie de simetria; como se, ao atravessar a rua na hora errada, esperasse perturbar a mecânica implacável de um duelo de faroeste. Jacques Dupain leva a mão ao pulso de Patrick. Sem dizer nada. Patrick entende: não tem outra escolha senão largar o cano de aço.

Espera não se arrepender disso. Por toda a vida.

Com temor, vê a mão de Jacques se retesar no gatilho e o cano do fuzil se erguer de leve.

Em condições normais, a mira de Jacques é ainda melhor do que a de Titou.

— Laurenç, pare — murmura Sylvio, pálido.

– Jacques, não vá fazer besteira – sussurra Patrick.

Sérénac avança mais um passo. Menos de 10 metros o separam de Jacques Dupain. O inspetor ergue a mão devagar e encara o suspeito. Sylvio Bénavides observa com temor um sorriso de desafio surgir no canto dos lábios de seu chefe.

– Jacques Dupain, o senhor...

O cano do fuzil de Jacques Dupain está agora apontado para Sérénac. Um silêncio impressionante tomou conta da trilha da Astragale.

Titou, Patrick, os agentes Louvel e Maury, o inspetor Sylvio Bénavides, os quinze policiais, até mesmo os menos inteligentes, até mesmo os menos hábeis para adivinhar o que pode se esconder atrás de um cérebro... todos leem a mesma coisa no olhar frio de Jacques Dupain.

Ódio.

55

A MOÇA ATRÁS DO guichê do arquivo da prefeitura de Evreux começa sempre suas frases com as mesmas palavras: "O senhor checou direito se...". Ela imita com aplicação a atitude da funcionária soterrada de trabalho atrás da tela dupla do computador e dos óculos dourados, depois acaba olhando para o velho, que agora está lhe solicitando exemplares do saudoso *Républicain de Vernon*, semanário da região que, depois da Segunda Guerra Mundial, virou o *Le Démocrate*. Todos os números, entre janeiro e setembro de 1937.

– O senhor checou direito se eles não tinham arquivos lá em Vernon, na sede do *Le Démocrate*?

O delegado Laurentin mantém a calma. Faz duas horas que está ali, assombrando aquele arquivo, tentando simular com humildade a atitude do velhinho encantador, atencioso com mulheres bem mais jovens do que ele. Em geral, dá certo.

Mas ali não.

A moça atrás do guichê não está nem aí para suas gracinhas. É bem verdade que, em volta das mesas de madeira da sala de consulta do arquivo, os dez presentes são todos homens com mais de 60 anos, historiadores amadores septuagenários ou então genealogistas arqueólogos pesquisando as próprias raízes... e todos usam a mesma estratégia do delegado Laurentin: um cavalheirismo um pouco fora de moda. Laurentin suspira. Tudo era mais simples quando ele podia simplesmente colar seu distintivo da polícia no nariz de um funcionário entediado. É claro que a moça atrás do guichê não tem como saber que está lidando com um delegado de polícia.

– Já cheguei, senhorita – esclarece o delegado Laurentin com um sorriso forçado. – Eles não têm nada anterior a 1960 no arquivo da sede do *Le Démocrate*.

A moça recita sua litania de sempre:

– O senhor checou direito no arquivo municipal de Vernon? Checou direito o anexo das revistas em Versalhes, no Arquivo Nacional? Checou se...

Será que essa menina recebe dinheiro dos concorrentes?

O delegado Laurentin se refugia na resignação paciente do aposentado que dispõe de todo o tempo do mundo.

– Chequei, sim! Sim! Sim!

Por enquanto, suas pesquisas relacionadas a Henriette Bonaventure, misteriosa última herdeira em potencial de Claude Monet, não tiveram absolutamente nenhum resultado. Isso não tem muita importância. O que ele quer seguir é outra pista, uma pista em princípio sem qualquer relação. Para isso, sabe que basta aguentar até a hora em que a moça do guichê entenderá que vai perder mais tempo tentando se livrar daquele velhinho teimoso do que acatando o seu pedido.

Sua tenacidade acaba rendendo frutos. Mais de meia hora depois, o delegado Laurentin está com o semanário na sua frente.

Le Républicain de Vernon.

Um velho número amarelado que ele deve ser a primeira pessoa a exumar: edição de sábado, 5 de junho de 1937. Ele se demora alguns instantes nas manchetes da publicação, que misturam notícias nacionais com outras da região. Lê na diagonal um editorial comovente sobre a Europa em chamas: Mussolini comemora seu pacto com Hitler, os bens dos judeus são confiscados na Alemanha, os franquistas derrotam os republicanos na Catalunha. Abaixo do editorial dramático explodem em uma fotografia fora de foco o penteado louro-platinado e os lábios negros de Jean Harlow, estrela norte-americana falecida dias antes, aos 26 anos. A parte inferior da primeira página é dedicada a assuntos mais regionais: a inauguração próxima, a menos de 100 quilômetros de Vernon, do aeroporto de Bourget; a morte de um trabalhador agrícola espanhol encontrado pela manhã, com a garganta cortada, numa balsa atracada em Port-Villez, quase em frente a Giverny.

O delegado Laurentin abre por fim a página 2. A matéria que está procurando ocupa meia página: "Acidente mortal em Giverny".

O jornalista anônimo detalha em uma dezena de linhas, dispostas em duas colunas, as trágicas circunstâncias da morte por afogamento de um menino de 11 anos, Albert Rosalba, na localidade conhecida como La Prairie, perto do lavadouro doado por Claude Monet e do moinho de Chennevières, no canal secundário escavado a partir do rio Epte. O menino estava sozinho. A Polícia Militar concluiu que foi um acidente: a criança teria escorregado e batido com a cabeça em uma pedra na margem. Inconsciente, Albert Rosalba, por sinal exímio nadador, afogou-se em 20 centímetros de água. A matéria cita a seguir a dor da família Rosalba e dos coleguinhas de turma do pequeno Albert. Inclui até mesmo algumas linhas sobre a polêmica que não cessa de aumentar: já faz mais de dez anos que Claude Monet morreu, não seria melhor cortar aquele braço de rio artificial e secar aquele laguinho de nenúfares insalubre e praticamente abandonado?

Uma fotografia fora de foco acompanha a notícia. Albert Rosalba está posando com uma camisa preta abotoada até o pescoço, os cabelos cortados curtos, sorrindo atrás da sua carteira na escola. Uma imagem comovente de menino bem-comportado.

É ele mesmo, pensa o delegado Laurentin.

Pega uma foto da turma na sacola junto a seus pés. Data e local estão indicados em um quadro-negro pendurado em uma árvore no pátio da escola: "Escola Municipal de Giverny – 1936-1937".

Foi Liliane Lelièvre que, em três cliques, desencavou aquela imagem de arquivo no site Copains d'Avant, exatamente como Patricia Morval tinha lhe dito ao telefone. De acordo com o que Liliane lhe falou, trata-se de um site onde é possível visitar as turmas das quais você fez parte desde o maternal, encontrar os rostos de pessoas com quem se conviveu a vida inteira, e não só nas carteiras escolares: todos aqueles com quem se frequentou uma fábrica, um regimento, uma colônia de férias, uma academia esportiva, uma escola de música... ou então de pintura.

Chega a ser surrealista, pensa o delegado Laurentin. É como se não houvesse mais necessidade de a pessoa se lembrar sozinha. Adeus, Alzheimer. É como se a vida inteira ficasse arquivada, classificada, desvendada, e até disponível para ser compartilhada... Enfim, quase. A maioria das fotos do site é de dez anos atrás; vinte ou trinta no máximo. Estranhamente, aquela foto escolar de 1936-1937 é de longe a mais antiga.

Estranho.

Como se Patricia Morval a tivesse posto na internet justamente para ele encontrar. O delegado Laurentin torna a se concentrar nas imagens.

Sim, é ele mesmo.

A foto do *Le Républicain de Vernon* corresponde perfeitamente àquele menininho na foto escolar, sentado no meio da segunda fileira.

Albert Rosalba.

Por outro lado, não há nenhum nome de criança na fotografia escolar tirada do site Copains d'Avant. Os nomes deviam estar anotados no verso do original... Paciência. Laurentin fecha o *Le Républicain de Vernon* de 5 de junho de 1937 e abre os números seguintes. Demora-se lendo as páginas de notícias locais, examinando os detalhes. Na edição de 12 de junho de 1937 há uma notícia sobre o velório de Albert Rosalba na igreja de Sainte-Radegonde, em Giverny. Sobre a dor de seus familiares.

A notícia tem três linhas.

Laurentin continua a abrir e fechar as publicações, que vão se acumulando em uma pilha sob o olhar preocupado da moça do guichê.

15 de agosto de 1937.

O delegado Laurentin encontra enfim o que estava procurando. Uma matéria pequena, quase nada, umas poucas linhas, sem fotografia, mas cujo título não deixa margem para dúvidas:

A FAMÍLIA ROSALBA SE MUDA DE GIVERNY.
ELA NUNCA ACREDITOU NA TESE DO ACIDENTE.

Hugues e Louise Rosalba, operários há mais de quinze anos nas fundições de Vernon, tomaram a decisão de se mudar do vilarejo de Giverny. Lembremos que eles foram atingidos, dois meses atrás, por um acontecimento trágico: após uma queda inexplicável, seu filho único, Albert, afogou-se acidentalmente no Ru, que margeia o Chemin du Roy. O afogamento provocou uma breve polê-

mica no conselho municipal em relação a secar esse braço do Epte e os jardins de Monet. Para explicar sua partida, o casal Rosalba mencionou a impossibilidade de seguir morando no cenário em que seu filho encontrou a morte. Mas o detalhe mais estranho é que Louise Rosalba afirma que o que a motiva em primeiro lugar a se mudar é o silêncio perturbador dos moradores. Segundo ela, seu filho Albert nunca passeava sozinho pelo vilarejo. Assim como afirmou diversas vezes à polícia, ela me reiterou: na sua opinião, "Albert não estava sozinho na beira do regato. Com certeza há testemunhas. Com certeza há pessoas que sabem". Ainda de acordo com Louise Rosalba: "Esse acidente convém a todo mundo. Ninguém quer um escândalo em Giverny. Ninguém quer encarar a realidade."

Comovente convicção de uma mãe ferida... Vamos desejar boa sorte ao casal Rosalba para reconstruir sua vida longe dessas lembranças macabras.

O delegado Laurentin relê várias vezes a matéria, fecha a publicação, em seguida examina longamente todos os outros números do *Le Républicain de Vernon* do ano de 1937, mas não encontra nenhum artigo dedicado ao caso Rosalba. Permanece um bom tempo parado. Por um segundo, pergunta-se o que está fazendo ali. Será que sua existência ficou vazia a tal ponto para que passe os dias a perseguir a primeira quimera que aparece? Seu olhar abarca a sala e a dezena de outros amadores de arquivos, todos concentrados nas pilhas de documentos amarelados. Cada qual com a sua busca. A caneta do delegado desliza pelo bloco de anotações. *2010 - 1937 = 73.*

Ele faz um cálculo rápido. O pequeno Albert tinha 11 anos em 1937, tendo portanto nascido em 1925 ou 1926. O casal Rosalba poderia ter hoje pouco mais de 100 anos. Uma centelha passa diante dos olhos do delegado Laurentin.

Talvez eles ainda estejam vivos.

A moça atrás do guichê observa o delegado se aproximar com a expressão do funcionário que vê um cliente surgir bem na hora de fechar. Só que são mais ou menos onze da manhã e o arquivo fica aberto o dia inteiro. O delegado Laurentin arrisca um número de charme à moda dos velhos atores da era de ouro de Hollywood, daqueles que não saberíamos dizer se ainda estão vivos ou não. Um misto de Tony Curtis e Henry Fonda.

– A senhorita teria uma lista telefônica virtual? Estou procurando um endereço, é bastante urgente...

A moça leva uma eternidade para levantar a cabeça e soltar:

– O senhor checou direito se...

O delegado explode, literalmente, colando sua identidade sob o nariz dela:

– Delegado Laurentin! Da delegacia de Vernon! Aposentado, admito, mas isso não me impede de continuar fazendo o meu trabalho. Então, mocinha, se desse para acelerar um pouco as coisas...

A moça suspira. Sem pânico ou raiva aparentes. Como se estivesse acostumada com as excentricidades dos anciãos que vêm vasculhar o arquivo e que de vez em quando, sabe-se lá por quê, dão um chilique. Mesmo assim, acelera ostensivamente o ritmo dos dedos sobre o teclado.

– Qual nome está procurando?

– Hugues e Louise Rosalba.

A moça digita. *Allegro*.

– Quer um endereço? – indaga ele.

– No caso de Hugues Rosalba não vai ser preciso – diz a moça em tom sóbrio. – Sempre checo antes de mobilizar a Interpol. Questão de hábito! Hugues Rosalba morreu em 1981, em Vascœil.

Laurentin absorve o golpe. Não há nada a dizer. A moça do guichê é mesmo organizada.

– E a mulher dele, Louise?

A moça torna a digitar.

– Nenhuma menção de óbito. Nenhum endereço conhecido tampouco.

Beco sem saída!

Laurentin examina o cômodo branco em volta à procura de uma ideia. Só para ver o que acontece, tenta lançar para a moça um olhar de cachorro carente *à la* Sean Connery. A resposta é um suspiro de exasperação do outro lado do guichê.

– Em geral, para encontrar pessoas a partir de uma certa idade, melhor do que a lista telefônica é procurar entre os residentes das casas de repouso – diz a moça com uma voz cansada. – Tem um montão delas aqui no Eure, mas, se a sua Louise morava em Vascœil, podemos começar pelas mais próximas de lá.

Sean Connery torna a sorrir. Por pouco, a moça poderia achar que é

Ursula Andress. Ela agora metralha o teclado com os dedos. Os minutos passam.

– Consultei os estabelecimentos pelo Google Maps – diz ela por fim. – O mais próximo de Vascœil, sem dúvida nenhuma, é o Les Jardins, em Lyons-la-Forêt. Deve ser possível encontrar informações sobre os residentes. Qual nome o senhor disse mesmo?

– Louise Rosalba.

As teclas crepitam.

– Eles devem ter um site, afinal... Ah, achei.

Laurentin torce o pescoço tentando espiar uma parte da tela do computador. Mais alguns minutos passam. A moça levanta a cabeça, triunfante.

– Bingo! Consegui a lista completa de residentes. Viu, não foi tão complicado assim. Achei a tal pessoa que o senhor está procurando. Louise Rosalba. Entrou há quinze anos na casa de repouso de Lyons-la-Forêt e, pelo visto, continua lá... Tem 102 anos! Vou logo avisando, delegado: não garanto a assistência técnica.

Laurentin sente o coração se acelerar perigosamente. Repouso, repouso, não para de lhe repetir seu cardiologista. Meu Deus! Será possível? Será que ainda existe uma testemunha?

Uma última testemunha?

E viva?!

56

As três viaturas da Polícia Militar descem a estrada Hoschedé-Monet com todas as sirenes aos berros. Não se dão sequer ao trabalho de contornar o vilarejo e cortam pelo caminho mais curto: Rue Blanche-Hoschedé--Monet, Rue Claude Monet, Chemin du Roy.

Giverny desfila.

A prefeitura.

A escola.

Ao ouvir as sirenes, todas as crianças da turma viram a cabeça e têm uma só vontade: correr até a janela. Stéphanie Dupain as contém com um gesto calmo. Nenhuma das crianças reparou como ela está abalada. Para manter o equilíbrio, a professora põe a mão sobre a mesa.

– Crianças... crianças... Calma! Vamos voltar para a lição.

Ela pigarreia para limpar a voz. As sirenes da polícia continuam a ecoar dentro da sua cabeça.

– Então, crianças, eu estava falando sobre o Desafio Internacional Jovens Pintores, organizado pela Fundação Robinson. Lembro a vocês que só faltam mais dois dias para entregar seus quadros. Espero que este ano muitos de vocês aproveitem essa chance.

Stéphanie não consegue afastar a imagem do marido lhe sorrindo naquela manhã, quando ela ainda estava na cama, dando-lhe um beijo e pousando uma das mãos no seu ombro: "Bom dia para você, meu amor."

Continua a recitar uma lição tantas vezes repetida:

– Sei muito bem que nenhuma criança de Giverny jamais ganhou o concurso, mas tenho certeza também de que, quando o júri internacional vir que uma das candidaturas veio da escola de Giverny, isso vai ser uma tremenda vantagem para vocês!

Stéphanie revê Jacques colocando a cartucheira... Jacques soltando da parede o fuzil de caça...

– Crianças, Giverny é um nome que faz sonhar pintores do mundo inteiro.

Mais dois bólidos azuis atravessam o vilarejo. Sem querer, Stéphanie se sobressalta, em pânico. Impotente. Os carros sequer diminuíram a velocidade para atravessar o vilarejo, por assim dizer.

Laurenç?

Ela tenta se concentrar outra vez. Olha para os alunos e passa em revista um a um os rostos à sua frente. Sabe que, entre aqueles alunos, alguns são particularmente talentosos.

– Observei que entre vocês existem alguns e algumas com muito talento.

Fanette baixa os olhos. Não gosta muito quando a professora olha para ela desse jeito. Fica encabulada.

Sinto que ela vai falar de mim.

– Estou pensando em você, Fanette. Estou pensando particularmente em você. Conto com você!

O que foi que eu disse?

A menina fica vermelha até as orelhas. No instante seguinte, a professora se vira para o quadro-negro. No fundo da sala, Paul pisca o olho para Fanette. O menino se estica sobre a carteira em frente a Vincent, sentado ao seu lado, e estica o pescoço para se aproximar um pouco mais da menina.

– A professora tem razão, Fanette! É você quem vai ganhar esse concurso. Você e mais ninguém!

Mary está sentada logo na frente deles, dividindo a carteira com Camille. Vira-se para eles.

– Shh...

Todas as cabeças se imobilizam de repente.

Alguém bate à porta.

Stéphanie vai abrir, nervosa. Depara com o semblante transtornado de Patricia Morval.

– Stéphanie... Preciso falar com você. É... é importante.

– C-crianças, me esperem aqui.

Mais uma vez, a professora tenta fazer com que nenhum de seus gestos traia, na frente das crianças, o terrível pânico que a domina.

– Vou demorar só um instante.

Stéphanie sai. Fecha a porta atrás de si e avança até o pátio da prefeitura, debaixo das tílias. Patricia Morval não disfarça a agitação. Veste uma jaqueta amarrotada que não combina com a saia verde-garrafa. Stéphanie observa que o coque da mulher, em geral impecável, foi feito às pressas. Por pouco ela não saiu para a rua de roupão.

– Foram Titou e Patrick que me avisaram – sai falando Patricia de uma vez só. – Jacques foi preso ao pé da trilha da Astragale quando eles estavam voltando da caça.

Stéphanie leva a mão ao tronco da tília mais próxima. Não compreende.

– O quê? Que história é essa?

– O inspetor Sérénac... ele prendeu Jacques. Ele o acusa de ter assassinado Jérôme!

– Lau... Laurenç...

Patricia Morval encara Stéphanie com um ar estranho.

– Sim, Laurenç Sérénac. Aquele policial.

– Meu Deus.. E Jacques não...

– Não, não, fique tranquila, seu marido não teve nada. Pelo que me disseram, ainda bem que Patrick estava lá. O assistente de Sérénac também, o inspetor Bénavides. Eles impediram por um triz que a coisa não virasse uma carnificina. Dá para acreditar numa coisa dessas, Stéphanie? Sérénac, aquele louco, acha que foi Jacques quem matou meu Jérôme.

Stéphanie sente que as pernas têm dificuldade para sustentá-la e deixa o corpo desabar contra o tronco claro da árvore. Precisa respirar. Precisa pensar com calma. Precisa voltar para sua turma; seus alunos estão esperando. Precisa correr até a delegacia. Precisa...

As mãos de Patricia Morval torcem a gola de sua jaqueta amarrotada.

– Foi um acidente, Stéphanie. Desde o começo quis acreditar que foi um acidente. Mas e se eu estiver errada? Se estiver errada e alguém tiver de fato matado Jérôme? Diga para mim, Stéphanie: não pode ser Jacques? Me diga que não pode ser Jacques...

Stéphanie encara Patricia Morval com seu olhar de ninfeias. Olhos assim não podem mentir.

– É claro que não, Patricia. É claro que não.

57

Estou espionando as duas mulheres. Enfim, espionar é uma palavra meio forte. Estou apenas sentada em frente, do outro lado da rua, a poucos metros da Art Gallery Academy, sem nem por isso ficar muito perto da escola. Não totalmente invisível, apenas discreta. Apenas no lugar certo para não perder nada da cena. Tenho bastante talento para isso, acho que vocês já perceberam. Na verdade, não é muito difícil. Patricia e Stéphanie estão falando alto. Netuno está deitado a meus pés. Como todos os dias, espera as crianças saírem. Esse cachorro tem umas manias... E eu, como uma velha gagá, cedo ao desejo dele e venho até aqui quase todos os dias, esperar junto com ele o fim das aulas.

Enquanto isso, Netuno precisa se contentar com uma saída de escola que lhe dá muito menos vontade de abanar o rabo: a saída dos pintores da Art Gallery Academy. Uma quinzena de artistas tão promissores quanto uma bancada de senadores. É claro que todos puxam seus carrinhos de pintura e exibem seus crachás vermelhos para não se perderem. É o fim das aulas da terceira idade! Turma internacional: canadenses, americanos, japoneses.

Tento me concentrar na conversa entre Stéphanie Dupain e Patricia Morval. Não falta muito para o desfecho, em breve teremos o último ato da antiga tragédia. O sacrifício sublime.

Você não tem mais escolha, minha pobre Stéphanie.

Vai ter de...

Não acredito!

Um pintor estaca bem na minha frente: um octogenário americano típico, com o boné de Yale enfiado na cabeça e meias por dentro das sandálias de couro.

O que ele quer comigo?

– Mil perdões, *miss*.

Ele pronuncia todas as palavras com um sotaque sulista. Deixa um intervalo de três segundos entre cada sílaba, o que significa menos de uma frase por minuto.

– Com certeza é daqui, não, *miss*? Com certeza conhece algum lugar original para pintar.

Sou quase grosseira:

– Ali em cima, a 50 metros, tem uma placa! Um mapa com todas as trilhas e todas as vistas.

Dez segundos por frase, bati o recorde! Praticamente o mandei pastar, mas o americano continua a sorrir.

– Muito obrigado, *miss*. Tenha um ótimo dia.

Ele se afasta. Fico reclamando sozinha daquela maldita invasão. O texano me fez perder o desenrolar da cena. Patricia Morval está agora sozinha na praça da prefeitura; Stéphanie já voltou para dentro da sala de aula. Com certeza muito abalada. Obviamente dilacerada pelo maior dos dilemas.

Seu dedicado marido preso pelo seu belo inspetor.

Minha pobre querida, se você soubesse... se soubesse que na verdade está escorregando em uma prancha que já foi ensaboada para você. Inexoravelmente.

Mais uma vez, hesito. Não vou lhes esconder: também estou dilacerada pelo dilema. Calar-me ou pegar o ônibus e ir contar tudo na delegacia de Vernon?

Se não decidir agora, depois não vou ter mais coragem. Estou consciente disso. A polícia está empacada. Não interrogou as testemunhas certas, não desenterrou os cadáveres certos. Nunca vão descobrir a verdade se continuarem a agir sozinhos. Nunca vão sequer desconfiar da verdade. Não se iludam: nenhum policial, por mais genial que fosse, poderia agora impedir o funcionamento dessa engrenagem maldita.

Os americanos se dispersam pelo vilarejo como representantes comerciais em um condomínio. Sem rancor algum, o boné de Yale chega a me dar um leve aceno. Patricia Morval passa um longo tempo pensativa na praça da prefeitura, em seguida torna a descer em direção à sua casa.

É claro que passa na minha frente.

Que cara feia!

Patricia tem o semblante fechado da mulher resignada a nunca mais conhecer outro amor a não ser aquele que acaba de lhe ser tirado. Com certeza deve pensar na nossa conversa de alguns dias atrás. Nas minhas confidências. No nome do assassino do seu marido. O que terá feito? Será que pelo menos acreditou em mim? Uma coisa é certa: não falou com a polícia. Nesse caso, eu já saberia.

Forço-me a lhe dizer alguma coisa. Não sou mais de falar muito, vocês devem ter reparado, nem quando os americanos me paqueram.

– Tudo bem, Patricia?

– Tudo, tudo bem... Tudo bem, sim.

A viúva Morval também não é de falar muito.

58

– Onde está meu marido?

– Detido na prisão de Evreux – responde Sylvio Bénavides. – Não se preocupe, madame Dupain. É só uma acusação. O juiz vai rever o caso todo.

Stéphanie Dupain encara um de cada vez os dois homens na sua frente, os inspetores Sylvio Bénavides e Laurenç Sérénac. Mais do que falar, ela grita:

– Vocês não têm o direito!

Sérénac ergue os olhos para as paredes da sala e se demora observando as telhas penduradas: seu olhar se perde nos meandros dos jogos de luz das costas nuas da ruiva pintada por Toulouse-Lautrec. Ele deixa Sylvio responder. Seu assistente fará isso melhor ainda devido ao fato de que vai tentar convencer a si mesmo.

– Madame Dupain. É preciso encarar a realidade de frente. A acumulação de indícios convergentes que acusam o seu marido. Primeiro o par de botas desaparecido...

– Elas foram roubadas!

– A caixa de tintas encontrada na cena do crime – continua Bénavides, impassível. – Com ameaças gravadas dentro, redigidas na caligrafia do seu marido, fato confirmado pela maioria dos peritos...

Esse argumento deixa Stéphanie Dupain abalada. Pelo visto, é a primeira vez que ouve falar naquela história de caixa de tintas e parece mergulhar nas sombras da própria memória. Ela também vira a cabeça e examina os cartazes pregados na parede. Imobiliza-se por vários segundos na reprodução do *Arlequim* de Cézanne, com seu chapéu de lua na cabeça, como quem procura naquele rosto sem lábios a força para se recusar a ceder.

– Devo ter passeado com Jérôme Morval duas vezes. Três, talvez. Nós conversamos, só isso. O gesto mais ousado que ele tentou foi segurar a minha mão. Esclareci a situação e nunca mais estive com ele a sós. Além do mais, Patricia Morval, que é minha amiga de infância, pode confirmar isso. Inspetores, tudo isso é ridículo, os senhores não têm motivo...

– E o seu marido não tem álibi!

Dessa vez, quem respondeu foi Laurenç Sérénac. Uma resposta direta, que passa na frente das longas explicações de Sylvio.

Stéphanie hesita por vários segundos. Desde o início do encontro, Laurenç evita cruzar olhares com ela. Ela tosse, contrai as duas mãos sobre o tecido da saia, em seguida diz, com uma voz miúda:

– Meu marido não pode ter assassinado Jérôme Morval. Ele estava dormindo comigo naquele dia de manhã.

Os inspetores Bénavides e Sérénac se imobilizam na mesma atitude embasbacada. Bénavides mantém uma das mãos no ar, a que segura a caneta. Sérénac mantém o cotovelo em cima da mesa e a palma aberta, a sustentar o peso de um queixo mal barbeado e de uma cabeça subitamente pesada. Um silêncio de museu toma conta da sala 33. Stéphanie decide aproveitar ainda mais sua vantagem:

– Se quiserem mais detalhes, inspetores, Jacques e eu fizemos amor nesse dia de manhã. Por iniciativa minha. Quero ter um filho. Na manhã em que Jérôme Morval foi assassinado, nós estávamos transando. É materialmente impossível meu marido ser culpado.

Sérénac se levanta. A resposta estala como um chicote:

– Stéphanie, alguns dias atrás a senhora me disse outra coisa. Me afirmou que seu marido tinha ido caçar, como toda terça de manhã.

– Pensei bem desde então. Eu... eu estava abalada na ocasião. Me enganei de dia.

Sylvio Bénavides se levanta por sua vez e toma a iniciativa de apoiar o chefe:

– Sua declaração diferente não muda nada, madame Dupain. O testemunho de uma mulher a favor do marido não é válido.

Stéphanie Dupain levanta a voz:

– Que babaquice! Qualquer advogado...

Por sua vez, o timbre da voz de Sérénac se acalma:

– Sylvio, deixe-nos a sós.

Bénavides demonstra ostensivamente sua decepção, mas sabe que não tem escolha. Ajeita um maço de papéis, coloca-o debaixo do braço e sai da sala 33 fechando a porta atrás de si.

– O senhor... o senhor está estragando tudo! – explode Stéphanie Dupain na mesma hora.

Laurenç Sérénac mantém a calma. Está sentado na cadeira de rodinhas e se deixa rolar lentamente com os pés esticados.

– Por que está fazendo isso?

– Isso o quê?

– Prestando esse falso testemunho.

Stéphanie não responde. Seus olhos erguidos escorregam de Cézanne para as costas nuas da mulher ruiva.

– Detesto Toulouse-Lautrec. Detesto essa espécie de voyeurismo hipócrita.

Ela baixa os olhos. Pela primeira vez ali na sala, seu olhar cruza com o de Laurenç Sérénac.

– E o senhor, por que está fazendo isso?

– Isso o quê?

– Se concentrando nessa única pista. Perseguindo meu marido como se ele fosse um assassino. Ele não é culpado, eu sei disso. Solte o meu marido!

– E as provas?

– Jacques não tinha motivo. É ridículo! Quantas vezes vou precisar dizer? Nunca fui para a cama com Morval. Nenhum motivo, e, por outro lado, ele tem um álibi. Eu...

– Não acredito na senhora, Stéphanie.

O tempo na sala 33 para.

– Então o que vamos fazer?

Stéphanie anda pelo recinto com passinhos nervosos. Laurenç a observa adotando de novo sua postura falsamente descontraída, com a cabeça inclinada e o queixo sustentado pela mão aberta. Stéphanie sorve uma inspiração profunda, como se estivesse se perdendo na espiral do coque ruivo nas costas da modelo pintada por Toulouse-Lautrec, então se vira de repente.

– Inspetor, que escolha resta a uma mulher desesperada? Até onde ela pode ir para salvar o marido? De quanto tempo precisa para entender o recado? O senhor conhece aqueles romances policiais americanos, inspetor, com aqueles policiais capazes de acusar um pobre sujeito só para lhe roubar a mulher?

– Não, Stéphanie.

Stéphanie Dupain caminha em direção à mesa. Lentamente, remove as duas fitas prateadas que prendem seus longos cabelos castanhos. Despenteia-os com delicadeza ao mesmo tempo que se senta sobre a mesa do inspetor. Está a menos de 1 metro dele, mas ele permanece sentado e precisa erguer os olhos para encará-la.

– Era isto que o senhor estava esperando, não é, inspetor? Não sou tão boba assim, sabe? Se me entregar ao senhor, vai estar tudo terminado, é isso?

– Pare, Stéphanie.

– Qual é o problema, inspetor? Está com medo de dar o último passo? Não fique pensando demais... O senhor conseguiu capturar a mulher fatal na sua rede. Ela está presa, o marido está atrás das grades, ela está encurralada. Ela lhe pertence...

Stéphanie ergue as pernas devagar, de modo a fazer a saia descer por sua pele nua. Um dos botões da blusa branca desaparece entre seus dedos. As sardas explodem no início da curva do busto até o algodão da parte superior do sutiã agora exposto.

– Stéph...

– A menos que seja ela, a mulher fatal, quem esteja puxando as cordinhas desde o início. Por que não, afinal?

Os olhos de Stéphanie se estreitam. Laurenç Sérénac se surpreende ao detectar ali o mistério oriental de um sol nascente azul-escuro. Precisa se recompor. Não tem tempo de continuar o raciocínio, pois a professora segue falando:

– Ou então os dois. O marido e a mulher, cúmplices. Dois diabólicos. O casal infernal. O senhor seria apenas o joguete, inspetor...

Ainda sentada, Stéphanie agora está com os dois pés em cima da mesa, e a saia de sarja bege escorrega e se embola em volta da cintura. Um segundo botão da blusa se abre. É possível adivinhar os mamilos dos seios da professora sob a renda fina de sua roupa de baixo. Gotas de suor escorrem para dentro do seu decote.

Gotas de medo? Ou de excitação?

– Pare, Stéphanie. Pare com esse joguinho ridículo. Vou tomar o seu depoimento.

Ele se levanta e vai buscar uma folha de papel. Bem devagar, Stéphanie Dupain reabotoa a blusa, alisa a saia, que torna a lhe cobrir as pernas, e as cruza.

– Vou logo avisando, inspetor, não vou mudar de opinião. Não vou modificar sequer uma linha do que já afirmei. Naquela manhã, na manhã em que Jérôme Morval foi assassinado, Jacques estava na cama comigo.

O inspetor vai escrevendo devagar.

– Estou anotando, Stéphanie. Mesmo que não acredite.

– Quer outros detalhes, inspetor? Quer testar a credibilidade das minhas informações? Quer saber se nós transamos? Em que posição? Se eu gozei?

– O juiz com certeza vai lhe perguntar essas coisas.

– Então anote. Anote aí, Laurenç. Não, eu não gozei. Foi uma transa rápida. Eu fiquei por cima. Quero ter um filho. Parece que ajoelhada por cima do homem é uma das melhores posições para conceber.

O inspetor continua com os olhos baixos, anotando em silêncio.

– Quer mais algum detalhe, inspetor? Sinto muito, não tenho nenhuma foto, nenhuma prova, mas posso descrever.

Laurenç Sérénac se levanta devagar.

– A senhora está mentindo, Stéphanie.

O inspetor contorna a mesa, abre a primeira gaveta e pega um livro de capa mole. *Aureliano*.

– Estou convencido de que está mentindo.

Ele abre o livro em uma página com o canto dobrado.

– Lembre-se de que foi a senhora quem me pediu para ler este livro de Aragon por causa daquela frase estranha encontrada no bolso de Jérôme Morval. A que começa com "O crime de sonhar"... Posso refrescar sua memória, Stéphanie? Capítulo 64. Aureliano encontra Bérénice nos jardins de Monet e ela foge por uma trilha baixa de Giverny, como se quisesse escapar ao próprio destino. Aureliano a persegue e a encontra, ofegante, apoiada na sebe. Perdoe-me, acho que não consigo me lembrar do texto todo, vou ler a cena para a senhora.

Dessa vez, quase a primeira, Laurenç Sérénac sustenta o olhar púrpura de Stéphanie.

– "Aureliano avançava na sua direção, via seu peito erguido, a cabeça caída para trás com os cabelos louros esparramados todos para o mesmo lado. Pálpebras abaixadas, olheiras que tornavam os olhos ainda mais perturbadores e aquela boca trêmula, os dentes bem juntinhos, felinos, tão brancos..."

O inspetor avança. Está agora em pé diante de Stéphanie. Ela não pode recuar; está presa contra a mesa. Laurenç avança mais ainda; o joelho da professora agora toca o tecido de seu jeans. Ela sente o quadril do inspetor exatamente na altura do baixo-ventre. Bastaria ela descruzar as pernas...

Sérénac continua a ler:

– "Aureliano parou. Estava na frente dela, muito perto, dominava-a. Nunca a tinha visto assim..."

Ele solta o livro por um instante.

– É a senhora quem está estragando tudo, Stéphanie.

Laurenç pousa uma das mãos no joelho nu dela. A carne estremece; Stéphanie não consegue se conter. Não consegue impedir o tremor das duas pernas enroscadas como um pé de glicínia em uma estaca. Sua voz já não está tão firme:

– O senhor é um homem engraçado, inspetor. Um policial. Amante da pintura. Amante da poesia.

Sérénac não responde. Vira algumas páginas com a mão.

– Ainda o famoso capítulo 64, algumas linhas mais adiante, está lembrada? "Vou levá-la para um lugar onde ninguém a conheça, nem mesmo os motoqueiros... Onde você terá liberdade para escolher... Onde nós vamos decidir nossa vida..."

O livro cai ao mesmo tempo que seu braço, junto à cintura, como se pesasse uma tonelada. Ele deixa a outra mão pousada sobre a pele lisa da parte inferior da coxa que ainda treme, por muito tempo, como quem tenta acalmar o coração disparado de um bebê.

Eles permanecem assim, em silêncio.

Sérénac é o primeiro a quebrar o feitiço. Recua. Fecha a mão em torno da folha onde anotou o depoimento da professora.

– Sinto muito, Stéphanie. Foi a senhora quem me pediu para ler este romance.

Stéphanie Dupain passa a mão diante dos olhos, entre lágrimas, emoção e cansaço.

– Não confunda as coisas todas. Também li Aragon. Estou livre para escolher, já entendi. Fique tranquilo, vou decidir minha vida. Se quiser mesmo saber, Laurenç, já lhe disse. Não, não amo meu marido. Vou até lhe dar outro furo de reportagem: acho que vou deixá-lo. Isso traçou seu caminho dentro de mim, como um rio comprido, como se as ondas desses últimos dias só pudessem ser o prenúncio de uma cascata. Entende o que quero dizer? Mas isso não muda nada o fato de ele ser inocente. Uma mulher não abandona um homem na prisão. Uma mulher só abandona um homem livre. Entende isso, Laurenç? Não retiro nada do meu depoimento. Naquela manhã, eu estava fazendo sexo com meu marido. Meu marido não matou Jérôme Morval.

Sem dizer nada, Laurenç Sérénac lhe estende a folha de papel e uma caneta. Ela assina sem reler. Então sai da sala. Sérénac desvia os olhos para as últimas linhas do capítulo 64 de *Aureliano*.

"*Ele a observou fugir. Seus ombros estavam curvados, ela fingia não andar depressa... Ele ficou imobilizado com essa inacreditável confissão. Ela estava mentindo, ora! Não. Ela não estava mentindo.*"

Quanto tempo transcorre antes de Sylvio Bénavides bater à porta? Longos minutos? Uma hora?

– Pode entrar, Sylvio.

– E aí?

– Ela mantém sua versão. Está protegendo o marido.

Sylvio Bénavides morde os lábios.

– Talvez seja melhor assim, no fim das contas...

Ele desliza por cima da mesa um maço de papéis.

– Acabou de chegar. Pellissier, o grafologista de Rouen, modificou seu parecer. Depois de aprofundar a análise, chegou à conclusão de que a frase gravada na caixa de tintas encontrada no regato não pode ter sido escrita por Dupain.

Um suspense exasperador perdura por um tempo, e então:

– Prepare-se, chefe. De acordo com ele, a frase foi gravada por uma criança! Uma criança de uns 10 anos! Ele foi categórico.

– Puta que pariu – murmura Sérénac. – Que porra é essa agora?

Seu cérebro parece se recusar a refletir. Mas Bénavides ainda não terminou:

– E não é só isso, chefe. Recebemos também as primeiras análises do sangue encontrado na caixa de tintas. Segundo elas, uma coisa é certa: não é nem o sangue de Morval nem o de Jacques Dupain. Eles ainda estão pesquisando.

Sérénac se levanta e titubeia.

– Outro assassinato, é isso que está tentando me dizer?

– Não sabemos, chefe. Na verdade, não estamos entendendo mais nada.

Laurenç Sérénac dá voltas pela sala.

– Tá, tá bom. Já entendi o recado, Sylvio. Não tenho outra escolha senão liberar Jacques Dupain. O juiz vai protestar... menos de cinco horas detido.

– Ele vai preferir isso a um erro judicial.

– Não, Sylvio. Não. Estou vendo muito bem o que você está pensando, que me enganei de cabo a rabo, que fiz aquela presepada toda no final da trilha da Astragale para prender um cara e, no fim das contas, nossas provas escorrem por entre nossos dedos poucas horas mais tarde. Precisamos soltá-lo. Mas isso não muda em nada a minha convicção. Em nada! Jacques Dupain é culpado!

Sylvio Bénavides não responde. Entende agora que, no terreno minado das intuições de seu chefe, não é possível ter nenhuma conversa sensata. Bénavides, porém, torna a pensar na soma de elementos contraditórios que se acumulam nas colunas da folha dobrada que não sai mais do seu bolso.

Impossível haver uma resposta simples para todos esses indícios delirantes e contraditórios, impossível. Quanto mais a investigação progride, mais Sylvio tem a impressão de que alguém está brincando com eles, puxando as cordinhas, divertindo-se ao multiplicar falsas pistas para tirá-los do caminho, para poder prosseguir, com toda a impunidade, seu plano perfeitamente orquestrado.

– Entre.

Laurenç Sérénac ergue os olhos, surpreso por estarem batendo à porta da sua sala a uma hora tão avançada. Pensava estar sozinho na delegacia, ou quase. A porta da sala não está fechada. Sylvio está parado na soleira; seus olhos exibem uma expressão estranha. Não é apenas cansaço; tem alguma outra coisa.

– Sylvio, você ainda está aqui?

Sérénac consulta o relógio de parede da sala.

– Já passa das seis! Porra, você deveria estar na maternidade segurando a mão da sua Béatrice. E deveria dormir também...

– Consegui, chefe!

– Conseguiu o quê?

Sérénac tem quase a impressão de que até os personagens dos quadros se viraram: o arlequim de Cézanne, a ruiva de Toulouse-Lautrec.

– Consegui, chefe. Caramba, consegui.

59

O SOL ACABA DE se esconder atrás da última cortina de choupos. Para qualquer pintor, a penumbra que passa a dominar tudo significaria que está na hora de fechar seu cavalete, colocá-lo debaixo do braço e ir para casa. Paul avança pela ponte e observa Fanette pintar com frenesi, como se a sua vida inteira dependesse daqueles últimos minutos de luminosidade.

– Sabia que iria encontrar você aqui.

Fanette o cumprimenta com um gesto, sem parar de pintar.

– Posso ver?

– Pode. Estou com pressa. Com as aulas que não acabam nunca, minha mãe que não para de encher meu saco e o sol que some cedo demais, nunca vou conseguir terminar meu quadro. Preciso entregar depois de amanhã.

Paul tenta ser o mais discreto possível, como se o próprio ar que respira pudesse perturbar o equilíbrio da composição. No entanto, teria mil perguntas para fazer a Fanette.

Sem se virar para o menino, ela antecipa suas interrogações:

– Eu sei, Paul, que não há ninfeias no regato... Mas não estou nem aí para a realidade. Já pintei as *Ninfeias* outro dia, nos jardins de Monet. Quanto ao resto, impossível; não estava chegando a lugar nenhum com aquela água parada. Precisava colocar meus nenúfares num rio, numa água viva, algo que dançasse. Uma linha de fuga de verdade, sabe? Algo que se mexesse.

Paul está fascinado.

– Como você consegue, Fanette? Como é capaz de transmitir a impressão de que o seu quadro está vivo, de que a água está correndo, e até mesmo o vento agitando as flores? Desse jeito, apenas com tinta sobre uma tela...

Gosto quando Paul me elogia.

– É mais forte do que eu, sabe? Como dizia Monet, não sou eu, é só o meu olho. Eu me contento em reproduzir na tela o que meu olho vê.

– Você é incr...

– Cale a boca, bobo! Vou lhe dizer uma coisa: na minha idade, Claude Monet já era um pintor conhecido na cidade de Le Havre por causa das caricaturas que fazia dos passantes. Além do mais, não chego a ser... Por exemplo, olhe aquela árvore ali em frente, o choupo. Sabe o que Monet pediu a um camponês um dia?

– Não.

– Ele tinha começado a pintar uma árvore no inverno, um carvalho velho. Quando voltou, três meses depois, ela estava coberta de folhas. Então ele pagou o dono da árvore, um camponês, para tirar todas elas, uma por uma.

– Você conta cada história...

– Não! Foi preciso dois homens durante um dia inteiro para despir o modelo! E Monet escreveu para a mulher que estava muito orgulhoso de poder pintar uma paisagem invernal em pleno mês de maio!

Paul se contenta em encarar as folhas que dançam ao vento.

– Eu faria isso por você, Fanette. Mudaria a cor das árvores. Se você me pedisse, faria isso por você.

Eu sei, Paul. Eu sei.

* * *

Fanette ainda passa vários minutos pintando. Paul fica parado atrás dela, em silêncio. A claridade diminui mais ainda. A menina acaba desistindo.

– Não adianta mais nada. Amanhã eu termino. Espero que...

Paul avança até a beira do regato e observa a água que corre a seus pés.

– Ainda sem notícias de James?

A voz de Fanette parece se fissurar. Paul tem a impressão de que pintar tinha lhe permitido esquecer e de que agora a realidade a alcançou outra vez. Pensa que é um idiota, que não deveria ter feito aquela pergunta.

– Não – murmura Fanette. – Nenhuma notícia. É como se James nunca tivesse existido! Acho que estou ficando louca, Paul. Até Vincent me disse que não se lembra dele. Apesar de ter nos visto, de ter nos espionado todas as tardes. Não foi um sonho!

– Vincent é esquisito.

Paul procura o sorriso mais reconfortante do seu repertório.

– Garanto, se de vocês dois houver um que não bate bem da bola, você é que não é! Tentou falar sobre James com a professora?

Fanette se aproxima da sua tela para ver se está seca.

– Não, ainda não. Não é fácil, entende? Vou tentar amanhã.

– E por que não fala com outros pintores do vilarejo?

– Não sei, não tenho coragem. James andava sempre sozinho. Tenho a impressão de que, tirando eu, não gostava de muita gente.

Sabe, Paul, sinto um pouco de vergonha. Muita, na verdade. Às vezes penso que deveria esquecer James, fingir que ele nunca existiu.

Fanette segura com firmeza sua tela, quase maior do que ela, e a pousa sobre uma grande folha de papel pardo que usa para protegê-la. Seus olhos se voltam para o moinho de Chennevières. A torre do moinho se destaca num céu que vai ficando rosa-alaranjado. A visão é ao mesmo tempo bela e assustadora. Fanette se arrepende na mesma hora de ter guardado seu material.

– Sabe o que penso às vezes, Paul?

A menina está curvada sobre a folha de papel pardo que vai dobrando com delicadeza.

– Não.

– Acho que inventei James. Que ele não existia de verdade. Que ele é, como dizer, uma espécie de personagem de um quadro. Que eu o imaginei. É, James na verdade é o pai Trognon do quadro de Theodore Robinson. Desceu do seu cavalo para falar comigo, para me contar sobre Monet, me dar vontade de pintar, dizer que eu tinha talento, e depois voltou para o lugar de onde tinha vindo, dentro do seu quadro, em cima do seu cavalo, no regato, ao pé do moinho.

Você me acha louca, não é?

Paul se inclina por sua vez e ajuda Fanette a carregar a tela.

– Você não pode ficar com essas ideias na cabeça, Fanette. Não pode. Não mesmo. Para onde vamos levar sua obra-prima?

– Espere, vou lhe mostrar meu esconderijo secreto. Não a levo para casa porque minha mãe me acha uma louca por causa do James e não quer mais nem ouvir falar em pintura, menos ainda nesse tal concurso… Toda vez é um drama!

Fanette escala a ponte e pula para trás do lavadouro.

– Só é preciso cuidado para não escorregar nos degraus e cair na água. Dê aqui o quadro.

A tela passa de uma mão a outra.

– Olhe, o meu esconderijo fica ali, debaixo do lavadouro. Tem um oco, um espaço exato, como se tivesse sido inventado para esconder um quadro!

Fanette vasculha os arredores com ar de conspiradora: a pradaria que se estende à sua frente, o contorno do moinho que vai se apagando aos poucos no céu.

– Você é o único a saber, Paul. Além de mim.

Paul sorri. Adora essa cumplicidade, a confiança que Fanette deposita nele. De repente, as duas crianças se sobressaltam. Alguém está andando, correndo perto delas. Com um pulo, Fanette torna a atravessar a ponte. Uma sombra indistinta avança.

Por um instante, pensei que fosse James.

– Seu idiota, você assustou a gente! – grita Fanette.

Netuno começa a se esfregar nas suas pernas. O pastor-alemão ronrona feito um gato grande.

– Uma correção, Paul. São só dois a conhecer meu esconderijo: Netuno e você!

60

Sérénac lança um olhar espantado para seu assistente. Sylvio tem os olhos brilhantes de cansaço, como um cão que houvesse atravessado o país para encontrar seus donos.

– O que foi que você descobriu, porra?

Sylvio avança, puxa uma cadeira de rodinhas e se deixa cair nela. Põe uma folha de papel debaixo do nariz do chefe.

– Olhe. São os números no verso das fotos das amantes de Morval.

Sérénac abaixa a cabeça e lê.

23-02. Fabienne Gonçalves, no consultório de oftalmologia de Morval.
15-03. Aline Malétras, no clube Zed, na Rue des Anglais.
21-02. Alysson Murer, na praia de Sark.
17-03. A desconhecida de jaleco azul, na sala de Morval.
03-01. Stéphanie Dupain, na trilha da Astragale, acima de Giverny.

– A coisa me veio assim, de uma vez, quando estava passando minhas anotações a limpo. Lembra-se do que Stéphanie Dupain nos disse mais cedo sobre Morval?

– Ela disse várias coisas.

Sérénac morde a língua. Seu assistente brande uma folha na qual sem dúvida alguma anotou as palavras de Stéphanie.

– Vou ler para o senhor exatamente o que ela disse: "Devo ter passeado com Jérôme Morval duas vezes. Três, talvez. Nós conversamos, só isso. O gesto mais ousado que ele tentou foi segurar a minha mão. Esclareci a situação e nunca mais estive com ele a sós."

– E daí?

– Tá. Agora, chefe, lembra-se do que eu disse anteontem à noite, quando liguei lá do hospital? Sobre Aline Malétras, a garota de Boston?

– Em relação a quê?

– Em relação a Morval!

– Que ela engravidou.

– E antes disso?

– Que quando ela saía com Morval tinha 22 anos e muitos predicados, e Morval dez a mais e muito dinheiro.

Sylvio Bénavides crava em Sérénac uns olhos de sonâmbulo despertado no susto.

– Isso, exatamente, mas ela especificou também que tinha saído com Morval umas quinze vezes!

Sérénac encara as linhas que se embaçam em cima da sua mesa.

15-03. Aline Malétras no clube Zed, na Rue des Anglais.
03-01. Stéphanie Dupain na trilha da Astragale, acima de Giverny.

Seu assistente não lhe dá tempo para respirar:

– Então agora o senhor entendeu. Stéphanie Dupain, 03; Aline Malétras, 15. É o código mais idiota que pode haver: o número de vezes que o casal adúltero se encontrou está anotado no verso de cada foto. O detetive particular, ou o paparazzo, deve ter escolhido a imagem mais representativa da relação dentre todas aquelas de que dispunha.

Laurenç Sérénac observa seu assistente com admiração genuína.

– E imagino que, se você veio me procurar, é porque já verificou o caso das outras moças.

– Exato – responde Bénavides. – Acabo de falar ao telefone com Fabienne Gonçalves. Ela não sabe me dizer exatamente quantas vezes saiu com o patrão, mas insisti tanto que ela acabou me dando uma ordem de grandeza, entre vinte e trinta.

Sérénac dá um assobio.

– E Alysson Murer?

– Nossa inglesinha corajosa anota tudo numa pequena agenda e guarda todas as suas pequenas agendas dos anos anteriores dentro de uma gaveta. Ela contou junto comigo ao telefone, porque nunca tinha pensado nisso.

– E o resultado?

– Bingo: ela contou exatamente 21 encontros!

– Incrível! Adoro as pessoas meticulosas que anotam tudo.

Sérénac lança uma piscadela cúmplice para seu assistente. Sylvio não dá atenção à indireta e continua:

– Estamos, portanto, diante de um detetive particular igualmente meticuloso. Para ser capaz de contabilizar cada encontro...

– Mais ou menos. Com exceção de Alysson Murer, nada indica que se trate do número exato. É uma ordem de grandeza. Imagino que seja isso que se perguntaria a um detetive particular que estivesse investigando as infidelidades do marido: uma faixa aproximada do número de ocorrências fora do leito conjugal. Para resumir, Sylvio, a boa notícia é que não vamos mais perder tempo com esse código. A má notícia é que ele não nos informa absolutamente nada.

– Só que ainda tem os segundos números: 01, 02, 03.

Sérénac franze o cenho.

– Você tem alguma ideia em relação a isso?

Bénavides dá uma de modesto.

– Quanto se puxa um fio, o resto vem naturalmente. Sabemos que o primeiro algarismo não é uma data, mas que diz respeito à natureza do relacionamento entre Morval e suas amantes. É uma informação que o fotógrafo está dando ao seu cliente. Além do número de encontros, que outro detalhe poderia ser interessante fornecer?

– Puta merda! – explode Sérénac. – Mas claro! A natureza da relação. Morval transava com essas moças ou não? Sylvio, você é...

Sylvio Bénavides interrompe o chefe para ter o privilégio de concluir sua demonstração:

– Aline Malétras engravidou de Morval. O fotógrafo anotou 15-03. Podemos portanto supor, sem grandes riscos, que 03 significa que a moça em questão fazia sexo com Jérôme Morval.

Um grande sorriso se estampa no rosto de Laurenç Sérénac.

– E o que lhe responderam agora há pouco Fabienne Gonçalves e Alysson Murer? Porque você perguntou, claro. Ambas levam a indicação "02".

Sylvio Bénavides enrubesce de leve.

– Fiz o que pude, chefe. Insistir com uma garota em relação a esse tipo de coisa não faz muito o meu estilo. Enfim, nossa inglesinha Alysson Murer me jurou pela cabeça da rainha da Inglaterra que nunca fez sexo com seu belo amigo oftalmologista. A coitada devia acreditar num casamento em Notre-Dame ou Canterbury... Quanto a Fabienne Gonçalves, ela quase desligou na minha cara, ainda mais que dava para ouvir os filhos gritando ao fundo, mas, para que eu a deixasse em paz, acabou me confirmando que ela também sempre se recusou a fazer sexo. Segundo ela, foram só uns beijos e carícias com o patrão – diz Sylvio, agitando a folha de papel diante do nariz como se fosse um leque. – Resumindo, então, o último algarismo do código é portanto, em certo sentido, a escala Richter das relações sexuais de Morval: 03 é o máximo, ele faz sexo; 02, ele flerta; 01... podemos deduzir que nada acontece. Ele corteja as moças, mas, por mais que o detetive particular espione com sua zoom, nada! Nenhum adultério.

– Tá bom, Sylvio, estamos de acordo então. Trata-se de um sujeito encarregado de espionar Morval e de prestar contas sobre suas aventuras extraconjugais. A frequência das relações, a natureza das relações e, para provar, fotos. Podemos além disso pensar que esses números no verso na verdade não são um código destinado a nos enganar, mas apenas uma espécie de abreviação usada por um profissional. Mas vou refazer a pergunta: em que isso nos ajuda?

A folha de papel se retorce entre os dedos de Sylvio.

– Já pensei nisso tudo, chefe. Para mim, esse código, contanto que confiemos nele, claro, nos dá duas informações importantes. A primeira é que Stéphanie Dupain não está mentindo: ela não era amante de Jérôme Morval. E a pessoa que encomendou essas fotos para um detetive particular sabia disso!

– Patricia Morval?

– Pode ser. Ou Jacques Dupain, por que não?

– Já entendi, Sylvio, já entendi. Estou começando a decorar esse refrão. Não temos o motivo! E, se Jacques Dupain não tem motivo, ele não precisa de um álibi.

– Só que ele tem um álibi – interrompe Sylvio.

Sérénac suspira.

– Que saco isso tudo. Já entendi. Já liguei para o juiz duas horas atrás para mandar soltá-lo da prisão de Evreux. Hoje à noite Jacques Dupain vai dormir na casa dele em Giverny.

Antes de Sérénac se aventurar pelo terreno de suas convicções íntimas, Sylvio Bénavides se apressa em continuar:

– Mas o código nos dá uma segunda informação importante, chefe. Segundo ele, das cinco mulheres fotografadas, só duas foram para a cama com Morval: Aline Malétras e a famosa moça não identificada, a de jaleco azul na sala. 17-03.

– Concordo – confirma Sérénac. – Dezessete encontros, e Morval trepava com essa garota ajoelhada na sua frente. Aonde você quer chegar?

– Se partirmos da hipótese de que Jérôme Morval teve um filho há, digamos, uns dez anos, bom, essa moça é a única entre as amantes dele que poderia ser a mãe.

61

A varanda do restaurante L'Esquisse Normande, aninhada entre valerianas, campânulas e peônias, proporciona uma bela vista do vilarejo de Giverny. Quando a noite cai, os postes posicionados com harmonia entre as plantas em flor reforçam mais ainda o efeito de oásis impressionista.

Jacques não tocou na entrada, um *carpaccio* de *foie gras* com flor de sal. Stéphanie pediu a mesma coisa e prova a comida com parcimônia, ajustando o apetite ao do marido. Jacques chegou faz mais ou menos uma hora, devia ser pouco mais de nove da noite, ladeado por dois agentes da Polícia Militar que o deixaram lá, na Rue Blanche-Hoschedé-Monet, entre a escola e sua casa.

Ele não disse nada, nenhuma palavra sequer. Assinou o papel da soltura sem olhar, pegou Stéphanie pela mão e apertou com força. Desde então não a largou mais, ou quase. Só para jantar. Sozinha sobre a toalha, sua mão treme, órfã, e se entretém mexendo nas migalhas.

– Vai ficar tudo bem – tranquiliza Stéphanie.

Ela havia reservado uma mesa no L'Esquisse Normande, sem deixar escolha para o marido. Teria sido uma boa ideia, pensa agora? Será que ainda existem boas ou más ideias? Não, apenas a sensação de que é assim que se deve fazer as coisas, assim e nesse momento. A sensação de que, no L'Esquisse Normande, seria melhor do que em casa. De que o cenário ajudaria. De que era necessária uma espécie de protocolo. A esperança de que na varanda, em público, Jacques não fosse fazer escândalo nem desabar e se mantivesse digno e entendesse.

– Acabou, senhor?

O garçom leva embora o *carpaccio*. Jacques não disse uma só palavra. Stéphanie conversa pelos dois, fala das crianças da escola, de sua turma, do concurso da Fundação Robinson, dos quadros a serem entregues dali a dois dias. Jacques escuta com o mesmo olhar suave de sempre. Stéphanie se sente compreendida. Sempre se sentiu compreendida por Jacques. Sempre teve a impressão de que ele a conhecia feito a palma da própria mão. Exatamente isso. Sempre gostou de que ela falasse das crianças da escola. Como se fosse uma evasão que ele tolerasse... Os carcereiros devem mesmo se refestelar quando os prisioneiros lhes falem sobre os pássaros no céu.

O garçom põe diante deles dois pratos de escalope de *magret* de pato ao molho de cinco pimentas. Jacques abre um sorriso e prova. Faz algumas perguntas evasivas sobre a escola. Interessa-se pelos alunos, seus temperamentos, seus gostos. Com exceção daquela prisão ridícula, Stéphanie é obrigada a reconhecer que a vida com Jacques é simples. Tão calma. Tão reconfortante.

O que não muda nada.

Sua decisão está tomada.

Mesmo que Jacques a compreenda melhor do que ninguém, mesmo que a proteja e que seja incapaz de lhe fazer mal, mesmo que Jacques a ame mais do que tudo e que ela jamais tenha duvidado desse amor um único segundo de sua vida...

Sua decisão está tomada.

Ela precisa ir embora.

Jacques serve vinho para a esposa e, em seguida, meia taça para si. Um Bourgogne, pensa ela. Lê o nome na etiqueta: um Mersault. Não sabe grande coisa sobre vinhos; Jacques tampouco: nunca foi de beber, ou quase. É praticamente o único entre seus amigos caçadores. Agora está comendo. Curiosamente, isso tranquiliza um pouco Stéphanie. Ela tem a impressão de se preocupar com o marido como alguém poderia se preocupar com a saúde de um parente. Por afeto.

Jacques se descontrai um pouco, fala de uma casa que encontrou nos arredores, um bom negócio, segundo ele. Stéphanie sabe que Jacques trabalha muito, demais até, que carrega sua agência nas costas, que até agora não teve muita sorte e não conseguiu fazer nenhum grande negócio, mas a sorte de uma pessoa pode mudar, a sorte obrigatoriamente vai mudar um dia. Jacques é obstinado. Jacques merece. No fundo, para ela, tudo aquilo é totalmente indiferente. Mudar de casa. Viver com um homem mais rico.

A mão de Jacques rasteja pelo algodão branco bordado e busca mais uma vez os dedos de Stéphanie.

A professora hesita. Seria tão mais fácil fazê-lo entender tudo sem dizer nada, com uma simples acumulação de gestos sem importância, a mão que ninguém segura, a carícia não retribuída, o olhar que se desvia. Mas sabe que Jacques não iria entender. Ou melhor, iria, sim, mas isso nada mudaria. Ele a amaria mesmo assim. Mais, até.

Os dedos de Stéphanie fogem, perdem-se em meio aos cabelos, estalam ao tocar uma fita prateada. O corpo inteiro da professora estremece. Ela se sente ridícula.

Por quê?

Por que está sentindo aquela necessidade insuportável de abandonar tudo?

Stéphanie esvazia a taça de vinho e sorri para si mesma. Jacques continua a falar naquela casa às margens do Eure, nos vendedores de antiguidades do vale que seria preciso visitar para mobiliá-la. Stéphanie escuta, distraída. Por que fugir? A resposta para suas perguntas é tão banal. Tão antiga quanto o mundo. A doença das moças que sonham em ser outra pessoa: a mesma sede de amor da Bérénice de Aragon. O tédio insuportável da mulher que, entretanto, nada tem a reclamar do homem que vive ao seu lado. Nenhuma desculpa, nenhum álibi. Apenas o tédio, essa certeza de que a vida está em outro lugar. De que alhures existe uma cumplicidade perfeita. De que, sim, essas fantasias não são detalhes, mas o essencial... De que tudo o que importa é poder compartilhar a mesma emoção diante de um quadro de Monet ou dos versos de Aragon.

O garçom leva embora seus pratos com uma discrição profissional.

– Não – diz Jacques. – Não vamos querer mais vinho. Só as sobremesas.

A mão de Stéphanie acaba indo parar em cima da mesa e, na mesma hora, é interceptada pela de Jacques. As moças sempre se conformam, pensa a professora, sempre ficam e seguem vivendo mesmo assim, felizes sem dúvida, ou não; tornam-se progressivamente incapazes de perceber a diferença. No fim das contas, claro, é mais simples assim. Renunciar.

E no entanto... no entanto... aquela sensação se incrusta em Stéphanie, muito tenaz, insistente: a sensação de que o que ela sente é único. Inédito. Diferente.

Duas taças de sorvete de frutas cremoso decoradas com folhas de hortelã aterrissam na sua frente. Jacques se cala outra vez. Stéphanie decidiu que vai falar depois da sobremesa. Pensando bem, ir jantar no L'Esquisse Normande não foi uma boa ideia. Aquela espera sinistra parece se estender longamente, como que filmada em câmera lenta. Jacques deve estar pensando em outra coisa, na detenção, na prisão, no inspetor Sérénac. Deve estar ruminando sua vergonha. E com razão.

Será que ele desconfia? Sim, deve desconfiar. Jacques a conhece muito bem.

Stéphanie devora o sorvete de maçã com ruibarbo. Precisa de força. De muita força. Será ela um monstro tão grande que não é sequer capaz de esperar outra noite?

Jacques acabou de sair da prisão, está abalado, humilhado como nunca.

Por que lhe dizer nesta noite?

Para mergulhar na sua brecha; para se esgueirar, meio envergonhada, até o campo de batalha, entre os cadáveres; aproveitar que a casa está pegando fogo para salvar a própria pele. Será ela a esposa mais sádica que existe?

Precisa de força.

Seus pensamentos se voltam para Laurenç, claro. A cumplicidade perfeita tão esperada. Será aquilo um engodo, aquela certeza quase instantânea de que aquele que está na sua frente era quem você precisava encontrar, que vai ser feliz com ele e com mais ninguém, que somente os seus braços podem protegê-la, somente a sua voz pode fazê-la vibrar, somente o seu riso pode fazê-la esquecer tudo, somente o seu sexo pode fazê-la gozar tanto assim?

Será essa certeza mais uma das armadilhas da vida?

Não.

Ela sabe que não.

Ela se atira.

O mergulho no vazio.

O desconhecido.

A queda sem fim, como em *Alice*, de Lewis Carroll. Fechar os olhos e acreditar no país das maravilhas.

– Jacques, vou deixar você.

DÉCIMO SEGUNDO DIA
24 de maio de 2010, Museu de Vernon

Desvario

62

AS RIQUEZAS DO MUSEU de Vernon são muito subestimadas, sem dúvida alguma devido à sombra sufocante das de Giverny. A inauguração do Museu dos Impressionistas, em 2009, não ajudou em nada. Por minha parte, prefiro de longe a calma desta suntuosa construção normanda situada no cais do Sena, em Vernon, ao tumulto dos museus da Rue Claude-Monet. Questão de idade, dirão vocês. Depois de atravessar com dificuldade o pátio calçado de pedras, ofego no corredor e chego à entrada curvada sobre a bengala.

Ergo os olhos. O famoso *tondo* de Claude Monet reina no hall de entrada. Foi posicionado deste modo evidente na ocasião da operação "Normandia impressionista": é um *Ninfeias*, um quadro redondo com quase 1 metro de diâmetro. Com sua moldura dourada um pouco *démodé*, é como se fosse um espelho de vovó. Parece que é um dos três *tondi* de Monet expostos no mundo! Foi doado ao Museu de Vernon pelo próprio artista em 1925, um ano antes de morrer.

Uma classe absurda, não?

Imaginem! Vernon não cabe em si de tanto orgulho. É o único museu do Eure a possuir uma tela de Monet, e não qualquer tela. Ainda que a moldura do *tondo* seja meio *kitsch*, desafio qualquer um a não ser atraído por seus matizes claros de leite e giz, como uma escotilha a se abrir para um Éden em tons pastel. Quando penso nos turistas se extasiando feito ovelhas no vilarejo ao lado e se exibindo diante de reproduções...

Enfim, não vou ficar reclamando. Se as multidões resolvessem vir também para cá, para Vernon, seria a primeira a ficar contrariada. Avanço alguns passos pelas lajotas de terracota do corredor. Pascal Poussin passa por mim depressa; reconheço na mesma hora o diretor do museu. Dizem que é um dos maiores especialistas da França em Monet e nas *Ninfeias*, ao lado do eterno Achille Guillotin, o cara do Museu de Rouen. Li em algum lugar que é um dos pilares da operação "Normandia impressionista". Um dos grandes... literalmente. Mas, enfim, vocês não são obrigados a sorrir.

Poussin me cumprimenta sem diminuir o passo. Sem dúvida se lembra vagamente do meu rosto; caso se concentrasse, faria a ligação entre essa velha com quem cruza agora e aquela que em tempos idos vinha conversar com ele sobre as *Ninfeias*.

Faz muito tempo.

– Não quero ser incomodado! – lança Pascal Poussin para a secretária na recepção. – Tenho reunião com dois policiais da delegacia de Vernon. Não vou demorar muito.

O diretor para e inspeciona o corredor de seu museu como se fosse um autômato. No chão, joaninhas pintadas indicam o trajeto pelas salas. Ao pé da escada, esculturas disformes se amontoam por falta de outro espaço. Pascal Poussin franze a testa, irritado, em seguida fecha atrás de si a porta de sua sala. Pelo vidro da entrada, observo em frente ao museu a Tiger Triumph T100 do inspetor Sérénac. A moto está estacionada nas pedras do calçamento do pátio interno. Decididamente, o mundo das *Ninfeias* é pequeno, do tamanho de um laguinho.

Suspiro. Vou fazer como os outros: vou seguir as joaninhas do chão. A arqueologia da região, tema de todo o andar térreo do museu, me entedia. Observo a escada que conduz aos andares superiores, onde estão expostas as coleções dos paisagistas e dos artistas contemporâneos. A escadaria monumental é outro orgulho do museu; é preciso dizer que não falta nenhum elemento. Esculturas de mármore do tipo cavalos empinados e arqueiros de tiro armado estão dispostas aleatoriamente, a cada quatro degraus, abaixo de imensos retratos de arquiduques, condestáveis e príncipes esquecidos que ninguém iria querer ter em casa. Fico preocupada. Eles têm tanto orgulho daquela escada naquele museu do esquecimento que talvez o elevador nem funcione.

63

Enquanto Pascal Poussin examina com atenção cada ângulo da caixa de tintas Winsor & Newton, Sérénac e Bénavides espiam seus mínimos gestos. Tendo em vista o ponto morto em que se encontram na investigação, estão mobilizando todos os especialistas possíveis. Pascal Poussin lhes foi apresentado como o outro especialista obrigatório de tudo o que diz respeito à pintura impressionista, em especial na Normandia. O diretor do museu fez o tipo homem ocupado, mas mesmo assim aceitou dedicar alguns minutos à polícia. O personagem na sua frente corresponde exatamente ao perfil que Bénavides tinha imaginado ao telefone: alto, esbelto, terno cinza e gravata em tom pastel; o tipo de executivo da arte que vai acabar diretor do Louvre... Nada menos que isso!

– Um belo objeto, senhores. Uma peça bem conservada, mas que tem uma boa centena de anos. Não vale nenhuma fortuna, longe disso, mas poderia interessar colecionadores. Corresponde ao modelo que deviam usar os pintores americanos no início do século, mas desde então Winsor & Newton, a marca do dragão, tornou-se referência mundial. Qualquer pintor um pouco esnobe ou nostálgico sonha em guardar seus pincéis numa delas.

Bénavides e Sérénac estão acomodados em duas poltronas de época estofadas de veludo vermelho, menos confortáveis do que seu brilho poderia fazer imaginar. Os pés de madeira laqueada de preto ameaçam ceder ao mais leve movimento em falso.

– Monsieur Poussin, o senhor acha que ainda poderia haver telas de Monet no mercado? – pergunta Laurenç Sérénac. – Alguma *Ninfeia*, em especial?

O diretor do museu já largou a caixa.

– O que está querendo dizer exatamente, inspetor?

– Bem, por exemplo, seria possível imaginar que um morador da região de Vernon pode ter sido beneficiário de um quadro doado por Monet? Por que não uma das 272 *Ninfeias*?

A resposta é rápida:

– Quando Claude Monet foi morar em Giverny, já era um pintor célebre. Todas as suas obras já pertenciam ao patrimônio nacional. Monet raramente doava quadros, que valiam uma pequena fortuna.

Com todos os seus dentes brancos, especifica:

– Ele abriu uma raríssima exceção no caso do Museu de Vernon. Aliás, é por isso que o nosso *tondo* tem um valor tão excepcional.

A resposta parece satisfazer Sérénac. Mas não Sylvio Bénavides, que torna a pensar nos comentários exaltados do curador do Museu de Belas-Artes de Rouen.

– Me desculpe insistir, mas Monet teve de negociar constantemente com seus vizinhos moradores de Giverny para construir seu laguinho e conservar as paisagens da forma como queria pintá-las. Seria impossível pensar que ele possa ter comprado o acordo de algum deles... em troca da promessa de uma tela?

Poussin não esconde a irritação. Consulta o relógio de pulso de modo ostensivo.

– Escute, inspetor. O período impressionista não é a pré-história! No início do século havia jornais, registros em cartório, prestações de contas dos conselhos municipais... Todos esses documentos foram examinados por dezenas de historiadores da arte. Nenhuma, absolutamente nenhuma troca desse tipo jamais foi descoberta. Dito isso, cada um sempre pode pensar o que quiser!

O diretor faz menção de se levantar. Essa pressa para abreviar a conversa quase poderia acabar irritando Bénavides. Ele aguarda em vão ser socorrido por Laurenç Sérénac.

– E um roubo? – indaga.

Pascal Poussin dá um suspiro.

– Não estou entendendo aonde o senhor quer chegar. Claude Monet foi um homem organizado e lúcido até o fim da vida. Seus quadros eram identificados, classificados, anotados. Depois que ele morreu, seu filho Michel nunca declarou a falta de uma tela sequer.

Os dedos do diretor do museu fazem uma dancinha nervosa sobre a caixa de tintas.

– Inspetor, se os senhores não são capazes de solucionar um crime ocorrido há uma semana, duvido que consigam encontrar a explicação para um roubo hipotético que teria acontecido antes de 1926.

Gancho de direita. Bénavides absorve o golpe. É a vez de Sérénac subir ao ringue:

– Monsieur Poussin... Imagino que o senhor já tenha ouvido falar na Fundação Theodore Robinson.

O diretor do museu parece desconcertado por um instante pela chegada desse reforço. Torce o nó da gravata.

– Claro. É uma das três ou quatro principais fundações de promoção da arte no mundo.

– E qual é sua opinião a respeito?

– Como assim, minha opinião?
– O senhor já lidou com essa fundação?
– É claro que sim. Que pergunta! A Fundação Robinson é uma parada obrigatória para tudo o que tenha a ver com o Impressionismo. Os três "pro", como diz o seu slogan: prospecção, proteção, promoção.

Bénavides meneia a cabeça. Poussin continua:

– Um bom terço das telas que um dia foram expostas mundo afora deve ter passado por essa fundação. Uma instituição dessas não dá importância alguma para o Museu de Vernon, como os senhores podem imaginar, apenas para operações de maior envergadura. Por exemplo, quinze dias atrás estive em Tóquio para a exposição internacional "Montanhas e trilhas sagradas". Quem era o principal patrocinador?

– A Fundação Robinson – diz Sérénac, como quem responde à pergunta de um quiz na TV. – Essa fundação é meio um polvo, não?

O diretor do museu sufoca com a gravata.

– Como assim, "polvo"?

Quem prossegue é Bénavides:

– Bom, alguém que não entende muito de pintura pode ter a impressão de que essa fundação, pela qual passam milhões, se interessa mais pelos negócios lucrativos do que pela defesa nobre e desinteressada da arte.

Bénavides se empertiga e sorri com uma expressão fingida de ingenuidade. Constata com prazer que a parceria que forma com Sérénac está ficando mais afiada, como parceiros no tênis que adquirem mais experiência. Vencer pela insistência. Pascal Poussin começa a perder a tranquilidade. Olha de relance para o relógio e responde com irritação:

– Bom, para alguém como eu, que entende de pintura, a Fundação Theodore Robinson é uma instituição antiga e respeitável que não apenas soube se adaptar de modo notável ao mercado internacional de arte, como também sempre conservou sua ambição original, ou seja, a prospecção de novos talentos, e isso desde a mais tenra idade.

– Está se referindo ao Desafio Jovens Pintores? – interrompe Sérénac.

– Entre outras coisas. O senhor não faz ideia de quantos talentos hoje em dia reconhecidos no mundo foram descobertos pela fundação!

– E assim o círculo se fecha – conclui Sérénac. – Para resumir, a Fundação Robinson domina tanto sua poupança quanto seus investimentos.

– Exato, inspetor. Algum mal nisso?

Sérénac e Bénavides aquiescem em um movimento de sincronia perfeita. Poussin torna a consultar o relógio e se levanta.

– Bem – diz ele, e estende a caixa de tintas. – Como disse, inspetores, não pude fornecer grande coisa que os senhores já não soubessem.

É agora! Sylvio Bénavides tenta disparar sua última flecha:

– Uma última pergunta. Monsieur Poussin, o senhor poderia nos falar sobre as *Ninfeias* negras? O último quadro que Monet teria pintado poucos dias antes de morrer. Que refletia as cores da sua própria morte.

Pascal Poussin o encara com uma expressão desolada, como quem escuta uma criança contar que viu duendes no jardim.

– Inspetor, a arte não é uma questão de contos e lendas. A arte se tornou um negócio, simples assim. Esse boato sobre um autorretrato fúnebre não tem o menor fundamento, não existe um indício sequer que ateste a sua existência, a não ser a imaginação de alguns fanáticos que também acreditam no fantasma que assombra os corredores do Louvre ou que a verdadeira Mona Lisa está escondida na Agulha Oca de Étretat!

Em cheio no queixo! Bénavides fica tonto. Sérénac hesita por um segundo quanto a ficar quieto atrás das cordas. Paciência, acaba se lançando no ringue:

– Imagino que a presença nos ateliês e na casa de Monet de várias dezenas de telas de grandes mestres, adormecidas em meio à poeira dos sótãos ou dos armários, também seja uma lenda de vilarejo.

Os olhos de Pascal Poussin adquirem um brilho estranho, como se Sérénac houvesse profanado um segredo perigoso.

– Quem lhe contou isso?

– O senhor não respondeu à minha pergunta, monsieur Poussin.

– Não, é verdade. A casa e os ateliês de Monet são locais privados. Ainda que os tenha visitado muitas vezes como especialista, o senhor há de entender facilmente que uma resposta à sua pergunta entra no âmbito do sigilo profissional. Por outro lado, permita-me insistir também: quem lhe contou uma coisa dessas?

Sérénac sorri com todos os dentes.

– Monsieur Poussin, o senhor há de entender facilmente que isso também pertence ao âmbito do sigilo profissional.

Um silêncio pesado se abate sobre o recinto por alguns segundos. Os dois inspetores acabam se levantando e as poltronas de época gemem de alívio. O diretor do museu os acompanha até a porta com uma atenção apressada e a fecha depois que eles saem.

– O diretor não é de falar muito – comenta Bénavides no corredor, erguendo os olhos para o *tondo* das *Ninfeias*.

– Mais para apressado, eu acrescentaria. Ora, Sylvio, não me leve a mal pelo que vou dizer, mas você parece ter evoluído bastante em relação aos conhecimentos artísticos... Parece que seus focos de interesse não se resumem mais apenas às churrasqueiras.

Bénavides opta por considerar isso um elogio.

– Estou me documentando, chefe. Tentando cruzar minhas informações, obtidas das melhores fontes. Mas nem por isso a situação está mais clara. Pelo contrário!

Eles saem e vão andando pelo pátio de pedras do museu. Diante deles, algumas balsas sobem o Sena. Na margem direita, a estranha casa da Ponte Velha, equilibrada há séculos acima do rio entre dois pilares abandonados, parece prestes a desabar na água cinzenta.

– Você ainda tem aquele seu papel com as três colunas? – pergunta Sérénac.

Sylvio enrubesce e tira do bolso uma folha.

– Ahn, chefe, ontem à noite tentei outra coisa, outro jeito de encadear todos os indícios. É só um rascunho, mas...

– Me mostre isso aí! – ordena Sérénac.

O inspetor mal dá tempo de o assistente desdobrar o papel antes de arrancá-lo das suas mãos. Baixa os olhos e descobre um triângulo rabiscado com diferentes nomes. Perplexo, passa a mão pelos cabelos.

– Que diabo é isto, Sylvio? Esta porra de pirâmide?

– Eu... não sei – gagueja Bénavides. – Só outro jeito de pensar o caso, talvez. Desde o início desta história toda, estamos diante de três séries de indícios que seguem em três direções diferentes: as *Ninfeias*, as amantes de Morval e as crianças. É um método, digamos, diferente para formalizar tudo. Por que não imaginar que quanto mais nos aproximamos do centro do triângulo, maior o índice de culpa...

Sérénac se apoia no pedestal da estátua que domina a entrada do museu. Um cavalo de bronze.

— Formalizar tudo. Que loucura. Você acha mesmo que vai solucionar este caso com esta porra de método cartesiano?

Sérénac pousa a mão suada na anca de bronze do cavalo.

— Se entendi direito, então, no centro você poria a Fundação Theodore Robinson e aquela moça de Boston, Aline Malétras. Tá... O único problema é que o diretor do museu acaba de esfriar seriamente a pista de um caso no mundo da arte envolvendo *Ninfeias* ou qualquer outro quadro de Monet, mesmo pintado *ante mortem*.

— Eu sei. Apesar de tudo, achei aquela história de sigilo profissional meio esquisita.

— Eu também. Mas tenho ainda mais dificuldade para acreditar nessa história surrealista de dezenas de quadros impressionistas esquecidos desde a morte de Monet nos sótãos da casa rosa.

— Entendo. Em todo caso, o casal Dupain em princípio não tem nada a ver com as crianças nem com o tráfico de obras de arte, principalmente o marido. Pus os dois num ponto cego. Assim como Amadou Kandy.

Sérénac continua a observar o desenho com espanto. Sylvio Bénavides expira aliviado com discrição. Numa versão anterior do triângulo, havia escrito o nome de Laurenç Sérénac a meio caminho entre o vértice "Amantes" e o vértice "Ninfeias".

Sérénac levanta a cabeça de repente e o encara de um jeito estranho. Sylvio leva um dedo ao seu triângulo.

— Resta a moça de jaleco azul, a que não foi identificada. No meu triângulo, eu a situo em algum lugar entre as amantes e as crianças.

— Essa sua história de criança está virando uma obsessão. Você é mesmo perseverante, Sylvio. Isso não se pode negar.

— Do que mais o senhor precisa, chefe? Um postal de aniversário escrito para uma criança de 11 anos com uma estranha citação de Aragon... E agora uma caligrafia de criança na caixa de tintas. Uma criança de 11 anos morta em 1937 segundo o mesmo ritual que Morval... Várias amantes de Morval, das quais uma, não identificada, poderia, por que não?, ter tido com ele um filho de cerca de 10 anos, não reconhecido pelo pai...

— É... Em todo caso, não foi uma criança de 11 anos que levantou a pedra de 20 quilos que esmagou o crânio de Morval. E o que você faz com todos esses indícios?

— Não sei. Não consigo tirar da cabeça que uma criança de Giverny está correndo perigo. Sei que é ridículo, não podemos isolar todas as crianças da cidade, mas...

Laurenç Sérénac lhe dá um tapinha afetuoso nas costas.

– Já falamos sobre isso: é a síndrome do homem "papai ou quase". Aliás, nada ainda lá na maternidade?

– Nadinha. Estamos chegando ao final da gestação. Tenho tentado passar lá com a maior frequência possível, com uma pilha de revistas que Béatrice invariavelmente joga na minha cara. "Está tudo bem, é preciso aguardar, o colo não dilatou, está cedo demais para uma cesárea, é o bebê quem decide, o que mais vocês querem que eu diga?": é esse o refrão das parteiras o dia inteiro.

– Vai voltar para lá agora?

– Vou, ora.

– Não tenho dúvida, Sylvio. Todos os outros homens gastariam suas últimas noites de celibato com álcool, haxixe ou pôquer. Mas você não! Diga a Béatrice que mandei um beijo. Ela é uma moça legal, você a merece.

Passa a mão no ombro do assistente.

– Posso garantir que você é um dos últimos sábios deste planeta. Quanto a mim, vou voltar para o inferno.

Laurenç Sérénac confere o relógio: 16h25.

Põe o capacete e sobe na Triumph.

– Cada um com sua linha de fuga...

Sylvio Bénavides observa seu superior se afastar. Na hora em que a Triumph desaparece após a esquina das casas na beira do Sena, pensa se, no fim das contas, teve razão em riscar o nome de Laurenç Sérénac da lista de suspeitos.

64

No primeiro andar do Museu de Vernon, a janela da sala 6 parece mais um quadro. A encosta da margem direita do Sena, que se pode adivinhar através da vidraça, prolonga de modo admirável as paisagens emolduradas de Pourville, o pôr do sol em Veules-les-Roses, o castelo Gaillard, a praça de Petit-Andelys, o Sena em Rolleboise.

Quando a Tiger Triumph do inspetor Sérénac atravessa o quadro, confesso que isso destoa um pouco do cenário impressionista. Vejo a moto passar de uma margem a outra pela ponte de Vernon, dobrar à direita e margear o Sena em direção a Giverny, bem no ponto em que o meandro desaparece.

O inspetor idiota está voando em direção à sua bela, claro.

Imprudente. Inconsciente.

Entro em outra sala, a que tem as paredes revestidas de madeira: o gabinete de desenhos. Confesso que é a minha preferida! Com o tempo, quase acabei preferindo os desenhos de Steinlen aos quadros dos grandes mestres. Adoro essas caricaturas, esses retratos de operários ou mendigos feitos de uma sarjeta, essas cenas de vida banais de gente anônima capturadas em pastel em poucos instantes. Não me apresso, demoro-me muito tempo em cada esboço, degusto cada traço de lápis como uma bala que se deixa derreter na língua. Como é a última vez, minha derradeira visita, meu adeus a Steinlen, mais vale saborear cada detalhe.

Depois que meu olhar se detém com emoção em cada desenho exposto, de acordo com um ritual de velha doida, coisa que sou há mais de cinquenta anos, sempre que subo ao primeiro andar do Museu de Vernon, paro em frente a *O Beijo*.

É claro que não estou me referindo àquele abraço cheio de paetês de Klimt, aquela espécie de cartaz de perfume inebriante. Não. Estou me referindo a *O Beijo*, de Steinlen.

Trata-se de um simples esboço a carvão, apenas alguns traços: um homem, de costas, vestido com uma roupa justa, músculos salientes, estreita contra o peito uma mulher completamente entregue. Ela está na ponta dos pés e tem o rosto virado e encostado no ombro dele; seu braço tímido não se atreve a enlaçar a cintura grossa.

Ele a quer. Ela se entrega, incapaz de resistir.

Os amantes se mostram indiferentes às sombras que se agigantam ao fundo, como um sem-fim de ameaças.

É o desenho mais bonito de Steinlen. Podem acreditar. É essa a verdadeira obra-prima do Museu de Vernon.

65

NA RUE CLAUDE-MONET, NA hora do fim das aulas, a Tiger Triumph provoca um furor entre as crianças. As que estão correndo diminuem o passo ao ver a moto e viram a cabeça, impressionadas. Têm entre 5 e 12 anos de idade. É o que diria Laurenç Sérénac. Não pode evitar pensar nas hipóteses de Sylvio Bénavides, naquela história de criança em perigo. Os rostos desfilam diante dele. Uma dezena, vinte talvez. Sorridentes. Descontraídos. Qual daquelas crianças seria preciso interrogar? Qual dos meninos, qual das meninas? Para perguntar o quê? Para revelar um bem guardado segredo de família? Para procurar uma semelhança, um ponto em comum com Jérôme Morval? Por onde começar?

O inspetor Laurenç Sérénac estaciona sua Tiger Triumph T100 debaixo da tília que oferece mais sombra. Netuno dorme ao pé da árvore, como se a vigiasse. Levanta-se com preguiça para pedir um carinho, que o inspetor não recusa.

Quando Laurenç entra na sala, Stéphanie está de costas para ele. Está levemente curvada, ocupada arrumando papéis em caixas de madeira. Sérénac não diz nada. Hesita. Sua respiração se acelera. Será que ela o escutou? Será que está bancando a indiferente? Ele avança mais um pouco e leva as mãos aos quadris da professora.

Stéphanie estremece. Não diz nada. Nem seu corpo nem sua cabeça se viram. Ela não precisa disso; já o reconheceu.

Pelo barulho do motor?

Pelo simples cheiro?

Contenta-se em pousar as mãos espalmadas sobre o púlpito de madeira à sua frente. As mãos do inspetor seguram com mais força a cintura fina da professora. Seu corpo chega ainda mais perto; ele sente o hálito da jovem. Não consegue desgrudar os olhos das finas gotas de suor que brotam entre a orelha e o pescoço.

Suas mãos vão subindo. Uma delas desliza pelas costas curvadas, enquanto a outra se aventura, espalmada, pela barriga de Stéphanie, acompanhando sua respiração curta. As duas mãos sobem mais. Quase se juntam ao tocarem os seios da jovem. Os dedos passam vários segundos alisando aquelas formas pesadas, como se quisessem memorizar seu contorno, antes de se fechar em torno delas.

O rosto de Laurenç vai se colar ao perfil úmido da professora. Uma orelha e uma nuca, ambas úmidas. Os dois agora formam uma coisa só. O jeans do inspetor está colado ao vestido de linho de Stéphanie. Esticado de desejo. Ela está sem ar.

Os dois passam muito tempo desse jeito. Apenas as mãos dele estão vivas e, sem se darem sequer ao trabalho de se introduzir entre o tecido e a pele, continuam a massagear o busto dela.

Stéphanie inclina a cabeça, só um pouco, o suficiente para a de Laurent deslizar até sua boca. E murmura, sussurra mais do que diz:

– Estou livre, Laurenç. Estou livre. Me leve embora.

Devagar, as mãos do inspetor tornam a descer, se abrem, se estendem como que para não esquecer nenhum milímetro de pele. Chegam à cintura, mas não se detêm, e continuam a descer.

Por um segundo, um segundo apenas, o corpo curvado de Laurenç se afasta do de Stéphanie. Apenas tempo suficiente para as duas mãos ávidas segurarem a saia do vestido e a levantarem até a cintura, antes de o seu quadril esmagar outra vez a base das costas da professora, prendendo o pano amarfanhado entre os dois corpos e dando às mãos de Laurenç total desenvoltura para acariciar as coxas nuas e afastá-las delicadamente.

– Me leve embora, Laurenç – murmura de novo a voz trêmula de Stéphanie. – Estou livre. Me leve embora.

– E aí? – pergunta Paul a Fanette. – O que ela disse?

Fanette fecha atrás de si a porta da sala na escola. Tem o semblante lívido. Paul imagina que isso não seja bom sinal.

– Ué, nem demorou. O que foi que a professora disse? Ela acreditou quando você falou de James? Não deu bronca em você, deu?

Nenhuma resposta.

Paul nunca tinha visto tamanha aflição no rosto de Fanette. De repente, sem nem mesmo lhe dirigir a palavra, ela foge correndo. Netuno se levanta bruscamente de baixo de sua tília e sai galopando ao lado dela.

Paul hesita em fazer o mesmo. Antes de Fanette desaparecer, ele grita:

– Você falou com ela?

– Nãããão...

É a única palavra pronunciada pela menina, em meio a uma enxurrada de lágrimas que bastaria para inundar o declive da Rue Blanche-Hoschedé--Monet.

66

O ÔNIBUS DO CONSELHO geral deixa o delegado Laurentin na praça central de Lyons-la-Forêt. Durante todo o trajeto, o para-brisa do veículo proporcionou ao delegado uma vista panorâmica da fascinante floresta que cerca a cidade, depois da sequência de casas normandas de enxaimel que conferem ao lugar uma nostalgia de século passado, como se o vilarejo só tivesse sido conservado daquele jeito para servir de locação às adaptações das novelas de Maupassant ou dos romances de Flaubert.

O olhar do comissário Laurentin se detém por um instante no chafariz da praça central, bem ao lado do imponente mercado. O belo chafariz de pedra não parece ter a idade que tem. E com razão: foi inteiramente construído uns vinte anos antes para as filmagens do longa de Chabrol sobre Emma Bovary.

O chafariz é falso! De mentira!

Mesmo assim, o delegado não pode evitar fazer a associação entre o destino trágico de Emma Bovary, aquele sentimento de tédio banal, aquela impressão de outra vida possível que lhe estaria sendo negada, e todas as informações que recolheu nos últimos dias sobre Stéphanie Dupain. Enquanto se afasta da praça central do vilarejo, o delegado Laurentin chama a si mesmo de volta à realidade. Essa comparação é ridícula; ele já passou da idade das elucubrações românticas. O delegado Laurentin avança a bom ritmo. A casa de repouso Les Jardins fica um pouco acima de Lyons, e chega-se até lá por um aclive acentuado que margeia a floresta.

O linóleo azul do hall de entrada brilha como se fosse escovado a cada hora. A maioria dos internos passa o fim de tarde, e sem dúvida o resto do tempo, em uma grande sala à sua esquerda. Uma imensa tela de plasma parece ligada dia e noite diante de uns trinta residentes imóveis. Adormecidos.

Perdidos nos próprios pensamentos. Os mais ativos mastigam sem energia os biscoitos de um lanche servido há uma hora, antes da refeição da noite.

Uma ode à lentidão.

Uma enfermeira meio gordinha atravessa o recinto com a mesma elasticidade de um gerente de loja de porcelana e vem na sua direção.

– Pois não?

– Delegado Laurentin. Liguei hoje de manhã. Gostaria de falar com Louise Rosalba.

A enfermeira sorri. Um pequeno broche dourado informa seu nome: Sophie.

– Sim, estou lembrada. Louise Rosalba já foi avisada. Está esperando o senhor. Faz alguns anos que Louise tem muita dificuldade para se expressar, mas não se deixe enganar: ainda tem uma cabeça ótima e entende perfeitamente tudo o que se pergunta. Quarto 117. Não seja muito brusco, delegado... Louise tem 102 anos e faz muito tempo que não recebe uma visita.

O delegado empurra a porta do quarto 117. Louise Rosalba está virada de perfil, observando o estacionamento de sua janela. Observando fixamente. Um Audi 80 para, um casal salta do carro. A mulher traz na mão um buquê de flores e duas crianças pequenas tagarelam enquanto fecham a porta. Laurentin tem a impressão de que o fluxo de visitas para os outros internos dita o ritmo do cotidiano da centenária.

– Louise Rosalba?

A velha mulher vira o rosto enrugado. Laurentin sorri.

– Sou o delegado Laurentin. A enfermeira Sophie deve ter lhe falado sobre a minha visita hoje de manhã. Eu... eu sinto muito, vim recorrer às suas lembranças. Lembranças muito antigas, e sem dúvida nada agradáveis. Vim lhe falar sobre a morte de seu filho, seu filho único Albert. Foi em... 1937.

As mãos que parecem uma renda tremem entre as dobras da manta pousada sobre os joelhos de Louise. Os olhos claros ficam úmidos. Ela abre a boca, mas nenhum som sai.

Nas paredes não há nenhum crucifixo pendurado, nenhuma foto de netos em traje de batismo ou de primeira comunhão, nenhum cortejo matrimonial. As paredes nuas estão decoradas apenas com a bela reprodução de uma tela de Monet, *Senhorita com sombrinha*: uma elegante mãe de família passeia com o filho num campo onde explode o vermelho de uma chuva de papoulas, em algum lugar nos arredores de Argenteuil.

– Eu... – continua o delegado Laurentin –... tenho perguntas específicas a lhe fazer. Não se afobe, vou... vou ajudar sua memória.

O delegado se abaixa e tira da bolsa uma fotografia escolar em preto e branco: "Escola de Giverny – 1936-1937".

Ele deposita a imagem sobre os joelhos de Louise. Os olhos da centenária parecem fascinados pela reprodução.

– Este era Albert? – pergunta o delegado, apontando para o menino sentado na segunda fileira. – Era este aqui mesmo?

Louise confirma com um meneio de cabeça. Algumas lágrimas pingam na fotografia, como se houvesse começado a chover no pátio da escola, mas as crianças, obedientes, não se atrevessem a mexer nem o dedo mindinho, pacientes diante da lente de um fotógrafo meticuloso.

– A senhora nunca acreditou que tivesse sido acidente? É isso mesmo?

– N... não – articula Louise.

Ela engole em seco demoradamente.

– Ele não... não estava sozinho. Não estava sozinho... perto do... do rio.

O delegado tenta controlar a agitação interna. Torna a pensar nos conselhos da enfermeira: não forçar Louise!

– A senhora sabe quem estava com o seu filho?

Louise aquiesce suavemente. Uma tensão extrema parece preencher o espaço do minúsculo quarto, como se abrir o baú daquelas velhas lembranças liberasse um gás inflamável capaz de fazer o cômodo explodir ao primeiro descuido. A voz do delegado se faz mais hesitante:

– Foi... foi essa pessoa, a que estava com Albert perto do regato, foi ela quem matou seu filho?

Louise se concentra nas palavras pronunciadas pelo delegado e aquiesce outra vez. Um movimento lento do pescoço, inequívoco.

– Por que a senhora não disse nada? Por que não a acusou na época?

Agora chove a cântaros no pátio da escola de Giverny. O papel começa a se envergar. As crianças da turma, ainda obedientes como santinhos, não se movem.

– Nin... ninguém... ac... acreditava em mim... nem... nem o meu mar... marido.

A centenária parece ter feito um esforço desmedido para pronunciar essas poucas palavras. A pele flácida que pende abaixo do seu pescoço treme feito o papo de uma ave doméstica. O delegado Laurentin entende que precisa poupá-la, fazer as perguntas e sugerir as respostas, para que ela só precise confirmar ou negar as hipóteses que ele lhe apresentar, com um gesto ou uma sílaba.

– E depois disso vocês se mudaram? Não dava mais para ficar lá... Depois seu marido morreu. A senhora ficou sozinha?

Louise move a cabeça devagar para dizer sim. O delegado se inclina em direção à centenária, tira um lenço do bolso e enxuga com delicadeza a fotografia escolar.

– E depois? – prossegue Laurentin com uma voz que a duras penas consegue disfarçar sua emoção. – Essa pessoa, a que estava com seu filho na beira do rio... Essa pessoa depois cometeu outro crime, foi isso? Ou vários, talvez? Essa pessoa tornou a matar? Vai matar outra vez?

De repente, Louise Rosalba parece respirar melhor, como se o delegado houvesse acabado de lhe tirar um peso que lhe comprimia o peito havia uma eternidade.

Ela faz que sim com a cabeça.

Meu Deus...

Arrepios percorrem os braços do delegado Laurentin. Para ele tampouco aquelas bruscas acelerações cardíacas são recomendadas, mas no presente momento não está nem aí para os conselhos do cardiologista. Tudo o que importa são aquelas revelações estarrecedoras enterradas na memória de uma mulher há quase 75 anos. Ele aproxima a foto um pouco mais dos dedos de Louise.

– Essa... essa pessoa de quem estamos falando, ela também está sentada nos bancos da escola, não é? A senhora poderia... poderia me mostrar quem é?

Os dedos de Louise tremem ainda mais. Laurentin pousa com delicadeza a palma da mão no pulso da centenária, tomando cuidado para não acentuar a pressão, para não a dirigir nem para um lado nem para outro. Os dedos enrugados se deslocam sobre a foto escolar e então, lentamente, seu indicador encosta em um rosto.

O delegado sente o coração se acelerar.

Meu Deus, meu Deus...

Uma imensa onda de calor o envolve. Aperta com mais força ainda a mão de Louise. Seu coração desembesta, ele precisa se acalmar.

– Obrigado. Obrigado.

Laurentin respira devagar e a empolgação arrefece um pouco. O delegado se deixa invadir por um sentimento estranho: a contradição entre a dimensão irracional daquela revelação, daquele testemunho, daquela acusação, e sua lógica no entanto implacável. Ele agora sabe quem assassinou o pequeno Albert Rosalba. Consequentemente, sabe também quem matou Jérôme Morval. Quem e por quê.

Seu coração retoma aos poucos o ritmo normal, mas ele não consegue afastar aquela satisfação derrisória, aquele orgulho inútil de ter enfim a prova de que não estava errado, de que não se deixou enganar.

De ter razão antes dos outros.

Seu olhar se perde pela janela, para além do estacionamento, na direção da floresta escura da qual se distingue o limiar.

O que fazer agora?

Voltar para Giverny?

Voltar para Giverny e reencontrar Stéphanie Dupain? Antes que seja tarde demais?

Basta esse último pensamento para seu coração recomeçar a bater feito um louco. Seu cardiologista ficaria uma fera.

67

22H53. Estou olhando para a lua.

Vista da janela da torre do moinho de Chennevières, ela parece imensa, quase ao alcance da mão.

Podem ficar tranquilos, não estou maluca. Não se trata de uma ilusão de ótica. Falaram sobre isso na rádio France Bleu Haute-Normandie e até na televisão regional; explicaram que a lua cheia de hoje é a maior do ano. Que está no perigeu, foi o que disseram. Ou seja, pelo que entendi, hoje à noite a Lua está no ponto mais próximo da Terra. De tudo o que foi explicado, absorvi que a Lua não tem uma órbita circular em volta da Terra, mas sim elíptica. Existe, portanto, um dia em que a Lua está mais distante do nosso planeta e um dia em que está mais próxima.

É hoje à noite! Segundo eles, a olho nu, vista da Terra, a Lua fica maior. É o que afirmaram logo depois da previsão do tempo, quando estavam falando sobre o santo do dia. O perigeu. Uma vez por ano.

A claridade da noite banha os telhados de Giverny com uma atmosfera estranha. Um artista motivado quase poderia montar seu cavalete e passar a noite inteira pintando, sem luz artificial. Quantos somos, neste mesmo instante, a observar o mesmo luar? Quantos escutaram o rádio, assistiram à TV e obedeceram? Um espetáculo que não se deve perder, pelo que disseram. Milhares de pessoas, dezenas de milhares, decerto.

Decididamente, estou bastante nostálgica hoje. Depois da minha peregrinação ao Museu de Vernon, eis que passo a noite debaixo da minha janela. Neste ritmo, não vou aguentar muito tempo.

Dito isso, não é essa minha intenção. Acreditem, é um verdadeiro privilégio poder saber a data do fim, e poder assim saborear as últimas horas, a última noite, a última lua.

Amanhã vai estar tudo terminado.

Já está decidido. Falta apenas escolher o método.

Veneno? Arma branca? Arma de fogo? Afogamento? Asfixia?

Possibilidades não faltam.

Nem coragem. Tampouco determinação. Ou motivação.

Continuo observando o vilarejo adormecido. Os postes e as últimas janelas iluminadas, em meio à noite pálida, me lembram as flores amarelas das minhas *Ninfeias* negras, como inúmeros faróis frágeis perdidos em um oceano de trevas.

A polícia fracassou, não entendeu nada. Pior para eles.

Amanhã à noite tudo vai acabar com um último cadáver, como um parêntese que se fecha de forma definitiva.

Ponto final.

É a primeira vez que Fanette contempla uma lua tão grande assim. Parece um planeta ou uma espécie de disco voador que vai pousar ali, no meio das árvores, na encosta do morro. Sua professora tinha razão quando lhes disse para ficarem acordados até tarde. Ela explicou a elipse, o perigeu, fez desenhos complicados no quadro, com flechas e números.

Fanette não sabe as horas, mas parece-lhe que devem ser pelo menos onze da noite. Vincent voltou para casa faz uma hora mais ou menos, pelos seus cálculos.

Achei que fosse passar a noite debaixo da minha janela, me escutando, sem querer largar a minha mão.
Foi embora, finalmente.
Ufa!
Fanette queria ficar sozinha, sozinha com aquela lua gigante, como se fosse uma irmã mais velha. Uma irmã mais velha que mora longe e que vai convidá-la para uma visita à sua casa.

Nesta noite, Fanette acabou de pintar seu quadro. Em geral, não gosta de se gabar, no fundo não acredita muito quando todo mundo lhe diz que o que ela desenha é genial, mas desta vez... Sim, sim, para a lua ela pode dizer: está orgulhosa das cores que depositou na tela, daquele movimento da água do regato atravessando o quadro, das linhas de fuga que seguem em vários sentidos. Tinha tudo na cabeça havia muito tempo, mas jamais teria se achado capaz de traduzir isso em pintura. Escondeu o quadro debaixo do lavadouro. No dia seguinte Paul vai buscá-lo e entregá-lo para a professora.

Posso confiar em Paul. Só em Paul. De jeito nenhum nos outros, no pretensioso Camille, na dedo-duro Mary, nem em Vincent... Vincent. O cachorrinho que não larga do meu pé.
De jeito nenhum em mamãe, tampouco. Ela anda me vigiando ultimamente, me leva à escola de manhã e me deixa em frente à grade antes de subir para o casarão dos parisienses. Mesma coisa na saída. Como se estivesse me espionando! Acho isso estranho, às vezes. Como se mamãe tivesse medo de eu contar minha história para todo mundo.
James. Desaparecido. Morto.
Morto lá na plantação.
Como se tivesse medo de as pessoas acharem sua filha louca.
James...

Fanette estende a mão. Tem a impressão de que, debruçando-se mais um pouco no peitoril da janela, poderia tocar as crateras da Lua, passar os dedos nos sulcos.

James...
Será que o inventei?
Será que simplesmente não encontrei lá na plantação alguns pincéis esquecidos por um pintor, algumas gotas de tinta na margem do rio... Minha imaginação cuidou do resto. Mamãe sempre diz que vivo num mundo ima-

ginário, que invento coisas, deformo a realidade. Para torná-la como eu gostaria que fosse.

Agora, quanto mais penso no assunto, mais me parece que James nunca existiu. Eu o inventei porque precisava dele, precisava de alguém para me dizer que tinha talento para a pintura, que devia perseverar, que era um gênio, que devia pensar em mim e seguir trabalhando, trabalhando, trabalhando nos meus quadros.

Ser egoísta.

Mamãe nunca diz isso. James falou tudo o que um pai deveria ter me aconselhado, tudo o que eu queria que meu pai me dissesse.

Um pai artista. Um pai pintor. Um pai que tivesse orgulho de mim. Um pai que, um dia, do outro lado do mundo, vai ler meu nome no canto de um quadro exposto na mais extraordinária das galerias e que vai pensar apenas: "Eu a reconheço, é minha filha. Minha filhinha. A mais talentosa de todas."

Fanette observa as fachadas das casas escuras.

Não! Não! Não! Meu pai não é um cara do vilarejo na casa de quem minha mãe faz faxina. Um gordo, feio e velho, que fede e sua. Impossível.

Além do mais, não estou nem aí.

Não tenho pai. Inventei James no lugar do meu pai. Graças a ele, pintei meu quadro, as minhas Ninfeias. *E amanhã elas vão ser despachadas para o concurso. São a minha garrafa lançada ao mar.*

Amanhã.

Fanette sorri.

Aquela lua imensa talvez seja mais um bom presságio.

Amanhã é meu aniversário!

À luz da lua, o pátio da escola de Giverny adquire um tom prateado. Uma lua desmedida. Stéphanie tentou explicar esse fenômeno do perigeu da elipse da Lua para as crianças da turma com a ajuda de alguns desenhos simples. Recomendou que ficassem acordadas até um pouco mais tarde do que o normal, para aproveitar o espetáculo. Anotou tudo no quadro, uma lua catorze por cento maior e trinta por cento mais luminosa.

A lua tem o mesmo formato circular da janelinha redonda do seu quarto no forro, como se um pedaço de janela tivesse se soltado e saído voando pelo céu. A Rue Blanche-Hoschedé-Monet está deserta. As folhas das tílias na praça da prefeitura dançam suavemente ao vento. Parece que uma chuva de prata caiu sobre o vilarejo.

Jacques está deitado ao seu lado na cama. Sem precisar se virar, Stéphanie sente que ele não está dormindo. Sente que a observa, que não vai dizer nada, que vai respeitar seu silêncio. A intimidade com Jacques se tornou para ela cada vez mais insuportável. Ele não mudou nenhum de seus hábitos. Os dois continuam a dormir juntos, nus e quase encostados, mesmo que Jacques não tenha tentado tocá-la nem tentado reconquistá-la. Pelo menos não fisicamente.

Na véspera, os dois passaram horas conversando.

Com calma.

Jacques diz que entendeu, que vai tentar mudar.

Mudar o quê?

Stéphanie não o condena por nada. Ou simplesmente, talvez, por ele não ser outro homem.

Jacques diz que vai virar outro homem.

Ninguém vira outra pessoa. Stéphanie sabe muito bem que essas conversas não levam a nada. Sua decisão está tomada. Ela vai deixá-lo. Vai embora.

Jacques é um homem equilibrado. Com certeza acha que ter paciência é o método certo para fazer Stéphanie duvidar de si mesma. Deixar a tempestade passar. Esperar, ficar parado de guarda-chuva na mão. Nunca se sabe... Pronto para estender aquele grande guarda-chuva para dois assim que ela voltar.

Ele está enganado.

Stéphanie observa por muito tempo o pátio daquela escola onde leciona há anos, as amarelinhas desenhadas no asfalto do chão, o trepa-trepa. Na sua cabeça ecoam os gritos das crianças durante o recreio.

Stéphanie marcou um encontro com Laurenç no dia seguinte à tarde. Não no vilarejo, claro, não em frente à escola nem no regato. Mais longe, num lugar mais discreto. A ideia foi sua: a ilha das Urtigas, famosa campina na confluência do Epte com o Sena comprada por Claude Monet, onde ele guardava suas telas, onde atracava seu ateliê-barco. Um belo lugar isolado a pouco mais de 1 quilômetro de Giverny. Quanto mais ela pensa, mais se convence de que a ilha das Urtigas é uma boa ideia. Laurenç vai saber apreciar a escolha. Laurenç tem um instinto surpreendente para tudo o que diz respeito à arte. Na casa de Monet, ele não sentiu na hora que o quadro de Renoir, *A moça de chapéu branco*, não era uma reprodução? Mesmo que a razão o pressionasse a não admitir tal coisa, Laurenç pressentiu que aquilo era uma obra-prima autêntica. Como as dezenas de outras esquecidas na casa de Monet: Renoir, Pissarro, Sisley, Boudin... e *Ninfeias* desconhecidas também. Meu Deus, se eles tivessem tempo, se fossem livres, Stéphanie gostaria tanto de mostrá-las a Laurenç. Compartilhar com ele uma emoção dessas...

Jacques apagou a luz e virou de lado, como se estivesse dormindo. O luar empresta ao quarto ares de gruta feérica. Os olhos de Stéphanie recaem sobre o criado-mudo, sobre o livro que ali repousa.

Está no mesmo lugar.

Aureliano.

Louis Aragon.

Invariavelmente, aquela frase volta para assombrá-la. *O crime de sonhar eu consinto que seja instaurado.* A mensagem do postal de aniversário encontrado no bolso de Jérôme Morval.

O crime de sonhar...

Como se a frase houvesse sido escrita para ela.

O crime de sonhar...

Todos aqueles que não leram os versos seguintes, todos os que não conhecem a continuação daquele longo poema de Aragon, "Ninfeu", estão errados. Não, é claro que Aragon não condena os sonhos.

Que contrassenso!

Muito pelo contrário, evidentemente o que o poeta está exprimindo é a ideia oposta.

Ela recita baixinho aqueles versos que ensina todos os anos às crianças do vilarejo.

* * *

O crime de sonhar eu consinto que seja instaurado.
   Se eu sonho, é com aquilo que me proíbem.
   Vou me declarar culpado. Gosto de estar errado.
   Aos olhos da razão o sonho é um bandido.

Stéphanie repete em silêncio os quatro versos da estrofe, com o mesmo fervor de uma prece profana indecente.
   Se sonho, é com aquilo que me proíbem...
   Sim, o sonho é algo fora da lei.
   Sim, ser uma mulher cruel agrada a Stéphanie.
   Não, ela não tem remorso algum.
   Sim, aos olhos da razão, seu sonho é um crime.
   Que amanhã Laurenç Sérénac a tome nos braços, que eles façam amor na ilha das Urtigas e que ele a leve embora, que a leve embora...
   Amanhã.

DÉCIMO TERCEIRO DIA
25 de maio de 2010, Caminho da ilha das Urtigas

Desfecho

68

CAMINHO LENTAMENTE PELA TRILHA de terra que, logo atrás do moinho de Chennevières, parte em linha reta na direção das campinas da pradaria: uma trilha em mau estado em que as rodas dos tratores escavam sulcos ano após ano.

O inspetor Sérénac não deve ter se divertido muito com sua Tiger Triumph mais cedo. Não preciso entrar em detalhes; não acho que a antiguidade da moto seja muito adaptada ao motocross. Vi-o passar faz alguns minutos, virar atrás do moinho, em seguida mergulhar nas plantações em meio a uma nuvem de terra seca.

Há várias trilhas para sair de Giverny e entrar na pradaria, mas todas acabam dando num mesmo beco sem saída: a ilha das Urtigas. Em frente, logo em frente, não há nada além dos rios Epte e Sena. A trilha conduz diretamente para lá e chega a parar alguns metros antes da confluência, nas margens do Epte, ao pé de um pequeno bosque de choupos que Monet conheceu; essas árvores são tão protegidas pelos fanáticos pelo Impressionismo quanto as pirâmides do Egito.

Quem quiser chegar ao Sena precisa prosseguir a pé.

Netuno galopa na minha frente. Conhece aquele caminho de cor e agora já não espera por mim. Entendeu que percorro cada vez mais devagar aquele pequeno quilômetro que separa o moinho de Chennevières da ilha das Urtigas. Esses sulcos são um inferno. Mesmo com a ajuda da bengala, quase caio pelo menos uma vez a cada 3 metros.

Felizmente, é a última vez que vou lá, a essa maldita ilha das Urtigas. Este tipo de caminhada por trilhas rurais não é coisa para a minha idade. Para completar, um calor feroz nos sufoca nesta tarde. É o dia mais bonito de maio e não há um ponto de sombra do meu moinho até o Epte, a não ser talvez, no meio do caminho, junto às paredes de telha corrugada onde se capta a água potável. Pelo menos, meu lenço me protege do sol. Exposta na planície amarelada, tenho a impressão de caminhar feito uma mulher árabe no deserto.

Meu Deus, vocês não imaginam a eternidade que vou levar para chegar a essa confluência do Epte com o Sena, a essa porcaria de ilha das Urtigas.

Quando penso que Netuno já deve estar lá!

69

16H17. A Tiger Triumph T100 de Laurenç Sérénac está encostada ao pé de um choupo. O inspetor chegou um pouco antes da hora à ilha das Urtigas; sabe que Stéphanie só termina as aulas às quatro e meia. Depois disso, precisa percorrer um bom quilômetro para encontrá-lo.

Laurenç avança por baixo das árvores. A paisagem é estranha: o Epte, cercado por aquelas árvores retas enfileiradas como um regimento em posição de continência, mais parece um canal do que um rio natural. A confluência dele com o Sena reforça mais ainda essa impressão: o imenso leito do rio corre com calma, sem ligar a mínima para o ridículo fluxo trazido por aquele braço d'água. Enquanto as margens do Epte parecem imobilizadas em uma eternidade imutável, na direção do Sena, pelo contrário, pode-se adivinhar uma profusão de vida, a cidade, as fábricas, as balsas, a via férrea, os comércios. Como se o Sena fosse uma autoestrada ruidosa que atravessa a zona rural, e o Epte, um itinerário alternativo por uma estrada secundária esquecida, que se perde.

Alguém está andando atrás dele.

Stéphanie, já?

Ele se vira, sorri.

É Netuno! O pastor-alemão reconhece o inspetor e começa a se esfregar nele.

– Netuno! Quanta gentileza vir me fazer companhia... Mas, sabe, grandão, isto aqui é um encontro amoroso, um encontro discreto, entende? Você vai ter de nos deixar a sós.

Um galho se parte atrás dele. Folhas são amassadas.

Netuno não está sozinho!

Laurenç Sérénac percebe o perigo no mesmo instante, sem nem ao menos raciocinar. O instinto do policial.

Ergue os olhos.

O cano do fuzil está apontado para ele.

Por um segundo, pensa que vai acabar tudo assim, sem nenhuma outra explicação. Que vai morrer abatido como uma presa vulgar, que uma bala vai explodir seu coração e que seu cadáver vai flutuar pelo Epte, depois pelo Sena, antes de dar na margem bem mais adiante, mais abaixo no vale.

Os dedos não puxam o gatilho.

Uma suspensão de pena? Sérénac mergulha na brecha, aparentando segurança:

– O que o senhor está fazendo aqui?

Jacques Dupain abaixa a arma ostensivamente.

– Era eu quem deveria lhe perguntar isso... não acha?

A raiva que aumenta nele faz Laurenç Sérénac mudar de atitude:

– Como o senhor sabia?

Netuno sentou a poucos metros deles, debaixo de um raio de sol que atravessa os choupos, e parece não se interessar pela conversa. O fuzil de Jacques Dupain está agora apontado para o chão. Dupain exibe um esgar de desprezo.

– Você é burro mesmo, Sérénac. Assim que o vi chegar no vilarejo, com essa cara de salvador, essa jaqueta de couro e a moto, entendi. Você é tão previsível...

– Ninguém podia saber. Ninguém, a não ser Stéphanie. Ela não pode ter lhe confessado nada. Você me seguiu, foi isso?

Dupain se vira na direção da pradaria. Ao longe, pode-se discernir o vilarejo de Giverny em meio a uma bruma de calor que deforma o horizonte. Dupain ri antes de responder:

– Você não consegue entender. Há coisas que ultrapassam a sua compreensão. Nasci aqui, Sérénac. Assim como Stéphanie. Neste vilarejo. Ninguém conhece Stéphanie melhor do que eu. Desde que você começou a virar a cabeça dela, percebi. Um mínimo detalhe, um livro que falta numa estante, um olhar dela em direção ao céu, um silêncio... Aprendi a interpretar todos esses sinais. Uma dobra numa blusa, uma saia amarrotada, uma roupa de baixo que ela em geral não usa, uma ínfima nuance no jeito de se maquiar, uma simples expressão do seu rosto que muda. Se Stéphanie marcasse um encontro com você, Sérénac, eu saberia. Saberia quando... e saberia onde.

Laurenç Sérénac exibe uma espécie de cansaço irritado e se vira para o Epte. No fim das contas, o longo monólogo de Dupain o reconforta. Está diante de um marido ciumento. Já era de esperar, afinal. É o preço a pagar. O preço da liberdade de Stéphanie. O preço do seu amor.

– Bom – diz o inspetor. – O que vai acontecer agora? Vamos esperar Stéphanie chegar e conversar nós três?

Outra careta de desprezo deforma o rosto de Jacques Dupain. Como se uma certeza o habitasse.

– Acho que não. O senhor teve razão de chegar cedo, Sérénac. Eis o que vai fazer. Vai escrever uma carta curta, um bilhete de despedida, o senhor deve saber como fazer isso, deve ter bastante talento. Caso contrário, posso ajudar. Vai deixar essa carta no pé de uma árvore, bem à vista, vai subir na sua moto e sumir.

– Está brincando?

– Inspetor... O senhor já conseguiu o que queria. Stéphanie se entregou ao senhor ontem, na sala de aula de Giverny. Seu objetivo foi alcançado. Tiro meu chapéu. Muitos sonhavam com isso, e o senhor foi o primeiro. Vamos parar por aqui! Agora vai desaparecer da nossa vida. Não vou fazer escândalo nenhum nem chamar um advogado para dizer que o inspetor encarregado do caso Morval está transando com a esposa de um suspeito, de um suspeito que ele até se deu ao trabalho de jogar na prisão na véspera. Em outras palavras, não vou ferrar a sua carreira. Estamos quites. Sou bom jogador, não acha, para um sujeito conhecido em Giverny como um louco ciumento?

Sérénac explode de tanto rir. O vento agita em cadência as folhas dos choupos, aveleiras e castanheiras.

– Acho que o senhor não entendeu nada, Dupain. Não se trata nem de mim nem da minha carreira. Não se trata tampouco do senhor nem do seu orgulho de marido corno. Trata-se de Stéphanie. Ela é livre. Entende isso? Nem o senhor nem eu temos nada a conversar. Não temos nada a decidir por ela. Entendeu? Ela é livre. É ela quem decide.

Dupain contrai as duas mãos em volta do fuzil.

– Não vim aqui para conversar, Sérénac. O senhor está perdendo um tempo precioso. As palavras de adeus que vai escolher talvez sejam importantes para Stéphanie, que depois vai ter de viver com elas.

Laurenç percebe uma irritação profunda brotar dentro dele. Essa situação lhe desagrada. Esse sujeito lhe dá nojo.

Atrás dele, os campos de urtigas se estendem até a confluência dos rios. O lugar está deserto. Ninguém vai aparecer, ninguém a não ser Stéphanie. É preciso acabar com isso.

– Escute, Dupain, não me brigue a ser cruel.

– O senhor continua perdendo tempo, eu já…

– O senhor é um medíocre, Dupain – interrompe Laurenç Sérénac. – Abra os olhos! Não merece Stéphanie. Ela merece coisa muito melhor do que um cotidiano ao seu lado. Ela vai embora, Dupain, mais cedo ou mais tarde. Comigo ou com outro.

Jacques Dupain se contenta em dar de ombros. O ataque de Laurenç Sérénac parece escorregar sobre ele como gotas de chuva sobre um telhado de ardósia.

– Inspetor, foi com esse tipo de clichê grotesco que o senhor virou a cabeça dela?

Sérénac dá um passo à frente. É mais alto do que Jacques Dupain pelo menos 20 centímetros. De repente, ele sobe o tom:

– Vamos parar com esse joguinho, Dupain. Agora mesmo. Vou ser bem claro: não vou escrever bilhete nenhum. Não estou nem aí para essa sua chantagem mesquinha ou para o que o senhor pode dizer para o seu advogado em relação à minha suposta carreira.

Pela primeira vez, Jacques Dupain hesita e observa Sérénac com uma atenção renovada. O inspetor desvia os olhos e percebe, ao longe, o campanário da igreja de Sainte-Radegonde, com os telhados das casas de Giverny a toda volta, como no vilarejo idealizado de uma maquete de trenzinho de brinquedo.

– *Mea culpa*, inspetor – prossegue Dupain. – Será que o subestimei? Será que, do seu jeito, o senhor é sincero?

O rosto do homem se contrai em sulcos enrugados.

– O senhor não me deixa escolha: vou ter de recorrer a argumentos mais convincentes.

Bem devagar, Dupain levanta o cano do fuzil em direção à testa do inspetor. Laurenç Sérénac permanece parado, o olhar fixo. O suor escorre por seus cabelos. Com uma voz de serpente, ele sibila:

– Até que enfim, Dupain. A máscara caiu. O verdadeiro rosto se revela. O do assassino de Morval.

O cano do fuzil desce até a altura dos olhos. Impossível não ficar vesgo olhando para o orifício escuro do tubo de metal.

– Isso não tem nada a ver com a história, inspetor! – grita Dupain. – Pelo menos desta vez, não misture tudo! Estamos aqui para resolver uma questão entre nós três: Stéphanie, o senhor e eu. Morval não tem nada a ver com isso.

Com a empolgação, o eixo do cano se deslocou de leve em direção à orelha do policial. Sérénac sabe que é preciso parlamentar, ganhar tempo, encontrar a brecha.

– Então o que o senhor vai fazer? Me matar, é isso? Aqui, debaixo dos choupos? Não vai ser difícil encontrar o atirador... Um fuzil de caça. O amante da sua mulher abatido à queima-roupa. Um encontro marcado na ilha das Urtigas. Todo mundo me viu atravessar o vilarejo na Tiger Triumph. Acabar a vida na prisão, mesmo tendo me eliminado, não vai ser o melhor jeito de manter Stéphanie ao seu lado.

O fuzil se aproxima um pouco mais, o cano se abaixa até a altura da boca. Sérénac hesita em tentar alguma coisa. Seria mais simples intervir agora, arrancar aquela arma e acabar com aquilo. Ele é mais forte, mais ágil do que Dupain. É a hora certa. Apesar disso, o inspetor aguarda.

– O senhor é um espertinho – responde Dupain com um esgar. – Nesse ponto tem razão. Só nesse. Não seria muito inteligente da minha parte matá-lo aqui friamente. O crime estaria assinado. Mas o tempo está passando, então agora vamos acelerar: escreva logo essa carta de adeus.

O fuzil desce até o pescoço do inspetor. Sérénac sobe com uma lentidão infinita a mão direita pela cintura e então, de repente, a estende.

Sua mão se fecha no vazio.

Atento, Jacques Dupain recuou, ainda com o fuzil apontado.

– Nada de bancar o caubói, inspetor. Está desperdiçando seu tempo. Quantas vezes vou ter de repetir? Redija uma bela carta de despedida para mim.

Sérénac dá de ombros com uma atitude desdenhosa.

– Não conte com isso, Dupain. Já chega desse circo.

– O que foi que o senhor disse?
– Que já chega desse circo!
– Circo?

Dupain encara Sérénac com os olhos esbugalhados. Todo o cinismo, todo o desdém desapareceram da sua expressão facial.

– Circo? Foi isso mesmo que o senhor disse? Será que não entendeu nada? Não quer encarar a realidade? Tem um... um detalhe do qual o senhor não faz a menor ideia.

O cano frio da arma de caça encosta no coração do inspetor. Pela primeira vez, Laurenç Sérénac não consegue articular uma resposta.

– O senhor não pode nem imaginar quanto sou apegado a Stéphanie. Quanto sou capaz de tudo por ela. Pode ser que o senhor ame Stéphanie, Sérénac, talvez até de modo sincero... mas acho que não se dá conta a que ponto o afeto ridículo que tem por ela não chega aos pés da minha...

Sérénac engole em seco, com repulsa. Dupain continua:

– Da minha... Pode chamar como quiser, Sérénac. Loucura, obsessão... amor absoluto.

O dedo se curva no gatilho.

– Mas o senhor vai redigir esse bilhete de adeus, inspetor, e desaparecer para sempre!

70

Stéphanie Dupain não consegue evitar lançar um olhar para o relógio de parede acima do quadro-negro.

16h20.

Dez minutos ainda! Dali a dez minutos, vai deixar as crianças em Giverny e correr ao encontro de Laurenç. A ilha das Urtigas. Sente a mesma excitação de uma adolescente cujo namorado cheio de espinhas a aguarda na saída da escola, no ponto de ônibus.

Sente-se um pouco ridícula, também. Sim, claro. Mas há quanto tempo não tinha coragem de escutar o chamado de seu coração, de erguer os olhos para aquele céu azul que não a faz pensar em outra coisa senão uma felicidade sem nuvens, de deixar crescer dentro de si aquela vontade de largar as crianças ali, naquele instante, dar em cada uma delas um grande beijo na bochecha e dizer que vai embora, dar a volta ao mundo, que, quando voltar, elas estarão todas crescidas.

De gargalhar diante da cara assustada dos pais dos alunos.

Ridícula, sim. Deliciosamente ridícula. Aliás, não está com disposição para dar aula e ri feito uma boba de cada besteira dos alunos. Sequer encheu seus ouvidos com lições de moral quando nenhum deles entregou um quadro para o concurso da Fundação Robinson. Nem mesmo os mais talentosos. Em outro dia, teria dado um grande sermão sobre a oportunidade que não se deve deixar passar, sobre os pequenos brotos de talento que é preciso cultivar, os desejos que não se pode deixar morrer, as cinzas que não se deve deixar se apagar, todos aqueles conselhos que passa o ano inteiro repetindo e que, na verdade, se destinavam apenas a ela mesma.

Ela ouviu os próprios conselhos!

Faltam nove minutos agora para sua fuga!

As crianças precisam resolver um problema de matemática. Para variar um pouco de Aragon e da pintura. Alguns pais de alunos acham que ela não ensina problemas suficientes, matemática, ciências.

O crime de sonhar...

O olhar de ninfeias de Stéphanie se perde pela janela da sala, bem longe, acima dos choupos de Monet.

– Você não entregou seu quadro? – murmura Paul virando-se para Fanette.

A menina não ouve nada. A professora está olhando para outra coisa.

Vou lá!

Ela se esgueira até a carteira de Paul.

– O quê?

– Seu quadro, para o concurso?

Vincent os observa com um ar estranho. Mary parece estar com a mão coçando, como se fosse levantar o dedo e chamar a professora assim que esta virasse a cabeça.

– Hoje de manhã não consegui, é minha mãe quem está me trazendo à escola agora. Ela teria dado outro chilique! Venha me buscar daqui a pouco, na saída.

Fanette verifica com o rabo do olho que a professora não está olhando na sua direção. Com o outro, vigia Mary. A menina faz justamente menção de se levantar. No mesmo instante, como se houvesse previsto o movimento, Camille se inclina em direção ao caderno de Mary para lhe explicar o exercício.

O gordo Camille está sendo legal comigo nisso, como se tivesse entendido tudo. Mary não tem mesmo o menor talento para a matemática. Não tem o menor talento para nada. Já Camille é o oposto: seu jeito de paquerar é bancando o pretensioso. Com Mary, vai acabar dando certo.

Fanette se agacha em frente à carteira de Paul.

– Paul – sussurra –, você pode ir buscar meu quadro? No nosso esconderijo, sabe? E trazer para a professora logo depois da escola?

– Pode contar comigo. É só o tempo de ir e voltar. Se correr, levo menos de cinco minutos.

Fanette torna a deslizar entre as carteiras para voltar ao seu lugar e se senta. Discreta. Só que aquele idiota do Pierre deixou a mochila no chão outra vez. Fanette tropeça nela e a chuta no pé da cadeira. Alguma coisa estranha de ferro lá dentro retine pela sala como se fosse um sino.

Que idiota!

Stéphanie Dupain se vira para os alunos.

– Fanette – diz a professora –, o que está fazendo em pé? Volte agora mesmo para o seu lugar!

71

O CANO DO FUZIL apontado por Jacques Dupain continua encostado na jaqueta de couro do inspetor Laurenç Sérénac. Exatamente sobre o coração. A clareira parece um templo antigo; seus choupos enfileirados, as colunas. Silencioso e sagrado. Por trás da cortina de árvores, dá para adivinhar a efervescência do corredor do Sena, como um eco distante.

Sérénac tenta raciocinar depressa. Com método. Quem é aquele indivíduo na sua frente? Aquele cara com o fuzil apontado para ele? Será Jacques Dupain o assassino de Jérôme Morval? Se for, trata-se então de um criminoso meticuloso, organizado e calculista. Um cara desses não atiraria em um policial assim, em plena luz do dia. Ele está blefando.

O rosto de Jacques Dupain não lhe revela indício algum. Sua expressão é a mesma que se estivesse apontando a arma para um coelho ou uma perdiz na encosta da Astragale: concentrado, cenho franzido, mãos levemente trêmulas e úmidas. A postura de qualquer caçador que tem na mira do fuzil uma presa um pouco maior do que de costume. Sérénac se obriga a inverter seu raciocínio. Talvez, no fundo, Jacques Dupain seja apenas um marido ciumento, enganado, humilhado. Nesse caso, é só um pobre coitado, que não vai abater um homem a sangue-frio.

É óbvio. Criminoso ou não, Dupain está blefando!

Sérénac se esforça para adotar uma voz firme:

– O senhor está blefando. Louco ou não, não vai atirar.

Jacques Dupain empalidece ainda mais, como se as batidas do seu coração houvessem se tornado tão lentas que não irrigam mais as artérias acima do pescoço. Uma das mãos se contrai em volta do cano de aço, a outra no gatilho.

– Não brinque com isso, Sérénac, não tente bancar o herói. Pare com esses cálculos de merda. Ainda não entendeu? Quer uma carnificina pesando na sua consciência, é isso? Prefere uma carnificina a ceder...

Tudo começa a se confundir na cabeça de Sérénac. O inspetor tem consciência de que precisa avaliar a situação em alguns segundos. Reagir com o instinto. Gostaria, porém, de ter mais tempo, de pensar melhor, de poder conversar sobre todos os detalhes com Sylvio Bénavides e suas famosas três colunas, de procurar a relação entre Jérôme Morval e todos os fatores desconhecidos daquele caso, as *Ninfeias*, a pintura, as crianças, o ritual, 1937... A cada respiração, sente o tubo gelado da arma se afundar na própria carne.

Meio metro os separa. O comprimento de um fuzil.

– O senhor é louco – murmura Sérénac. – Um louco perigoso. Vou indiciá-lo ou algum outro o fará.

Netuno se sacode debaixo do choupo, como se as vozes altas dos dois homens o tivessem acordado. Indiferente à sua loucura, ergue uns olhos sonhadores. Empina as orelhas ao escutar o grito de Jacques Dupain:

– Sérénac, pelo amor de Deus, vai me ouvir ou não? O senhor não pode fazer nada. Não vou deixar Stéphanie ir embora. Se a polícia chegar perto, se o senhor tentar qualquer coisa que seja, se me encurralar, juro que a mato e depois me mato. O senhor diz que ama Stéphanie, então prove. Desista dela. Ela vai viver feliz, o senhor também, vai ficar tudo bem.

– Que chantagem mais ridícula, Dupain.

O outro urra ainda mais alto:

– Não é chantagem, Sérénac. Não estou negociando nada! Estou só dizendo o que vai acontecer se o senhor não der o fora daqui. Se eu não tiver mais nada a perder, sou capaz de explodir tudo, incluindo eu mesmo. Entendeu? Pode chamar todos os policiais do mundo, mas não vai conseguir impedir um banho de sangue.

O cano pressiona seu coração com mais força ainda. Sérénac tem consciência de que agora é tarde demais para esboçar qualquer gesto. Dupain está alerta; seu dedo no gatilho seria mais veloz. Palavras são tudo o que resta ao inspetor para convencer seu agressor:

– Se atirar em mim, vai perder Stéphanie. De toda forma.

Jacques Dupain o encara por um momento. Recua a passos lentos, sem deixar de apontar a arma para o inspetor.

– Vamos. Já desperdiçamos muito tempo. Vou pedir pela última vez, inspetor: rabisque três palavras em uma folha e suma daqui. Não é tão difícil. Esqueça tudo. Não volte nunca mais. Só o senhor ainda tem o poder de impedir a carnificina.

De repente, os lábios de Jacques Dupain se retorcem e deixam escapar um assobio. Netuno corre até ele, alegre.

– Pense, Sérénac. Rápido.

Sérénac não diz nada. Sua mão se move por instinto para a pelagem sedosa do cachorro que se esfrega nele.

– Suponho que o senhor conheça Netuno, inspetor. Todo mundo conhece Netuno em Giverny. Esse cachorro alegre que corre atrás das crianças. Quem não adora Netuno? Quem não adoraria esse cão inocente? Eu também o adoro, sou o primeiro, ele já me acompanhou cem vezes na caça...

Em um lampejo, o cano do fuzil se abaixa até a altura dos joelhos do inspetor Sérénac, a 20 centímetros da cara de Netuno. Pela última vez, o cachorro observa os dois adultos com uma confiança cega. Um bebê a sorrir para os pais.

O tiro rasga o silêncio sob os choupos.

À queima-roupa.

A cara de Netuno explode, estraçalhada.

O cão desaba como uma massa fulminada. A mão de Sérénac se fecha em torno de uma bola de pelos grudenta de sangue pegajoso. Pelo punho da manga e pela barra de sua calça escorrem farrapos de pele, vísceras, restos de um olho e de uma orelha.

Ele sente crescer dentro de si um pânico intenso que aniquila qualquer tentativa de reflexão lúcida. O cano do fuzil que Dupain segura se levantou em uma fração de segundo e encosta outra vez no torso do inspetor.

Esmaga um coração que nunca bateu tão depressa.

– Pense, Sérénac. Rápido.

72

COM UM SOL DE maio desses, a escola é uma prisão.

16h29.

As crianças saem da sala aos gritos. Como numa brincadeira de pique, algumas são interceptadas em pleno voo por pais reunidos na praça da prefeitura, enquanto a maioria se esgueira entre as mãos estendidas e as tílias e desce correndo a Rue Blanche-Hoschedé-Monet.

Stéphanie atravessa a porta da sala poucos segundos depois de a última criança sair, não mais do que isso. Tomara que nenhuma delas tenha perguntas a lhe fazer. Tomara que nenhum pai, justamente hoje, a detenha para conversar.

Mais alguns minutos e vai poder se abandonar aos braços de Laurenç. Ele já deve ter chegado à ilha das Urtigas. Apenas algumas centenas de metros os separam. No corredor, ela hesita um segundo em pegar seu casaco preso no cabide. Por fim, sai sem ele. Nessa manhã, pôs o vestido leve de algodão que estava usando na primeira vez em que encontrou Laurenç, dez dias antes.

Na praça da prefeitura, um sol travesso devora com delícia seus braços e coxas nus.

Como se brilhasse só para mim.

Stéphanie se surpreende ao se embriagar com esses pensamentos de garota, com esse romantismo vagabundo.

A janela da prefeitura lhe devolve a imagem da própria silhueta. Ela se espanta também ao se achar bonita, sensual, com aquele vestidinho de nada que Laurenç vai jogar longe em meio às urtigas da ilha. Resiste à vontade de descer a Rue Blanche-Hoschedé-Monet correndo feito as crianças. Pelo contrário, dá três passos em direção à vidraça para observar o próprio rosto, para desalinhar os cabelos e torná-los menos comportados, para esticar as fitas prateadas e fazê-las desafiar o sol. Pensa até que poderia perder mais alguns segundos, voltar para a sala de aula ou passar em casa, despir o vestido, tirar as roupas íntimas e tornar a pôr o vestido sobre a pele inteiramente nua. E atravessar Giverny assim. Nunca sequer imaginou uma coisa dessas... Por que não? Ela hesita.

O desejo de reencontrar Laurenç quanto antes leva a melhor. Ela pisca os grandes olhos lilases no reflexo indistinto da vidraça. Nessa manhã, enfeitou as pálpebras com uma leve camada de maquiagem. Justo a quantidade necessária. Sim, se ela pedir para Laurenç com aqueles olhos que tanto brilham, que ao mesmo tempo imploram, riem e despem... Sim, vai ser salva.

Laurenç vai levá-la embora.

Não, sua vida nunca mais será a mesma.

Stéphanie acelera o passo, desce quase trotando a Rue Blanche-Hoschedé-Monet. Chegando ao Chemin du Roy, decide não contornar o moinho de Chennevières pela trilha e prefere cortar caminho e seguir reto pelo milharal à sua frente, como fazem as crianças.

Para as crianças, um milharal, com tantos corredores entre as espigas, é como um imenso labirinto. Ela nem liga; não tem medo de se perder ali. Vai pegar o caminho mais curto. Segue reto. Sempre reto agora.

73

PAUL PASSA COM PRECAUÇÃO por cima da ponte do Ru. Sem saber por quê, está desconfiado. Talvez por causa dos mistérios que Fanette esconde, aquele jeito de lhe dizer que só ele conhece o esconderijo do fabuloso quadro das ninfeias que ela pintou. Fanette gosta disso, de segredos e promessas, de coisas estranhas. Talvez esteja desconfiado também por causa daquela história do pintor assassinado, James, o tal americano.

Será que Fanette viu mesmo o cadáver dele na plantação? Será que inventou aquilo tudo? E tem também a polícia, claro, a polícia que interroga todo mundo no vilarejo por causa do assassinato daquele outro sujeito há alguns dias.

Tudo isso mete medo em Paul. Ele não diz nada na frente de Fanette, banca um pouco o corajoso, brinca de ser cavalheiro, mas na verdade tudo aquilo o amedronta, como aquele moinho ali ao lado, com a roda dentro d'água e a torre alta que parece a de um castelo assombrado.

Ele ouve um barulho atrás de si.

Vira-se bruscamente. Não vê nada.

Precisa prestar atenção. Fanette o incumbiu de uma missão. Ele e mais ninguém. Ele é o único em quem ela confia. Bom, verdade que é uma missão bem simples: pegar o quadro debaixo do lavadouro, levá-lo para a professora, explicar que é para o concurso da Fundação Robinson. Uma missão de nada; mesmo andando, o lavadouro fica a cinco minutos da escola. Dez minutos para ir e voltar.

Paul examina mais uma vez os arredores. Verifica que não há ninguém na ponte, no pátio do moinho, no trigal mais atrás, em seguida se abaixa junto aos degraus do lavadouro e enfia a mão dentro do espaço.

De repente, sente medo.

Sua mão tateia no escuro. Ele entra em pânico quando não encontra nada. Nada a não ser o vazio.

As ideias se confundem no seu cérebro. Alguém esteve ali. Alguém roubou o quadro. Alguém quis se vingar, fazer mal a Fanette. Ou então alguém adivinhou o verdadeiro valor da primeira pintura dela, pois é certo que um dia os quadros de Fanette vão valer dinheiro, muito dinheiro, tanto quanto um Monet.

É por isso, com certeza. Sua mão agarra teias de aranha, se fecha em torno do ar. Não é possível! Onde o quadro pode ter ido parar? Ele viu Fanette guardá-lo ali na véspera.

Alguma coisa se mexe atrás dele!

Agora é certo: alguém está andando pelo caminho. Paul tenta se acalmar. Decerto é alguém passando; muita gente passa pela ponte o tempo todo, não é nada de mais. Paul não consegue se virar, não ainda. O mais importante é achar o quadro. Ele se contorce de bruços no chão. Enfia ainda mais longe o segundo braço no buraco estreito debaixo do lavadouro. Agita as mãos, vasculha.

Um calor imenso o domina. Ele não vai fracassar assim, de um jeito tão bobo. Não vai voltar para procurar Fanette e dizer, feito um idiota, que o quadro não estava mais lá. Paul percebe que agora já não ouve nenhum passo no caminho.

Como se alguém tivesse parado.

Está quente demais. Paul sente calor demais.

De repente, seus braços ficam eletrizados como se ele tivesse tocado fios desencapados. Bem lá no fundo, no escuro, seus dedos se fecharam em volta de uma cartolina. Paul puxa. Suas mãos exploram mais um pouco, acompanhando às cegas o contorno do embrulho chato, os ângulos retos.

Não há dúvida. É o quadro!

Ele sente o coração explodir de alegria. O quadro está ali, só um pouco mais para o fundo. Como ele é bobo! Ficou com medo por nada. Quem poderia ter roubado aquela pintura? O menino se ajoelha e puxa mais o embrulho. Por fim, este sai para a luz do dia.

É mesmo o quadro, Paul o reconhece. O mesmo formato de aproximadamente 40 por 60 centímetros, a mesma cor marrom do papel que o protege. Vai abri-lo para verificar, vai abri-lo para ver o quadro mais uma vez, para que as cores em cascata explodam na sua cara...

– O que está fazendo?

A voz congela seu sangue.

Alguém está parado atrás dele! Alguém está falando com ele.

Uma voz que Paul conhece bem, bem demais até.

Uma voz tão fria que é como se houvesse visto a morte.

74

A SOMBRA DAS TELHAS corrugadas da captação de água me protege um pouco do sol. É uma espécie de grande reservatório. Amaldiçoo a mim mesma, amaldiçoo minhas pobres pernas. Atravessar a pradaria do moinho até o Epte vem se tornando tão difícil quanto cruzar o círculo polar. Uma verdadeira expedição. Um quilômetro de caminho, se tanto. Que lástima! Quando penso que Netuno já está me esperando lá há meia hora, na ilha das Urtigas, à sombra dos choupos.

Vamos, preciso agilizar.

Descanso por mais alguns instantes e retomo a caminhada.

Não venham me dar lições de moral, sei muito bem que sou apenas uma velha teimosa. Mas preciso ir à ilha das Urtigas uma última vez. Para uma última peregrinação. É lá, e em nenhum outro lugar, que vou escolher a arma.

É claro que, exatamente quando vou recomeçar a andar, Richard surge de trás das telhas corrugadas da captação de água. Eu deveria ter reconhecido sua 4L azul parada atrás da barreira. Richard Paternoster, o último agricultor de Giverny, dono de três quartos da pradaria, camponês com cara e nome de padre que em trinta anos nunca esqueceu de me cumprimentar com um gesto, mesmo quando estava me asfixiando lá do alto do seu trator e enchendo nossos pulmões, os meus e os de Netuno, com todo tipo de inseticida ao dirigir seus equipamentos de tortura, imitando uma perseguição mortal a cada vez que eu atravessava a pradaria.

É lógico que ele me segura para me contar sua vida de dar dó e dividir comigo a miséria do mundo. Como se eu fosse sentir pena dele, com seus 50 hectares classificados como monumento histórico nacional!

Impossível evitá-lo. Com o braço, ele me convida a entrar no pátio para aproveitar um pouco a sombra das telhas corrugadas.

Sem alternativa, avanço na sua direção. Tenho apenas tempo de perceber ao longe a nuvem de fumaça que se aproxima pelo caminho, como o rastro dos trens antigos nas planícies do Velho Oeste. A moto passa em frente à fazenda sem diminuir a velocidade. Mas não tão rápido para que eu não consiga reconhecê-la.

Uma Tiger Triumph T100.

75

Stéphanie chega ofegante à ilha das Urtigas. Atravessou o milharal correndo, em linha reta, como uma adolescente incapaz de esperar. Como se cada segundo que a separasse do seu encontro amoroso fosse da maior importância.

Laurenç está à sua espera, sabe disso.

Ela afasta as últimas folhas de mato na altura da cintura e adentra a clareira.

Sob os choupos da ilha das Urtigas reina o mesmo silêncio de uma catedral.

Laurenç não está ali.

Não está escondido, não está brincando com ela. Não está lá, simples assim. A moto estaria parada em algum lugar.

Ela não quis escutar quando estava atravessando o milharal, não quis olhar, mas ouviu distintamente o barulho daquele motor que tinha aprendido a reconhecer, o da Triumph de Laurenç. Viu a fumaça se erguer ao longe. Quis acreditar que estava enganada. Quis acreditar que Laurenç estava chegando, mesmo que o som parecesse estar se afastando, que era o vento, apenas o vento o responsável por essa ilusão. Impossível pensar que a Triumph estava indo embora, que Laurenç estava fugindo.

Por que ele teria fugido antes mesmo de ela chegar?

Laurenç não está aqui.

Seus olhos não podem deixar de ver a folha espetada à sua frente no tronco do primeiro choupo. Uma simples folha de papel branco na qual estão rabiscadas algumas palavras.

Ela chega mais perto. Já sabe que não vai gostar do que vai ler, que aquelas palavras vão ser como um aviso de falecimento.

Stéphanie avança, sonâmbula.

Uma caligrafia picotada, nervosa.

Quatro linhas.

Não existe amor feliz...
Exceto aqueles que nossa memória cultiva.
Eternamente, para sempre,
Laurenç

* * *

Stéphanie sente que as pernas já não a sustentam. Suas mãos agarram desesperadamente a casca do choupo, que se rompe sob os seus dedos. Ela cai. Os troncos verticais dançam à sua volta como gigantes em uma ciranda satânica.

Não existe amor feliz...

Só Laurenç poderia ter escrito aquelas palavras, ela sabe. Uma lembrança. Uma bela lembrança: é só isso, então, que o inspetor estava procurando.

Seu vestido claro de algodão se agarra em uma mistura de terra úmida e pedrinhas. Seus braços e pernas estão sujos. Stéphanie chora, recusa a realidade.

Que boba!

Uma lembrança.

Eternamente, para sempre.

Vai ter de se contentar com uma lembrança. Por toda a vida. Voltar para Giverny, para a sala de aula, para casa. Retomar o curso das coisas como antes. Tornar a fechar ela própria a gaiola.

Que idiota!

O que ela pensou?

Agora está tremendo, tremendo de frio à sombra das árvores. Seu vestido está molhado. Por que molhado? Seus pensamentos se embaralham. Ela não entende; o mato da pradaria lhe parecia queimado pelo sol. Pouco importa. Sente-se tão suja... Passa a mão nos olhos e tenta desajeitadamente enxugar as lágrimas que escorrem.

Meu Deus!

As pupilas nauseadas de Stéphanie não conseguem se desgrudar das duas palmas de suas mãos: estão vermelhas. Vermelhas de sangue.

Ela se sente desfalecer, não entende mais nada. Levanta os braços: eles também estão cobertos de sangue. Baixa os olhos. Seu vestido está cheio de manchas púrpura que o algodão claro absorveu.

Ela está mergulhada numa poça de sangue!

Um sangue vermelho. Vivo. Fresco.

De repente, as folhas das árvores vibram atrás dela.

Alguém está chegando.

76

– O QUE VOCÊ está escondendo? O que está escondendo nesse embrulho?

Paul se vira e solta um imenso suspiro de alívio. É Vincent! Deveria ter imaginado; aquele dali vive a espioná-los. Mas, bom, é só Vincent. Mesmo que seu amigo esteja com uma voz esquisita e um olhar estranho.

– Nada...

– Como assim, "nada"?

Fanette tem razão. Vincent é uma praga!

– Está bem, então, se quer saber. Olhe!

Paul se curva em direção à tela embrulhada e abre o papel pardo. Vincent chegou mais perto.

Prepare-se para um choque, seu curioso!

Paul afasta a embalagem. As cores do *Ninfeias* pintado por Fanette explodem à luz do sol. Na tela, as flores de nenúfar vibram com o movimento da água e flutuam como ilhas tropicais sem amarras.

Vincent não diz nada. Parece não conseguir desgrudar os olhos da tela.

– Vamos lá, mexa-se – continua Paul com voz enérgica. – Me ajude a fechar a embalagem. Preciso levar a tela para a professora. É para o Desafio Jovens Pintores, como você pode imaginar.

Ele encara Vincent com olhos cheios de orgulho.

– O que achou? Ela é um gênio, nossa Fanette, não é? A mais talentosa de todas. Difícil para ela vai ser escolher. Tóquio, Nova York, Madri: todas as escolas de pintura do mundo vão brigar por ela.

Vincent se levanta. Titubeia como se estivesse embriagado.

Paul fica preocupado.

– Tudo bem com você?

– Vo... você não vai fazer isso, vai? – balbucia o outro menino.

– Isso o quê?

Paul começa a dobrar de novo o papel pardo em volta da tela.

– En... entregar esse quadro para a professora. Para ser despachado para o outro lado do mundo. Para eles roubarem Fanette da gente.

– Que história é essa? Venha, me ajude aqui.

Vincent dá um passo à frente. Sua sombra encobre a de Paul, ainda agachado. De repente, a voz de Vincent se torna autoritária, como Paul nunca a escutou sair da boca do amigo:

– Jogue esse quadro no rio!

Paul levanta a cabeça e se pergunta, por um segundo apenas, se Vincent está falando sério ou não. Então começa a rir.

– Não fale bobagem. Venha me ajudar, isso sim.

Vincent não responde. Fica imóvel por alguns instantes e então, de repente, avança mais um passo pelo asfalto, levanta o pé direito e empurra a tela apoiada nos degraus.

A tela escorrega. O regato está a apenas alguns centímetros.

A mão de Paul contém o embrulho. *In extremis*. Ele o segura com firmeza com uma das mãos e se levanta, furioso.

– Ficou maluco? Podia ter caído na água...

Paul sabe que Vincent não é páreo para ele. Ele é mais forte. Se Vincent insistir, vai entender isso.

– Me dê licença. Saia daí. Vou levar esta tela para a professora. Depois a gente se acerta, nós dois.

Vincent recua 2 metros debaixo do chorão cujos galhos descem até a água do regato. Remexe no bolso da calça.

– Não vou deixar, Paul. Não vou deixar você tirar a Fanette da gente.

– Você está doido! Saia daí.

Paul começa a andar. Com um pulo, Vincent corre até a sua frente.

Está segurando uma faca.

– O que é que...

A surpresa deixa Paul paralisado.

– Você vai me dar esse quadro, Paul. Vou só estragar ele um pouco. Só o suficiente...

Paul não está mais escutando os delírios de Vincent. Está concentrado na faca brandida por ele. Uma faca chata e larga. A mesma que Fanette usa quando pinta. A mesma que os pintores usam para limpar a paleta.

Onde será que Vincent achou essa ferramenta?

De que pintor será que ele a roubou?

– Me dê esse quadro, Paul – insiste Vincent. – Não estou brincando.

Por instinto, Paul procura ajuda, alguém que esteja passando, um vizinho, qualquer um. Seus olhos se viram para a janela da torre do moinho de Chennevières. Ninguém. Nenhum gato. Nenhum cachorro. Nem mesmo Netuno.

O rio parece rodar à sua volta.

Um nome rodopia na sua cabeça, irreal, surrealista.
James.
Paul continua a encarar a faca na mão de Vincent. Uma faca suja. Um pintor limparia sua faca.
Mas não Vincent.
A lâmina da sua faca está vermelha.
Vermelho-sangue.

77

As pernas nuas de Stéphanie escorregam na terra misturada com sangue e buscam um apoio na lama púrpura.
Alguém está vindo.
Suas mãos tentam agarrar o tronco do choupo na sua frente, enlaçam-no como se fosse o corpo de um homem aos pés de quem ela estivesse deitada. Stéphanie se levanta com dificuldade. Tem a impressão de estar coberta de excrementos, de farrapos humanos, de ter sido jogada dentro de uma cova coletiva e ter de rastejar entre os cadáveres para sair.
Alguém está vindo.
Ela se agarra ao choupo, se esfrega nele, se contorce como se tentasse limpar a casca, como se quisesse absorver sua força.
Alguém está vindo.
Alguém margeia o Epte. Ela ouve distintamente um barulho de passos que fazem farfalhar as samambaias ao longo da confluência do Sena, passos que se aproximam. À contraluz, um corpo se destaca da cortina de choupos.
Laurenç?
Por um breve instante, Stéphanie pensa no amante. Não há mais poça de sangue. Não há mais imundície alguma. Ela vai rasgar aquele vestido sujo e se atirar nos braços de Laurenç.
Ele voltou. Vai levá-la embora.
Seu coração nunca bateu tão depressa.
– Eu... eu o encontrei assim.
Jacques. É a voz de Jacques.
Gélida.

* * *

As mãos de Stéphanie arranham a madeira. As unhas se quebram no tronco, uma por uma, dor após dor, como que para explodir em pedacinhos aquele sofrimento insuportável.

A sombra avança sob o sol.

Jacques.

Seu marido.

Stéphanie não tem mais forças sequer para pensar, para se perguntar o que ele está fazendo ali, na ilha das Urtigas, ou tentar reordenar os acontecimentos que se sucedem. Contenta-se em se submeter a eles, em andar feito uma sonâmbula e se chocar naquela sucessão de obstáculos que se atiram em cima dela.

Os olhos de Stéphanie não conseguem se desgrudar daquela forma escura que Jacques vem trazendo nos braços. Um cão, um cão morto com metade da cara arrancada e cujo sangue ainda escorre pelas coxas de Jacques.

Netuno.

– Eu o encontrei assim – murmura Jacques Dupain com uma voz sem entonação. – Com certeza um acidente de caça na planície. Alguém o abateu. Uma bala perdida. Ou um filho da mãe. Ele... ele não sofreu, Stéphanie. Morreu na hora.

Stéphanie se deixa escorregar devagarinho tronco abaixo. A casca da árvore lacera seus braços e as pernas. Ela não sente mais a dor. Não sente mais dor nenhuma.

Jacques sorri. Jacques é forte. Jacques está calmo.

Com delicadeza, ele deposita o cadáver de Netuno sobre um leito feito de mato.

– Vai ficar tudo bem, Stéphanie.

Ela sente qualquer resistência dentro de si ceder. Felizmente, Jacques está ali. O que seria dela sem ele? O que faria ela sem ele? Ele sempre esteve ali. Sem reclamar, sem julgá-la, sem nada lhe pedir. Apenas ali. Como aquele choupo ao qual ela se agarra. Jacques é uma árvore que foi plantada ao seu lado, que não se mexe quando ela se afasta, que sabe que ela sempre vai voltar para se proteger à sua sombra.

Jacques lhe estende a mão. Stéphanie a segura.

Confia nele. Só nele. Ele é o único homem que nunca a traiu. Ela desaba contra o ombro dele, aos prantos.

– Venha, Stéphanie. Venha. Parei o carro um pouco mais adiante. Vamos colocar Netuno no porta-malas. Venha, Stéphanie, vamos para casa.

78

O INSPETOR LAURENÇ SÉRÉNAC apoia sua Triumph sem cuidado na parede branca da delegacia. Não levou nem cinco minutos para percorrer os 5 quilômetros que separam Giverny de Vernon. Entra pisando firme. Maury está na recepção, lidando com três garotas, das quais uma, quase histérica, repete que sua bolsa sumiu no terraço da praça da estação. As duas amigas aquiescem.

– Você viu Sylvio?

Maury levanta a cabeça.

– Lá embaixo. No arquivo.

Sérénac não diminui o passo. Desce a escada correndo e empurra a porta vermelha. Sylvio Bénavides está curvado sobre um bloco de papel, rabiscando anotações. Espalhou sobre a mesa o conteúdo da caixa-arquivo: as fotografias das amantes de Jérôme Morval e da cena do crime, a lista de crianças da escola de Giverny, a autópsia, as perícias grafológicas, as fotocópias das *Ninfeias*, as anotações manuscritas.

– Chefe! Chegou bem na hora. Acho que avancei aqui...

Sérénac não dá tempo de seu assistente dizer mais nada:

– Deixe para lá, Sylvio. Vamos desistir.

Bénavides o encara com espanto e continua a falar:

– Então, como estava dizendo, tenho novidades. Em primeiro lugar, graças aos recibos de pagamento da família Morval, encontrei finalmente a quinta amante, a famosa garota de jaleco azul. Dei dezenas de telefonemas. Ela se chama Jeanne Thibaut. Estava mesmo transando com Morval, segundo ela, para manter o emprego. Mas calculou mal: Patricia a mandou embora depois de dois meses. Desde então, ela se mudou para a região de Paris. Vive com um carteiro. Tem dois filhos, de 3 e 5 anos. Enfim, como o senhor pode ver, chefe, nada de suspeito. Em relação a isso estamos outra vez num beco sem saída.

Sérénac encara seu assistente com um olhar sem emoção.

– Beco sem saída. Então estamos de acordo, é um...

– Exceto que... – interrompe Bénavides, cada vez mais animado. – Exceto que dei um pulinho no arquivo da prefeitura de Evreux, passei um bom tempo lá... e acabei encontrando os exemplares do *Le Républicain de Vernon* de 1937. As publicações evocam a morte do tal menino, Albert Rosalba. Tem até uma espécie de entrevista com a mãe do menino afogado, Louise Rosalba. Ela não acreditava que tivesse sido um acidente. Ela...

Sérénac sobe o tom:

– Sylvio, você não me entendeu. Nós vamos desistir! Esta nossa investigação não tem pé nem cabeça, esta loucura toda em relação a *Ninfeias* esquecidas, escondidas nos sótãos de Giverny, ou ao acidente de um menino antes da guerra! Esta história de maridos cornos... Estamos nos afogando no ridículo!

Bénavides levanta enfim a caneta do papel onde está anotando.

– Me desculpe, chefe, mas agora quem não está entendendo mais sou eu. O que significa exatamente "nós vamos desistir"?

Com as costas da mão, Sérénac faz voar pelos ares os papéis espalhados sobre a mesa e se senta onde eles antes estavam.

– Vou dizer de outra forma, Sylvio. Você tinha razão, de A a Z. Misturar investigação criminal com sentimentos pessoais nesta história foi a pior das loucuras. Entendi isso meio tarde, mas mesmo assim entendi.

– Está falando de Stéphanie Dupain?

– Em outras palavras.

Sylvio Bénavides abre um sorriso cúmplice e junta pacientemente as folhas espalhadas.

– Quer dizer que Jacques Dupain não é mais o inimigo público número um?

– Parece que não.

– Mas e as...

Sérénac volta a subir o tom de voz e insiste:

– Escute aqui, Sylvio. Vou ligar para o juiz e explicar que não estou conseguindo avançar nesta história, que sou a pessoa mais incompetente do planeta e que, se ele quiser, pode passar a investigação para outro.

– Mas...

Sylvio Bénavides abarca com o olhar as provas espalhadas sobre a mesa e fita de relance as anotações que fez.

– Eu... eu entendo o senhor, chefe. Com certeza essa é até a decisão certa, mas...

Seus olhos recaem em Laurenç.

– Meu Deus do céu, o que aconteceu com o senhor?

– Como assim?

– Suas mangas, sua jaqueta! Por acaso carregou um cadáver?

Laurenç dá um suspiro.

– Depois eu explico... depois. Esse seu "mas" queria sugerir o quê?

Sylvio hesita em insistir. Por fim, desvia os olhos das roupas sujas de sangue.

– Mas... mas quanto mais tento ordenar todas as peças do quebra-cabeça, mais volto àquela história de uma criança em perigo, uma criança de 11 anos. Se desistirmos agora, corremos o risco de...

Sylvio Bénavides não tem tempo de concluir a frase. Depois de ter descido de quatro em quatro os degraus da escada, o agente Maury aparece na sala do arquivo.

– Sylvio! Ligaram da maternidade. É a sua mulher! Chegou a hora, amigo... Acho que entendi que a bolsa tinha estourado, mas a parteira não me deu mais detalhes, só disse que o pai tinha de ir para lá quanto antes.

Bénavides se levanta com um pulo. Laurenç Sérénac lhe dá um tapinha simpático nas costas enquanto ele pega o paletó.

– Corra lá, Sylvio... Esqueça o resto.

– Bom... bem...

– Corra, seu idiota!

– Obrigado, Laur... Ahn, chefe... Ahn, Laurenç, eu...

Ele hesita por um breve instante, o suficiente para enfiar desajeitadamente os braços nas mangas do paletó. Sérénac o apressa:

– O que foi? Está esperando o quê? Vá lá!

– Ahn, chefe, antes de ir eu só... Será que posso chamá-lo de você só esta vez?

– Já estava na hora, babaca.

Ambos sorriem. O inspetor Bénavides lança um último olhar na direção

dos papéis sobre a mesa, em especial da fotografia de Stéphanie Dupain misturada às outras imagens, então diz, ao sair:
– Pensando bem, acho que você fez bem em desistir da investigação.

Laurenç Sérénac ouve o assistente correr na escada. Os passos pesados se distanciam, uma porta bate, depois mais nada. Ele vai juntando devagar todos os elementos do dossiê na caixa-arquivo vermelha. Fotos, relatórios, anotações. Corre os olhos pela ordem alfabética das letras na estante, em seguida guarda a caixa vermelha no lugar.
M... M de Morval.

Sérénac recua. O caso Morval agora não passa de um dossiê entre algumas centenas de outros não resolvidos. Mesmo sem querer, não consegue deixar de pensar no último comentário de Sylvio.
Uma criança em perigo.
Uma criança que morre. Outra que nasce.
Sylvio vai esquecer.

Em um dos cantos da sala, Laurenç Sérénac repara, e quase acha graça, em algumas botas que seus donos de Giverny nunca vieram buscar, sem dúvida porque estavam velhas ou gastas demais. Mais acima, sobre uma mesa, a impressão da sola em gesso continua exposta. Decididamente, aquela investigação não tinha sentido algum, ele se força a ironizar. Seus pensamentos seguintes voam na direção de Stéphanie e do cadáver de Netuno.
Sim, ele tomou a decisão certa. Já houve mortes suficientes.
Quanto ao resto, o olhar de ninfeias lilases de Stéphanie, sua pele de porcelana, os lábios de giz e as fitas prateadas nos cabelos...
Ele vai esquecer.
Pelo menos assim espera.

79

– Me dê esse quadro aqui – repete Vincent.

A faca de pintor que o menino segura lhe empresta uma postura nova, como se ele tivesse alguns anos a mais, a idade e a experiência de um adolescente acostumado a brigas de rua. Paul segura com mais firmeza ainda contra a cintura a tela de Fanette.

Está uma fera.

– Onde você arrumou essa faca, Vincent?

– Eu achei! Foda-se onde arrumei. Me dê o quadro. Você sabe muito bem que tenho razão. Se gosta mesmo de Fanette...

As pupilas de Vincent se dilatam. Nervuras vermelhas aparecem no canto dos seus olhos. Olhos de louco. Paul nunca o viu assim.

– Você não respondeu. Onde achou essa faca?

– Não mude de assunto!

– Por que tem sangue na sua faca?

O braço de Vincent agora treme um pouco. As nervuras vermelhas das íris aumentam de tamanho e se reúnem em círculo ao redor das pupilas.

– Vá cuidar da sua vida!

Paul tem a impressão de ver o amigo se metamorfosear diante dos seus olhos, transformar-se em uma espécie de louco histérico capaz de qualquer coisa. Leva a mão à borda do lavadouro.

– Não foi... não foi... não me diga que foi você que...

– Ande logo, Paul. Me dê esse quadro. A gente está do mesmo lado! Se você gosta de Fanette, a gente está do mesmo lado.

A faca de pintor se agita no ar em movimentos desordenados. Paul recua.

– Puta que pariu... Você... você... Foi você quem matou o pintor americano. *James.* Uma facada no coração, Fanette me disse. Foi... foi você?

– Cale a boca! Que importância tem para você um pintor americano? Quem importa é a Fanette, não é? Escolha o seu lado, já falei! Me dê o quadro ou então atire dentro d'água... É a última vez que eu falo!

O braço de Vincent se retesa como se ele estivesse segurando uma espada e fosse atacar alguém.

– Pela última vez.

Paul esboça um sorriso e se abaixa para depositar o embrulho sobre o asfalto da borda do lavadouro.

– Tá bom, Vincent. Vamos ficar calmos.

Então, de repente, Paul se levanta. Pego de surpresa, Vincent não tem tempo de esboçar nenhum gesto. A mão de Paul se fecha em volta do seu pulso. E aperta, com força, ao mesmo tempo que lhe torce o antebraço. Vincent é obrigado a se ajoelhar. Ele cospe palavrões, mas Paul aperta com mais força ainda. Vincent não tem mais escolha. Seus olhos avermelhados ficam molhados de lágrimas. De dor. De humilhação. Sua mão se abre. Quando a faca de pintor cai no chão, Paul, com um chute, a faz escorregar pelo mato até debaixo do chorão, a 3 metros de onde eles estão. Sua mão não alivia a torção: com uma rotação, ele força o braço de Vincent até as costas, em seguida levanta o pulso. O outro menino urra:

– Meu ombro, puta que pariu, você vai arrancar meu ombro!

Paul levanta ainda mais o braço de Vincent. Paul é o mais forte. Sempre foi.

– Você é um doente, cara. Um doido. A gente vai mandar você para o hospício. O que está pensando? Vou falar com seus pais, com a polícia, com todo mundo. Eu já desconfiava mesmo de que você não batia bem. Mas a esse ponto...

Vincent berra. Paul já brigou uma vez ou outra, no pátio durante o recreio, mas nunca foi tão longe assim. Por quanto tempo ainda pode massacrar aquele pulso? Até que altura pode torcer aquele braço antes que o ombro de Vincent se rasgue? Tem a impressão de ouvir as cartilagens se rompendo.

Vincent parou de gritar. Agora está chorando; seu corpo vai perdendo progressivamente a resistência, como se todos os seus músculos relaxassem. Por fim, Paul abre a mão e dá um empurrão no outro menino, que rola pelo chão feito um trapo embolado.

Inerte. Domado.

– Estou de olho em você – ameaça Paul.

Assegura-se com um olhar de que a faca de pintor está longe demais para o outro poder pegá-la. Vincent continua prostrado em posição fetal. Sem parar de vigiá-lo, Paul se inclina na borda do lavadouro para pegar a tela. Sua mão toca o papel pardo.

Talvez desvie os olhos por meio segundo para se certificar de que está segurando firme.

Nem isso.

Mas é muito tempo.

Vincent se levanta com um pulo e sai correndo em linha reta, com os cotovelos na frente do corpo. Paul tenta um gesto de lado, na direção do lavadouro. Mais uma vez é mais rápido do que Vincent e os cotovelos do outro batem no seu torso, mas quase sem tocá-lo, sem causar dor. Vincent desaba pesadamente por cima das urtigas bem em frente.

Que doente!

Paul não tem tempo de pensar em outra coisa: no instante seguinte, uma fina película de terra escorrega sob seu pé. Ele sente que está perdendo o equilíbrio na margem instável. Sua perna se agita no vazio, entre a margem e o regato. Sua mão busca um apoio, qualquer coisa, o teto do lavadouro, uma viga, um galho...

Tarde demais.

Ele cai para trás. Encolhe-se por instinto.

Suas costas batem primeiro na parede de pedra do lavadouro. A dor é brutal e intensa. Ele continua a rolar e escorrega para o lado. Não por muito tempo.

Sua têmpora bate na base da viga. Seus olhos se abrem na direção do céu. Um imenso flash, como um relâmpago.

Ele escorrega mais e mais, vê tudo, está consciente, é só seu corpo que não reage mais, que não quer mais obedecer.

A água fria toca seus cabelos.

Paul entende que está rolando para dentro do regato, de pouco em pouco. Seus olhos agora só veem o céu sem nuvens lá em cima e alguns galhos de chorão, como arranhões feitos por garras em uma tela azul.

A água fria devora sua orelha, seu pescoço, sua nuca.

Ele afunda.

O rosto de Vincent surge na tela azul.

Paul lhe estende a mão; pelo menos é o que pensa fazer, o que gostaria de fazer. Não sabe se sua mão se levanta, ele não a sente, não a vê no quadro azul. Vincent sorri. Paul se pergunta o que isso quer dizer. Que tudo aquilo era para rir? Que era uma piada? Que Vincent vai tirá-lo dali e lhe dar um tapinha no ombro?

Ou então que Vincent é louco mesmo?

Vincent se aproxima.

Paul agora sabe a resposta. Não é um sorriso que deforma a boca de Vincent, é um esgar sádico. Paul finalmente vê uma mão, depois duas surgirem na tela azul e chegarem mais perto. Elas desaparecem, mas ele sente que lhe tocam os ombros.

E empurram.

Paul quer se debater, agitar os pés, virar-se, jogar longe aquele doente, é mais forte, mais forte do que ele. Muito mais forte.

Qualquer gesto lhe é impossível. Ele está paralisado. Entendeu isso.

As duas mãos empurram mais.

A água gelada lhe devora a boca, as narinas, os olhos.

A última imagem de que Paul tem consciência são as poças cor-de-rosa lá em cima, na superfície, debaixo da água agitada.

Elas o fazem pensar na tela de Fanette.

É seu último pensamento.

80

Continuo a avançar com dificuldade pelo caminho que conduz à ilha das Urtigas. Richard Paternoster, o camponês da pradaria, acabou me deixando ir, não sem antes ter me desfiado uma litania de conselhos. "Na sua idade, pobrezinha, não é mais razoável fazer um passeio desses até o Epte. Com um sol desses... O que vai fazer lá, na confluência? Tem certeza de que não quer que a leve? Tome cuidado, hein? Mesmo na estrada de terra muitas vezes tem gente que dirige depressa demais. Turistas perdidos, ou então nada perdidos, fãs de Monet à procura da famosa ilha das Urtigas. Veja só, agora há pouco, a velocidade com que aquela moto atravessou a pradaria. Olhe, não estou mentindo, veja aquele carro ali..."

Uma nuvem de terra ocre se levantou no caminho.

Um Ford Break azul passou em frente à fazenda.

É o Ford dos Dupain. No halo de poeira que se forma, tenho tempo apenas de distinguir os passageiros.

Jacques Dupain ao volante, com o olhar vazio.

Stéphanie Dupain ao seu lado, em prantos.

Está chorando, querida?

Pode chorar, minha linda, pode chorar. Confie em mim, isso é só o começo.

O maldito caminho me parece interminável. Sigo em frente no meu ritmo, tentando perceber os sulcos com a bengala; restam apenas algumas centenas de metros para chegar à ilha. Queria poder acelerar o passo. Estou com pressa para encontrar Netuno, não o vejo desde que saí do moinho. Sei que aquele cachorro idiota está acostumado a longas fugas na companhia das crianças do vilarejo, de passantes ou de coelhos da pradaria.

Mas aqui...

Uma angústia estúpida me sobe pela garganta.

– Netuno?

Chego enfim à ilha das Urtigas.

Curiosamente, aquele lugar espremido entre dois rios sempre me fez pensar num fim de mundo. Não chega a ser uma ilha, sem exageros, por favor, mas é uma península, sim. O vento agita as folhas dos choupos como se soprasse do mar aberto, como se aquele regato ridículo, o Epte, aquele fosso de menos de 2 metros, fosse mais intransponível do que um oceano. Em outras palavras, é como se aquele campo de urtigas banal na verdade se estendesse pela borda do mundo inteiro e apenas Monet houvesse entendido isso.

– Netuno!

Gosto de ficar aqui muito tempo, olhando lá para o outro lado da água. Gosto deste lugar. Vou sentir saudades.

– Netuno!

Grito mais alto agora. O cachorro continua sem aparecer. Minha angústia começa a se transformar em medo de verdade. Onde ele pode ter ido parar? Dou um assobio. Ainda sei assobiar. Netuno sempre vem quando assobio.

Espero.

Sozinha.

Nenhum ruído. Nenhum sinal. Nenhum vestígio de Netuno.

Tento me acalmar; sei muito bem que meus temores são ridículos. Estou inventando coisas por causa daquele lugar. Já faz muito tempo que não acredito mais em maldições, na história que se reproduz, nesse tipo de baboseira. O acaso não existe. Existe apenas...

Meu Deus... Esse cachorro que não volta.
– Netuno!
Grito a ponto de rasgar a garganta.
Repito sem parar, aos berros:
– Netuno! Netuno!
Os choupos parecem mudos por toda a eternidade.
– Netuno!

Ah...
Eis que meu cão aparece do nada, afastando a vegetação baixa à minha direita, e vem se encostar no meu vestido. Seus olhos travessos brilham de malícia, como que para se fazer perdoar por uma fuga um pouco demorada demais.
– Vamos, Netuno. Vamos para casa.

QUADRO DOIS
Exposição

DÉCIMO TERCEIRO DIA
25 de maio de 2010, Pradaria de Giverny

Renúncia

81

VOLTO DA ILHA DAS Urtigas. Desta vez, depois da fazenda de Richard Paternoster, em vez de voltar para o moinho de Chennevières, dobro à direita, em direção aos três estacionamentos que parecem as pétalas de uma flor. Netuno trota ao meu redor. Os carros e ônibus começam a liberar suas vagas. Várias vezes, babacas que dão ré sem olhar no retrovisor por pouco não me derrubam. Dou uma bengalada no para-choque do carro ou então na parte inferior da carroceria. Eles não se atrevem a dizer nada para uma velha como eu. Pedem desculpas, até.

Me perdoem, cada um se diverte como pode.

– Venha, Netuno.

Esses babacas seriam capazes de atropelar meu cachorro.

Chego finalmente ao Chemin du Roy. Continuo por mais alguns metros, até os jardins de Monet. Há muita gente entre as rosas e as ninfeias. Verdade que é um belo dia de primavera e que falta menos de uma hora para o jardim fechar. Os turistas querem fazer jus aos quilômetros percorridos e esperam pacientemente em fila indiana nos caminhos do jardim, com seus carrinhos de bebê uns ao lado dos outros. Giverny às cinco da tarde é isso. Movimentada como um trem de subúrbio.

Meu olhar se perde na multidão. Em pouco tempo, não consigo ver nada além dela.

Fanette.

Está de costas para mim. Sentada na borda do laguinho de ninfeias, em frente ao seu quadro posicionado sobre as glicínias. Adivinho que está chorando.

– O que você quer com ela?

O gordo Camille está em pé na outra ponta do laguinho de ninfeias, na pequena ponte verde acima da qual pendem os galhos do chorão. Tem um ar meio idiota. Retorce nas mãos uma folha de cartolina.

– O que você quer com Fanette? – repete Vincent.

Constrangido, Camille gagueja:

– É... é que... para consolar Fanette, pensei... em um postal de aniversário pelos seus 11 anos.

Vincent arranca o postal das mãos de Camille e o examina rapidamente. É um cartão-postal simples, uma reprodução das *Ninfeias* em lilás, a mais banal que existe. No verso está escrito apenas: ONZE ANOS. FELIZ ANIVERSÁRIO.

– Tá. Eu entrego para ela. Agora deixe ela em paz. Fanette precisa ser deixada em paz.

Os dois meninos observam, do outro lado do laguinho, a menina curvada sobre sua tela, ocupada em manejar os pincéis com um furor desordenado.

– Ela... Como ela está? – articula Camille.

– O que você acha? – responde Vincent. – Está como todos nós. Atordoada. O afogamento de Paul. O enterro debaixo da chuva. Mas vai se recuperar, não é? Acidentes acontecem. Acontecem. É a vida.

O gordo Camille começa a chorar. Vincent nem se dá ao trabalho de reconfortá-lo. Já está margeando o laguinho e acrescenta apenas, enquanto se afasta:

– Fique tranquilo, eu entrego a ela o seu postal.

O caminho que rodeia o laguinho vira à esquerda e desaparece numa selva de glicínias. Assim que sai do campo de visão de Camille, Vincent enfia o postal no bolso. Segue em direção à ponte japonesa, afastando com as costas da mão as borboletas que se demoram um pouco excessivamente no seu caminho.

Ali está Fanette, de costas; ela funga. Mergulha o pincel, o maior de todos, quase uma ferramenta de pintor de parede, numa paleta em que misturou todas as cores mais escuras que existem.

Marrom intenso. Cinza antracita. Roxo-escuro.

Preto.

Fanette cobre a tela cor de arco-íris com pinceladas anárquicas, sem tentar reproduzir nada além dos tormentos de seu espírito. Como se em poucos minutos as trevas fossem baixar sobre o laguinho, sobre a água agitada, sobre a luminosidade da tela. Fanette poupa apenas algumas ninfeias, que ilumina com um ponto amarelo-vivo usando um pincel mais fino.

Estrelas esparsas na noite.

Com voz suave, Vincent diz:

– Camille queria vir, mas falei que você queria ficar sozinha. Ele... ele mandou parabéns.

A mão do menino encosta no bolso, mas não pega o postal que guardou ali. Fanette não responde. Esvazia sobre a paleta mais um tubo de tinta cor de ébano.

– Por que está fazendo isso, Fanette? É...

Por fim, ela se vira. Seus olhos estão vermelhos de tanto chorar. Sem dúvida, com o mesmo trapo que lhe serve para pintar ela enxugou apressadamente as faces. Estão sujas de preto.

– Acabou tudo, Vincent. Acabaram as cores. Acabou a pintura.

Vincent permanece calado. Fanette explode:

– Acabou, Vincent! Você não entende? Paul morreu por minha causa, escorregou no degrau do lavadouro quando foi buscar esta maldita tela. Fui eu que o mandei lá, fui eu que disse para ele andar logo... Fui eu que... que... fui eu que o matei.

Vincent pousa com delicadeza a mão no ombro da menina.

– Não, Fanette. Foi um acidente e você sabe. Paul escorregou e se afogou no regato. Ninguém pode fazer nada...

Fanette funga.

– Bondade sua dizer isso, Vincent.

Ela pousa o pincel sobre a paleta e inclina a cabeça até encostá-la no ombro do menino. Começa a chorar.

– Todo mundo disse que eu era a mais talentosa. Que precisava ser egoísta. Que a pintura me daria tudo... Eles mentiram, Vincent, todo mundo mentiu. Todo mundo morreu. James, Paul...

– Nem todo mundo, Fanette. Eu não morri. Além do mais, Paul...

– Shh.

Vincent entende que Fanette está pedindo silêncio. Não se atreve a dizer nada. Aguarda. Só as fungadas da menina perturbam a calma assustadora das margens do laguinho, bem como, de tempos em tempos, o estalo muito leve provocado pelas folhas de chorão ou de glicínia que caem dentro do regato. Por fim, a voz trêmula de Fanette se aproxima da orelha de Vincent:

– Essa... essa brincadeira toda acabou, também. Acabaram aqueles apelidos de pintores impressionistas que eu dava a todos vocês para me fazer de interessante. Os nomes falsos. Nada disso tem mais sentido.

– Se você preferir assim...

O braço de Vincent está agora em volta da menina e ele a aperta contra si. Ela poderia adormecer ali mesmo.

– Estou aqui – murmura Vincent. – Vou sempre estar aqui, Fanette.

– Isso também acabou. Não me chamo mais Fanette. Ninguém mais vai me chamar de Fanette. Nem você nem ninguém. A menina que todo mundo chamava de Fanette, a menina com tanto talento para a pintura, a pequena gênia, essa menina também morreu lá perto do lavadouro, junto ao trigal. Fanette não existe mais.

O menino hesita. Sua mão sobe em direção ao ombro da menina, acaricia o alto do seu braço.

– Eu entendo... Sou o único a entender, você sabe disso, vou estar sempre aqui... Fanet...

Vincent tosse. Sua mão sobe mais um pouco pelo braço da menina.

– Vou estar sempre aqui, Stéphanie.

A pulseira no pulso do menino desliza por seu braço. Ele não pode evitar baixar os olhos para a joia. Entendeu que a partir de agora Stéphanie nunca mais vai chamá-lo por aquele nome de pintor que tinha escolhido para ele. *Vincent.*

Vai usar seu nome de verdade.

Seu nome de batismo, de comunhão, o que está gravado em prata na pulseira.

Jacques.

A água escorre pelo corpo nu de Stéphanie. Ela se esfrega histericamente sob o jato de água fervente. Seu vestido cor de palha cheio de manchas vermelhas está jogado sobre os azulejos ali ao lado, todo embolado. A água cai sobre ela em cascata há vários minutos, mas ela ainda sente na pele a poça do sangue de Netuno na qual se molhou. O cheiro horrível. A sujeira.

Não existe amor feliz.

Não pode evitar pensar naqueles instantes de loucura que acaba de viver na ilha das Urtigas.

Seu cachorro, Netuno, abatido.

O bilhete de adeus de Laurenç.

Não existe amor feliz.

Jacques está sentado no cômodo ao lado, na cama. No criado-mudo, o rádio cospe um sucesso que gruda na cabeça e não para de tocar, *Le Temps de l'amour*, "tempo de amar", de Françoise Hardy. Jacques fala alto para Stéphanie escutá-lo debaixo do chuveiro:

– Ninguém mais vai lhe fazer mal, Stéphanie. Ninguém mais. Vamos ficar aqui, nós dois. Ninguém mais vai se intrometer.

Não existe amor feliz...
Exceto aqueles que nossa memória cultiva.

Stéphanie chora mais algumas gotas sob o jato fervente.

Jacques continua seu monólogo sentado na cama:

– Você vai ver, Stéphanie. Tudo vai mudar. Vou achar uma casa para você, outra casa, uma de verdade, uma casa da qual você vai gostar.

Jacques a conhece tão bem. Ele sempre encontra as palavras.

– Chore, querida. Chore, pode chorar, você tem razão. Amanhã nós vamos à fazenda de Autheuil adotar outro cachorrinho. Foi um acidente o que aconteceu com Netuno, um acidente idiota, essas coisas acontecem aqui no campo. Mas ele não sofreu. Nós vamos amanhã, Stéphanie. Amanhã tudo vai estar melhor.

O jato cessou. Stéphanie se enrolou numa grande toalha cor de lavanda. Entra no quarto no forro do telhado descalça, com água a escorrer dos cabelos. Linda, tão linda. Tão linda aos olhos de Jacques.

Será possível amar uma mulher tanto assim?

* * *

Jacques se levanta, abraça a mulher, se molha nela.

– Estou aqui, Stéphanie. Você sabe muito bem que vou estar sempre aqui, com você, nos momentos difíceis.

O corpo de Stéphanie se enrijece por um instante, um curto instante, antes de se abandonar por completo. Jacques beija a mulher no pescoço e murmura:

– Tudo vai recomeçar, minha linda. Amanhã vamos adotar outro filhote. Isso vai ajudar você a esquecer. Eu a conheço. Um novo filhote de cachorro para batizar!

A toalha molhada escorrega até o chão. Com uma pressão suave, Jacques faz sua mulher se deitar na cama de casal. Nua. Stéphanie não resiste.

Ela entendeu. Não luta mais. O destino decidiu por ela. Sabe que os anos que vão passar agora não vão contar, que ela vai envelhecer assim, presa numa armadilha, ao lado de um homem atencioso que não ama. A lembrança de sua tentativa de fuga vai se apagar aos poucos, com o tempo.

Stéphanie se contenta em fechar os olhos, a única resistência da qual se sente capaz agora. Os últimos acordes de violão de *Le Temps de l'amour* no rádio se misturam aos gemidos roucos de Jacques.

Stéphanie gostaria também de tapar os ouvidos.

Após uma breve identificação radiofônica, a voz jovial de um apresentador indica o santo a ser comemorado no dia seguinte. Vai fazer tempo bom, um calor excepcional para a época. Será o dia de Santa Diana. O sol vai nascer às 5h49, alguns minutos a mais do que na véspera. Amanhã vai ser 9 de junho de 1963.

Não existe amor feliz...
   Exceto aqueles que nossa memória cultiva.
   Eternamente, para sempre.
   Laurenç

* * *

Sacudo-me. Vou acabar me queimando com o sol de tanto ficar parada na beira do Chemin du Roy, perdida em meus pensamentos de velha doida.

Preciso me mexer. Preciso fechar o círculo. A única coisa que falta aparecer nesta história é a palavra "fim".

Belo romance, não? Espero que tenham apreciado o final feliz.

Eles se casaram, ou pelo menos continuaram casados, e não tiveram filhos.

Ele foi feliz.

Ela acreditava que era. A pessoa se acostuma.

Ela teve tempo... quase cinquenta anos. De 1963 a 2010, mais exatamente. O tempo de uma vida, simplesmente.

Decido caminhar mais um pouco e margeio o Chemin du Roy até o moinho. Atravesso o Ru pela ponte e paro em frente ao portão. Na mesma hora, observo que minha caixa de correio está abarrotada de folhetos promocionais idiotas do hipermercado mais próximo, no qual jamais pus os pés. Praguejo. Jogo os papéis na lixeira na entrada do pátio, que deixei ali de propósito. Ela está longe de transbordar. De repente, solto um palavrão.

No meio dos folhetos há um envelope que, por pouco, não teve a mesma sorte. Um envelope endereçado a mim, pequeno, de cartolina. Viro-o para ler o endereço do remetente. "Dr. Berger. Rue Bourbon-Penthièvre, 13. Vernon."

O Dr. Berger.

Aquele comedor de carniça seria bem capaz de me mandar uma conta para me extorquir mais algum dinheiro. Avalio o tamanho do envelope. A menos que esteja me dando os pêsames com certo atraso. Afinal, foi quase o último a ver meu marido vivo. Isso faz... exatamente treze dias.

Meus dedos canhestros rasgam o envelope. Encontro lá dentro um pequeno cartão cinza-claro escurecido por uma cruz preta no canto esquerdo.

Berger rabiscou algumas palavras quase ilegíveis.

Cara amiga,
Soube com tristeza do falecimento do seu marido no dia 15 de maio de 2010. Como havia lhe anunciado alguns dias antes de minha última visita, esse desfecho infelizmente era inevitável. É óbvio que vocês dois

formavam um casal sólido e unido. Desde sempre. Isso é uma coisa rara e preciosa.

   Com meus sinceros pêsames,

Hervé Berger

Reviro com irritação o cartão entre os dedos. Sem querer, relembro a última consulta. Treze dias atrás. Uma eternidade. Outra vida. Mais uma vez, meu passado ressurge.

Foi no dia 13 de maio de 2010, o dia em que tudo mudou, o dia em que um velho se confessou em seu leito de morte. Só algumas confissões antes de morrer.

Durou uma hora, nem isso. Uma hora para escutar, depois treze dias para recordar.

Resisto à vontade de rasgar o cartão. Antes de me perder mais ainda no labirinto da minha memória, meus olhos recaem sobre o envelope.

Leio o endereço. Meu endereço.

Stéphanie Dupain
Moinho de Chennevières
Chemin du Roy
27620 Giverny

PRIMEIRO DIA
13 de maio de 2010, Moinho de Chennevières

Testamento

82

Aguardo na sala do moinho de Chennevières. O médico está no cômodo ao lado, o quarto, junto com Jacques. Chamei-o com urgência por volta das quatro da manhã. Jacques se contorcia de dor debaixo das cobertas, como se seu coração estivesse perdendo a força qual um motor sem combustível que engasga antes de parar, como se o sangue fosse deixar de circular. Quando acendi o abajur do quarto, seus braços estavam brancos, estriados de veias azul-claras. O Dr. Berger chegou alguns minutos depois. Ele pode fazer isso: abriu seu consultório em Vernon, na Rue Bourbon-Penthièvre, mas comprou um dos mais belos casarões às margens do Sena, um pouco depois de Giverny.

O Dr. Berger sai do quarto uma boa meia hora mais tarde. Estou sentada em uma cadeira. Sem fazer nada, só esperando. O Dr. Berger não é do tipo que doura a pílula. É um babaca que construiu sua varanda e cavou sua piscina à custa de todos os velhos das redondezas, mas sua franqueza pelo menos é uma qualidade que ninguém pode lhe tirar. É por isso que há anos ele é nosso médico de família. Ele ou outro qualquer, não faz diferença.

– É o fim. Jacques já entendeu. Ele sabe que lhe restam... no máximo alguns dias. Apliquei uma injeção intravenosa. Ele vai se sentir melhor por algumas horas. Liguei para o hospital de Vernon e eles reservaram um quarto. Vão mandar uma ambulância.

Ele torna a pegar sua pequena maleta de couro e parece hesitar.

– Ele... ele pediu para falar com a senhora. Quis lhe dar alguma coisa para dormir, mas insistiu para falar com a senhora.

Devo estar com uma cara espantada. Mais espantada do que abalada. Berger se considera obrigado a acrescentar:

– E a senhora, tudo bem? Vai aguentar o tranco? Quer que lhe receite alguma coisa?

– Está tudo bem, tudo bem, obrigada.

Só tenho pressa de uma coisa agora: que ele vá embora. O médico torna a correr os olhos pelo recinto escuro, então põe um pé fora da casa. Vira-se uma última vez, com um ar afetado. Parece quase sincero. Talvez o fato de perder um bom cliente não o deixe muito feliz.

– Sinto muito. Coragem, Stéphanie.

Fui lentamente até o quarto de Jacques, sem imaginar por um segundo o que me esperava: a confissão de meu marido. A verdade, depois de tantos anos.

A história, na verdade, era muito simples.

Um único assassino, um único motivo, um único lugar, um punhado de testemunhas.

O assassino matou duas vezes, em 1937 e em 1963. Seu único objetivo era conservar seu bem, seu tesouro: a vida de uma mulher, do nascimento até a morte.

A minha vida.

Um único assassino. Jacques.

Jacques me deu todas as explicações. Nada ficou por dizer. Nesses últimos dias, minhas lembranças passaram de uma época a outra da minha vida como um caleidoscópio incompreensível. No entanto, cada um desses detalhes era apenas o dente de uma engrenagem precisa, de um destino minuciosamente traçado por um monstro.

Treze dias atrás.

Nesta manhã, empurrei a porta do quarto de Jacques sem saber que estava deixando do outro lado as sombras do meu destino.

Para sempre.

– Venha cá, Stéphanie. Chegue mais perto da cama.

O Dr. Berger colocara dois grandes travesseiros debaixo das costas de Jacques. Ele está mais sentado do que deitado. O sangue que lhe colore as faces contrasta com a palidez de seus braços.

– Chegue mais perto, Stéphanie. Berger falou com você, imagino... Vamos ter de nos separar. Em breve. É... é que... preciso dizer uma coisa. Preciso falar com você enquanto ainda tenho forças. Pedi a Berger para me dar algo que me ajudasse a segurar as pontas até a ambulância chegar.

Sento-me na borda da cama. Ele faz deslizar a mão enrugada pelas dobras do lençol. No seu braço, 10 centímetros dos pelos estão raspados em volta de um grosso curativo bege. Seguro sua mão.

– Lá na garagem, na despensa, tem uma porção de objetos nos quais não mexemos há anos. Meus apetrechos de caça, por exemplo, casacos velhos, uma bolsa, munição molhada, minhas botas também. Umas velharias mofadas. Você vai pegar essas coisas. Vai tirar tudo de lá. Em seguida, vai afastar com os pés o cascalho do chão. Bem ali debaixo, você vai ver, tem uma espécie de alçapão, como um vão debaixo do piso. Não dá para ver sem tirar tudo o que está por cima. Você vai abrir o alçapão. Não tem como não ver. Dentro do vão vai encontrar um pequeno cofre, um cofre de alumínio do tamanho de uma caixa de sapatos. Vai me trazer essa caixa, Stéphanie.

Jacques aperta minha mão com bastante força, em seguida solta. Não entendo tudo, mas me levanto. Acho aquilo estranho, os mistérios e os joguinhos de detetive não fazem o estilo de Jacques. Jacques é um homem simples, liso, sem surpresas. Pergunto-me até se o Dr. Berger não pegou um pouco pesado com os remédios.

Retorno alguns minutos mais tarde. Todas as indicações do meu marido estavam rigorosamente exatas. Encontrei o pequeno cofre de alumínio. As dobradiças estão enferrujadas. O metal brilhante está quase todo salpicado de manchas escuras.

Ponho o cofre em cima da cama.

– Está... está fechado com um cadeado – digo.

– Sim... eu sei. Obrigado. Stéphanie, preciso perguntar uma coisa. Uma coisa importante. Não sou muito bom com discursos, você me conhece, mas precisa me dizer. Durante todos esses anos, você foi feliz ao meu lado?

O que responder a uma pergunta dessas? O que responder a um homem a quem só restam alguns dias de vida? Um homem com quem você dividiu a vida por mais de cinquenta anos, talvez sessenta? O que responder exceto "Sim... Sim, Jacques, claro, fui feliz por todos esses anos... ao seu lado"?

Isso não parece lhe bastar.

– Agora estamos no fim da estrada, Stéphanie. Podemos dizer tudo um ao outro. Você tem... como dizer... algum arrependimento? Acha, não sei, que a sua vida poderia ter sido melhor se tivesse sido diferente... em outro lugar... com out...

Ele hesita, engole em seco.

– Com outra pessoa?

Tenho a estranha impressão de que Jacques pensou e repensou essas perguntas milhares de vezes, durante anos, e que estava só esperando o momento certo, o dia certo para fazê-las. Eu não. Não que não tenha me feito essas perguntas, meu Deus, muito pelo contrário. Mas agora sou uma velha. Não me preparei para isso ao me levantar hoje de manhã. A névoa agora se dispersa aos poucos na minha mente cansada. Também tranquei pacientemente esse tipo de pergunta dentro de um cofre e esforcei-me para nunca mais abri-lo. Perdi a chave. Teria de procurar. Ela está tão longe...

– Não sei – respondo. – Não sei, Jacques. Não estou entendendo essa sua conversa.

– Está, sim, Stéphanie. É claro que está entendendo. Stéphanie, você precisa me responder, é importante: você teria preferido outra vida?

Jacques me sorri. Um sangue rosado agora colore seu rosto inteiro até o alto dos braços. Os comprimidos de Berger são eficazes. E não só para a circulação sanguínea. Jacques nunca me fez esse tipo de pergunta em cinquenta anos. Que coisa mais sem pé nem cabeça. Não é a cara dele, não faz sentido. Será um jeito de terminar a vida? Com mais de 80 anos de idade, perguntar ao outro, ao que fica, se toda a sua vida poderia ser jogada no lixo? Quem seria capaz de responder "sim" a essa pergunta, quem seria capaz de responder "sim" a um cônjuge à beira da morte, mesmo a resposta sendo sim, principalmente a resposta sendo sim? Pressinto a armadilha, mas ainda não sei por quê. Sinto que toda aquela encenação cheira a armadilha.

– Que outra vida, Jacques? De que outra vida você está falando?

– Você não me respondeu, Stéphanie. Teria preferido...

Os eflúvios venenosos da armadilha se tornam ainda mais evidentes, como um perfume distante que retorna, um cheiro opressivo e conhecido há muito desaparecido mas jamais esquecido. Não tenho outra escolha senão responder, com uma ternura de enfermeira:

– Eu tive a vida que escolhi, Jacques, se é isso que você quer ouvir. A vida que mereci ter. Graças a você, Jacques. Graças a você.

Jacques expira como se São Pedro em pessoa tivesse acabado de anunciar que o seu nome fazia parte da lista dos que iriam adentrar o paraíso. Como se, agora, ele pudesse ter uma partida serena. Fico preocupada com ele. Sua mão se levanta e tateia sobre o criado-mudo em busca de não sei qual objeto. Ele esbarra no copo sobre a mesinha, que cai no chão e se quebra. Um fino filete de água escorre pelas tábuas corridas.

Levanto-me para enxugá-la e recolher os cacos de vidro quando a mão dele torna a se erguer.

– Espere, Stéphanie. É só um copo quebrado, nada grave. Me ajude, olhe dentro da minha carteira, ali, em cima do criado-mudo.

Dou alguns passos. Os cacos de vidro estalam sob meus chinelos.

– Abra a carteira – insiste Jacques. – Do lado do meu cartão da previdência social tem uma foto sua, está vendo? Passe o dedo embaixo da foto...

Faz uma eternidade que não abro a carteira de Jacques. Minha imagem explode na minha cara. A fotografia deve ter sido tirada pelo menos quarenta anos atrás. Serei mesmo eu? Aqueles imensos olhos lilases eram meus? Aquele sorriso em forma de coração? Aquela pele de nácar sob o sol de um dia bonito em Giverny? Terei me esquecido de quanto era bonita? Será preciso esperar ser uma octogenária cheia de rugas para finalmente ousar dizer isso a si mesma?

Meu indicador se insinua debaixo da foto. Faz escorregar uma pequena chave chata.

– Agora estou tranquilo, Stéphanie. Posso morrer em paz. Agora posso dizer: duvidei, duvidei muito. Fiz o que pude, Stéphanie. Pode abrir o cadeado do cofre com a chave, essa chave que nunca saiu de perto de mim durante todos esses anos... Você... você vai entender, acho. Mas espero poder aguentar para lhe explicar eu mesmo.

Meus dedos agora estão tremendo, muito mais do que os de Jacques. Um sentimento terrível me oprime. Tenho dificuldade para inserir a chave no cadeado, para girá-la. Preciso de vários segundos antes de o cadeado e a chave caírem sobre o lençol da cama. Jacques pousa a mão suavemente no meu braço outra vez, como para indicar que eu espere mais um pouco.

– Você merecia um anjo da guarda, Stéphanie. Por acaso fui eu. Tentei fazer meu trabalho da melhor maneira possível. Nem sempre foi fácil, acredite. Às vezes tive medo de não conseguir. Mas, no fim das contas, veja só... Você me tranquilizou. Não me saí tão mal assim. Você... você se lembra, minha Stéph...

Os olhos de Jacques se fecham por um instante demorado.

– Minha Fanette... Depois de todos esses anos, posso chamá-la de Fanette uma última vez? Nunca me atrevi, em mais de setenta anos... desde 1937. Está vendo, me lembro de tudo, fui um anjo da guarda obediente, fiel, organizado.

Não respondo nada. Estou com dificuldade para respirar. Minha vontade é uma só: abrir aquele cofre de alumínio e verificar que está vazio, que todo aquele monólogo de Jacques é só um delírio provocado pelos remédios de Berger.

– Nós dois nascemos no mesmo ano – prossegue Jacques no mesmo tom. – Em 1926. Você, Fanette, no dia 4 de junho, seis meses antes da morte de Claude Monet. Coincidentemente. E eu, em 7 de junho, três dias depois. Você, na Rue du Château-d'Eau; eu, na Rue du Colombier, a algumas casas de distância. Sempre soube que nossos destinos estavam entrelaçados. Que estava aqui nesta Terra para proteger você. Que estava aqui para, como dizer, afastar os galhos à sua volta, no seu caminho...

Afastar os galhos? Meu Deus, essas imagens não têm nada a ver com Jacques. Sou eu quem vai enlouquecer. Não aguento mais, abro o cofre. Na mesma hora ele cai das minhas mãos, como se o alumínio estivesse incandescente. O conteúdo se espalha em cima da cama. Meu passado explode na minha cara.

Estupefata, observo três facas de pintura da marca Winsor & Newton; reconheço o dragão alado no cabo, entre duas manchas vermelhas ressequidas pelo tempo. Meus olhos deslizam até pousarem em uma coletânea de poemas. *Em francês no texto*, de Louis Aragon. Meu exemplar nunca saiu da estante do meu quarto. Como poderia imaginar que Jacques tivesse um também? Outro exemplar desse livro cuja página 146 tantas vezes li para as crianças na escola de Giverny, o poema "Ninfeu". Agarro-me ao livro como se fosse uma Bíblia, as páginas voam, paro na 146. O canto do papel está dobrado. Meus olhos descem até a parte inferior da página. *Está cortada*. Com toda a delicadeza, alguém cortou o papel, 1 centímetro apenas. Um único verso está faltando, o primeiro da décima segunda estrofe, um verso tantas vezes recitado...

O crime de sonhar eu consinto que seja instaurado

Não entendo, não entendo nada. Não quero entender. Recuso-me a ordenar todos esses elementos.

A voz sem entonação de Jacques me faz gelar:

– Você se lembra de Albert Rosalba? Sim, é claro que se lembra. Nós andávamos juntos quando éramos crianças, nós três. Você nos dava apelidos de pintores, dos seus pintores impressionistas preferidos. Ele era Paul; eu, Vincent.

A mão de Jacques agarra o lençol. Meus olhos hipnotizados encaram as facas de pintura.

– Foi... foi um acidente. Ele queria levar seu quadro para a professora, as suas *Ninfeias*, Fanette, o quadro que está lá no sótão, o que você nunca quis jogar fora. Está lembrada? Mas isso não tem importância. Paul escorregou, quero dizer, Paul não, Albert. Antes disso nós brigamos, sim, mas foi um acidente, ele escorregou perto do lavadouro e bateu com a cabeça na pedra ao lado. Eu não o teria matado, Fanette, não teria matado Paul, mesmo que ele tivesse má influência sobre você, mesmo que na verdade não a amasse. Ele escorregou... Foi tudo culpa da pintura. Você entendeu muito bem, depois, entendeu muito bem.

Meus dedos se fecham em torno do cabo de uma das facas. A lâmina é larga, usada para raspar a paleta. Nunca mais tornei a pegar em um pincel, nem uma vez desde 1937. Isso faz parte das lembranças enterradas que parecem afundar no imenso abismo aberto dentro da minha cabeça. Aperto o cabo. Tenho a impressão de que nenhum som é capaz de sair da minha boca.

– E... e James...

Minha voz sai tão fraca quanto a de uma menina de 11 anos.

– Aquele velho maluco? O pintor americano? É dele que você está falando, Fanette?

Se respondo alguma coisa, é inaudível.

– James... – repete Jacques. – James, isso mesmo. Passei anos tentando lembrar o nome, mas era impossível, ele me fugia. Pensei até em perguntar a você.

Uma risada rouca sacode o corpo de Jacques. Suas costas escorregam um pouco nos travesseiros.

– Estou brincando, Fanette. Sei muito bem que precisava deixar você de fora disso tudo. Impedir que você soubesse. Os anjos da guarda precisam se manter discretos, não é? Até o fim. É o primeiro princípio a ser respeitado. Em relação a James, não precisa sentir falta dele. Talvez se lembre de ele dizer que você precisava ser egoísta, que precisava abandonar sua família. Todo mundo. E ir embora. Ele enlouquecia você na época, você ainda era influenciável, não tinha nem completado 11 anos, ele teria conseguido alcançar seu objetivo. Primeiro, o ameacei, gravei uma mensagem na caixa de tintas enquanto dormia; ele passava quase o dia inteiro dormindo, feito um imenso bicho-da-seda, mas não quis me escutar. Continuou a torturar você. Tóquio, Londres, Nova York. Não tive outra escolha, Fanette, você teria ido embora, naquela época não escutava mais ninguém, nem mesmo a sua mãe. Não tive escolha, precisava salvar você.

Meus dedos se abrem. Minhas lembranças não param de cair uma depois da outra no monstruoso abismo. Aquela faca. Aquela faca em cima da cama. Aquela faca vermelha. É a faca de James.

Jacques a cravou no coração de James. Era um menino de 11 anos.

Ele continua sua abominável confissão:

– Eu... eu não tinha previsto que Netuno fosse encontrar o corpo daquele maldito pintor no trigal. Mudei o cadáver de lugar antes que você voltasse lá com a sua mãe. Só uns poucos metros, enfim, acho, já faz tanto tempo. Pensei que não fosse conseguir, sabe, jamais teria imaginado que aquele velho esquelético pesasse tanto. Você não vai acreditar em mim, mas você e sua mãe passaram pertinho de onde eu estava. Era só você virar a cabeça e pronto. Só que você não virou. Acho que, na verdade, não queria saber. Você não me viu, nem a sua mãe. Foi um milagre, entende? Um sinal! A partir desse dia, entendi que nada mais poderia me acontecer. Que a minha missão devia se cumprir. Na noite seguinte, enterrei o cadáver no meio da pradaria. Um trabalho louco para um menino, acredite. Depois queimei todo o resto aos poucos: os cavaletes, as telas. Fiquei só com a caixa de tintas dele como prova, como prova do que era capaz de fazer por sua causa. Eu não tinha nem 11 anos, Fanette, pense nisso! Seu anjo da guarda fez um ótimo trabalho, não é? Percebe isso agora?

Jacques não me dá tempo para responder. Tenta desesperadamente erguer as costas nos travesseiros, mas continua a escorregar, milímetro por milímetro.

– Estou brincando, Fanette. Na verdade, não foi muito difícil, nem mesmo para uma criança. O seu James era um velho impotente. Um estrangeiro. Um americano que tinha chegado dez anos atrasado para encontrar Monet. Um mendigo para quem ninguém ligava a mínima. Em 1937, as pessoas tinham outras preocupações. Além do mais, alguns dias antes tinham encontrado um trabalhador espanhol assassinado numa balsa bem em frente a Giverny. A Polícia Militar inteira estava investigando o caso e só conseguiu prender o assassino semanas depois, era um marinheiro de Conflans.

A mão enrugada de Jacques procura a minha e se fecha no vazio.

– Falar sobre tudo isso me faz bem, sabe, Fanette? Depois disso nós ficamos tranquilos, os dois. Durante anos. Lembra? Crescemos juntos, só fomos separados quando você foi fazer o curso normal em Evreux, depois você voltou para Giverny como professora. Na nossa escola! Nós nos casamos na igreja de Sainte-Radegonde, em Giverny, em 1953. Foi tudo perfeito. Seu anjo da guarda estava tranquilo...

Jacques desata a rir outra vez. Aquela risada que ouço ecoar pela nossa casa quase todos os dias, em frente a um programa de TV ou atrás de um jornal. Aquela risada rouca. Como não percebi que era o riso de um monstro?

– Mas o diabo não prega o olho... não é mesmo, Stéphanie? Foi preciso que Jérôme Morval viesse rondar você. Lembra? Jérôme Morval, nosso colega de turma do primário, aquele que você apelidava de Camille, o gordo Camille... o melhor aluno da turma! O pretensioso. Você não gostava dele na escola, Fanette, mas ele tinha mudado muito. De tanto insistir, tinha conseguido até levar Patricia, aquela dedo-duro, para a cama. A que você chamava de Mary, como Mary Cassatt... Só que, em pouco tempo, Patricia se tornou pouco para o gordo Camille. Ele tinha mudado muito, com certeza. O dinheiro muda um homem. Tinha comprado a casa mais bonita de Giverny, tinha ficado arrogante, sedutor até, aos olhos de algumas moças. Aliás, traía a mulher sem nem disfarçar. Todo mundo em Giverny sabia, inclusive Patricia, que chegou até a contratar um detetive particular para espionar o marido. Pobre Patricia! E, junto com isso, Morval tinha todo um discurso bem azeitado sobre pintura, sobre o seu dinheiro e sobre as suas coleções de artistas da moda. Mas, principalmente, Stéphanie, ouça bem o que vou dizer, Jérôme Morval, o melhor cirurgião oftalmologista de Paris, ao que diziam, tinha voltado a Giverny só para uma coisa, uma só. Não por causa de Monet nem das *Ninfeias*, nada disso... Ele voltou por causa da bela Fanette, aquela que durante o primário nunca tinha sequer olhado para ele. Agora que a situação havia mudado, o gordo Camille queria sua vingança.

As palavras se entalam na minha garganta:

– Você... você...

– Bem sei que você não se sentia atraída por Jérôme Morval, Stéphanie... pelo menos, não ainda. Eu precisava agir antes disso. Jérôme Morval morava no vilarejo, tinha todo o tempo do mundo, era astuto, sabia como atrair você desde a escola com as *Ninfeias*, as lembranças de Monet, as paisagens...

Mais uma vez, o monstro tenta segurar minha mão. A sua rasteja pelos lençóis feito um percevejo. Resisto à ideia de empunhar a faca de pintura e traspassar aquela mão como se fosse um inseto daninho.

– Não a estou recriminando por nada, Stéphanie. Sei que nada aconteceu entre você e Morval. Você só aceitou passear com ele, conversar. Mas ele teria seduzido você, com o tempo teria conseguido. Não sou um homem mau, Stéphanie. Não tive vontade alguma de matar Jérôme Morval, aquele Camille gordo, coitado. Fui paciente, mais do que paciente. Tentei fazê-lo entender, o mais claramente possível, do que eu era capaz e os riscos que ele correria caso continuasse a rondar você. Primeiro lhe mandei aquele postal, o das *Ninfeias*. Morval não era burro; lembrava muito bem que era o mesmo postal que tinha me entregado para eu dar a você anos antes, em 1937, nos jardins de Monet, no dia do seu aniversário de 11 anos, logo depois da morte de Albert. Colei no postal a frase de Aragon recortada deste livro, a poesia que você fazia as crianças da turma recitarem, a frase que tanto me agradava e que dizia algo como "O sonho é um crime que se deve punir como os outros". Morval não era idiota. A mensagem era cristalina: todo mundo que tentar se aproximar de você e lhe fazer mal vai estar correndo perigo.

A mão de Jacques procura com a ponta dos dedos a coletânea de poemas de Aragon que está em cima da cama. Roça no livro, mas não tem forças para pegá-lo. Não esboço gesto algum. Jacques torna a tossir para clarear a voz e prossegue:

– Adivinha qual foi a resposta de Jérôme Morval? Ele riu na minha cara! Eu poderia tê-lo matado nessa hora, se quisesse. Só que, no fundo, gostava do gordo Camille. Dei-lhe outra chance. Mandei a tal caixa de tintas para o seu consultório em Paris, a de James, ainda gravada com a ameaça: *Ela é minha aqui, agora e para sempre*. Seguida por uma cruz! Se dessa vez Morval não tivesse entendido… Ele marcou um encontro comigo naquela manhã em frente ao lavadouro, perto do moinho de Chennevières. Pensei que fosse para me dizer que ia desistir, mas não. Foi justamente o contrário. Na minha frente, ele jogou a caixa de tintas na lama do regato. Ele desprezava você, Stéphanie. Não a amava. Você para ele era só um troféu, um a mais entre tantos. Ele a teria feito sofrer, Stéphanie, teria sido a sua desgraça. O que eu poderia ter feito? Precisava protegê-la. Ele não me levou a sério, disse que eu não tinha estofo, eu com minhas botas de caça, que não era capaz de fazer você feliz, que você nunca tinha me amado. Sempre a mesma conversa.

Sua mão torna a rastejar e se contrai em cima da faca.

– Não tive escolha, Stéphanie. Matei-o ali mesmo, com a faca de pintura de James, que hava tido o cuidado de levar. Ele morreu ali, à beira do regato, no mesmo lugar que Albert anos antes. A encenação posterior, a pedra na cabeça, o rosto na água do regato, sei que isso tudo foi ridículo. Cheguei a acreditar que, por causa disso, você fosse desconfiar de alguma coisa, principalmente quando a polícia encontrou a caixa de tintas de James. Por sorte, você nunca viu a caixa. Era importante que eu a protegesse sem que você soubesse de nada, que corresse todos os riscos no seu lugar. Você confiava em mim e tinha razão. Pode confessar agora, minha Fanette, que jamais desconfiou a que ponto eu a amava, que jamais desconfiou até onde eu seria capaz de ir por você. Lembre-se que, poucos dias depois da morte de Morval, você chegou a dizer à polícia que estávamos juntos na cama naquela manhã… Com certeza em algum lugar bem lá no fundo você sabia a verdade, mas não queria confessá-la para si mesma. Todo mundo desconfia de que tem um anjo da guarda, não é? Não é preciso lhe agradecer.

Paralisada, observo os dedos enrugados de Jacques acariciarem o cabo da faca. Uma obsessão maníaca, como se o seu corpo de velho ainda estremecesse com o prazer de ter apunhalado dois homens com aquela arma. Não resisto, não consigo mais. As palavras explodem na minha garganta:

– Eu… eu queria abandonar você, Jacques. Foi por isso que prestei falso testemunho. Você estava preso. Eu… eu me sentia culpada.

Os dedos se torcem ao redor da faca. Dedos de assassino, de louco. Com uma lentidão insuportável, os dedos se abrem. Jacques escorregou outra vez, está quase deitado agora. Uma risada rouca o sacode. Aquele riso demente.

– Claro, Stéphanie. Você se achava culpada... É claro, estava tudo confuso na sua cabeça. Na minha, não. Ninguém conhece você melhor do que eu. Com Morval morto, pensei que fôssemos ficar em paz. Mais ninguém para nos separar, mais ninguém para afastar você de mim. Então veio o cúmulo! Quando penso nisso hoje, é quase cômico. Eis que o cadáver de Morval atrai para a beira da sua saia aquele policial, aquele Laurenç Sérénac, o pior de todos os perigos! Fiquei encurralado. Como me livrar daquele ali? Como matá-lo sem ser acusado, sem ser preso, sem ser separado de você para sempre? E sem que depois algum outro Sérénac ou algum outro Morval viesse fazer você sofrer sem que eu pudesse protegê-la, trancado dentro de uma cela? Desde o início, aquele policial desconfiou de mim, como se soubesse ler minha mente. Ele estava seguindo a intuição. Era um bom policial, Stéphanie, nós escapamos por pouco. Felizmente, ele nunca conseguiu descobrir a ligação entre mim e o acidente daquele menino da nossa turma, em 1937, nem nunca ouviu falar no sumiço daquele pintor americano. Na época, em 1963, eles chegaram perto da verdade, ele e o assistente, Bénavides. Mas eles nem podiam imaginar, claro. Quem poderia ter compreendido? Enquanto isso, aquele filho da mãe do Sérénac desconfiava de mim, aquele filho da mãe do Sérénac virava a sua cabeça. Era ele ou eu. Examinei a questão sob todos os ângulos...

Discretamente, minha mão desliza por sobre o lençol. Jacques agora está deitado, não consegue mais se levantar, não consegue mais me ver, está falando com o teto. Minha mão torna a se fechar em torno da faca. O contato me proporciona um prazer mórbido. Como se o sangue seco no cabo estivesse me penetrando as veias e as preenchendo com um impulso assassino.

O riso nervoso de Jacques se extingue numa tosse rouca. Ele tem dificuldade para recuperar o fôlego. Estaria melhor sentado, com certeza. Mas Jacques não pede nada. Sua voz enfraquece um pouco, mas ele continua:

– Estou quase acabando, Stéphanie. No fim das contas, Sérénac era igual aos outros. Bastaram algumas ameaças para fazê-lo fugir. Algumas ameaças ilustradas com eficácia...

Ele torna a rir, ou a tossir, ou os dois. Aproximo a faca devagar das dobras do meu vestido preto.

– Os homens são muito fracos, Stéphanie. Todos eles. Sérénac preferiu a carreirazinha de policial à grande paixão que sentia por você. Não vamos reclamar, não é? Era o que nós queríamos. Ele tinha razão, no fim das contas. Quem pode saber o que teria acontecido caso ele tivesse insistido? Essa foi a última sombra entre nós dois, Stéphanie, a última nuvem, o último galho a ser afastado... Mais de quarenta anos já se passaram.

Cruzo os braços em frente aos seios; a faca de pintura está colada ao meu coração. Queria falar, queria berrar: "Me diga, Jacques, me diga, meu anjo, já que você se diz um anjo da guarda, é tão fácil assim apunhalar alguém? Enfiar uma faca no coração de um homem?"

– O que sustenta a vida, Stéphanie? Se eu não tivesse estado lá na hora certa, se não tivesse sabido eliminar os obstáculos uns após os outros. Se não tivesse sabido proteger você... Se não tivesse nascido logo depois de você, como um irmão gêmeo. Se não tivesse entendido a minha missão. Vou embora desta Terra feliz, Stéphanie. Consegui. Eu a amei tanto... Você agora tem a prova disso.

Levanto-me. Horrorizada. Seguro a faca entre os braços, invisível contra o meu peito. Jacques me olha, parece extenuado, como se agora tivesse dificuldade para manter os olhos abertos. Tenta se levantar, agita os pés. O cofre de alumínio equilibrado sobre a cama cai no piso com um barulho ensurdecedor. Jacques mal pisca. Dentro da minha cabeça, pelo contrário, o barulho agudo ressoa como um eco a se espalhar vertiginosamente. Tenho a impressão de que o quarto está girando ao meu redor.

Avanço com dificuldade. Minhas pernas se recusam a me carregar. Eu as forço, descruzo os braços. Jacques não para de me encarar. Ele ainda não viu a faca. Ainda não. Eu a levanto devagar.

Netuno late lá fora, logo abaixo da nossa janela. No instante seguinte, a sirene de uma ambulância atravessa o pátio do moinho. Pneus fazem estalar o cascalho. Duas silhuetas irreais, brancas e azuis sob o halo do giroscópio, passam em frente à janela e batem à porta.

Levaram Jacques embora. Assinei um monte de papéis sem ler, sem perguntar o que quer que fosse. Eram menos de seis da manhã. Perguntaram se eu queria embarcar na ambulância, respondi que não, que pegaria o ônibus ou um táxi dali a algumas horas. Os enfermeiros não comentaram nada.

O cofre de alumínio está caído no chão, aberto. A faca de pintura está pousada sobre o criado-mudo. O livro de Aragon se perdeu em meio às dobras da cama. Não sei por que, depois que a ambulância vai embora, a primeira coisa que me vem à cabeça é subir até o sótão e vasculhar o forro para encontrar aquele velho quadro empoeirado, o que pintei quando tinha 11 anos, as minhas *Ninfeias*.

O quadro que pintei duas vezes, a primeira em cores inacreditáveis, para ganhar o concurso da Fundação Robinson, a segunda em negro, depois da morte de Paul.

Tirei da parede o fuzil de caça de Jacques e no seu lugar pus o quadro, pendurado no mesmo prego, em um canto onde ninguém, exceto eu, conseguirá ver.

Saio de casa. Preciso de ar puro. Levo Netuno comigo. Não são nem seis da manhã. Durante algumas horas, Giverny ainda está deserta. Vou caminhar à beira do Ru, em frente ao moinho.

E recordar.

DÉCIMO TERCEIRO DIA
25 de maio de 2010, Chemin du Roy

Desenrolar

83

FOI EM 13 DE maio, treze dias atrás. Desde então, passei meus dias revivendo as poucas horas durante as quais minha vida foi roubada, reprisando o filme para tentar compreender o inimaginável, uma última vez, antes de acabar com tudo.

De tanto passear sozinha por este vilarejo, vocês devem ter pensado que eu era um fantasma. Na verdade, é o contrário.

Sou muito real.

Os fantasmas são os outros, fantasmas das minhas lembranças. Povoei de fantasmas estes lugares nos quais sempre vivi, diante de cada lugar por que passei me lembrei: o moinho, a pradaria, a escola, a Rue Claude-Monet, a varanda do Hotel Baudy, o cemitério, o Museu de Vernon, a ilha das Urtigas.

Também os povoei com as longas conversas que tive com Sylvio Bénavides, entre 1963 e 1964, após a investigação sobre o assassinato de Jérôme Morval ter sido fechada sem solução. O inspetor Bénavides se agarrou ao caso com teimosia, mas nunca encontrou uma prova sequer, nenhum indício novo. Nós simpatizamos um com o outro. Pelo menos Jacques não tinha ciúmes da minha relação com esse inspetor. Sylvio era um marido fiel e um pai dedicado da filha Carina, que tanta dificuldade tivera para deixar a barriga da mãe. Ele me contou todos os detalhes da investigação que havia conduzido com Laurenç na delegacia, em Cocherel, nos museus de Rouen e de Vernon. Depois, em meados da década de 1970, Sylvio foi transferido para La Rochelle. Pouco mais de dez anos atrás, em setembro de 1999, para ser exata, vejam como minha memória ainda funciona perfeitamente, recebi uma carta de Béatrice Bénavides. Uma carta curta escrita à mão. Com pudor, ela me dizia que Sylvio Bénavides as havia deixado, ela e Carina, num dia de manhã, levado por um infarto. Como todos os dias, Sylvio tinha montado na bicicleta para dar a volta na ilha de Oléron, onde a família alugava uma casa de praia fora de temporada. Saíra sorridente. O tempo estava esplendoroso, ventava um pouco. Ele desabou em frente ao mar, no meio de um levíssimo aclive, entre La Brée-les-Bains e Saint--Denis-d'Oléron. Tinha 71 anos.

Envelhecer é isso: ver os outros morrerem.

Alguns dias atrás, escrevi uma carta curta para Béatrice explicando tudo. Uma espécie de dever da memória em homenagem a Sylvio. A riquíssima Fundação Robinson não tinha nada a ver com os assassinatos, tampouco os negócios escusos de Amadou Kandy, as telas esquecidas de Monet ou as amantes de Morval. Laurenç Sérénac estava certo desde o princípio: tratava-se de um crime passional. Apenas um detalhe inimaginável o impedira de descobrir a verdade: o criminoso ciumento não tinha se contentado em eliminar os supostos amantes da mulher, mas havia igualmente suprimido os amigos de uma menina de 10 anos por quem já era apaixonado. Ainda não postei a carta. Acho que, no fim das contas, não vou postar.

Isso tudo agora importa muito pouco.

Vamos, preciso me mexer!

Com repulsa, jogo na lixeira o envelope do Dr. Berger. Ele vai se juntar aos folhetos sórdidos. Ergo os olhos em direção à torre do moinho.

Hesito.

Minhas pernas têm dificuldade para me carregar. Aquele derradeiro passeio até a ilha das Urtigas me exauriu. Hesito entre voltar ao vilarejo uma última vez ou ir direto para casa. Pensei por muito tempo agora há pouco, às margens do Epte. Como terminar, agora que está tudo em ordem?

Tomei uma decisão. Desisti de usar o fuzil de Jacques, meu Deus, acho que vocês agora hão de entender por quê. Também está fora de cogitação engolir remédios que vão me fazer agonizar durante horas e dias no hospital de Vernon, como Jacques, só que sem ninguém para soltar minha intravenosa. Não, o método mais eficaz para acabar com tudo seria concluir tranquilamente o dia de hoje, como todos os outros, voltar para o moinho, subir até meu quarto no alto da torre, no quarto andar, demorar-me algum tempo arrumando minhas coisas, depois abrir a janela e pular.

Decido voltar para o vilarejo. No fim das contas, minhas pernas podem suportar mais um quilômetro, um último quilômetro.

– Venha, Netuno!

Se alguém, qualquer um, passante ou turista, se interessasse por mim, poderia pensar que estou sorrindo. Não estaria totalmente errado. Passar esses últimos dez dias na companhia de Paul, na companhia de Laurenç, acabou aliviando a minha raiva.

Torno a margear o Chemin du Roy. Alguns segundos mais tarde, estou no laguinho de ninfeias.

Quando Claude Monet morreu, em 1926, os jardins ficaram quase abandonados. Michel Monet, seu filho, morou na casa rosa de Giverny até se casar, em 1931, com a manequim Gabrielle Bonaventure, com quem teve uma filha, Henriette. Quando eu tinha 10 anos, em 1937, junto com as outras crianças do vilarejo, tínhamos adquirido o hábito de entrar nos jardins por um buraco na cerca, do lado da pradaria. Eu ficava pintando e os meninos brincavam de esconde-esconde em volta do laguinho. Restavam apenas um jardineiro cuidando da propriedade, o Sr. Blin, e Blanche, a enteada de Claude Monet. Eles nos deixavam em paz; não fazíamos mal nenhum. O Sr. Blin não conseguia dizer não para a pequena Fanette, tão bonita com seus olhos lilases e as fitas prateadas nos cabelos, e tão talentosa para a pintura.

Blanche Monet morreu em 1947. O último herdeiro, Michel Monet, continuou a abrir excepcionalmente os jardins e a casa para chefes de Estado estrangeiros, artistas ou aniversários particulares. E para as crianças da escola de Giverny! Eu tinha conseguido convencê-lo. Não foi muito complicado. Como resistir à pequena Fanette, agora transformada na bela Stéphanie, a professora com seu olhar de ninfeias, tão culta em relação a tudo o que tivesse a ver com pintura e que tentava, ano após ano, despertar a paixão das crianças do vilarejo pelo Impressionismo e fazê-las concorrer ao prêmio artístico da Fundação Robinson com tanta energia, tanta sinceridade, como se a própria vida dependesse da emoção que transmitia aos alunos? Michel Monet abria os jardins para a minha turma uma vez por ano, em maio, época em que ele está mais bonito.

Viro-me. Passo algum tempo observando a multidão reunida sob a catedral de rosas, as dezenas de rostos aglomerados nas janelas da casa do pintor. E dizer que estivemos sozinhos naquela casa, Laurenç e eu, em junho de 1963... Na sala, na escada, no quarto. Minha mais bela lembrança, sem dúvida alguma. Minha única tentativa de fuga...

Michel Monet morreu num acidente de carro três anos depois de Blanche, em Vernon. Após a leitura do seu testamento, no início de fevereiro de 1966, uma corrida inacreditável convergiu para a casa de Giverny. Policiais, tabeliães, jornalistas, artistas... Eu também estava lá, assim como os outros moradores de Giverny. Dentro da casa e dos ateliês, os oficiais de justiça encontraram, estarrecidos, mais de 120 telas, das quais oitenta pintadas por Claude Monet, incluindo *Ninfeias* inéditas, e quarenta quadros pintados por seus amigos Sisley, Manet, Renoir, Boudin... Vocês fazem ideia do que é isso? Tratava-se de um tesouro incrível, uma fortuna incalculável, quase esquecida desde a morte do pintor. Enfim, esquecida... Muitos moradores de Giverny conheciam antes de 1966 o valor das obras-primas guardadas na casa rosa, abandonadas ali durante quarenta anos por Michel Monet. Todos aqueles que tinham tido oportunidade de entrar na casa as viram. Eu também, claro. Desde 1966, esses 120 quadros podem ser admirados no Museu Marmottan de Paris. A maior coleção de Monet exposta ao mundo.

Quanto a mim, depois de 1966, nunca mais levei as crianças ao jardim de Monet. Este só reabriu para o público bem mais tarde, em 1980. Era muito natural, afinal de contas, que um tesouro daqueles fosse dividido com o maior número de pessoas possível e que a beleza emocionante do lugar fosse oferecida a todas as almas capazes de admirá-la.

Não apenas à de uma menina tão ofuscada por seu brilho que nele queimou os próprios sonhos.

Viro à direita e torno a subir em direção ao vilarejo pela Rue du Château-d'Eau.

A casa da minha infância não existe mais.

Após a morte de minha mãe, em 1975, transformou-se em um pardieiro de verdade. Foi demolida. Os vizinhos, parisienses, compraram o terreno e subiram um muro de pedras brancas com mais de 2 metros. Hoje, no lugar da minha casa, sem dúvida deve haver um canteiro de flores, um balanço, um laguinho... Na verdade, não sei. Nem jamais saberei. Seria preciso conseguir olhar por cima do muro.

* * *

Chego enfim ao final da Rue du Château-d'Eau. O mais difícil está feito! E dizer que, quando tinha 11 anos, corria por esta rua mais depressa que Netuno! Agora, coitado, é ele que vive me esperando. Viro na Rue Claude-Monet. A autoestrada dos turistas! Não tenho nem mais vontade de reclamar da multidão. Giverny vai continuar vivendo depois de mim, diferente, eterna, quando todos os fantasmas do passado tiverem desaparecido: Amadou Kandy, sua galeria de arte e seus negócios escusos; Patricia Morval; eu...

Continuo andando. Não resisto à vontade de fazer um desvio de 20 metros para passar em frente à escola. O lugar da prefeitura não mudou em todos esses anos, nem suas pedras brancas ou a sombra das tílias. Mas a escola foi reformada no início da década de 1980, três anos antes de eu me aposentar. Uma escola moderna horrorosa, rosa e branca. Cor de doce. Em Giverny. Uma vergonha! Mas havia muito já que eu não tinha forças para lutar contra essa monstruosidade. A escola maternal inaugurada em um edifício pré-fabricado bem em frente é pior ainda. Enfim, nada disso me diz mais respeito. Hoje, diariamente, as crianças passam correndo por mim sem me olhar e tenho de repreender Netuno para que ele as deixe em paz. Só restam os velhos pintores americanos para me pedir informações de vez em quando.

Torno a descer a Rue Blanche-Hoschedé-Monet. Meu apartamento funcional, em cima da escola, é hoje uma loja de antiguidades. Meu quarto no forro, com sua janelinha redonda, serve junto com os outros cômodos de museu antiquado para cidadãos necessitados de objetos rurais supostamente autênticos. Talão de cheques na mão. Nunca mais alguém vai observar daquela janelinha redonda a lua cheia no perigeu. Meu Deus, quantos anos, quantas noites passei em frente a essa janela... Desde criança. Ontem mesmo.

Em frente ao antiquário, um grupo de adultos fala japonês, coreano ou javanês. Não entendo mais nada. Sou um dinossauro em um jardim zoológico. Continuo a subir a Rue Claude-Monet. Apenas o Hotel Baudy não mudou. A decoração belle époque na varanda, na fachada e no interior é mantida cuidadosamente pelos sucessivos proprietários. Theodore Robinson poderia voltar amanhã ao Baudy; o tempo lá parou faz um século.

Rue Claude-Monet, número 71.

Jérôme e Patricia Morval.

Passo depressa em frente à casa. Entrei lá quatro dias atrás. Precisava falar com Patricia. Junto comigo, ela é a última sobrevivente da Giverny de antigamente. Nunca gostei muito dela, vocês agora entendem. Acho que para mim ela sempre vai ser Mary, a chorona. Mary, a dedo-duro.

Ridículo, admito. Sofreu tanto. Pelo menos tanto quanto eu. Acabou cedendo ao gordo Camille, casando-se com ele, e, por um jogo cruel de vasos comunicantes, quanto mais o gordo Camille se transformava em Jérôme Morval, brilhante estudante de medicina, mais Jérôme tentava seduzir outras mulheres e mais ela se apegava a ele. A vida parou em 1963 naquela casa, o número 71 da Rue Claude-Monet. Ela era a mais bonita do vilarejo. Hoje é uma ruína. A prefeitura não vê a hora de a viúva Morval morrer para se livrar daquele estorvo.

Patricia precisava saber. Precisava conhecer o nome do assassino de seu marido. Eu devia isso a ela... Essa Patricia dedo-duro me surpreendeu, no fim das contas. Imaginei que no dia seguinte já fosse ver a polícia chegar no meu moinho. Em 1963, ela não hesitou em enviar para a delegacia de Vernon fotos anônimas das supostas amantes de Jérôme Morval. Entre elas, eu.

Curiosamente, dessa vez não foi assim que aconteceu. Talvez a vida mude uma pessoa... Descobri que ela quase já não sai de casa, desde que um dos sobrinhos lhe mostrou como usar a internet. Ela, que nunca tinha aberto um computador em todos os seus 70 anos de vida! Nem por isso tenho vontade de tomar chá na sua companhia uma última vez, para compartilhar nosso ódio comum por um monstro. Antes do grande salto.

Acelero o passo, quero dizer, no meu caso a expressão é bem pouco adequada. Netuno segue trotando 30 metros à minha frente. A Rue Claude-Monet continua em um aclive suave, como uma escadaria que sobe em direção ao céu. *Stairway to Heaven*, costumava tocar uma guitarra duas gerações atrás.

Chego finalmente à igreja. O retrato gigante de Claude Monet me olha do alto de seus 15 metros. A igreja de Sainte-Radegonde está sendo reformada. As obras e os andaimes estão escondidos por um imenso cartaz de lona:

uma foto em preto e branco do prefeito, com uma paleta na mão. Não tenho, contudo, coragem de me arrastar até o cemitério; todas as pessoas com quem cruzei na vida, todas as pessoas importantes estão enterradas ali. Por estranho que pareça, em todos os enterros estava chovendo, como se fosse indecente a luz de Giverny brilhar num dia de sepultamento. Chovia em 1937, o dia em que foi sepultado meu Paul, meu Albert Rosalba. Fiquei arrasada. Chovia também em 1963, quando Jérôme Morval foi enterrado. O vilarejo inteiro compareceu, inclusive o bispo de Evreux, o coral, os jornalistas e até Laurenç. Várias centenas de pessoas. Estranho destino. Uma semana atrás, fui a única no enterro de Jacques.

Povoei o cemitério com minhas lembranças. Minhas lembranças chuvosas.

– Netuno, aqui!

A caminho da última linha reta. Torno a descer a Rue de la Dîme, bem na direção do Chemin du Roy. Ela vai dar bem em frente ao moinho. Aguardo muito tempo antes de atravessar: o fluxo de carros que sai de Giverny pela estrada é quase ininterrupto. Netuno aguarda obediente ao meu lado. Um conversível vermelho, com uma placa complexa e o volante à esquerda, acaba me deixando passar.

Atravesso a ponte. Involuntariamente, paro acima do Ru: observo pela última vez as telhas e os tijolos cor-de-rosa do lavadouro de roupas, a tinta verde metálica da ponte, os muros do pátio do moinho à minha direita, atrás dos quais se pode ver o andar mais alto da torre de menagem e o cume da cerejeira. Faz algumas semanas que o lavadouro está pichado com caretas pretas e brancas. Talvez por negligência, talvez não. Afinal, se existe um lugar onde pegaria mal limpar com um jato d'água de alta pressão as manifestações rebeldes de artistas anônimos, esse lugar com certeza seria Giverny. Vocês não acham?

O pequeno filete de água límpida do regato escorre como se zombasse da agitação dos homens nas margens. Dos monges que um dia escavaram à mão esse canal, do pintor iluminado que desviou o curso d'água para criar um laguinho e que lá se trancou por trinta anos para pintar nenúfares, do louco que assassinou aqui todos os homens que se aproximaram de mim, todos os homens que eu poderia ter amado.

A quem isso poderia interessar hoje? A quem reclamar? Será que existe uma repartição de vidas perdidas?

Avanço mais alguns metros. Meu olhar abarca a pradaria, sem dúvida pela última vez. O estacionamento está quase vazio.

Não, pensando bem, a pradaria não é de modo algum uma paisagem de hipermercado. Não, claro que não. É uma paisagem viva, cambiante. Depende das estações, das horas, da luz. E comovente, também. Será que eu precisava estar tão certa da hora da minha morte, tão segura de observá-la pela última vez para enfim compreendê-la? Para sentir, no fundo, uma grande dor em perdê-la? Claude Monet, Theodore Robinson, James e tantos outros não pararam aqui por acaso. É claro que não. O fato de ser um lugar da memória não diminui em nada a beleza de uma paisagem.

Muito pelo contrário.

– Não é, Netuno?

Meu cachorro abana o rabo, como se estivesse escutando meus últimos delírios. Na verdade, ele já entendeu a etapa seguinte; com o tempo, já se acostumou. Sabe que é raro eu entrar no pátio do moinho sem passear na clareira que fica logo atrás. Um chorão, dois pinheiros. A clareira fica hoje protegida dos turistas por uma cerca. Não dá para vê-la do caminho. Eu sigo em frente.

Netuno me ultrapassou outra vez. Está me esperando, deitado na grama, como se tivesse consciência do que significa este lugar. Finalmente chego, planto minha bengala na terra mole e me apoio nela. Observo à minha frente os cinco pequenos túmulos encimados por cinco pequenas cruzes.

Eu me lembro. Como esquecer? Tinha 12 anos. Estava abraçando Netuno com todas as minhas forças; ele tinha morrido no meu colo. Um ano depois de Paul se afogar. Morrido de velho, me dizia mamãe.

– Ele não sofreu, Stéphanie. Foi só dormir, como um cachorro velho...

Mesmo assim, fiquei inconsolável. Impossível me separar do meu cachorro.

– A gente pega outro. Um filhotinho... Amanhã mesmo.

– Igual! Eu quero um igual.

– Tá bom, Stéphanie. Um igual. Vamos à fazenda em Autheuil. Que... que nome você vai dar para o filhote?

– Netuno!

Tive seis cachorros na vida. Todos pastores-alemães. Batizei todos de Netuno, por fidelidade a um capricho de menina solitária e infeliz que tanto teria querido que seu cachorro fosse eterno, que pelo menos ele não morresse!

Torno a erguer os olhos. Viro a cabeça devagar, da direita para a esquerda. Debaixo de cada cruz, em uma pequena tabuleta, está gravado o mesmo nome. *Netuno.*

A única coisa que varia são os números abaixo do nome.

1922-1938
1938-1955
1955-1963
1963-1980
1980-1999

Netuno se levanta e vem se esfregar em mim, como se entendesse que, pela primeira vez, quem vai embora sou eu, não ele. Será recolhido pela fazenda de Autheuil. Lá criam cães há muitas gerações; a mãe dele ainda deve estar viva. Ele vai ficar bem lá. Vou deixar uma carta com instruções precisas em relação às refeições, para que permitam às crianças brincar com ele e para que ele, como os outros, seja enterrado aqui quando chegar a hora.

Faço carinho nele. Netuno nunca se encostou tanto em mim. Sinto uma vontade cada vez maior de chorar. Preciso me apressar. Se ficar demorando, não vou ter coragem.

Deixo a bengala plantada ali, em frente aos cinco túmulos. Agora não vou mais precisar dela. Ando até o pátio. Netuno não se afasta de mim nem 1 centímetro. Essa porra de sexto sentido que têm os animais! Normalmente, teria ido se deitar debaixo da grande cerejeira. Mas hoje não. Não sai de perto de mim. Vai acabar me derrubando. Por um segundo, arrependo-me de ter largado a bengala.

– Calma, Netuno. Calma.

Ele se afasta um pouco. Há muito tempo não há mais fitas prateadas nas folhas da cerejeira. Os passarinhos se esbaldam comendo as frutas. Torno a fazer carinho em Netuno, por muito tempo. Ergo os olhos para a torre de menagem do moinho de Chennevières.

Jacques comprou o moinho em 1971. Cumpriu o que tinha prometido. Eu acreditei, meu Deus, na época acreditei. Ele comprou para mim a casa dos meus sonhos, aquele moinho esquisito que tanto me atraía quando eu tinha 11 anos. Com a chegada dos parisienses à região, a agência imobiliária de Jacques acabara se tornando lucrativa. Ele estava atento, esperou o momento certo. O moinho estava desocupado havia anos, mas os donos finalmente tinham decidido vendê-lo. Ele foi o primeiro a fazer uma oferta. Passou anos reformando tudo. A roda, o poço, a torre.

Pensava que estivesse me fazendo feliz. Tudo tão derrisório... Como se os carcereiros se divertissem decorando as paredes das prisões. O moinho de Chennevières não tinha mais nada a ver com a velha casa em ruínas que me fascinava, "o moinho da bruxa", como dizíamos na época. Pedras lavadas. Madeira encerada. Árvores podadas. Sacadas floridas. Pátio varrido. Portão lubrificado. Sebes perfeitas.

Jacques era obsessivo. Obsessivo demais.

Como eu poderia ter imaginado!

Nunca deixei que abatessem a cerejeira. Ele não o fez. Cedia a todos os meus caprichos. Sim, sim, eu acreditava nele de verdade.

Então a maré mudou para os negócios da agência. Ficou difícil pagar as prestações. Primeiro alugamos parte do moinho, depois o vendemos a um casal jovem do vilarejo. Ficamos só com a torre. Alguns anos atrás, o moinho de Chennevières virou uma pousada. Parece que tem dado certo. Acho que eles só estão esperando uma coisa: que eu suma, para poder ficar com alguns quartos a mais. Agora há balanços no pátio, uma grande churrasqueira, guarda-sóis e móveis de jardim. Estão até falando em transformar a campina atrás dele em jardim zoológico; já começaram a trazer lhamas, cangurus e avestruzes ou emus, não sei direito.

Dá para imaginar uma coisa dessas?

Animais exóticos para divertir as crianças. Impossível não os ver quando se chega a Giverny de Vernon pelo Chemin du Roy.

E pensar que este lugar durante décadas foi o moinho da bruxa...

Tudo o que restou foi a bruxa.

Eu.

Mas não por muito tempo mais, fiquem tranquilos. A bruxa vai aproveitar o dia seguinte à lua cheia para desaparecer. Vão encontrá-la de manhã cedo, desconjuntada ao pé da cerejeira. Quem a encontrar vai olhar para cima e pensar que ela deve ter caído da vassoura. Normal. Era uma bruxa velha.

Seguro uma última vez os pelos de Netuno, com força, muita força, em seguida fecho atrás de mim a porta da torre. Subo a escada depressa antes de ouvir seus ganidos.

DÉCIMO QUARTO DIA
26 de maio de 2010, Moinho de Chennevières

Fitas prateadas

84

ABRI A JANELA. PASSA um pouco da meia-noite. Pensei que seria mais fácil pular quando a noite caísse. Arrumei tudo no cômodo feito uma velha maníaca, como se, com o tempo, as piores obsessões de Jacques tivessem acabado por me contaminar. Deixei sobre a mesa a carta pedindo que cuidem bem de Netuno. Não tive coragem de tirar da parede as minhas *Ninfeias* negras.

Não tenho ilusão: alguns antiquários comedores de carniça do vale do Eure vão vir pegar o que quiserem. Móveis, louça, bibelôs. Quem sabe alguns objetos vão voltar para o antiquário da Rue Blanche-Hoschedé-Monet ou para meu antigo apartamento funcional acima da escola... Mas ficaria surpresa se eles se dessem ao trabalho de se interessar por estas *Ninfeias*, por este quadro horroroso todo lambuzado de preto. Quem poderia imaginar que por baixo dele está escondida outra vida cheia de luz?

Para o lixo com esta porcaria!

Para debaixo da terra, ao lado de seu bondoso marido, com a velha que se debruçou perto demais da janela.

A velha má que não falava mais com ninguém, que não sorria nunca, que praticamente não dava bom-dia. Quem poderia imaginar que debaixo desta pele enrugada se esconde uma menininha cheia de talento? Talvez até uma gênia...

Ninguém jamais vai saber.

Fanette e Stéphanie estão mortas há muito tempo... assassinadas por um anjo da guarda zeloso demais.

Observo pela janela o pátio do moinho. O cascalho cinzento está iluminado pela lâmpada halógena em frente à entrada. Não tenho mais medo, só um arrependimento. Ela amava tanto a vida, a pequena Fanette.

Não acho que merecesse morrer tão amargurada.

85

O Citroën Picasso para quase debaixo da minha janela. É um táxi. Já estou acostumada: táxis aparecem com frequência para deixar turistas na pousada ao final da noite. Eles chegam no último trem de Paris à estação de Vernon e o porta-malas vem lotado de bagagens.

Netuno se aproxima, claro. Na maioria das vezes, as portas traseiras dos táxis se abrem e deles salta uma profusão de crianças animadas com a viagem. Netuno adora recebê-las!

Desta vez, ele não dá sorte: não há uma só criança dentro do táxi.

Só um homem, um velho.

Nenhuma bagagem tampouco.

Estranho...

Netuno para diante dele. O velho se inclina. Demora-se acariciando meu cão, como se estivesse reencontrando um velho amigo.

Meu Deus!

Será possível?

Tudo explode: meu coração, meus olhos, minha cabeça.

Será possível?

Debruço-me mais ainda. Não para cair, desta vez. Ah, de jeito nenhum! Uma onda de calor terrível me invade. Revejo-me na janela de outra casa, uma casa rosa, a de Monet. Foi em outra vida. Havia um homem ao meu lado, um homem extremamente atraente. Eu tinha lhe dito palavras estranhas na época, palavras que jamais pensara poderem sair da minha boca.

Palavras que pareciam um poema de Aragon. Versos decorados para sempre.

– Só me apaixonei foi pela sua Tiger Triumph!

Depois de rir, eu havia arrematado:

– E talvez também pelo seu jeito de parar para fazer carinho em Netuno.

* * *

Inclino-me mais ainda no peitoril da janela. A voz sobe pelo pátio. Não mudou em cinquenta anos ou quase nada:

– Netuno... Seu grandão, quem diria que eu fosse encontrar você aqui, depois de tanto tempo... E vivo!

Entro no quarto e me colo à parede. Meu coração parece que vai estourar de tanto bater. Tento raciocinar, pensar.

Eternamente, para sempre.

Nunca mais revi Laurenç Sérénac. O inspetor era um bom policial, muito bom. Alguns meses depois do caso Morval, no final de 1963, soube por Sylvio Bénavides que Laurenç havia pedido transferência para Québec, como se precisasse fugir para o outro lado do mundo. Fugir de mim, pensava eu. Na verdade, fugir da loucura assassina de Jacques. Foi no Canadá que, ao longo dos anos, todos adotaram o costume de chamá-lo pelo apelido, Laurentin. Em Québec, é assim que as pessoas se referem aos moradores do vale do Saint-Laurent, de Montréal a Ottawa. Devia ser uma tentação grande demais para os colegas transformar o provençal Laurenç em um Laurentin típico de Québec. Fiquei sabendo pela mídia francesa que ele tinha reassumido o cargo de delegado em Vernon na ocasião do roubo dos quadros de Monet do Museu Marmottan, em 1985. Na época, a imprensa nacional publicou algumas fotos suas. Como não o reconhecer? Laurenç Sérénac, para todos agora o delegado Laurentin. Amadou Kandy me contou inclusive que, mesmo vinte anos depois de se aposentar, ninguém tinha tirado os quadros da sua sala na delegacia de Vernon: o *Arlequim*, de Cézanne, a *Mulher ruiva*, de Toulouse-Lautrec.

Tremo feito uma folha. Não me atrevo a chegar perto da janela outra vez.

O que Laurenç está fazendo ali?

Não faz sentido...

Preciso ordenar meus pensamentos. Começo a andar de um lado para outro pela sala.

O que Laurenç está fazendo ali?

Não pode ser coincidência... Ando até o espelho sem meus pés terem pedido autorização.

Alguém bate à porta alguns andares mais abaixo!

Entro em pânico feito uma adolescente surpreendida em casa pelo namorado na hora em que está saindo do banho. Meu Deus, devo estar ridícula... Por um instante, penso em Patricia Morval, a pequena Mary, a dedo-duro, a viúva de Jérôme, desmoronada nos meus braços uma semana antes. A vida muda uma pessoa. Às vezes, para melhor. Terá sido ela a chamar Laurenç? A colocá-lo na pista da verdade, da abominável verdade? Não tenho tempo de tentar entender.

Estão batendo lá embaixo.

Meu Deus...

Observo no espelho meu rosto frio e enrugado, os cabelos devorados pelo lenço preto que não largo mais, esta cara de megera amargurada.

Impossível, impossível pensar em lhe abrir.

Ouço o barulho da porta da torre. Alguém a empurra. Não a fechei depois de entrar. Para facilitar o trabalho dos que teriam vindo recolher meu corpo.

Que burra!

A voz na escada em caracol:

– Netuno, grandão, você fica aqui. Acho que não pode subir.

Meu Deus. Meu Deus.

Arranco o lenço preto. Meus cabelos caem em cascata pelos ombros. Quase saio correndo; desta vez, sou eu que comando minhas pernas. E é melhor elas obedecerem, estas bengalas velhas!

Abro a segunda gaveta da cômoda, espalho velhos botões, carretéis de linha, um dedal, agulhas. Nem ligo se estou me espetando.

Sei que elas estão ali!

Meus dedos trêmulos se fecham em volta de duas fitas prateadas. As imagens desfilam diante dos meus olhos a toda a velocidade. Revejo Paul trepado na cerejeira no pátio do moinho, soltando as fitas prateadas, me dando de presente e me chamando de sua princesa; revejo a mim mesma lhe dando um beijo, o primeiro beijo, e prometendo usá-las por toda a vida; revejo Laurenç, anos depois, acariciando as fitas nos meus cabelos de mulher jovem.

Meu Deus, preciso me concentrar.

Torno a correr até o espelho. Sim, juro, corro mesmo. Com gestos febris, faço um coque improvisado nos cabelos com as fitas prateadas.

Dou uma risada nervosa.

Um penteado de princesa, sim, era isso que Paul dizia, um penteado de princesa. Que maluca eu pareço!

Os passos chegam mais perto.

Alguém torna a bater à porta, à porta do meu quarto, desta vez.

É cedo demais! Não me viro, não ainda.

Tornam a bater. Com delicadeza.

– Stéphanie?

Reconheço a voz de Laurenç. É quase igual à de antigamente. Um pouco mais grave do que na minha lembrança, talvez. Foi ontem que ele quis me levar embora. Meu Deus, meu corpo inteiro está arrepiado. Será possível? Será possível ainda?

Aproximo o rosto do espelho com a moldura folheada a ouro descascada.

Será que ainda sei sorrir? Já faz tanto tempo...

Tento.

Atravesso o espelho.

O reflexo que vejo não é mais o de uma velha.

É o sorriso de alegria de Fanette.

São os olhos de ninfeia de Stéphanie.

Vivos, muito vivos.

CONHEÇA OUTROS TÍTULOS DO AUTOR

Eu devia estar sonhando

Vinte anos atrás, em um voo para Montreal, a comissária de bordo Nathalie encontrou a chance de viver um grande amor, que abalou sua vida tranquila como esposa e mãe. Um amor cujo desfecho ela até hoje não ousa confessar.

Agora, estranhos sinais aleatórios começaram a surgir. Ela é escalada para os mesmos três voos de vinte anos antes. Na mesma ordem: Montreal, Los Angeles, Jacarta. Com a mesma equipe, coisa rara de acontecer. Uma música no rádio, pequenos elementos que se repetem, um passageiro cantando versos que só ela poderia conhecer. Quem – ou que força misteriosa – estará por trás dessas supostas coincidências?

Quando passado e presente se repetem a ponto de desafiar a lógica, Nathy se vê forçada a enfrentar seu passado, mesmo tendo jurado jamais olhar para trás.

Em um jogo de espelhos entre 1999 e 2019, *Eu devia estar sonhando* percorre uma trilha surpreendente, repleta de paixão e suspense, e prova que as mais belas histórias de amor nunca morrem.

O voo da libélula

Na noite de 23 de dezembro de 1980, um avião cai na fronteira entre a França e a Suíça, deixando apenas uma sobrevivente: uma bebê de 3 meses. Porém, havia duas meninas no voo, e cria-se o embate entre duas famílias, uma rica e uma pobre, pelo reconhecimento da paternidade.

Numa época em que não existiam exames de DNA, o julgamento estende-se por muito tempo, mobilizando todo o país. Seria a menina Lyse-Rose ou Émilie? Mesmo após o veredicto do tribunal, ainda pairam muitas dúvidas sobre o caso, e uma das famílias resolve contratar Crédule Grand-Duc, um detetive particular, para descobrir a verdade.

Dezoito anos depois, destroçado pelo fracasso e no limite entre a loucura e a lucidez, Grand-Duc envia o diário das investigações para a sobrevivente Lylie e decide tirar a própria vida. No momento em que vai puxar o gatilho, o detetive descobre um segredo que muda tudo. Porém, antes que possa revelar a solução do caso, ele é assassinado.

Após ler o diário, Lylie fica transtornada e desaparece, deixando o caderno com seu irmão, que precisará usar toda a sua inteligência para resolver um mistério cheio de camadas e reviravoltas.

Em *O voo da libélula*, o leitor é guiado pela escrita do detetive enquanto acompanha a angustiada busca de uma garota por sua identidade. Agraciado com 4 prêmios na França, entre os quais o Prix Maison de la Presse e o Prix du Roman Populaire, o livro teve seus direitos vendidos para 25 países e ganhará uma adaptação para o cinema.

CONHEÇA OUTROS TÍTULOS DA EDITORA ARQUEIRO

O homem de São Petersburgo, de Ken Follett

A história pode estar prestes a mudar. 1914: a Alemanha se prepara para a guerra e os Aliados começam a construir suas defesas. Ambos os lados precisam da Rússia, que enfrenta graves problemas internos e vive na iminência de uma revolução. Na Inglaterra, Winston Churchill arquiteta uma negociação secreta com o príncipe Aleksei Orlov, visando a um acordo com os russos.

No entanto, o anarquista Feliks Kschessinsky, um homem sem nada a perder, está disposto a tudo para impedir que seu país envie milhões de rapazes para os campos de batalha de uma guerra que nem sequer compreendem. Para isso, ele se infiltra na Inglaterra com a intenção de assassinar o

príncipe e, assim, frustrar a aliança entre russos e britânicos.

Um mestre da manipulação, Feliks tem várias armas a seu dispor, mas precisa enfrentar toda a força policial inglesa, um brilhante e influente lorde e o próprio Winston Churchill. Esse poderio reunido conseguiria aniquilar qualquer homem no mundo – mas será capaz de deter o homem de São Petersburgo?

Costurando com maestria a narrativa ficcional à colcha da História, mais uma vez Ken Follett fala sobre assuntos universais, como paixões perdidas e reencontradas, amores e traições, ao mesmo tempo que oferece uma visão precisa sobre os acontecimentos que mudaram o mundo para sempre.

Não fale com estranhos, de Harlan Coben

O estranho aparece do nada e, com poucas palavras, destrói o mundo de Adam Price. Sua identidade é desconhecida. Suas motivações são obscuras. Mas suas revelações são dolorosamente incontestáveis.

Adam levava uma "vida dos sonhos" ao lado da esposa, Corinne, e dos dois filhos. Quando o estranho o aborda para contar um segredo estarrecedor sobre sua esposa, ele percebe a fragilidade do sonho que construiu: teria sido tudo uma grande mentira?

Assombrado pela dúvida, Adam decide confrontar Corinne, e a imagem de perfeição que criou em torno dela começa a ruir. Ao investigar a história por conta própria, acaba se envolvendo num universo sombrio repleto de mentiras, chantagens e assassinatos.

Intrigante e perturbador, *Não fale com estranhos* é mais que um suspense de tirar o fôlego. É uma reflexão sobre o bem e o mal, o amor e o ódio, o certo e o errado, os segredos, as mentiras e suas consequências devastadoras.

Os impostores, de Chris Pavone

Kate Moore é uma mãe que trabalha fora e luta para equilibrar as despesas e o orçamento, criar os filhos, manter viva a chama do casamento... e guardar um segredo cada vez mais difícil de suportar. Por isso, quando seu marido, Dexter, recebe uma proposta de emprego em Luxemburgo, ela agarra a chance de deixar para trás sua vida dupla e recomeçar do zero longe de Washington.

Em outro país, Kate se reinventa, enquanto Dexter trabalha sem parar num emprego que ela nunca entendeu, para um cliente que ela não pode saber quem é. Em pouco tempo, a confortável vida europeia com que sonhava se revela uma rotina cansativa em que o marido vai ficando cada vez mais distante e evasivo e ela, solitária e entediada.

Chega então outro casal americano, que faz amizade com Dexter e Kate. Mas ela logo desconfia que os novos amigos não sejam exatamente quem dizem ser – e fica apavorada diante da possibilidade de estar sendo perseguida por fantasmas do passado.

Assim, Kate começa a investigá-los e acaba descobrindo camadas e mais camadas de mentiras que a cercam e, por trás disso tudo, um golpe extremamente bem elaborado que ameaça sua família, seu casamento e até sua vida.

CONHEÇA OS LIVROS DE MICHEL BUSSI

O voo da libélula
Ninfeias negras
Eu devia estar sonhando

Para saber mais sobre os títulos e autores da Editora Arqueiro,
visite o nosso site e siga as nossas redes sociais.
Além de informações sobre os próximos lançamentos,
você terá acesso a conteúdos exclusivos
e poderá participar de promoções e sorteios.

editoraarqueiro.com.br